三國演義 (5)

초판 1쇄 발행 ▪ 2014년 11월 26일
초판 2쇄 발행 ▪ 2016년 8월 16일

저   자 ▪ 나관중 원저, 모종강 평론 개정
역   자 ▪ 박기봉
펴낸곳 ▪ 비봉출판사
주   소 ▪ 서울 금천구 가산디지털2로 98. 2동 808호(롯데IT캐슬)
전   화 ▪ (02)2082-7444
팩   스 ▪ (02)2082-7449
E-mail ▪ bbongbooks@hanmail.net
등록번호 ▪ 2007-43 (1980년 5월 23일)
ISBN ▪ 978-89-376-0413-3 04820
          978-89-376-0408-9 04820 (전12권)

값 13,500원

ⓒ 이 책의 판권은 본사에 있습니다.
본사의 허락 없이 이 책의 복사, 일부 무단전제, 전자책 제작 유통 등
저작권 침해 행위는 금지됩니다.

모종강본 원문대역

三國演義

玄德爲漢王 / 현덕위한왕

(5)

나관중 원저
모종강 평론·개정
박기봉 역주

비봉출판사

차 례

삼국연의지도
三國演義地圖

제갈량의 入川示意圖

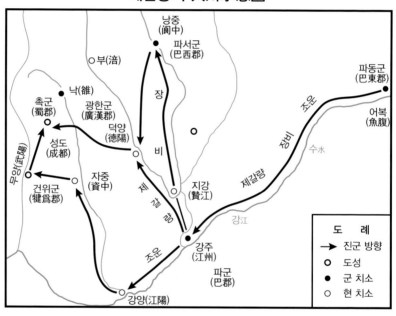

제61회

조운, 강을 가로막아 아두를 빼앗고
손권, 서신을 보내 조조를 물리치다

〖 1 〗 한편 방통과 법정法正은 현덕에게 연석宴席에서 유장劉璋을 죽인다면 힘들이지 않고 서천을 얻을 수 있다고 권했다.

현덕曰: "내가 처음으로 촉 땅에 들어와서 아직 백성들에게 은덕도 베풀지 못했고 신뢰도 못 얻었는데, 그런 일은 결코 할 수 없소."

두 사람이 재삼 설득했으나, 현덕은 한사코 따르려고 하지 않았다.

다음날 현덕은 다시 유장과 성 안에서 연회를 열어 서로 간에 속마음을 털어놓았는데, 그 정의가 매우 친밀했다.

술이 거나하게 올랐을 때 방통과 법정은 상의했다: "일이 이미 이 지경에 이르렀으니 주공의 뜻에만 따를 수는 없다."

그리고는 곧바로 위연魏延에게 당상에 올라가서 칼춤(劍舞)을 추다가 기회를 봐서 유장을 죽이도록 지시했다. (*이는 마치 홍문연鴻門宴에서 범

증范增이 항장項莊을 내보내서 칼춤을 추도록 한 것과 같다.)

위연이 칼을 빼어들고 앞으로 나가서 말했다: "연회 자리에 흥을 돋울 게 없으니, 칼춤을 추면서 놀아보도록 하겠습니다."

방통은 곧바로 여러 무사들을 불러들여 당하堂下에 늘여 세워놓고 위연이 손을 쓰기만 기다리도록 했다.

유장 수하의 여러 장수들도 위연이 연회 자리에서 칼춤을 추는 것을 보고, 또 계단 아래에서 무사들이 손으로 칼자루를 잡고 당상을 지켜보고 있는 것을 보았다.

종사從事 장임張任 역시 춤을 추기 위해 칼을 빼어들고 말했다: "칼춤에는 반드시 짝이 있어야 합니다. 제가 위 장군과 같이 춤을 추겠습니다."(*이는 마치 홍문연에서 항백項伯이 항장項莊의 짝이 되어 칼춤을 춘 것과 같다.)

두 사람은 연회석 앞에서 서로 상대가 되어 칼춤을 췄다. 위연이 유봉劉封에게 눈짓을 하자, 유봉도 칼을 뽑아들고 춤추는 것을 도왔는데, 이를 보고 유괴劉璝, 냉포(冷苞: 이를 〈영포泠苞〉라고 한 것은 오자誤字이다.), 등현鄧賢도 각기 칼을 빼어들고 나서며 말했다: "우리도 나가서 군무群舞를 추어 흥을 돋워야 합니다."(*홍문연에서는 단 두 사람만이 칼춤을 췄는데 지금은 도리어 무수한 항장과 항백들이 나와 춤을 추고 있으니 더할 수 없이 기이하다.)

현덕은 크게 놀라서 급히 좌우에 있는 사람이 차고 있는 칼을 빼어들고 자리에서 일어서서 말했다: "우리 형제가 서로 만나서 맘껏 술을 마시며 서로 시기하거나 의심하는 마음이 전혀 없을 뿐만 아니라, 또한 여기는 홍문회鴻門會의 자리도 아닌데 칼춤을 출 필요가 어디 있느냐? 칼을 버리지 않는 자는 이 자리에서 목을 벨 것이다."

유장 역시 호통을 쳤다: "형제가 모여 있는 자리에 칼을 들 필요가 어디 있느냐?"

그리고는 시위侍衛들에게 칼들을 모조리 버리도록 했다. 당상에 올라와 있던 자들은 모두들 우르르 당 아래로 내려갔다.

현덕은 여러 장수들을 당 위로 불러올려서 술을 내리며 말했다: "우리 형제는 동종同宗의 골육간이다. 함께 대사를 의논하는데 결코 다른 마음이 없으니 자네들은 의심하지 말라!"

여러 장수들은 모두 절을 하며 고맙다고 인사했다.

유장은 현덕의 손을 잡고 눈물을 흘리며 말했다: "우리 형님의 이 은혜는 맹세코 잊지 않겠습니다!"

두 사람은 즐겁게 술을 마시고 밤이 되어서야 헤어졌다.

현덕은 영채로 돌아와서 방통을 질책하여 말했다: "공들은 어찌하여 이 유비를 불의不義에 빠뜨리려 하는가? 이후에는 절대 이런 일을 하지 마시오!"(*방통과 법정의 계책은 너무 조급하여 현덕이 천천히 도모하려는 것만 못하다. 조급히 하려 하면 잔인해지지 않을 수 없지만 천천히 도모한다면 인仁함을 잃지 않을 수 있다.)

방통은 탄식하면서 물러갔다.

〖 2 〗 한편 유장도 대채로 돌아가자, 유괴劉瓚 등이 말했다: "주공께서도 오늘 연석의 광경을 보셨지요? 속히 돌아가서 후환을 피하는 게 좋을 듯합니다."

유장曰: "나의 형님 유현덕을 다른 사람들과 견주어선 안 되오."

여러 장수들이 말했다: "비록 현덕에게는 그런 마음이 없다고 하더라도 그의 수하 사람들은 모두 우리 서천을 삼켜서 부귀를 도모하려고 합니다."(*종래 제왕의 사업은 대부분 그 수하 사람들이 이루었다.)

유장曰: "자네들은 우리 형제 사이의 정을 이간시키지 마시오."

유장은 끝내 듣지 않고 날마다 현덕과 만나 즐겁게 이야기했다.

그때 갑자기 장로張魯가 군사들을 정돈하여 가맹관(葭萌關: 사천성 광

원현廣元縣 서남에 있는 관)을 치려고 한다는 보고가 들어왔다. 유장은 곧바로 현덕에게 가서 그를 막아 달라고 청했다. 현덕은 흔쾌히 승낙하고 그날로 휘하 군사들을 이끌고 가맹관으로 갔다.

여러 장수들은 유장에게, 대장들에게 명을 내려 각처의 요충지를 단단히 지켜서 현덕의 군사 변란(兵變)에 대비하도록 하라고 권했다. (*후문에서 부관涪關을 취하게 되는 계기가 된다.)

유장은 처음에는 그 말을 따르려 하지 않았으나 후에는 여러 사람들이 극력 권하므로 이에 백수(白水: 현 이름. 사천성 청천靑川 동쪽) 도독 양회楊懷와 고패高沛 두 사람으로 하여금 부수관(涪水關: 사천성 평무平武 동남)을 단단히 지키도록 했다. 그리고 유장 자신은 성도로 돌아갔다.

현덕은 가맹관에 이르러 군사들을 엄히 단속하고, 널리 은혜를 베풀어서 민심을 얻었다. (*현덕이 유장을 급히 죽이려고 하지 않았던 것은 역시 민심을 얻기 위해서였다. 먼저 민심부터 얻은 후에 서천을 취하려는 것, 이것이 현덕의 생각이었다.)

〔 3 〕 일찌감치 첩자가 이 소식을 동오에 알렸다. 오후吳侯 손권은 문무 관원들을 모아놓고 상의했다.

고옹顧雍이 앞으로 나서며 말했다: "유비가 군사를 나누어 멀리 험한 산들을 넘어갔으므로 갔다가 돌아오기가 쉽지 않을 것입니다. 일군一軍을 보내서 먼저 강어귀를 막아서 그가 돌아올 길을 끊어놓고, 그 후에 동오의 군사들을 전부 일으킨다면 한 번의 공격으로 형양荊襄을 함락시킬 수 있을 것입니다. 이는 놓쳐서는 안 될 기회입니다."(*이 계책은 다만 듣기에는 좋은 것 같지만 형주는 공명과 관우와 조운이 지키고 있어서 쉽게 공략할 수 없음을 알아야 한다.)

손권曰: "그 계책이 아주 묘하다!"

한창 상의하고 있을 때 갑자기 병풍 뒤에서 한 사람이 큰 소리로 호통을 치며 나와서 말했다: "이 계책을 올린 자는 목을 베야 한다! 내 딸의 목숨을 해치려는 것이냐!"

모두들 놀라서 보니 오_吳 국태였다.

국태가 크게 화를 내며 말했다: "내 일생에 딸애라고는 단 하나뿐인데 그가 유비에게 시집을 갔다. 그런데 지금 만약 군사를 움직인다면 내 딸애의 목숨은 어떻게 된단 말이냐!"

그러면서 손권을 꾸짖었다: "너는 부형의 기업基業을 이어받아 가만히 앉아서 81개 주州나 거느리고 있으면서도 오히려 부족하여 작은 이익을 얻기 위해 골육骨肉조차 생각하지 않는구나!"

손권은 연방 네, 네, 하며 대답했다: "모친의 가르치심을 어찌 감히 어기겠습니까!"

마침내 큰 소리로 여러 관원들을 물리쳤다. 오 국태는 화가 안 풀려서 씩씩 거리면서 들어갔다.

손권은 창문 아래에 서서 혼자 생각했다: "이번 기회를 잃으면 형양을 언제 얻을 수 있단 말인가?" 한창 생각에 잠겨 있다가 문득 보니 장소가 들어와서 묻는 것이었다: "주공께서는 무엇을 근심하고 계십니까?"

손권曰: "방금 전의 일을 생각하고 있었소."

장소曰: "이것은 극히 쉬운 일입니다. 지금 심복 장수 한 명을 시켜서 군사 5백 명만 데리고 형주로 숨어 들어가서 밀서密書를 한 통 군주(郡主: 손부인)께 전하도록 하시되, 국태께서 병환이 위중하신데 따님을 보고 싶어 하신다고 말하고는 손 부인을 데리고 밤낮을 가리지 말고 동오로 돌아오도록 하십시오. 그리고 현덕에게는 평생에 아들 하나밖에 없는데, 그를 데려오라고 하십시오. 그렇게 하면 현덕은 반드시 형주를 가지고 와서 아들 아두阿斗와 바꾸려고 할 것입니다. 만약에 그렇게 하지 않으면 그때 가서 군사를 움직이도록 하면 될 텐데 다시 무슨 장애물이 있겠습니까?"

손권曰: "그 계책이 대단히 묘하오! 주선周善이라고 하는 담력이 아주 큰 사람이 하나 있는데, 그는 어려서부터 우리 집을 자기 집처럼 드나들며 서로 허물없이 지내고 우리 형님을 많이 쫓아다녔소. 이번에 그를 보내면 되겠군!"

장소曰: "이 일은 절대로 말이 새나가도록 해서는 안 됩니다. 지금 곧바로 길을 떠나도록 하십시오."

〖 4 〗 이리하여 손권은 주선을 비밀리에 보내면서 군사 5백 명을 장사꾼으로 변장시켜 배 다섯 척에 나누어 태우고, 도중에 심문을 당할 경우에 대비하여 가짜 국서國書를 한 통 준비하고, 배 안에는 몰래 병장기를 감추어놓도록 했다. 주선은 명령을 받고 형주로 가는 수로水路로 해서 갔다.

배가 강변에 닿자 주선은 혼자서 형주 성으로 들어가서 문지기를 시켜서 손 부인에게 보고하도록 했다. 손부인은 주선에게 들어오라고 했다. 주선은 들어가서 부인에게 밀서를 올렸다. 부인은 국태國太의 병이 위중하다고 하는 말을 읽고 눈물을 뿌리며 안부를 물었다.

주선은 절을 하고 아뢰었다: "국태께서는 병환이 대단히 위중하시어 아침저녁으로 오로지 부인만을 생각하고 계십니다. 만약 늦게 가셨다가는 생전에 만나 뵙지 못할지도 모릅니다. 그리고 부인에게 오실 때 아두를 데리고 와서 얼굴을 한번 보도록 해 달라고 하셨습니다."
(*아두는 손부인이 기르는 것도 아니고 국태의 외손자도 아닌데 왜 보자고 한단 말인가? 이것만으로도 이것이 거짓말임을 곧바로 알 수 있다.)

부인曰: "황숙께서는 군사를 이끌고 멀리 나가셨으므로, 내가 지금 돌아가려면 반드시 사람을 시켜서 군사(軍師: 공명)에게 알리고 난 다음에야 비로소 갈 수 있네."

주선曰: "만약 군사께서 대답하시기를, 반드시 황숙께 보고하여 먼저 허락을 받아야만 비로소 배에 오를 수 있다고 하신다면, 그때는 어떻게 하시겠습니까?"

부인曰: "만약 인사도 하지 않고 떠나간다면, 못 가도록 막을지도 모르네."

주선曰: "큰 강 안에는 이미 배가 준비되어 있습니다. 지금 곧바로 수레에 올라 성을 나가도록 하십시오."

손 부인은 모친의 병이 위급하다는 말을 들었으니 어찌 당황하지 않을 수 있겠는가? 곧바로 일곱 살 먹은 아들 아두阿斗를 수레에 태우고 (*옛날 장판파 앞에서는 한 죽은 부인 덕에 살아남았는데, 지금 형주성 안에서는 산 부인에게 납치되어 가는 순간이다.) 수행하는 자들 30여 명을 데리고 갔는데, 그들은 각기 도검刀劍을 허리에 차고 말에 올라서 형주성을 떠나 곧장 강변으로 가서 배를 탔다. 부중府中의 사람들이 이 일을 위에 알리려고 했을 때에는 손 부인은 이미 사두진沙頭鎭에 도착해서 배 안에 올라 타 있었다.

〖 5 〗주선이 막 배를 출발시키려고 하는데 문득 강기슭 위에서 어떤 사람이 큰 소리로 부르는 소리가 들렸다: "잠시 배를 출발시키지 말고 부인과 전별餞別의 인사를 하도록 하라!"

그를 보니 바로 조운趙雲이었다. (*아두는 전에 조운의 품속에 든 물건이었는데, 오늘 이렇게 떠나가는 것은 마치 그의 품속에 든 물건을 빼앗아 가는 것과 같다.) 원래 조운은 순찰을 돌고 막 돌아왔는데, 이 소식을 듣고는 깜짝 놀라서 기병 4,5기만 데리고 회오리바람(旋風)처럼 강변을 따라 쫓아온 것이다.

주선은 손에 긴 창을 들고 큰 소리로 호통을 쳤다: "네가 어떤 놈이기에 감히 주모主母께서 가시는 길을 막으려 하느냐!"

그리고는 군사들에게 일제히 배를 출발시키라고 호통을 치고 각자 무기를 갖고 나와서 배 위에 벌려 서도록 했다. 순풍에다 물살이 급하여 배들은 전부 급류를 타고 떠내려갔다.

조운은 강변을 따라 쫓아가며 외쳤다: "부인께선 가시려면 가시더라도 한마디 여쭐 말씀이 있습니다."

그러나 주선은 들은 체도 하지 않고 배를 재촉해서 속히 앞으로 나갈 뿐이었다. 조운은 강변을 따라 10여 리를 쫓아갔는데, 문득 보니 강변 모래톱에 어선 한 척이 비스듬히 매여 있었다. 조운은 말을 버리고 창을 잡고 어선으로 뛰어올라 어부와 단둘이서 배를 저어 앞으로 가면서 부인이 타고 있는 큰 배를 쫓아갔다.

주선이 군사들에게 화살을 쏘도록 했으나 조운이 창을 휘둘러서 그것들을 쳐내니 화살들은 전부 물에 우수수 떨어졌다. 큰 배와 떨어진 거리가 한 길 남짓 되자 동오의 군사들은 창으로 마구 찔러댔다. 조운은 창을 작은 배 위에 버리고 차고 있던 청강검靑釭劍을 뽑아서 손에 들고 찔러대는 창들을 칼로 헤치면서 동오의 배를 향해 몸을 한 번 펄쩍 뛰어오름과 동시에 몸은 벌써 큰 배에 올라 있었다. (*이때 한 번 펄쩍 뛴 공로는 장판파에서 수십 번 싸운 그것과 맞먹는다.) 동오의 군사들은 모조리 놀라서 뒤로 나자빠졌다.

〖 6 〗 조운이 선창 안으로 들어가니 아두를 품에 안고 있는 부인이 보였다. 부인은 조운을 향해 큰 소리로 꾸짖었다: "어찌 이리도 무례한가!"

조운은 칼을 꽂고 인사를 했다: "주모主母께서는 어디로 가시려 하십니까? 왜 군사軍師님께 알리지 않았습니까?"

부인曰: "우리 모친께서 병환이 위독하여 알릴 수 없었다."

조운曰: "주모께서 병문안을 가시면서 무슨 이유로 작은 주인을 데리고 가십니까?"

부인曰: "아두는 내 아들이다. 형주에 두고 가면 보살펴줄 사람이 없기 때문이다."

조운曰: "주모께서는 잘못하셨습니다. 우리 주인께서는 평생에 혈육이라고는 이 아이 하나뿐인지라 제가 당양當陽 장판파長坂坡에서 1백만 명의 적군 속에서 구해냈는데, 오늘 부인께서 도리어 안고 가려고 하시는데, 이게 무슨 도리입니까?"

부인이 화를 내며 말했다: "네 따위 휘하의 일개 무부武夫 주제에 어찌 감히 우리 집안일에 참견하느냐!"

조운曰: "부인께선 가려거든 가십시오. 다만 작은 주인은 두고 가십시오."

부인이 호통을 쳤다: "네가 도중에 갑자기 배 안으로 뛰어든 것은 반드시 모반할 뜻이 있어서일 것이다!"

조운曰: "만약 작은 주인을 남겨두고 가지 않으시면, 설령 만 번 죽는 한이 있어도 감히 부인을 가시도록 놔주지 못하겠습니다."

손부인은 큰 소리로 시비侍婢들에게 앞으로 나가서 그를 붙잡아 끌어내리라고 지시하였으나, 조운은 그들을 밀어 젖히고 부인의 품안에서 아두를 빼앗아 품에 안고 뱃머리로 나왔다.

조운은 배를 강기슭에 대려고 했으나 도와 줄 사람이 없었고, 배 안의 동오 군사들을 모조리 쳐 죽이자니 그 또한 도리에 어긋나는 것 같아서 이러지도 저러지도 못하고 있었다. 손부인은 시비들에게 아두를 빼앗으라고 야단쳤다. 그러나 조운이 한 손으로는 아두를 꽉 안고 다른 한 손으로는 칼을 잡고 서 있어서, 아무도 감히 접근하지 못했다.

주선은 고물(船尾: 艄)에서 키를 꽉 잡고 배를 저어 강을 내려갔는데, 순풍인데다 물살이 급해서 배는 강 가운데로 나아갔다. 조운의 처지는 실로 '한쪽 손바닥만으로는 소리를 내지 못한다(孤掌難鳴)'는 격이었

다. 조운은 다만 아두를 보호할 수 있을 뿐, 무슨 수로 배를 옮겨 강기
슭에 갖다 댈 수 있겠는가?

〖 7 〗 참으로 위급한 상황에 있을 때 갑자기 강 하류 쪽 항구로부
터 10여 척의 배가 '일(一)' 자로 벌여 서서 나오는 게 보였는데, 배
위에서는 깃발을 흔들고 북을 쳤다. 조운은 속으로 생각했다: "이번에
는 꼼짝없이 동오의 계략에 걸려들고 말았구나!"

바로 그때 보니 맨 앞의 배 위에 대장 한 사람이 손에 긴 창을 들고
서 있었는데, 그가 높은 소리로 크게 외쳤다: "형수님께서는 조카를
두고 가십시오!"

알고 보니 장비가 순찰을 돌다가 이 소식을 듣고는 급히 유강油江 어
귀로 오다가 마침 동오의 배와 마주치자 서둘러 그 앞을 가로막은 것
이었다.

장비는 당장 칼을 들고 동오의 배로 뛰어올랐다. 주선은 장비가 배
에 오른 것을 보고 칼을 들고 대들었으나 장비가 한 칼에 그를 찍어서
넘어뜨리고 그 수급을 베어 손에 들고 손 부인 앞에다 내던졌다.

부인은 크게 놀라며 말했다: "아주버님, 어찌하여 이처럼 무례하십
니까?"

장비曰: "형수님께서는 우리 형님을 중히 여기시지 않고 몰래 집으
로 돌아가시려 하시는데, 그거야말로 무례한 일이지요!"

부인曰: "우리 어머님의 병환이 중하셔서 몹시 위급하답니다. 만약
그분의 회보回報를 기다리다가는 내 일이 잘못되고 말 테니 어떻게 해
요? 만약 끝내 나를 보내주지 않겠다면, 나는 강물에 몸을 던져 죽어
버리고 말겠어요."

〖 8 〗 장비는 조운과 상의했다: "만약 우리가 부인을 핍박해서 돌아

가시기라도 한다면, 이는 신하된 도리가 아니다. 우리는 아두나 보호하여 우리 배로 건너가 돌아가도록 하자."

그리고는 부인에게 말했다: "우리 형님께서는 대한大漢의 황숙이시니, 형수님을 욕보시게 할 수도 없습니다. 오늘은 떠나가시더라도, 만약 형님의 은의恩義를 생각하신다면, 속히 돌아오십시오."

말을 마치고는 아두를 안고 조운과 함께 배로 돌아가고 손 부인 일행이 탄 다섯 척의 배는 놓아 보냈다.

후세 사람이 시를 지어 조자룡을 칭찬하였으니:

그 옛날 당양에선 작은 주인 구했고	昔年救主在當陽
오늘은 몸을 날려 큰 강으로 뛰어들었네.	今日飛身向大江
배 위의 동오 군사 간담이 다 떨어졌으니	船上吳兵皆膽裂
조자룡의 영용함은 세상에 짝이 없구나.	子龍英勇世無雙

또 장비를 칭찬해서 지은 시가 있으니:

장판교 가에서 눈 부릅뜨고 화를 내며	長坂橋邊怒氣騰
범이 포효하는 듯한 소리로 조조 군사 물리쳤지.	一聲虎嘯退曹兵
오늘은 강 위에서 위기의 작은 주인 구하니	今朝江上扶危主
역사는 그 이름 만세토록 전하리.	靑史應傳萬載名

두 사람은 기뻐하며 배로 돌아갔다. 그로부터 몇 마장(里) 가지 않았을 때, 공명이 대 부대의 배들을 이끌고 맞이하러 나와서 (*앞에서는 장비와 조운을 묘사하고, 지금은 공명을 묘사하는데, 만약 공명이 이때 오지 않는다면 그것은 곧 부주의로 인한 누락일 것이다.) 이미 아두를 빼앗아 가지고 돌아오는 것을 보고는 크게 기뻐했다. 세 사람은 말머리를 나란히 하여 돌아갔다.

공명은 직접 문서를 작성해서 가맹관에 있는 현덕에게 보내어 이번 일을 알렸다.

〖 9 〗한편 손 부인은 동오로 돌아가서 장비와 조운이 주선周善을 죽이고 강을 가로막고 아두를 빼앗아간 일을 자세히 이야기했다.

손권이 크게 화를 내며 말했다: "내 누이가 이미 돌아왔으니 이제는 저들과는 더 이상 친척이 아니다. 주선을 죽인 원수를 어찌 갚지 않을 수 있겠는가?"

손권은 문무 관원들을 불러 모아놓고 군사를 일으켜서 형주를 칠 일을 상의했다. (*이곳에서는 단지 손권이 형주를 취하기 위한 계책만 얘기하고 모녀가 어떻게 상봉했는지, 그리고 모친의 병이 진짜인지 가짜인지에 대해서는 얘기하지 않고 넘어가는데, 이것은 생필법省筆法이다.)

한창 군사 동원 문제를 상의하고 있을 때 갑자기 보고해 오기를, 조조가 40만 명의 대군을 일으켜서 적벽에서 패한 원수를 갚으러 온다고 했다. (*조조가 기병한 사실을 조조 편에서 얘기하지 않고 도리어 손권 편에서 들어서 알게 된 것으로 서술하고 있는데, 이 또한 생필법이다.) 손권은 크게 놀라서 형주의 일은 제쳐두고 조조를 막을 일을 상의했다.

이때 보고해 오기를, 장사長史 장굉張紘이 그간 병으로 사직하고 고향에 돌아가 있다가 이번에 병으로 죽었는데, 그가 죽으면서 남긴 유서(哀書)가 있다면서 올렸다. 손권이 봉투를 뜯어 읽어보니, 유서에서는 손권에게 말릉(秣陵: 강소성 강녕현江寧縣 남쪽 말릉관)으로 수도를 옮기라고 권하면서, 말릉의 산천에는 제왕의 기운이 있으니 속히 그곳으로 수도를 옮김으로써 만세의 기업基業으로 삼도록 하라고 했다. (*이로 인해서 후문에 가서 칭제稱帝하게 된다.)

손권은 그 유서를 읽고는 큰 소리로 곡을 한 후 여러 관원들에게 말했다: "장자강(張子綱: 장굉)이 나에게 말릉으로 옮겨가라고 권하는데, 내 어찌 그의 말을 따르지 않을 수 있겠는가!"

그리고는 즉시 건업(建業: 말릉)으로 수도를 옮기고 그곳에다 석두성 (石頭城: 지금의 남경시 청량산淸凉山 위)을 쌓도록 했다. (*석두성은 이로부터 비롯된 것이다.)

여몽呂蒙이 건의했다: "조조의 군사들이 온다면, 유수(濡須: 안휘성 운조하運遭河의 전신) 수구水口에 작은 토성을 쌓아 그들을 막아낼 수 있습니다."

여러 장수들이 모두 말했다: "강기슭으로 올라가서 적을 치고, 퇴군할 때에는 맨발로 배에 오르면 되는데 성은 쌓아서 뭘 한단 말이오?"

여몽曰: "전쟁은 유리할 때도 있고 불리할 때도 있으며, 싸우면 반드시 이긴다는 보장이 없소(兵有利鈍, 戰無必勝). 만약 졸지에 적을 만나서 보병과 기병들이 백병전을 벌이게 되면 미처 물가까지 갈 새도 없는데 어찌 배에 오를 수 있겠소?"(*지킬 수 있어야 싸울 수 있고, 대비해 놓아야 우환이 없을 수 있다. 여몽은 계책을 잘 세운다고 할 수 있다.)

손권曰: "'사람이 멀리 생각하지 않으면 반드시 가까운 근심이 있다(人無遠慮, 必有近憂)'고 하였소. (*〈논어·衛靈公(15-12)〉.) 자명(子明: 여몽)의 견해는 매우 멀리 내다본 것이오."

손권은 곧바로 군사 수만 명을 보내서 유수에 작은 토성(塢)을 쌓도록 했는데, 밤낮을 가리지 않고 공사를 해서 기한 내에 준공시켰다. (*이하에서는 손권은 제쳐놓고 이어서 조조를 서술한다.)

〖 10 〗한편 조조는 허도에서 그 권세와 위풍이 나날이 심해져 갔다.

장사長史 동소董昭가 건의했다: "자고自古로 사람의 신하로서 그 공적이 승상만한 분이 없었으니 비록 주周나라의 건국 공신 주공周公과 강태공 여망呂望이라 할지라도 승상에게는 미치지 못합니다. 바람으로 머리를 빗질하고 비로써 머리를 감는, 소위 즐풍목우(櫛風沐雨)의 온갖 고생을 다 하시기를 30여 년, 도적의 무리들을 소탕해서 백성들을 위하여 해(害)를 제거하시고 한(漢) 왕실을 붙들어 다시 일으켜 세우셨습니다. 그러하온데 어찌 다른 여러 신하들과 같은 줄(同列)에 서 계실 수 있겠습니까? 마땅히 위공(魏公)이란 작위를 받으시고 특수한 공훈이 있음을 나타내는 아홉 가지 물품(九錫)을 더하셔서 승상의 공덕을 표창해야 할 것입니다."(*동소는 전에는 허창(許昌)으로 옮기기를 청했고(*제14회 (5)의 일), 지금은 또 구석(九錫)을 더해 주기를 청한다. 조조의 심복(心腹)이 될 조건을 다 갖추고 있다. 음식을 담백하게 먹는다는 사람이 뜻밖에도 마음은 담백하지 않을 줄 미처 생각도 못했다.)

─ 아홉 가지 물품(九錫)이란 다음과 같은 것들을 말한다:

그 하나는 거마(車馬)이다. (*거마에는 대로(大輅)와 융로(戎輅)가 있는데, 대로는 쇠수레(金車)를, 융로는 병거(兵車)를 말한다. 검은 색 숫소(玄牡) 두 마리와 누런 말(黃馬) 8필이 끈다.)

그 둘은 의복(衣服)이다. (*곤면(袞冕)을 입고 거기다가 적석(赤舃)을 신는다. 곤면은 곧 왕이 입는 옷이고, 적석은 붉은 신발을 말한다.)

그 셋은 악현(樂懸)이다. (*악현은 왕의 음악을 말한다.)

그 넷은 주호(朱戶)이다. (*주호란 붉은 대문(紅門)이 달린 집을 말한다.)

그 다섯은 납폐(納陛)이다. (*납폐(納陛)란 어전에 오르는 계단(階)이다.)

그 여섯은 호분(虎賁)이다. (*호분은 3백 명으로 이루어져 있는데, 곧 문을 지키는 군사를 말한다.)

그 일곱은 부월(鈇鉞)이다. (*부월(鈇)와 월(鉞) 각각 한 개. 부월(鈇)는 곧 도끼(斧)이다. 월(鉞) 역시 도끼의 일종이다. 군사 지휘권을 상징한다.)

그 여덟은 활과 화살(弓矢)이다. (*동궁(彤弓) 하나와 동시(彤矢) 1백 개. 동(彤)은 붉은 색이란 뜻이다. 로궁(旅弓) 10개와 로시(旅矢) 1천 개. 로(旅)란 흑색이란 뜻이다.)

그 아홉은 거창(秬鬯)과 규찬(圭瓚)이다. (*거창(秬鬯) 술 한 주전자(卣)에 규찬(圭瓚)이 따른다. 거(秬)는 검은 기장(黑黍)을 말한다. 창(鬯)은 향기로운 술(香酒)

인데, 이를 땅에 부으면서 지신地神에게 고한다. 유卣는 중간 크기의 술동이(樽)이다. 규찬圭瓚은 종묘에서 사용하는 제기祭器로, 선왕先王에게 제사지내는 데 사용한다.)

〖 11 〗 시중 순욱이 말했다: "그것은 불가不可하오. 승상께서 본래 의병義兵을 일으키신 목적은 한漢 황실을 바로잡으려는 것이었소. 그러므로 마땅히 충성과 절의의 뜻을 굳게 잡고(秉忠貞之志), 겸허하게 사양하는 절조를 지켜야 하오(守謙退之節). 군자는 사람을 덕德으로써 사랑해야지 이렇게 해서는 안 되오."

조조는 이 말을 듣고 발끈 화를 내며 안색이 바뀌었다.

동소曰: "어찌 한 사람의 생각이 다르다는 이유로 여러 사람들이 바라는 바를 막는단 말이오?"

마침내 천자에게 표문을 올려서 조조를 높여서 위공魏公으로 삼고 아홉 가지 선물, 즉 구석九錫을 내려주기를 청했다. (*조조는 원래 자기 묘비에 "曹侯之墓(조후지묘)"라고 쓰는 것이 소원이라고 했다. 그러나 지금은 그 말과 크게 달라져 있다.)

순욱이 탄식을 하며 말했다: "내 오늘 이런 일을 보리라고는 생각도 못했다!"

조조는 이 말을 듣고 그가 자기를 도와주지 않는다고 생각하고 그를 심히 원망했다.

건안 17년(서기 212년. 신라 나해 이사금 17년) 겨울 10월, 조조는 군사를 일으켜서 강남으로 내려가면서 순욱에게 동행하도록 명했다. 순욱은 이미 조조가 자기를 죽이려는 마음이 있는 것을 알고 병을 핑계대고 수춘(壽春: 안휘성 수현壽縣)에 머물러 있었다.

그때 갑자기 조조가 사람을 시켜서 음식 한 합盒을 보내왔다. 합뚜껑에는 봉해 놓았다는 조조의 친필 기록(封記)이 있었다. 그러나 막상 합을 열고 보니 속에는 전혀 아무 것도 없었다. (*아무것도 없다는 것은 곧 단식斷食하라는 뜻이다.) 순욱은 그 뜻을 헤아리고 마침내 독약을 먹고 죽었다. (*한漢 문제文帝는 대장 주아부周亞夫에게 음식을 보내면서 젓가락을 넣지 않았는데 그때는 그래도 음식은 있었다. 지금 조조는 순욱에게 빈 합만 보내주었는데, 이때는 음식조차 없으니 이는 명명백백히 순욱에게 음식을 끊고 죽으라는 뜻이었다. 그러니 순욱이 어찌 죽지 않을 수 있겠는가?) 이때 그의 나이 50세였다. 후세 사람이 이를 탄식하는 시를 지었으니:

순욱의 뛰어난 재능 천하에 알려졌지만   文若才華天下聞
가련하게도 권문權門에 발 잘못 들여 놓았네.   可憐失足在權門
후세 사람들 멋대로 그를 장량에 견주지만   後人漫把留侯比
죽을 때는 한漢 천자 볼 면목 없었으리.   臨歿無顔見漢君

그 아들 순운荀惲이 순욱의 유서(哀書: 유조遺詔)를 조조에게 보내서 그의 죽음을 알리자, 조조는 깊이 뉘우치면서 그를 후히 장사지내 주도록 하고 그에게 경후敬侯라는 시호諡號를 내려주었다.

〖 12 〗 한편 조조의 대군은 유수濡須에 이르러 먼저 조홍으로 하여금 3만 명의 철갑 마군馬軍을 거느리고 강변으로 가서 적진의 실정(敵情)을 살펴보도록 했다. 그가 돌아와서 보고하기를: "멀리 장강 연안 일대를 바라보았더니 깃발들은 무수히 많이 꽂혀 있으나 군사들은 어디에 모여 있는지 알 수 없었습니다."라고 했다. (*비로소 군사들을 작은 토성 (塢) 속에 감추어 놓았음을 보게 된다.)

조조는 마음이 놓이지 않아서 자기가 직접 군사를 거느리고 앞으로 나아가서 유수구에다 진을 벌여 놓았다. 조조는 1백여 명을 거느리고 산비탈로 올라가서 멀리 전선들을 바라보았는데, 전선들은 각기 대오 隊伍를 지어 차례대로 벌여 열을 지어 있었다. 깃발들은 다섯 가지 색

상으로 나뉘어 있었고, 병장기들은 모두 선명했다. 한가운데 있는 큰 배 위에는 푸른 비단으로 만든 일산(靑羅傘)이 있었고, 그 아래에는 손권이 앉아 있었으며, 그 좌우에는 문무 관원들이 양편으로 시립侍立해 있었다.

조조가 채찍을 들어 가리키며 말했다: "아들을 낳으려면 마땅히 손중모(孫仲謀: 손권) 같은 아들을 낳아야지! 유경승(劉景升: 유표)의 아들들은 개돼지들이야!"(*유종劉琮은 조조에게 항복했으므로 조조는 그들을 박대했다. 그러나 손권은 조조에게 항거했으므로 조조는 그를 칭찬한다. 간웅의 사람 평가는 역시 평범하지 않다.)

그때 갑자기 소리가 크게 울리더니 남쪽의 배들이 일제히 나는 듯이 달려오고, 유수의 작은 토성(塢) 안으로부터 또 한 떼의 군사들이 뛰쳐나와서 조조 군사들을 들이쳤다. 조조의 군사들은 뒤로 물러나더니 곧장 달아났다. 멈추라고 호령을 해도 멈추지 않았다.

그때 갑자기 천 명인지 백 명인지 알 수 없는 수많은 기병들이 산옆으로 쫓아왔다. 선두에서 말을 타고 있는 자는 파란 눈동자(碧眼)에 자주색 수염(紫髥)을 하고 있었는데, 많은 사람들은 그가 손권임을 알아보았다.

손권은 직접 한 부대의 기병들을 이끌고 조조를 치러 왔다. 조조가 크게 놀라서 급히 말머리를 돌릴 때, 동오의 장수 한당韓當과 주태周泰가 말을 달려 곧장 산비탈 위로 쳐 올라왔다. 조조 등 뒤에 있던 허저許褚가 칼을 휘두르며 말을 달려 나가서 두 장수와 맞붙어 싸우는 틈에 조조는 몸을 빼서 영채로 돌아올 수 있었다. 허저는 두 장수와 30합을 싸우고 나서야 돌아왔다.

조조는 영채로 돌아와서 허저에게 큰 상을 내리고 여러 장수들을 야단치며 꾸짖었다: "적을 만나자마자 먼저 물러남으로써 우리 군의 사기(銳氣)를 꺾어 버리다니! 이후에도 만약 이렇게 한다면 모조리 목을 베어버릴 것이다!"

이날 밤 이경(二更: 밤 9시에서 11시 사이) 무렵, 갑자기 영채 밖에서 함성이 크게 진동했다. 조조가 급히 말에 올라서 보니 사방에서 불이 일어나면서 (*적벽에서의 불이 여기에서 또 나타났다.) 뜻밖에도 동오의 군사들이 대채 안으로 급습해 들어왔다. 날이 밝아올 때까지 싸우다가 조조의 군사들은 50여 리를 물러나서 영채를 세웠다.

조조는 속이 답답하여 틈을 내서 병서를 보고 있었다.

정욱曰: "승상께서는 이미 병법을 잘 아시면서 어찌하여 '용병은 신속히 하는 것을 귀하게 여긴다(兵貴神速)'는 말을 모르십니까? 이번에 승상께서 기병을 하시면서 시일을 끌었기 때문에 손권이 준비를 할 수 있었습니다. 손권이 유수 수구를 끼고 작은 토성을 쌓아놓아서 우리가 공격하기 어렵게 되었습니다. 그러므로 일단 군사를 물리어 허도許都로 돌아가서 따로 좋은 계책을 세우는 것만 못한 것 같습니다."

조조가 아무런 대답을 하지 않자, 정욱은 그만 나가버렸다.

〖 13 〗 조조가 책상에 엎드려 깜빡 잠이 들었는데, 갑자기 출렁거리는 조수潮水 물소리가 거세지더니, 마치 만 마리 말들이 다투어 달려갈 때 나는 것과 같은 소리가 났다. 조조가 급히 보니 큰 강 가운데서 붉은 해(紅日)가 떠밀려 올라오는데 그 찬란한 광채에 눈이 부셨다. 하늘을 우러러보니 그곳에도 해(太陽) 두 개가 서로 마주 비추고 있었다. (*해가 세 개 있음은 바로 솥의 발 세 개, 즉 삼국 정치鼎峙의 형상이다.) 그때 갑자기 강 가운데 있던 그 붉은 해가 곧장 날아오르더니 영채 앞에 있는 산속으로 떨어졌는데, 그 떨어지는 소리가 마치 우레 소리 같았다. 깜짝 놀라서 깨어보니 막사 안에서 한바탕 꿈을 꿨던 것이다.

휘하 군사가 오시(午時: 낮 11시에서 오후 1시 사이)가 되었음을 알렸다. 조조는 말을 준비하도록 하여 50여 명의 기병들을 이끌고 곧장 영채 밖으로 달려 나가서 꿈에 보았던 해가 떨어졌던 산 옆으로 갔다. 한창 살펴보고 있다가 문득 보니 한 떼의 군사들이 있었는데, 앞장을 선 사람은 황금 투구에 황금갑옷을 입고 있었다. 조조가 보니 바로 손권이었다. (*손권의 모친은 꿈에 해를 보고 손권을 낳았는데, 조조의 꿈은 바로 손권 모친의 꿈과 일치한다. 38회 중의 일이 여기에서 대조되고 있다.)

손권은 조조가 온 것을 보고 당황하지도 않고 산 위에 말을 멈춘 채 채찍을 들어 조조를 가리키며 말했다: "승상은 중원을 차지하고 앉아서 부귀가 이미 지극한데, 어찌하여 아직도 탐심을 다 채우지 못해 또 우리 강남을 침범하러 온 것이오?"

조조가 대답했다: "당신은 신하이면서도 왕실을 존중하지 않으므로 내가 천자의 조서를 받들고 당신을 토벌하러 왔다!"

손권이 웃으면서 말했다: "그런 말 하는 게 부끄럽지도 않소? 당신이 천자를 끼고서 제후들을 호령하고 있다는 것을 천하에 모르는 사람이 어디 있소? 나는 한 황실을 받들지 않는 것이 아니라 바로 당신을 쳐서 나라를 바로잡으려 하는 것이오!"

조조는 크게 화가 나서 여러 장수들에게 산으로 올라가서 손권을 붙잡으라고 야단쳤다. 그때 갑자기 북소리가 한 번 크게 울리더니 산 뒤에서 두 떼의 군사들이 뛰쳐나왔다. 오른편은 한당과 주태였고, 왼편은 진무陳武와 반장潘璋이었다. 네 명의 장수들이 데리고 있는 3천 명의 궁노수들이 마구 활을 쏘아대니 화살은 마치 비 오듯이 쏟아졌다.

조조는 급히 여러 장수들을 이끌고 말을 돌려 달아났다. 뒤에서는 네 장수들이 바짝 쫓아왔다. 중간 지점까지 쫓아왔을 때 허저許褚가 호위군虎衛軍을 이끌고 와서 동오 군사들과 맞붙어 싸워 조조를 구해 가지고 돌아갔다. 동오의 군사들은 일제히 개가를 울리면서 유수濡須로 돌아갔다.

조조는 영채로 돌아와서 속으로 생각했다: "손권은 예사 인물이 아니다. 꿈에 본 붉은 해가 떨어진 곳에 그가 나타난 것을 보면, 오랜 후에는 틀림없이 제왕이 될 것이다."(*이는 바로 말릉秣陵의 왕기王氣와 서로 조응한다.)

그리하여 그의 마음속에는 퇴군할 생각이 있었으나, 그러면서도 동오 사람들로부터 비웃음을 사게 될까봐 두려워서 진퇴 여부를 결단하지 못했다. 양군은 또 한달 넘게 서로 버티면서 몇 차례 싸웠는데 서로 이기기도 하고 지기도 했다.

그런 상태로 이듬해 정월까지 갔는데, 봄비가 끊이지 않고 내려서 강과 하천의 지류支流들은 모두 물로 가득 찼으며, 군사들은 대부분 흙탕물 속에서 지내느라 고생이 이만저만 아니었다. (*적벽대전 때는 배들을 고리로 연결해 놓아서 비록 물속에 있었지만 마치 강기슭 위에 있는 것 같았는데, 유수濡須에서는 비가 온 후 군사들은 비록 강기슭 위에 있었지만 마치 물속에 있는 것과 같았다.) 조조의 근심걱정은 깊어만 갔다.

〖 14 〗 그날 바로 영채 안에서 여러 모사들과 상의하였는데, 혹자는 조조에게 군사를 거두어 돌아가자고 권했고, 혹자는 지금은 봄 날씨가 따뜻해서 서로 버티고 있기 좋으므로 물러나 돌아가서는 안 된다고 주장했다. 조조는 머뭇거리며 결정을 내리지 못하고 있었다.

그때 갑자기 보고해 오기를, 동오의 사자가 글을 가지고 왔다고 하였다. 조조가 펴서 읽어보니, 그 내용은 대략 이러했다:

나와 승상은 피차 둘 다 한조漢朝의 신하인데, 승상은 나라에 보답하여 백성들을 편안히 할 생각은 하지 않고 함부로 군사를 움직여서 살아있는 목숨들을 참혹하게 죽이고 있으니, 이 어찌 어진 사람의 할 짓이겠소? 이제 곧 봄물(春水)이 크게 불어날 것인즉 공은 속히 돌아가는 게 좋을 것이오. 만약 돌아가지 않는다면 다시 지난 번 적벽대전 때와 같은 화를 당할 터이니, 공은 스스로 잘 생각하기 바라오.

그리고 서신 뒤에는 또 "그대가 죽지 않으면, 나도 편안할 수 없소 (足下不死, 孤不得安)."라고 두 줄로 씌어 있었다. (*조조는 손권을 영웅으로 생각하는데, 손권 역시 조조를 영웅으로 생각한다. 바로 두 사람의 마음이 서로 비추고 있는 것이다.)

조조는 그것을 보고 나서 크게 웃으며 말했다: "손중모가 나를 속이지는 않는구나."(*조조는 손권을 두려워했고, 손권 역시 조조를 두려워했다. 만약 두려워하지 않는다고 말한다면 그것은 곧 사람을 속이는 말이다.)

그는 서신을 가지고 온 사자에게 큰 상을 내리고는 곧바로 회군 명령을 내리면서, 여강廬江 태수 주광朱光으로 하여금 환성(皖城: 안휘성 잠산현潛山縣 북쪽)을 잘 지키도록 했다. 그리고 자기는 대군을 이끌고 허창으로 돌아갔다. (*적벽에서는 불(火)을 만나서 물러갔고, 유수에서는 물 (水)을 만나서 돌아갔다. 멀찍이 떨어져서 서로 대相對가 되고 있다.) 손권 역시 군사를 거두어 말릉秣陵으로 돌아갔다.

손권이 여러 장수들과 상의하여 말했다: "조조는 비록 북쪽으로 돌아갔지만 유비는 아직도 가맹관葭萌關에서 돌아오지 않고 있다. 조조를 막아낸 군사들을 이끌고 가서 형주를 취하는 게 어떻겠는가?"

장소가 계책을 올려 말했다: "당분간 군사를 움직여서는 안 됩니다. 제게 한 가지 계책이 있는데, 유비로 하여금 다시 형주로 돌아올 수 없도록 하겠습니다."

이야말로:

조조의 대군이 북으로 물러가자   孟德雄兵方退北

손권은 또 남쪽을 도모하려 큰 뜻 세우네.   仲謀壯志又圖南

장소가 무슨 계책을 말하는지 모르겠거든 다음 회를 읽어보기 바란다.

(1). 서천을 취하려는 것이 현덕의 본심이었다. 그러나 유장이 마중 나온 것을 이용하여 그를 습격하여 죽이고 그 땅을 빼앗는다면 서천 사람들의 마음을 얻을 수 없다. 이것이 현덕이 그렇게 하려고 하지 않았던 이유이다. 방통은 이 계책을 현덕에게 권했는데, 권해도 들어주지 않자 자신이 직접 그것을 실행하려고 했다. 만약 공명이 그곳에 있었다면 틀림없이 그렇게 하지 않았을 것이다. 방통의 지모는 비록 공명에 뒤떨어지지 않더라도, 기만술을 쓰면서도 그 올바름을 잃지 않고, 임기응변을 구사하면서도 정도에서 벗어나지 않는다는 점에서는 공명이 방통보다 위에 있다.

(2). 손 부인이 형주에 있으면 유비는 손권의 모친을 이용하여 손권을 견제할 수 있고; 만약 아두阿斗가 동오에 들어가면 손권도 유비의 아들을 이용하여 유비를 견제할 수 있게 된다. 손 부인처럼 영명英明한 사람이 어찌 동오가 아두를 데려가려는 의도를 모르고 그를 데리고 돌아가려고 했을까? 오 국태가 병이 위중하여 부인을 데려오라고 했다는 것은 그럴듯한 말이다. 그러나 아두를 데리고 오라고 했다는 말은 국태의 뜻이 아니라는 것은 알 수 있는 일이다. 아두를 데리고 오라는 것이 국태의 뜻이 아니라면, 부인을 데려 오라는 것 역시 반드시 국태의 뜻이 아닐 것이라는 점 역시 알 수 있는 일인데도 손 부인은 이를 잘 살피지 못하였다. 그러므로 이전의 일로 보면 손 부인은 여장부가 되기에 부끄럽지 않았으나, 나중의 일로 보면 역시 한 아녀자의 소견만 있을 뿐이다.

(3). 순욱荀彧의 죽음을 두고, 혹자는 자신을 죽여서 인仁의 덕을

이룬(殺身成仁) 행위라고 찬미하는데, 그렇지 않다. 그는 처음에 조조에게 연주兗州를 취하라고 권하면서 그것을 한漢 고조高祖와 광무제光武帝에 견주었고, 이어서 조조에게 관도官渡에서 싸울 것을 권하면서 그것을 초楚와 한漢의 전쟁에 견주었다. 무릇 그가 생각해 내고 결정했던 계책으로 조조의 참역僭逆하려는 모의謀議를 도와주지 않은 것이 없었으므로, 두목(杜牧: 당대唐代의 문학가)은 그를 도적에게 담장에 구멍을 뚫고 궤짝을 들어내도록 지시한 자라고 비꼬았는데, 참으로 지당한 말(至論)이다. 이미 조조에게 도적질을 하도록 해놓고는 후에 와서 갑자기 군자君子의 도리로써 그를 간諫하다니, 그 앞뒤가 어찌 이리도 어긋나는가? 대개 순욱의 잘못은 그가 처음에 조조를 따른 것에 있는데도 그것을 만절晩節로 덮으려고 하였으므로 식자들의 비웃음을 사게 된 게 아닐까?

(4). 전 회回와 다음 회에서는 모두 현덕이 서천西川에 들어간 일을 이야기하고 있는데, 본회에서는 갑자기 서천 얘기는 놔두고 다시 형주 이야기를 하고, 형주 이야기를 놔두고 손권 이야기를 하고, 다시 손권으로 인하여 조조 이야기를 하고 있다. 그것은 대개 아두는 서천을 40여년 간 다스리는 황제가 되는데, 서천을 취하는 것은 유씨에게는 중요한 대목이고, 손 부인에게서 아두를 빼앗는 것 역시 중요한 대목이기 때문이다. 게다가 동오가 왕기王氣가 있다면서 말릉秣陵으로 수도를 옮기는 것은 손씨가 제왕의 칭호를 참칭하게 되는 계기가 되며, 조조를 위공魏公이라 부르고 그에게 구석九錫을 더해주는 것은 조씨가 제왕帝王을 참칭하게 되는 바탕이 되기 때문이다. 그리고 조조가 꿈에 세 개의 해를 보고 손권이 조조에게 글월을 보내는 것은 서로 미워하면서도 두려워하기 때문인데, 이 또한 솥의 세 발처럼 천하를 삼분三分하는 하나의 중요한 대

목이다. 이 세 가지 중요한 대목(三大關目)이 바로 이 책의 절반 부
분에서의 핵核, 즉 눈이 되고 있다.

제62회

양회와 고패, 부관에서 참수당하고
위연, 낙성에서 공을 다투다

〖 1 〗 한편 장소가 계책을 올려 말했다: "당분간 군사를 움직이지 마십시오. 만약 군사를 일단 일으키면 조조가 틀림없이 다시 쳐들어올 것입니다. 그보다는 먼저 서신 2통을 써서 1통은 유장劉璋에게 보내시어 유비가 동오와 결탁해서 함께 서천을 취하려 한다고 말함으로써 유장으로 하여금 의심을 품고 유비를 공격하도록 하시고, 또 1통은 장로張魯에게 보내시어 형주로 군사를 진군시켜 유비로 하여금 선두부대와 후미부대(首尾)가 서로 호응할 수 없도록 하라고 하십시오. 그런 다음 우리가 군사를 일으켜 공격한다면 일을 성공시킬 수 있습니다." (*전에 현덕은 손권을 구하려고 마초에게 서신을 보냈는데, 이는 직접 구해주지 않고서 구해준 것이다. 지금 손권은 유비를 도모하려고 하면서 유장과 장로에게 서신을 보내는데, 이는 직접 도모하지 않고서 도모하려는 것이다.)

손권은 그의 말을 좇아서 즉시 사자를 두 곳으로 떠나보냈다.

한편 현덕은 가맹관葭萌關에 오래 머물며 민심을 크게 얻었다. 그때 갑자기 공명이 보내온 글을 받아보고 나서야 손 부인이 이미 동오로 돌아간 것을 알았다. 그리고 또 조조가 군사를 일으켜서 동오의 유수濡須를 침범했다는 소식도 들었다.

이에 그는 방통과 상의했다: "조조가 손권을 치는데, 조조가 이겨도 반드시 형주를 취하려 할 것이고, 손권이 이겨도 반드시 형주를 취하려 들 것이니, 이 일을 어찌하면 좋겠소?"

방통曰: "주공께서는 걱정하지 마십시오. 공명이 그곳에 있으므로 동오가 감히 형주를 침범하지는 못할 것으로 생각됩니다.

주공께서는 유장에게 글을 보내시되 다만 조조가 손권을 공격해온 것을 핑계대면서 이렇게 청하십시오: '손권이 형주로 구원을 청해 왔는데, 우리와 손권은 이와 입술의 관계에 있는지라 서로 구해주지 않을 수 없다. 장로는 자기 땅이나 지키고 앉아 있는 도적이니 결코 감히 지경을 침범해 오지 못할 것이다. 나는 이제 군사를 이끌고 형주로 돌아가서 손권과 회동會同하여 조조를 치려고 한다. 그런데 군사는 적고 양식이 부족하니 어쩌겠는가? 종친宗親으로서의 정의情誼를 베풀어 정예병사 3~4만 명과 군량 십만 섬(斛)만 속히 내어서 도와주기 바란다. 착오가 없도록 해주기 바란다.'고 하십시오. 만약 군사들과 군사물자와 군량(錢糧)을 얻게 되면 그때 가서 달리 상의하시지요."(*묘한 것은 여기에서 즉시 설명하지 않는 것이다.)

현덕은 그 말을 좇아서 사람을 성도成都로 보냈다.

〖 2 〗 사자가 부수관(涪水關: 사천성 평무平武 동남) 앞에 이르자 양회楊懷와 고패高沛가 이 일을 들어서 알고 곧바로 고패로 하여금 관을 지키도록 하고, 양회는 사자와 함께 성도로 들어가서 유장을 보고 현덕의

서신을 올렸다. 유장은 서신을 보고나서 양회에게 뭣 하러 사자와 같이 왔느냐고 물었다.

양회가 말했다: "오로지 이 서신 때문에 왔습니다. 유비는 서천西川에 들어온 이후 널리 은덕을 베풀어서 민심을 거두고 있는데 그 뜻이 매우 좋지 않습니다. 지금 군사들과 군사물자와 군량을 요구하는데, 절대로 주어서는 안 됩니다. 만약 도와주신다면 이는 바로 땔나무로 불길을 도와주는 격입니다."

유장曰: "나와 현덕은 형제의 정이 있는데 어떻게 도와주지 않을 수 있소?"

그때 한 사람이 나서며 말했다: "유비는 사납고 야심이 많은 영웅(梟雄)입니다. 그를 우리 촉 땅에 오래 머물러두고 내보내지 않는 것은 곧 범을 풀어서 방 안으로 들어오도록 하는 것과 같습니다. 그런데 이제 다시 군사와 전량으로 그를 도와준다면 범에게 날개를 달아주는 것과 무엇이 다르겠습니까?" (*한 번은 유비를 불(火)에 견주고, 한 번은 유비를 범(虎)에 견주고 있는데, 그러나 불은 이미 활활 타올라서 끌 수 없고 범은 이미 방 안에 들어와서 쫓아낼 수 없게 되었음을 누가 알았으랴.)

여러 사람들이 그를 보니, 그는 곧 영릉零陵 증양(烝陽: 호남성 형양현衡陽縣 서쪽) 사람으로 성은 유劉, 이름은 파巴, 자를 자초子初라고 하는 자였다. 유장은 유파劉巴가 한 말을 듣고는 망설이면서 결단을 내리지 못하고 있었다. 그때 황권黃權이 또다시 극력 간했다.

유장은 마침내 늙고 약한 군사들 4천 명과 쌀 1만 섬(斛)을 내어줄 생각을 하고 글을 써서 사자에게 주어 현덕에게 알리도록 했다. (*이는 줌으로써 서로의 사이에 틈이 벌어지도록 하는 것이다.) 그리고는 양회와 고패로 하여금 부수관을 굳게 지키도록 했다.

유장의 사자가 가맹관에 당도하여 현덕을 보고 회답의 글을 올렸다. 그것을 본 현덕은 크게 화를 내며 말했다: "나는 너를 위해 적을 막느라 이처럼 노심초사하면서 수고를 하는데, 너는 지금 재물을 쌓아놓고도 상을 주는 데 인색하니, 이러고서야 어떻게 사졸士卒들로 하여금 목숨 바쳐 싸우도록 할 수 있겠느냐!"

그리고는 곧바로 회답의 서신을 찢어버리고 크게 꾸짖으며 일어났다. (*그렇잖아도 트집 잡을 것을 찾고 있었는데 이 서신을 받게 되자 안면을 바꾸기 좋게 되었다.) 사자는 도망치듯이 성도로 돌아갔다.

〖 3 〗 방통曰: "주공께서는 오로지 인의仁義만을 중히 여겨 오셨는데, 오늘 서신을 찢고 화를 내신 일로 이전의 정의를 다 내버리고 말았습니다."

현덕曰: "이렇게 되었으니 이제 어떻게 해야지요?"

방통曰: "제게 세 가지 계책이 있는데, 주공께서 직접 선택하십시오."

현덕曰: "그 세 가지 계책이란 어떤 것들이오?"

방통曰: "지금 당장 정예병을 뽑아서 밤낮으로 두 배 속도로 곧장 달려가서 성도를 습격하는 것으로, 이것이 상책(上計)입니다.

양회와 고패는 촉의 명장名將들인데 각각 강한 군사들을 데리고 부수관을 지키고 있습니다. 이제 주공께서 거짓말로 형주로 돌아가시겠다고 하면 두 장수는 그 말을 듣고 틀림없이 전송하러 나올 것입니다. 전송하는 그 자리에서 그들을 붙잡아 죽이고 부수관을 빼앗고, 먼저 부성涪城을 취한 다음에 성도를 향해 진격하는 것으로, 이것이 중책(中計)입니다.

일단 군사를 백제성白帝城으로 물리고 다시 밤낮없이 행군하여 형주로 돌아간 다음 천천히 진취進取하기를 도모하는 것으로, 이는 하책(下計)입니다. (*가맹관을 버리고 돌아가는 것은 현덕으로서는 틀림없이 원하지 않을 것이다. 방통이 특별히 이 말로써 그를 자극한 것은 그가 위의 두 가지 계책 중에 하나를 택하기를 바라서이다.)

만약 망설이면서 이대로 계시다가는 장차 큰 곤경에 처하여 빠져나 갈 수 없게 될 것입니다."(*또 한 마디 말로 그의 선택을 강요하는데, 그러 나 이는 분명한 사실이다.)

현덕曰: "군사께서 말한 상책은 지나치게 촉박하고, 하책은 너무 느 슨하오. 중책이 느슨하지도 않고 촉박하지도 않으니 해볼 만하오." (*현덕은 상책을 쓰지 않고 중책을 쓰는데, 이는 여전히 남에게 악독한 짓을 '차마 하지 못하는 마음(不忍之心)'이 있기 때문이다.)

이리하여 현덕은 편지를 써서 유장에게 보냈는데, 단지 이렇게만 말 했다: "조조가 자기 부장部將 악진樂進에게 군사를 이끌고 가서 청니진 (青泥鎭: 섬서성 남전현藍田縣 동남)을 치도록 했다는데, 나의 부하 여러 장 수들은 그를 막아내지 못할 것이오. 그래서 내가 마땅히 직접 가서 막 아야만 하겠기에 미처 만나보지 못하고 특별히 글로써 하직인사를 드 리는 바이오."

〖 4 〗 서신이 성도에 이르자, 장송張松은 유현덕이 형주로 돌아가려 고 한다는 말을 듣고 그것을 참말로 생각하여 편지 한 통을 써서 사람 을 시켜서 현덕에게 보내려고 했다.

그런데 그때 마침 그의 친형 광한廣漢태수 장숙張肅이 찾아왔다. 장 송은 급히 그 편지를 소매 속에 감추고는 형을 모시고 이야기를 나눴 다. 장숙은 아우의 정신이 다른 데 가 있는 것을 보고는 마음에 의혹이 생겼다. 장송은 술을 가져와서 형과 함께 마셨다. 술잔을 주고받는 사 이에 소매 속의 편지가 땅에 떨어졌는데 그것을 장숙의 종자從者가 주 웠다. 술자리가 파한 뒤에 그 종자가 그 편지를 장숙에게 바쳤다.

장숙이 펴서 보니 그 내용은 대략 다음과 같았다.

"송松이 전날에 황숙께 드린 말씀에는 결코 허망한 거짓이 없사온데, 어찌하여 시간을 끌면서 출동하지 않으십니까? 역리(逆)로 취하여 순리(順)로 지키는 것(逆取順守)은 옛사람들이 귀히 여겼던 바입니다. 지금은 대사大事가 이미 손아귀 속에 들어와 있는데, 어찌하여 이를 버리고 형주로 돌아가시려 하십니까? 만약 무슨 차질이 있다면 저에게 알려 주십시오. 이 편지가 당도하는 날 급속히 진군하십시오. 이 송이 마땅히 안에서 호응할 것입니다. 행여 스스로 일을 그르치는 일 없도록 하십시오."

장숙은 보고 나서 크게 놀라서 말했다: "내 아우가 멸문滅門 당할 일을 꾸미고 있는데, 나로서는 고변(告變)을 하지 않을 수가 없구나!"
그날 밤 그는 편지를 가지고 가서 유장을 보고 아우 장송이 유비와 함께 서천을 유비에게 바치려는 음모를 꾸미고 있다고 자세히 이야기했다.
유장은 크게 화를 내며 말했다: "내가 평소에 그를 박대한 적이 없는데 무슨 까닭에 모반을 하려 한단 말인가!"(*그때까지 그는 여전히 꿈속에 있었다.)
곧바로 명을 내려 장송의 전 가족들을 붙잡아다 저자 거리에서 모두 목을 베도록 했다. 후세 사람이 이를 탄식하는 시를 지었으니:

한 번 보고 전부 기억하는 세상에 드문 재주	一覽無遺世所稀
편지 한 장이 천기 누설할 줄 뉘 알았으랴.	誰知書信洩天機
현덕이 왕업 이루는 것을 보지도 못하고	未觀玄德興王業
먼저 성도를 향해 피로 옷 물들였네.	先向成都血染衣

유장은 장송을 죽이고 나서 문무 관원들을 모아놓고 상의했다: "유비가 나의 기업基業을 빼앗으려고 하는데, 어찌하면 좋겠는가?"
황권曰: "이 일은 시간을 지체해서는 안 됩니다. 곧바로 사람을 각

처 관소關所로 보내서 알리되 군사를 늘려서 굳게 지키고, 형주로부터 오는 사람 하나 말 한 마리도 관 안으로 들여보내지 않도록 해야 합니다."

유장은 그의 말을 따라서 그날 밤으로 각처 관문으로 격문을 돌리도록 했다.

〖 5 〗한편 현덕은 군사를 데리고 부성涪城으로 돌아와서 먼저 사람을 시켜서 부수관에 알리되 양회와 고패에게 관을 나와서 서로 작별인사를 하자고 청하도록 했다.

양회와 고패 두 장수는 이 말을 듣고 상의했다: "현덕을 이번에 어떻게 하지?"

고패曰: "현덕은 마땅히 죽여야만 해! 우리는 각자 날카로운 칼을 몸에 품고 가서 작별인사를 할 때 그를 찔러서 우리 주공의 후환을 없애버리도록 하세." (*방통은 바로 송별인사를 할 때 두 장수를 죽이려고 했다. 두 장수들 역시 송별인사를 할 때 현덕을 찔러 죽이려고 했다. 피차 똑같은 생각이었지만, 다만 두 장수들은 자신은 알되 상대는 몰랐던(知己不知彼) 것이다.)

양회曰: "그 계책 대단히 절묘하군!"

두 사람은 수행 군사 2백 명만 데리고 현덕을 배웅하러 관에서 나가고 나머지 군사들은 모두 관에 남아 있도록 했다.

이때 현덕의 대군은 전부 출발해서 부수涪水 가에 이르렀다. 방통이 말 위에서 현덕에게 말했다: "양회와 고패가 만약 흔쾌히 온다면 저들에 대한 방비를 해놓고 있어야 하고, 만약 저들이 오지 않는다면 곧바로 군사를 일으켜서 곧장 관을 빼앗아야 합니다. 꾸물대거나 지체해서는 안 됩니다."

한창 이야기하고 있을 때 갑자기 한바탕 회오리바람이 일면서 말 앞에 있는 장수 깃발(帥字旗)을 쓰러뜨렸다. (*바람이 고변告變해 줄 필요 없이 방통은 이미 그것을 알고 있었다.)

현덕이 방통에게 물었다: "이것은 무슨 조짐이지요?"

방통曰: "이것은 경보警報입니다. 양회와 고패 두 사람이 틀림없이 자객질 할 뜻을 품고 있으니 단단히 방비를 해야 합니다."

현덕은 이에 몸에 두꺼운 갑옷을 입고 직접 보검寶劍을 차고 대비했다. 그때 양회와 고패 두 장수가 전송하러 왔다고 알려왔다. 현덕은 군사들을 멈추어 쉬도록 했다.

방통은 위연과 황충에게 분부했다: "관에서 내려온 군사들은, 그 숫자의 다소와 기병인지 보병인지를 불문하고 한 놈도 돌아가지 못하도록 하시오."(*하문에서 부수관을 속여서 문을 열도록 할 때 쓰려는 것이다.)

두 장수는 명을 받고 물러갔다.

〖 6 〗 한편 양회와 고패 두 사람은 각각 몸에 예리한 칼을 감추고 2백 명의 군사들을 데리고, 양을 끌고 술을 운반하여, 곧바로 현덕의 군영 앞에 이르렀다. 그런데 현덕 쪽에 아무런 준비가 없는 것을 보고는 자신들의 계책에 걸려들었다고 생각하며 마음속으로 은근히 기뻐했다.

군영에 들어가서 막사 앞에 이르러 보니 현덕이 방통과 함께 막사 안에 앉아 있었다.

두 장수는 인사를 하고 말했다: "황숙께서 멀리 돌아가신다는 말을 듣고 특별히 소박한 예물을 갖추어 전송하러 왔습니다."

그리고는 술을 따라서 현덕에게 권했다.

현덕曰: "두 분 장군께서는 관을 지키기도 쉽지 않을 텐데, 마땅히 이 잔을 먼저 드셔야지요."

두 장수가 술을 마시고 나자, 현덕이 말했다: "내 두 분 장군과 비밀에 속하는 일을 상의해야겠으니 관계없는 사람들은 물러가도록 하라."

곧바로 그들이 데려온 2백 명의 군사들을 모조리 중군에서 쫓아냈다. 그런 다음 현덕이 호통쳤다: "너희들은 저 두 도적놈을 체포하라!"

그 소리를 듣자마자 막사 뒤로부터 유봉劉封과 관평關平이 뛰어나왔다. 양회와 고패 두 사람은 급히 싸우려고 했으나 유봉과 관평이 각각 한 사람씩 붙잡아 버렸다.

현덕이 호통쳤다: "나는 너희 주인과 동종同宗 형제인데, 너희 두 놈은 무슨 이유로 공모해서 우리의 친밀한 정을 이간시키려 하느냐?"

방통이 좌우 사람들에게 그들의 몸을 뒤지도록 지시했다. 과연 각자로부터 예리한 칼 한 자루씩을 찾아냈다. 방통은 곧바로 두 사람의 목을 베라고 호령했으나, 현덕은 여전히 망설이며 결단하지 못했다.

방통이 말했다: "저 두 놈의 본래 의도는 우리 주인을 죽이려는 것이었으므로, 죽여도 시원찮은 큰 죄를 지었습니다."

그리고는 곧바로 도부수에게 양회와 고패를 막사 앞에서 목 베 버리도록 지시했다.

이보다 먼저 황충과 위연이 일찌감치 두 사람을 따라왔던 2백 명을 붙잡아 놓아서 한 놈도 달아나지 못했다. 현덕은 그들을 불러들여 각자에게 술을 주어 놀란 가슴들을 진정시키도록 했다. (*사람의 마음 사는 법을 잘 알고 있다.)

현덕曰: "양회와 고패는 우리 형제 사이를 이간질하고, 또 날카로운 칼을 몸에 감추어 나를 찔러 죽이려고 했기 때문에 그들의 목을 벤 것이다. 너희들은 죄가 없으니 놀라거나 의심할 것 없다."

그들은 모두 고맙다고 절을 했다.

방통曰: "나는 이제 너희들을 우리 군사들의 길 안내자로 쓸 것이니, 우리 군사들을 안내해 가서 관關을 취하도록 하라. 일이 끝난 후 각자에게 큰 상을 내릴 것이다." (*한 사람도 달아나지 못하게 한 것은 바로 이를 위해서였다.)

그들은 모두 그렇게 하겠다고 대답했다.

그날 밤 2백 명은 앞에서 가고 대군은 그 뒤를 따라갔다.

앞에 선 군사들이 관문 아래에 이르러 외쳤다: "두 장군께서 급한 일이 있어 돌아오셨다. 빨리 관문을 열어라."

성 위에서 들어보니 자기 편 군사들의 목소리인지라, 즉시 관문을 열어주었다. 대군은 일제히 몰려 들어가서 칼에 피 한 방울 묻히지 않고 부관涪關을 차지했다. (*단 두 사람만 죽였으니, 전혀 힘들이지 않은 것이다.) 촉蜀의 군사들은 모두 항복했다. 현덕은 각자에게 큰 상을 내리고, 곧바로 군사들을 전후로 나누어서 관을 지키도록 했다.

〖 7 〗 다음날 군사들을 위로하고 공청公廳에다 연석을 마련했다. 현덕은 술이 얼큰하게 취하자 방통을 돌아보고 말했다: "오늘의 이 모임, 즐겁다고 할 수 있겠지?"(*결국 진정을 드러내고 말았다.)

방통曰: "남의 나라를 치고서 즐겁다고 생각하는 것은 어진이(仁者)의 군대가 아닙니다."

현덕曰: "내가 듣기로는, 옛날에 주周 무왕武王은 상왕商王 주紂를 치고 나서 그 공로를 노래하여 상공象功이란 음악을 지었다고 하던데, 그 역시 어진이의 군대가 아니었단 말인가? (*폭군 주왕을 유장에 견준 것은 그 비교 대상이 적절치 못하다. 확실히 술 취한 사람의 말이다.) 당신 말은 어찌 도리에 맞지 않는가. 냉큼 물러가라!"

방통이 큰 소리로 웃으면서 일어났다. 좌우에 있던 사람들 역시 술 취한 현덕을 부축해서 후당後堂으로 들어갔다. 현덕은 그대로 잠이 들어 한밤중이 되어서야 술이 깼다. 좌우에 있던 사람들이 현덕에게 어제 방통을 쫓아낸 이야기를 해주자, 현덕은 크게 후회했다.

다음날 아침 일찍 현덕은 옷을 입고 당상에 올라 방통을 청해 와서 사죄하며 말했다: "어제는 술 취해서 말을 함부로 하여 기분 나쁘게 해드렸는데, 부디 마음에 담아 두지 말기 바라오."

방통은 태연히 웃으면서 이야기했다.

현덕曰: "어제는 나만 말실수한 것이지요?"

방통曰: "임금과 신하(君臣)가 다 같이 실수를 했습니다. 어찌 주공께서만 실수하셨겠습니까?"(*말 한 마디로 어색한 분위기가 얼음 녹듯 풀어졌다. 방통 역시 묘한 사람이다.)

그 말에 현덕 역시 크게 웃고 처음처럼 즐거워했다.

〖 8 〗 한편 유장은 현덕이 양회, 고패 두 장수를 죽이고 부수관을 습격했다는 말을 듣고 크게 놀라서 말했다: "오늘 과연 이런 일이 있을 줄은 생각도 못했다!"(*비로소 왕루王累의 말을 믿는다.)

그는 곧바로 문무 관원들을 모아놓고 형주 군사들을 물리칠 계책을 물었다.

황권이 말했다: "밤낮 가리지 말고 군사들을 낙현(雒縣: 사천성 광한현 북쪽)으로 보내서 주둔시켜 놓고 성도成都로 들어오는 길목을 막아야 합니다. 그렇게 하면 유비에게 비록 정예병과 용맹한 장수들이 있다고 하더라도 넘어올 수 없습니다."

유장은 곧바로 유괴劉璝, 냉포冷苞, 장임張任, 등현鄧賢 등 네 장수들에게 5만 명의 대군을 점검하여 밤낮 가리지 말고 가서 낙현을 지키고 유비를 막도록 했다.

네 장수가 행군해 가다가 유괴가 말했다: "내가 듣기로는, 금병산(錦屛山: 사천성 랑중閬中 남쪽에 있는 산) 속에 도호道號를 자허상인紫虛上人

이라고 하는 한 이인異人이 있는데, 사람의 생사生死와 귀천貴賤을 알아 맞힌다고 했소. 우리는 오늘 행군하면서 마침 금병산을 지나가게 되는데, 우리 한 번 같이 가서 물어보지 않겠소?"

장임曰: "대장부가 적을 막으러 행군해 가면서 어찌 산야山野에 숨어사는 사람에게 그런 것을 물어본단 말이오?"

유괴曰: "그렇지 않소. 성인께서도 말씀하시기를: '지성至誠을 다한 도道로써 앞일을 알 수 있다(至誠之道, 可以前知)'고 하셨소. (*〈중용中庸〉 제24장의 말.) 우리는 고명高明한 사람에게 물어서 마땅히 길한 것(吉)은 따르고 흉한 것(凶)은 피해야 하오."

이리하여 네 사람은 오륙십 명의 기병들을 이끌고 산 아래로 가서 나무꾼에게 길을 물었다. 나무꾼은 높은 산 정상을 가리키며 그곳이 곧 자허상인이 있는 곳이라고 했다.

네 사람이 산을 올라가서 암자 앞에 이르자 동자가 하나가 나와서 맞이했다. (*수경선생 집에서 있었던 일과 흡사하다.) 그 동자는 그들의 성명을 물어보고는 암자 안으로 안내했는데, 언뜻 보니 자허상인이 방석 위에 앉아 있었다. 네 사람은 절을 하고 앞일에 대해 물었다.

자허상인曰: "빈도貧道는 산속에 버려져 있는 사람인데 어찌 길흉화복(休咎)을 알겠소?"

유괴가 거듭 절을 하고 묻자 자허상인은 마침내 동자에게 종이와 붓을 가져오라고 하더니 여덟 마디의 말을 써서 유괴에게 주었다. 그 글은 이러했다:

좌룡과 우봉, 서천으로 날아드는데	左龍右鳳飛入西川
봉의 새끼 떨어지고 자던 용은 승천하네.	雛鳳墜地臥龍升天
하나 얻고 하나 잃으니 천수 원래 그렇다.	一得一失天數當然
기회 살펴 도모하고 목숨 잃지 말지어다.	見機而作勿喪九泉

유괴가 또 물었다: "우리 네 사람의 운세는 어떻습니까?"

자허상인曰: "정해진 운수는 도망쳐 피하기 어려운데 다시 물을 필요 어디 있나!"(*네 사람들 가운데 한 사람도 살아 돌아오지 못한다. 먼저 한 필筆을 숨겨놓고 있다.)

유괴가 또 물어보려고 하자 자허상인은 눈을 지그시 감고 흡사 잠이 든 것처럼 아무 대답도 하지 않았다. 네 사람은 산에서 내려왔다.

유괴曰: "선인仙人의 말은 믿지 않을 수가 없어."

장임曰: "그자는 미친 늙은이인데 그런 자의 말을 들어서 뭐가 유익하겠는가?"(*항복하지 않으려는 장임의 뜻은 이때 이미 정해져 있었다.)

네 사람은 마침내 말에 올라 앞으로 갔다.

〖 9 〗 그들은 낙현에 도착하자 군사들을 나누어 각처의 요충지로 보내서 지키도록 했다.

유괴가 말했다: "낙성雒城은 성도를 지키는 울타리인데 이곳을 잃으면 성도를 보장하기 어렵다. 우리 네 사람이 같이 의논해서 두 사람은 성을 지키도록 하고, 두 사람은 낙현 앞으로 가서 험한 산을 기대어 영채 둘을 세우도록 해서 적병들이 성 가까이 오지 못하도록 하세."

냉포와 등현이 말했다: "우리 둘이 가서 영채를 세우겠소."

유괴는 크게 기뻐하며 군사 2만 명을 나누어 냉포와 등현에게 주어 성에서 60리 떨어진 곳에 영채를 세우도록 하고, 자신과 장임은 낙성을 지키기로 했다.

한편 현덕은 부수관을 빼앗은 후 방통과 함께 낙성을 취하러 가는 문제를 상의했다. 그때 보고해 오기를, 유장이 장수 4명을 보내서 냉포와 등현이 2만 명의 군사들을 거느리고 그날로 성에서 60리 떨어진 곳에 영채 두 개를 세웠다고 하였다.

현덕은 여러 장수들을 모아놓고 물었다: "누가 감히 두 장수의 영채를 쳐서 첫 번째 공을 세우겠는가?"

말이 떨어지자마자 노장 황충黃忠이 앞으로 나서며 말했다: "이 늙은이가 가겠습니다."

현덕曰: "노 장군께선 휘하의 군사들을 거느리고 낙성으로 나아가시오. 만약 냉포와 등현의 영채를 빼앗는다면 내 반드시 큰 상을 내리겠소."

황충은 크게 기뻐하며 즉시 휘하의 군사들을 거느리고 인사를 한 후 출발하려고 하는데, 그때 갑자기 휘하의 한 사람이 나서며 말했다: "노장군께선 연세가 많으신데 어떻게 가실 수 있습니까? 소장이 비록 재주는 없으나 가고자 합니다."

현덕이 보니 바로 위연魏延이었다.

황충曰: "내 이미 대장의 명령(將令)을 받았는데, 네 어찌 감히 주제넘게 나서느냐?"

위연曰: "늙은이는 힘자랑을 해서는 안 됩니다. 제가 듣기로는, 냉포와 등현은 촉의 이름난 장수들로서 한창 혈기가 왕성하다고 하니, 노장군께서 저들을 당해 내지 못하여 우리 주공의 대사를 그르치게 될까봐 두렵습니다. (*위연이 황충을 격노하게 함으로써 황충의 성공은 더욱 필연적이게 된다.) 그래서 제가 대신 가겠다는 것으로, 이는 본래 호의에서 드리는 말씀입니다."

황충이 크게 화를 내며 말했다: "너는 내가 늙었다고 말하는데, 감히 나와 무예를 겨뤄 보겠느냐?"

위연曰: "주공께서 보시는 앞에서 직접 겨루어 봅시다. 그래서 이긴 사람이 가기로 하는 것이 어떻습니까?"

황충은 곧 성큼성큼 계단을 내려가서 부하 장교를 불렀다: "내 칼을 가져오너라!"(*사람은 비록 늙어도 보도는 늙지 않는다.)

현덕이 급히 그를 말렸다: "안 된다! 우리가 지금 군사들을 데리고 서천을 취하려고 하면서 믿는 것은 전적으로 그대 두 사람의 힘뿐이다. 이제 호랑이 둘이 서로 다툰다면 반드시 하나는 상하게 될 것이고, 그리되면 나의 대사를 그르치게 될 것이다. 내 그대들 둘에게 권하는데, 서로 말씨름 하지 말라!"

방통曰: "그대들 두 사람은 서로 다툴 필요가 없소. 지금 냉포와 등현은 영채 두 개를 세워 놓았으니, 이제 그대들 둘은 각자 휘하 군사들을 거느리고 가서 각기 영채 한 개씩을 치도록 하시오. 먼저 빼앗는 자가 곧 첫째가는 군공軍功을 세운 것으로 치겠소."

이리하여 황충에게는 냉포의 영채를 치도록 하고, 위연에게는 등현의 영채를 치도록 임무를 나누어 주었다. 두 사람은 각자 명령을 받고 떠나갔다.

방통曰: "이 두 사람이 가면서 길에서 서로 다툴까봐 염려되는데, 주공께서 친히 군사들을 이끌고 가서 후원하시는 게 좋겠습니다." (*방통은 위연이 틀림없이 황충과 공 다툼을 할 줄 미리 알았다.)

방통은 남아서 성을 지키도록 하고, 현덕은 직접 유봉劉封·관평關平과 함께 5천 명의 군사들을 이끌고 두 사람의 뒤를 따라 출발했다.

〖 10 〗 한편 황충은 영채로 돌아오자 전군에 명을 내려 내일 새벽 사경(四更: 오전 1시에서 3시 사이)에 밥을 지어 먹고, 오경五更에는 모든 준비를 마치고, 날이 밝는 대로 출발할 것인데, 왼편 산골짜기로 해서 나아갈 것이라고 했다.

이와는 반대로 위연은 몰래 사람을 시켜서 황충이 몇 시에 출병하려는지 탐지해 오도록 했는데, 탐지하러 갔던 자가 돌아와서 보고했다: "내일 새벽 사경에 밥을 지어 먹고 오경에 기병할 것이라고 합니다."

위연은 속으로 기뻐하면서 휘하의 모든 군사들에게 분부하기를, 이경(二更: 밤 9시에서 11시 사이)에 밥을 지어 먹고, 삼경三更에 출병해서, 날이 밝아올 때에는 등현의 영채 가에 당도하도록 하라고 했다.

군사들은 명령을 받고 모두들 밥을 배불리 먹고, 말의 목에 달린 방울들을 떼어내고, 사람들은 함매(銜枚: 행군할 때 군사들이 소리를 내지 못하도록 하기 위해 짧은 나무토막을 입에 무는 것)를 하고, 깃발과 갑옷을 둘둘 말아 묶은 후 몰래 적의 영채를 기습하러 갔다.

삼경三更 무렵에 영채를 떠나 앞으로 나아갔는데, 반쯤 가다가 위연은 말 위에서 생각했다: "겨우 등현의 영채 하나만 쳐서는 나의 능력을 다 드러내 보여줄 수가 없다. 그보다는 차라리 먼저 냉포의 영채로 가서 치고, 그 후에 싸움에서 이긴 군사들을 데리고 가서 등현의 영채를 치도록 하자. 그렇게 하면 두 곳을 친 공로가 다 내 것이 될 것이다."

그리고는 말 위에서 명을 내려 모든 군사들로 하여금 전부 왼쪽 산길로 해서 가도록 했다. 날이 뿌옇게 밝아올 무렵에는 냉포의 영채에서 멀지 않은 곳에 당도했다. 그곳에서 군사들에게 긴 창과 징과 북, 기치와 창검 등 병기들을 내려놓고 잠시 쉬도록 했다.

일찌감치 냉포가 길에 매복시켜 놓았던 군사가 나는 듯이 이 소식을 영채에 알렸으므로 냉포는 벌써 준비를 다 해놓고 기다리고 있었다. 포 소리가 한 번 울리자 전군은 일제히 말에 올라 쳐들어갔다.

위연은 칼을 들고 말을 달려 나가서 냉포와 붙어 싸웠다. 두 장수가 말을 타고 서로 어우러져 30합을 싸웠을 때, 서천의 군사들이 두 방향으로 나뉘어 와서 형주 군사들을 습격했다. 형주 군사들은 지난밤의 반을 달려왔으므로, 사람도 말도 다 지쳐 있어서 그들을 막아내지 못하고 뒤로 물러나서 곧바로 달아났다.

위연도 등 뒤의 자기 진영이 혼란에 빠져 있다는 소리를 듣고는 냉포를 내버려두고 말을 돌려서 달아났다. 서천의 군사들이 그 뒤를 따라 쫓아와서 형주의 군사들은 크게 패했다. (*바로 군공을 다투다가 군공을 잃어버린 것이다.)

위연이 말을 달려 5마장(里)도 못 갔을 때 산 뒤로부터 땅을 뒤흔들 듯이 북소리가 나더니 등현이 이끄는 한 떼의 군사들이 산골짜기에서 쏟아져 나와 길을 막고 큰 소리로 외쳤다: "위연은 빨리 말에서 내려 항복하라!"

위연은 말에 채찍질을 하여 나는 듯이 달아났는데, 그 말이 갑자기 앞발을 잘못 디뎌 두 발을 땅에 꿇는 바람에 위연의 몸은 공중으로 번쩍 들렸다가 아래로 떨어지고 말았다. 등현이 말을 타고 달려와서 창을 꼬나들고 위연을 찌르려고 했다. 그러나 창이 미처 위연의 몸에 닿기 전에 시위소리가 울리면서 등현이 말에서 거꾸로 떨어졌다.

뒤에서 냉포가 그를 구하러 막 오려고 할 때, 대장 하나가 산비탈에서 말을 달려 내려오며 언성을 높여 크게 외쳤다: "노장老將 황충이 여기 있다!"

그는 칼을 휘두르며 곧장 냉포에게 달려들었다. 냉포는 그를 당해내지 못하고 곧바로 뒤로 달아났다. 황충이 승세를 타고 그 뒤를 추격해 가자 서천의 군사들은 큰 혼란에 빠졌다.

〖 11 〗 황충 휘하의 한 갈래 군사들이 위연을 구해내고 (*위연은 장사성長沙城 위에서 황충을 구해 주었는데, 이날에 정말로 그 보상을 받은 것이다.) 등현을 죽이고는, 곧바로 냉포를 쫓아가서 그의 영채 앞에 이르렀다. 냉포는 말을 돌려서 다시 황충과 싸웠다. 그러나 10여 합이 못 되어 뒤에서 군사들이 몰려왔다.

냉포는 부득이 왼편의 영채를 버리고 패배한 군사들을 이끌고 오른편 영채로 갔다. 그러나 영채 안에 보이는 기치들은 전혀 다른 것이었다. 냉포가 크게 놀라서 말을 멈춰 세우고 살펴보니 맨 앞의 대장 한 사람은 금빛 갑옷에 비단전포를 입고 있었는데, 바로 유현덕이었다. 그리고 그 왼편에는 유봉, 오른편에는 관평이 있었다.

현덕이 큰소리로 호통쳤다: "영채는 내가 이미 빼앗았는데, 너는 어딜 가려고 하느냐?"

이 어찌된 일인가 하니, 현덕은 군사들을 이끌고 가서 뒤쪽에서 후원하려고 했던 것인데, 마침 승리한 기세를 타고 등현의 영채를 빼앗아버린 것이었다.

냉포는 왼편 영채로도 오른편 영채로도 갈 길이 없어져서 산 속 소로小路로 해서 낙성雒城으로 돌아가려고 했다. 그러나 10리를 못 가서 좁은 길에 매복해 있던 군사들이 갑자기 일어나면서 갈고리를 일제히 들어 올려 냉포를 사로잡아 버렸다.

이 어떻게 된 일인고 하니, 위연은 스스로 죄를 범했고 변명할 길도 없음을 알고는 뒤떨어져 있는 군사들을 수습해서, 포로로 잡은 촉병으로 하여금 길을 안내하도록 해서, 이곳에 숨어서 적병을 기다리고 있다가 마침 그를 만나게 된 것이다. 위연은 냉포를 새끼줄로 묶어서 현덕의 영채로 압송해 갔다.

〖 12 〗 한편 현덕은 면사기(免死旗: 항복하면 죽음을 면해 주겠다는 표시의 깃발)를 세워 놓고 서천의 군사로서 창을 거꾸로 잡고 갑옷을 벗고 오는 자는 절대로 죽이지 않을 것이며, 만일 해치는 자가 있으면 그 자는 자기 목숨으로 그 대가를 치르도록 하겠다고 공표했다. (*사람들의 마음을 사는 좋은 방법이다.)

또 항복한 군사들에게 알렸다: "너희 서천 사람들은 모두 부모처자가 있을 터이므로, 항복해서 우리 군사가 되기를 원하는 자는 군사로 충원할 것이고, 원하지 않는 자는 다 놓아 보내줄 것이다."

이리하여 기쁨의 환성歡聲이 천지를 진동했다. (*풀려나서 돌아간 사람들은 또 앞으로 아직 취하지 않은 땅에서 그 소문을 퍼뜨릴 것이다.)

황충은 영채를 세울 터전을 마련해 놓고 곧장 와서 현덕을 보고, 위연은 군령軍令을 어겼으니 그 목을 베야 한다고 말했다.

현덕이 급히 위연을 불러오자, 위연은 냉포를 압송해 가지고 왔다.

현덕曰: "위연이 비록 죄를 지었으나 이만한 공이면 그 죄를 속죄해 줄 수 있을 것이다."

그리고는 위연으로 하여금, 황충에게 목숨을 구해 준 은혜를 사례하고 이후로는 서로 다투는 일이 없도록 하라고 했다. 위연은 머리를 조아리며 사죄했다.

현덕은 황충에게 큰 상을 내리고, 사람을 시켜서 냉포를 막사로 압송해 오라고 했다. 현덕은 그의 묶인 것을 풀어주고 술을 내려주어 놀란 가슴을 진정시키도록 한 다음, 물었다: "너는 항복을 하겠는가?"

냉포曰: "이미 죽음을 면하게 해주셨는데 어떻게 항복을 하지 않을 수 있겠습니까? 유괴와 장임은 저와 생사를 같이하기로 한 친구들인데, 만약 저를 방면하여 돌아가도록 해주신다면 당장 두 사람을 불러와서 항복하도록 하고 낙성雒城까지 바치겠습니다."

현덕은 크게 기뻐하며 즉시 의복과 말안장을 주어 낙성으로 돌아가도록 했다. (*이는 결국 서천 장수들의 마음을 얻기 위해서다.)

위연이 말했다: "이 사람을 놓아주어서는 안 됩니다. 한 번 빠져나가면 다시는 돌아오지 않을 것입니다."

현덕曰: "내가 인의仁義로써 사람들을 대한다면 사람들도 나를 배신하지는 않을 것이다."

〖 13 〗 한편 냉포冷苞는 낙성으로 돌아가서 유괴와 장임을 보고 자기가 붙잡혀 갔다가 풀려나서 돌아온 것은 말하지 않고, 다만 "내가 10여 명을 죽이고 말을 빼앗아 돌아왔다"고만 말했다. (*요새 사람들도 체

면 구긴 일을 감추려고 할 때는 왕왕 이렇게 한다.)

유괴는 급히 사람을 성도로 보내서 구원을 청하도록 했다. 유장은 등현이 전사했다는 말을 듣고 크게 놀라서 황망히 여러 사람들을 모아 놓고 상의했다.

그의 맏아들 유순劉循이 건의했다: "제가 군사들을 거느리고 가서 낙성을 지키고자 합니다."

유장曰: "기왕에 내 아들이 가겠다고 하니, 그를 보좌해 줄 사람으로 누구를 보냈으면 좋겠는가?"

한 사람이 나서며 말했다: "제가 가겠습니다."

유장이 보니 사돈인 오의吳懿였다.

유장曰: "사돈께서 가주신다면 제일 좋습니다. 부장副將으로는 누구를 데리고 가면 되겠습니까?"

오의는 오란吳蘭과 뇌동雷同 두 사람을 부장으로 천거했다. (*세 사람은 후에 가서 모두 유비에 의해 쓰였다.) 그리하여 이들은 군사 2만 명을 점검하여 낙성으로 갔다.

유괴와 장임이 그를 맞이하여 지난 일을 자세히 말해주었다.

오의曰: "적병이 성 아래에 와 있으니 대적하기 어렵군. 그대들은 무슨 좋은 생각이 있는가?"

냉포曰: "이 일대는 마침 부강涪江을 끼고 있는데 강물의 흐름이 매우 빠릅니다. 앞쪽에 있는 적의 영채는 산기슭에 세워져 있는데 그곳의 지형이 가장 낮습니다. 제게 군사 5천 명을 주시면 각기 가래와 호미를 가지고 가서 부강의 물을 터트리겠습니다. 그렇게 하면 유비의 군사들을 모조리 물에 빠뜨려 죽일(淹殺) 수 있습니다."

오의는 그 계책을 좇아서 즉시 냉포로 하여금 가서 강물을 터트리도록 하고, 오란과 뇌동에게는 군사를 이끌고 가서 지원하도록 했다. 냉포는 명령을 받고 따로 나가서 강둑 틀 기구들을 준비했다.

〖 14 〗 한편 현덕은 황충과 위연에게 각기 영채 하나씩을 맡아서 지키도록 하고 자신은 부성涪城으로 돌아가서 군사軍師 방통과 상의했다.

그때 첩자가 돌아와서 보고했다: "동오의 손권이 사람을 보내서 동천(東川: 사천성 동부 지구)의 장로張魯와 손을 잡고 가맹관葭萌關을 치려고 합니다."(*장로가 군사를 일으킨 일을 장로 편에서 서술하지 않고 현덕 편에서 그 일을 들어서 알게 되는 것으로 서술하는데, 이는 생필법省筆法이다.)

현덕이 놀라서 말했다: "만약 가맹관을 잃게 되면 퇴로가 차단되어 우리는 진퇴양난에 빠지고 맙니다. 이를 어찌하면 좋겠소?"

방통이 맹달孟達에게 말했다: "공은 촉蜀 사람이니 지리를 잘 알 거요. 가서 가맹관을 지키는 게 어떻겠소?"

맹달曰: "제가 저와 함께 가서 관을 지킬 사람 하나를 천거하겠습니다. 그렇게 하면 절대로 실수가 없을 것입니다."

현덕이 어떤 사람이냐고 물었다.

맹달曰: "그 사람은 전에 형주 유표劉表 밑에서 중랑장中郞將을 지낸 적이 있는데, 곧 남군南郡 지강(枝江: 호북성 지강현枝江縣 동북) 사람으로 성은 곽霍, 이름은 준峻이며, 자를 중막仲邈이라고 합니다."

현덕은 크게 기뻐하며 즉시 맹달과 곽준으로 하여금 가서 가맹관을 지키도록 했다.

방통이 물러나서 집으로 돌아와 있는데, 갑자기 문지기가 알려왔다: "어떤 손님 한 분이 찾아오셨습니다."

방통이 맞으러 나가서 그 사람을 보니 키가 8척이나 되고 용모도 매우 훌륭했으나 머리는 짧게 깎아서 목 윗부분까지만 내려오고, 옷은 그리 단정하지 못했다.

방통이 물었다: "선생은 누구시오?"

그 사람은 대답도 하지 않고 곧장 마루로 올라가서 침상 위에 반듯이 드러누웠다. 방통은 심히 의아해서 거듭 물었다.

그 사람이 말했다: "우선 좀 쉬고 봅시다. 내 그대에게 천하대사를 알려드릴 테니."

방통은 그 말을 듣고 더욱 의심이 생겨서 곁에 있던 사람에게 술과 음식을 갖다 드리도록 했다. 그 사람은 일어나서 곧바로 먹는데 전혀 겸손하지도 사양(謙辭)하지도 않았다. 음식을 매우 많이 먹고 나더니 또 누워 자는 것이었다.

방통은 계속 의심이 생겨 사람을 법정한테 보내서 와서 혹시 첩자가 아닌지 봐달라고 했다. 법정이 황망히 달려왔다. 방통이 나가서 그를 맞으며 말했다: "여차여차하게 생긴 사람 하나가 와 있소."

법정曰: "혹시 팽영언彭永言이 아닐까요?"

그가 섬돌 위로 올라가서 보았다. 그 사람이 벌떡 일어나며 말했다: "효직(孝直: 법정)은 그간 무고하였는가?" 이야말로:

서천 사람 옛 친구 만났기에 　　　　　　只爲川人逢舊識

끝내 부강의 둑 터지지 않았구나. 　　　　遂令涪水息洪流

결국 이 사람은 누구인가? 다음 회를 읽어보기 바란다.

제 62 회 모종강 서시평序始評

　(1). 전회前回의 이야기를 읽으면서 손권과 유비가 서로 갈라서는 것을 보았고, 이번 회回를 읽으면서 유비와 유장이 서로 미워하게 되는 것을 보았다. 하나는 누이동생을 데려 가고 하나는 아들을 빼앗아 온 것이 손권과 유비가 갈라서는 이유였고, 하나는 군량을 주는 데 인색했고 하나는 서신을 찢어버린 것이 유장과 유비가 서로 미워하게 되는 이유이다. 그러나 손권과 유비는 갈라서더라도 다시 합칠 수 있지만, 유장과 유비는 서로 미워하게 된 이상 다시 합

칠 수가 없다. 왜 그런가?

유장이 유비를 받아들인 것은 이미 그를 거부할 수 없는 형편에 있었기 때문인데, 그를 불러와서는 다시 내보내려고 하였으니, 이 처럼 우유부단한 경우(首鼠兩端)에는 반드시 틈이 생기기 마련이다.

유비로서는 서천에 들어오고 난 후에는 이미 서천을 취하지 않을 수 없는 형편이 되었는바, 그 지경 안에 들어가서 그 땅을 차마 취하지 않는다면 곧 진퇴유곡進退維谷에 빠져서 그 화가 자신에게 닥치게 된다.

요약하면, 호랑이를 불러들이기는 쉬워도 호랑이를 몰아내기는 어렵고, 험한 곳에 들어가기는 쉬워도 험한 곳에서 빠져나오기는 어렵다(召虎易而遣虎難, 入險易而出險難耳).

(2). 방통의 계책은 세 가지인데: 그 하나는 성도成都를 취하는 것이고, 그 둘은 부관涪關을 취하는 것이며, 그 셋은 형주로 돌아가는 것이다. 그러나 형주로 돌아가는 것은 곧 계책이 될 수 없으므로 하책下策이라고 말할 수도 없다.

방통의 생각은 본래 처음 그를 환영해 주는 자리에서 유장을 습격하여 죽이는 것이 상책上策이었고, 가맹관葭萌關에서부터 나아가 성도를 취하는 것이 중책이었으며, 가맹관에서부터 나아가 부관을 취하는 것은 하책이었다. 현덕이 중책을 따른 것은 오히려 방통이 생각한 하책을 따른 것이다.

그러나 유장을 죽이고 급히 그 땅을 취한다면 인심을 얻지 못할 것이고, 또 그들을 위무慰撫하기도 쉽지 않을 것이다. 그러나 유장을 죽이지 않고 천천히 그 땅을 취한다면 인심을 얻을 수 있어서 그곳을 확실하게 차지할 수 있을 것이다. 이것이 바로 그 하책을 취하는 것이 도리어 상책이 되는 까닭일 것이다.

(3). 장숙張肅과 장송張松의 일을 보면, 형제지간임이 개탄스럽다. 하나는 자기 주인을 팔아서 영화를 구하려고 하면서도 그 형에게 알리지 않았고, 하나는 화가 자기에게 미칠까봐 겁이 나서 그 아우를 돌아보지 않았다. 같은 어미 배속에서 나온 형제간에도 오히려 이러한데, 하물며 유비와 유장은 족보를 따져 봐야 알 수 있는 동종同宗에 불과하지 않은가? 책을 읽다가 여기에 이르러 여러 번 탄식하게 된다.

(4). 글에는 정필正筆도 있고 기필奇筆도 있다. 현덕이 양회와 고패를 죽이고, 방통이 부관涪關을 취하고, 유괴가 자허상인紫虛上人을 찾아보고, 냉포가 부강의 강둑을 터트리려고 의논하는 일 등은 모두 일을 순서대로 서술하는 것으로, 이것이 정필正筆이다. 그러나 황충이 위연을 구하고, 현덕이 적의 영채에 들어가고, 위연이 냉포를 잡고, 법정이 팽양彭羕을 만나보는 일 등은 모두 갑작스레 닥친 것으로, 이것이 기필奇筆이다.
정필正筆은 사전에 그 이유를 설명하고, 기필奇筆은 사후에 그 이유를 설명한다. 정필은 철저히 일을 순서에 따라 서술하고, 기필은 철저히 일이 갑자기 닥치도록 서술하는데, 이야말로 서사敍事의 묘품妙品이라 할 수 있다.

제63회

제갈량, 방통의 죽음을 통곡하고
장익덕, 의리로 엄안을 놓아주다

〖 1 〗 한편 법정과 그 사람은 서로 보더니 각자 손뼉을 치며 웃었다. 방통이 그 이유를 물어보았다.

법정曰: "이분은 광한(廣漢: 사천성 광한현廣漢縣 북쪽) 사람으로 성은 팽彭, 이름은 양義, 자를 영언永言이라고 하는데 촉蜀의 호걸이오. 바른 말을 했다가 유장의 노여움을 사서 곤겸형(髡鉗刑: 형벌의 일종으로 머리를 깎고 목에 칼을 씌우는 형벌)에 처해져서 강제노역을 하느라 저렇게 단발 머리가 되었습니다."

방통은 이에 그를 귀한 손님을 대하는 예로 정중하게 대접하고 그에게 어디에서 왔는지 물었다.

팽양曰: "내 그대들 수만 명의 목숨을 구해주려고 일부러 왔는데, 유 장군을 뵙고 나서 말하겠소."

법정은 급히 현덕에게 알렸다. 현덕이 직접 와서 만나보고 그 이유를 물었다.

팽양曰: "장군의 선두부대 영채에는 군사들이 얼마나 있습니까?"

현덕은 사실대로 말했다: "위연과 황충이 그곳에 있소."

팽양曰: "장수가 되어서 어찌 지리를 모를 수 있습니까? 선두부대 영채는 부강에 바짝 붙어 있는데, 만약 강둑을 터뜨려서 물이 흐르도록 한 후 앞과 뒤를 군사들로 막는다면 단 한 사람도 달아날 수 없습니다."(*냉포의 계책을 일찌감치 간파해 버렸다.)

그의 말을 듣고 현덕은 크게 깨달았다.

팽양曰: "지금 강성(罡星: 북두성의 자루를 이루는 별 이름)은 서방에 있고 태백(太白: 태백성. 즉 금성)은 이곳 머리 위에 있는데, 이는 불길한 일이 있을 징조이니 부디 신중히 하십시오."

현덕은 즉시 팽양을 참모(幕賓)로 삼고, 사람을 보내서 은밀히 황충과 위연에게 알려주어 아침저녁으로 신경 써서 순경巡警을 돌아서 적이 강둑 터트리는 것을 방비하도록 했다. (*영채를 옮길 필요가 없어졌다.) 황충과 위연은 서로 상의하여 두 사람이 각각 하루씩 돌아가면서 순찰하되 만약 적병이 오는 것을 보면 서로 통보해 주기로 했다.

〖 2 〗 한편 냉포는 그날 밤 비바람이 크게 부는 것을 보고 5천 명의 군사를 이끌고 곧장 강변을 따라 나아가서 강둑을 터트릴 준비를 했다. 그때 갑자기 뒤에서 고함소리가 어지러이 나는 것을 듣고 적의 대비가 있음을 알고 급히 군사를 돌렸다. 그러나 전면에서 위연이 군사를 이끌고 쫓아와서 서천의 군사들은 뒤엉켜서 서로 짓밟고 밟혔다.

냉포가 한창 말을 달려 도망가고 있을 때 위연과 마주쳐서 서로 말을 엇갈려가며 싸웠으나, 몇 합 싸우지도 못하고 그만 위연에게 사로잡히고 말았다. (*냉포는 두 번째 사로잡혔다.) 오란吳蘭과 뇌동雷同이 지원하러 왔으나 그들 역시 황충의 군사들에 의해 격퇴당하고 말았다.

위연은 냉포를 꽁꽁 묶어 부관涪關으로 압송해 갔다. 현덕이 그를 꾸짖었다: "내 너를 인의仁義로 대하면서 돌아가도록 풀어주었거늘 어찌 감히 나를 배반한단 말이냐! 이번에는 용서할 수 없다!"

냉포를 끌고 나가 목을 베도록 하고, 위연에게는 큰 상을 내렸다. 현덕은 연석을 베풀어 팽양을 대접했다.

그때 갑자기 형주의 제갈량 군사軍師가 특별히 마량馬良을 시켜서 서신을 보내왔다고 알려왔다. 현덕이 그를 불러들여 무슨 일인지 물어보았다. 마량은 인사를 한 다음 말했다: "형주는 평안하니 주공께서는 염려하실 필요 없습니다."

그리고는 곧바로 군사軍師의 서신을 바쳤다. 현덕이 펴보니, 그 내용은 대략 다음과 같았다:

"제(亮)가 밤에 운세를 알아보기 위해 태을수太乙數를 계산해 보았더니 금년의 세차歲次는 계사년癸巳年이므로 강성(罡星: 북두칠성의 자루 별)은 서방에 있었습니다. 그리고 또 천문(乾象)을 살펴보았더니 태백(太白: 즉, 금성)이 낙성雒城 땅 위에 있었습니다. 이는 장수將帥의 신상에 흉凶한 일은 많고 길吉한 일은 적을 징조입니다. 부디 매사에 근신하시옵소서."(*팽양이 이미 한 말과 공명의 말이 일치한다.)

현덕은 서신을 읽고 나서 곧바로 마량에게 먼저 돌아가라고 했다.

현덕曰: "내 형주로 돌아가서 이 일을 의논하도록 하겠다."

방통은 속으로 생각했다: "공명은 내가 서천을 취하여 공을 세우는 게 두려워서 일부러 이런 글을 보내서 방해하려는 것이다."(*이것이 바로 방통이 공명보다 못한 점이다.)

그리고는 현덕에게 말했다: "저 역시 태을수太乙數를 계산하여 강성

金星이 서방에 있는 줄 이미 알고 있습니다. 이것은 주공께서 서천을 얻으실 조짐이지 달리 흉사凶事가 있을 조짐이 아닙니다. 저 역시 천문을 점쳐서 태백성(太白星)이 낙성 땅 위에 있는 것을 보았는데, 앞서 촉의 장수 냉포의 목을 벰으로써 이미 그 흉조에 대한 액땜을 하였습니다. 주공께서는 의심하지 마시고 급히 진군하도록 하시지요."

〖 3 〗 현덕은 방통이 거듭 재촉하므로 마침내 군사를 이끌고 앞으로 진군했다. 황충은 위연과 같이 현덕의 군사들을 맞이하여 영채 안으로 들어갔다.

방통이 법정에게 물었다: "여기서 낙성雒城으로 가려면 길이 몇 개나 있소?"

법정이 땅에다 지도를 그렸다. 현덕은 전에 장송이 준 지도와 대조해 보았는데 서로 다른 점이 전혀 없었다.

법정曰: "산 북쪽에 대로大路가 하나 있는데 그 길은 바로 낙성의 동문으로 통하고, 산 남쪽에 소로小路가 하나 있는데 그 길은 반대로 낙성의 서문으로 통합니다. 두 길 모두 행군할 만합니다."

방통이 현덕에게 말했다: "저는 위연을 선봉으로 삼아 남쪽 소로로 나아가겠습니다. 주공께서는 황충을 선봉으로 삼아 산 북쪽의 대로로 나아가시되, 낙성에 도착하여 모이도록 하시지요."

현덕曰: "나는 어릴 때부터 활 쏘고 말 타는 데 익숙했고 작은 길로 많이 다녔소. 군사께서는 대로를 따라 가서 동문을 취하시오. 나는 서문을 취하겠소."

방통曰: "대로에는 틀림없이 저지하는 군사가 있을 것이니 주공께서는 군사를 이끌고 가셔서 그들을 상대하십시오. 저는 소로로 해서 가겠습니다."

현덕曰: "군사께선 그러지 마시오. 내가 지난 밤 꿈에 신인神人 한 분을 만났는데, 그가 손에 철봉을 들고 내 바른팔을 쳤소. 꿈을 깬 후에도 여전히 팔이 아팠는데, 이번 행군은 아무래도 좋지 않은 것 같소."(*현덕은 복룡과 봉추를 좌우 두 팔로 여겼다. 방통은 그의 오른팔이었다.)

방통曰: "장사壯士가 싸움터에 나가면 죽지 않으면 상처를 입는 것이 자연스런 이치인데, 어찌 꿈속에서 있었던 일을 가지고 의심을 하십니까?"

현덕曰: "내가 의심하는 것은 공명의 서신이오. 군사軍師께선 돌아가서 부관涪關을 지키는 게 어떻겠소?"

방통은 큰소리로 웃으며 말했다: "주공께서는 공명 때문에 헷갈리고 계십니다. 그는 이 방통이 큰 공을 세우도록 하고 싶지 않아서 일부러 그런 말을 하여 주공께서 의심하도록 한 것입니다. (*전에는 단지 속으로만 생각하고 있었으나, 지금은 도리어 입으로 말하고 있다.) 사람은 마음속에 의혹이 있으면 꿈을 꾸게 되는 것이지, 무슨 흉사가 따로 있단 말입니까? 나라 일에 제 온몸을 바치는 것(肝腦塗地), 그것이 바로 이 방통의 본심입니다. 주공께서는 다시는 여러 말씀 마시고 내일 아침 꼭 출발하셔야 합니다."

〖 4 〗 이날 명을 내려 군사들은 오경(五更: 오전 3시에서 5시 사이)에 밥을 지어 먹고, 날이 밝으면 말에 오르도록 하고, 황충과 위연은 군사를 거느리고 먼저 출발시키도록 하기로 현덕과 방통은 약속했다.

그때 갑자기 방통이 타고 있던 말이 헛것을 보고 놀라서 앞으로 고꾸라지는 바람에 방통은 위로 솟구쳤다가 아래로 떨어졌다. (*이것도 하나의 불길한 조짐이다.) 현덕은 말에서 뛰어내려 직접 달려가서 그 말을 붙잡았다.

현덕曰: "군사께선 어찌 이런 불량한 말을 타시오?"

방통曰: "이 말은 타고 다닌 지 오래 됐는데, 여태 이런 일은 없었습니다."

현덕曰: "싸움터에서 말이 이처럼 헛것을 보게 되면 사람의 목숨이 위험해 집니다. 내가 타고 있는 이 백마는 성질이 아주 온순하고 길이 잘 들었으니 군사께서 타도록 하시오. 절대로 실수가 없을 것이오. 이 불량한 말은 내가 타겠소."

그리하여 현덕은 방통과 타던 말들을 서로 바꾸었다.

방통은 고맙다고 인사하고 말했다: "주공의 두터우신 은혜에 깊이 감격할 따름입니다. 비록 만 번 죽더라도 이 은혜는 다 보답할 수 없을 것입니다."(* '죽는다(死)'는 말을 한 것은 또 하나의 불길한 조짐이다.)

드디어 두 사람은 각기 말에 올라서 길을 잡아 진군했다.

현덕은 방통이 떠나가는 것을 보고 속으로 몹시 걱정이 되어 우울한 기분으로 길을 갔다.

한편, 낙성 안에서는 오의吳懿와 유괴劉璝가 냉포가 죽었다는 소식을 듣고 곧바로 여러 사람들과 상의했다.

장임曰: "성 동남쪽 산속에 소로小路가 하나 있는데 아주 중요한 길이오. 내가 직접 한 떼의 군사들을 이끌고 가서 그곳을 지킬 테니 여러분은 낙성을 굳게 지키시오. 실수해서는 안 되오."

그때 갑자기 형주의 군사들이 두 방면으로 나뉘어 성을 치러 온다고 보고해 왔다. 장임은 급히 3천 명의 군사들을 이끌고 먼저 소로로 가로질러 가서 매복했다. 장임은 위연의 군사가 지나가는 것을 보고, 그들이 전부 지나가도록 내버려 두고 경동驚動하지 말라고 지시했다.

그 뒤에 방통의 군사가 오는 것을 보고 장임의 군사가 손으로 멀리 군중의 대장을 가리키며 말했다: "백마를 타고 있는 사람은 틀림없이 유비일 것입니다."(*적로的盧는 현덕의 목숨을 구해주었는데, 백마白馬는 방통을 죽게 만든다. 전후 멀찍이서 서로 대對가 되고 있다.)

장임은 크게 기뻐하며 여차여차하게 하라고 명령을 전했다.

〖 5 〗 한편 방통은 구불구불한 산길 소로를 따라 천천히 앞으로 나아가다가 고개를 들어 살펴보니, 양편의 산이 바짝 붙어 있어서 골짜기가 좁은데 나무들은 빽빽하고, 때마침 여름이 끝나가고 가을에 접어든 때였는지라 가지와 잎들이 무성했다.

방통은 속으로 심히 의심스러워 말을 멈춰 세우고 물었다: "이곳의 지명地名이 어떻게 되느냐?"

군사들 가운데 최근 항복해온 군사가 손으로 가리키며 말했다: "이곳 지명은 낙봉파(落鳳坡: 봉이 떨어져서 죽는 산비탈이란 뜻)입니다."

방통이 놀라서 말했다: "나의 도호道號가 봉추鳳雛인데 이곳 이름이 낙봉파라니, 나에게 이롭지 못하구나."(*와룡강臥龍崗은 공명이 시작하는 곳이고, 낙봉파落鳳坡는 방통이 끝나는 곳이다. 전후로 멀찍이 서로 대對가 되고 있다.)

그는 후군에게 빨리 물러나라고 명했다. 바로 그때 산비탈 앞에서 포 소리가 울리더니 화살들이 마치 메뚜기 떼처럼 날아왔는데, 오로지 백마 탄 사람만 겨냥하고 쏘아댔다.

가련한 방통은 마구 쏘아대는 화살에 맞아 끝내 목숨을 잃고 말았다. 이때 그의 나이 겨우 36세. 후세 사람이 그를 탄식해서 지은 시가 있으니:

자취색 옥돌 무더기 같은 고향의 현산　　　古峴相連紫翠堆
그 산 굽이 옆에 방통의 집 있었지.　　　士元有宅傍山隈
어릴 때부터 비둘기 짝 부르는 소리 알아들어　兒童慣識呼鳩曲
동네에선 그의 재주 펴는 소문 다 듣고 있었지.　閭巷曾聞展驥才
천하삼분 예상하고 온갖 고생 다해 가며　　預計三分平刻削
만 리 먼 길 말 달리며 혼자 떠돌았었지.　　長驅萬里獨徘徊

그 누가 알았으랴, 천구天狗 유성 떨어지며　　　　　誰知天狗流星墜
장군의 금의환향 운수에 없는 줄을.　　　　　　　　不使將軍衣錦回

이에 앞서 동남 지방에선 이러한 동요가 불려졌다:
봉 한 마리 용 한 마리　　　　　　　　　　　　　　一鳳幷一龍
같이 촉 땅으로 들어가다가　　　　　　　　　　　相將到蜀中
겨우 중간에 이르렀을 때　　　　　　　　　　　　才到半路裏
봉 한 마리 낙봉파落鳳坡 동편에서 죽었네.　　　　鳳死落坡東
바람 불어 비 내리고　　　　　　　　　　　　　　風送雨
비는 바람 따라 내리네.　　　　　　　　　　　　雨隨風
촉한蜀漢 일어날 때 촉도蜀道 뚫리고　　　　　　　隆漢興時蜀道通
촉도 뚫렸을 때에는 용 하나만 남았네.　　　　　蜀道通時只有龍

〖 6 〗 이날 장임이 방통을 쏘아 죽이자, 형주 군사들은 앞뒤가 꽉
막혀서 앞으로 나아가지도 뒤로 물러나지도 못하여 죽은 자가 태반이
나 되었다. 앞서 간 군사가 위연에게 이 급보를 전하자, 위연은 급히
군사를 멈춰 세우고 돌아가려고 했으나 산길이 비좁아서 싸울 수가 없
었다. 게다가 또 장임이 돌아갈 길을 끊어 놓고 높은 산언덕에서 강궁
强弓과 경노硬弩로 화살을 쏘아대서 위연은 당황했다. (*위연이 죽지 않
은 것은 천행天幸인데, 방통만 혼자 천행을 만나지 못했으니, 애석한 일이다!)
　그때 최근 항복한 촉의 군사 하나가 말했다: "차라리 낙성 아래까지
빨리 달려가서 큰길로 해서 나아가는 편이 나을 것입니다."
　위연은 그 말을 좇아서 앞에서 길을 열어 낙성으로 달려갔다. 바로
그때 먼지가 자욱하게 일어나며 앞에서 한 떼의 군사들이 달려왔는데,
바로 낙성을 지키고 있던 장수 오란吳蘭과 뇌동雷同이었다. 뒤에서는
장임이 군사를 이끌고 추격해 와서 앞뒤로 협공하여 위연을 한가운데

두고 에워싸 버렸다. 위연은 죽기로 싸웠으나 벗어날 수가 없었다.

그때 문득 보니 오란과 뇌동의 후군後軍이 스스로 무너지면서 두 장수가 급히 말을 돌려서 그들을 구하러 가는 것이었다. 위연은 그 기회를 틈타서 도리어 그들의 뒤를 쫓아갔다.

그때 앞에서 한 장수가 칼을 휘두르고 말에 채찍질을 가하여 달려오면서 큰소리로 외쳤다: "문장(文長: 위연)! 내 특별히 자네를 구하러 왔네!"

그를 보니 바로 노장 황충이었다.

두 사람은 앞뒤에서 협공하여 오란과 뇌동 두 장수를 물리치고 곧장 낙성 아래까지 쳐들어갔다. 그때 유괴가 군사를 이끌고 성에서 짓쳐 나왔으나, 이번에는 현덕이 뒤에서 그들을 막아내 주어 황충과 위연은 몸을 돌려서 곧바로 돌아올 수 있었다.

현덕의 군사들이 영채까지 도망쳐 왔을 무렵, 장임의 군사들이 또 소로로 와서 길을 차단했고, 유괴와 오란과 뇌동도 앞장서서 추격해 왔다.

현덕은 두 영채를 지켜내지 못하고 잠시 싸우다가 달아나기를 반복하면서 부관으로 달아났다. 촉병들은 승리한 기세를 타고 그들 뒤를 점점 더 가까이 추격해 왔는데, 현덕의 군사들은 사람도 말도 모두 지칠 대로 지쳐서 전의를 상실하여 오직 달아날 뿐이었다. 부관까지 거의 다 왔을 때에는 장임의 일부 군사들이 바짝 뒤까지 추격해 와있었다.

그러나 다행히 왼편의 유봉劉封과 오른편의 관평關平 두 장수가 새로 전투에 투입된 3만 명의 신병(生力兵)들을 이끌고 저들의 앞을 차단하고 장임을 격퇴한 후, 도리어 20리를 추격해 가서 매우 많은 전마戰馬들까지 빼앗아서 돌아왔다.

〖 7 〗 현덕의 군사들 일행은 다시 부관으로 들어가서 방통의 소식을
물었다. 낙봉파落鳳坡에서 도망쳐온 군사가 있어서 그가 보고했다:
"군사께서는 말과 함께 마구 쏘아대는 화살에 맞아 언덕 앞에서 전사
하셨습니다."

현덕은 그 말을 듣고 서쪽을 바라보며 통곡하기를 마지않다가 멀리
바라보며 그를 위해 초혼제招魂祭를 지냈다. 모든 장수들이 다 울었다.

황충曰: "이번에 방통 군사를 잃었으니 장임은 틀림없이 부관을 공
격하러 올 텐데 어떻게 하지요? 차라리 사람을 형주로 보내서 제갈 군
사를 청해 오시도록 한 다음 서천을 취할 계책을 상의하시는 게 좋겠
습니다."

한창 이야기하고 있을 때, 장임이 군사를 이끌고 성 아래에 와서 싸
움을 걸고 있다고 보고해 왔다. 황충과 위연은 모두 나가서 싸우자고
했다.

현덕曰: "방금 우리 군사들의 예기銳氣가 꺾였으니 성을 굳게 지키
면서 군사軍師가 올 때까지 기다려야 할 것이다."

황충과 위연은 명령을 받고 오로지 성을 신중히 지키기만 했다.

현덕은 서신 한 통을 써서 관평에게 주면서 분부했다: "너는 나 대
신에 형주로 가서 군사軍師를 청해 오너라."(*후문에서 관공關公이 형주
를 지키게 되는 복필伏筆이다.)

관평은 글을 받아 가지고 밤낮을 가리지 않고 형주로 갔다. 현덕은
친히 부관을 지키면서 전혀 싸우러 나가지 않았다.

한편, 공명은 형주에서 칠월 칠석七夕 명절을 맞아 모든 관원들을 모
아놓고 밤에 연회를 베풀면서 함께 서천西川을 칠 일을 이야기하고 있
었다. 그때 문득 보니 정서 쪽 하늘에서 북두성(斗)만한 크기의 별 하나
가 하늘에서 떨어지면서 사방으로 빛을 뿌렸다.

공명은 그것을 보고 깜짝 놀라서 술잔을 땅에 내던지고 낯을 가리고 곡을 하면서 말했다: "슬프구나! 애달프구나!"

모든 관원들이 황망히 그 연유를 물었다.

공명曰: "내가 전번에 계산해 보았더니 금년에는 강성罡星이 서방에 있어서 군사軍師에게 이롭지 못하고, 또 천구天狗가 우리 군사들의 위를 지나가고 태백성太白星이 낙성雒城 위에 있기에 이미 주공께 글을 올려서 방비에 신중을 기하시라고 여쭈었다. 그런데 오늘 저녁 서방에서 별이 떨어질 줄 누가 생각이나 했겠는가. 방사원(龐士元: 방통)이 돌아간 게 틀림없다!"

그는 말을 마치자 대성통곡을 하며 말했다: "이제 우리 주공께서는 한 쪽 팔을 잃으셨구나!" (*현덕의 꿈과 상응한다.)

여러 관원들은 모두 놀랐으나 그 말을 믿지 않았다.

공명曰: "수일 안으로 틀림없이 소식이 올 것이다."

이날 밤 술자리는 중간에 흥이 깨져서 다들 헤어졌다.

〖 8 〗 수일 후 공명과 운장 등이 함께 앉아 있을 때, 관평이 왔다고 알려 와서 모든 관원들은 전부 놀랐다. 관평이 들어와서 현덕의 서신을 올렸다. 공명이 보니 서신에서 말하기를, 금년 7월 7일 방통 군사軍師가 낙봉파 앞에서 장임張任의 군사들이 쏜 화살을 맞아 전사했다는 것이었다. (*본래 7월7석은 견우와 직녀가 다리를 건너가서 서로 만난다는 전설이 있는 좋은 절기인데, 도리어 방통이 죽은 기일이 되고 말았다.)

공명이 대성통곡을 하자 여러 관원들도 모두 눈물을 흘렸다.

공명이 말했다: "이미 주공께서 부관涪關에서 진퇴양난에 빠져 계신다고 하니, 내가 가보지 않을 수가 없다."

운장曰: "군사께서 가시면 형주는 누가 지킵니까? 형주는 중요한 곳이므로 이 일은 가벼운 문제가 아닙니다."

공명曰: "주공의 편지 속에서는 비록 분명히 누구라고 말씀하시지는 않았으나, 나는 이미 주공의 뜻을 알고 있소."

그러면서 현덕의 서신을 여러 관원들에게 보여주며 말했다: "주공께서는 서신 속에서 형주의 일을 내게 부탁하니 내가 그 재능을 잘 헤아려서 위임하라고 하셨소. 비록 그렇기는 하나 지금 주공께서 관평에게 글을 주어 보내셨는데, 그 뜻은 운장 공에게 이 중임을 맡기고자 하는 것이오. (*현덕이 관평을 보낸 의도를 공명의 입을 통해 말하고 있다.) 운장은 도원결의桃園結義의 정을 생각해서 있는 힘을 다해 이 땅을 지키도록 하시오. 책임이 가볍지 않으니 공은 명심해야 하오."

운장은 더 이상 사양하지 않고 흔쾌히 승낙했다. 공명은 연석을 베풀고 인수印綬를 건네주었다. 운장은 두 손으로 그것을 받으러 나왔다.

공명은 장수의 인印을 두 손으로 받들고 말했다: "이 모든 책임이 전부 장군의 몸에 지워져 있소." (*당부의 말이 지극히 정중한데, 마치 그림처럼 묘사되어 있다.)

운장曰: "대장부가 중임을 맡았으니, 죽음으로써 지키겠소." (*방통이 '죽는다(死)'란 말을 한 것과 앞뒤로 서로 대비된다.)

공명은 운장의 입에서 '죽음(死)'이란 말이 나오는 것을 보고 마음이 언짢아서 주지 않으려고 했으나 이미 말이 나와 버린 후였다.

공명曰: "만약 조조가 군사를 이끌고 쳐들어오면 어떻게 해야 하오?"

운장曰: "힘으로 막아낼 것입니다."

공명이 또 말했다: "만약 조조와 손권이 일제히 군사를 일으켜 쳐들어오면 어떻게 하겠소?"

운장曰: "군사들을 나누어서 막을 것입니다."

공명曰: "만약 그렇게 한다면 형주는 위험해질 것입니다. (*서천을 얻기도 전에 형주를 잃게 될 조짐이 이미 이때 나타나고 있다.) 내가 여덟 글자를 말해 줄 테니 장군은 그것을 단단히 기억하고 있으시오. 그러면 형주를 지켜 보전할 수 있을 것이오."

운장이 물었다: "그 여덟 글자의 말씀은…?"

공명曰: "북으로는 조조를 막아내고, 동으로는 손권과 사이좋게 지내는 것이오(北拒曹操, 東和孫權)."(*이 말의 중점은 '東和孫權' 네 글자에 있다. 따라서 공명의 말은 8개의 글자가 아니라 단지 4글자이다. '北拒曹操'는 공명이 말하지 않아도 관공이 이미 알고 있는 것이다.)

운장曰: "군사의 말씀을 이 폐부肺腑 깊숙이 새겨두겠습니다."

〖 9 〗 공명은 마침내 그에게 인수印綬를 건네주고 문관인 마량, 이적伊籍, 향랑向郎, 미축과 무장인 미방, 요화, 관평, 주창 등으로 하여금 운장을 보좌해서 같이 형주를 잘 지키도록 했다.

그리고 한편으로 공명은 직접 군사를 거느리고 서천으로 들어갔다. 이에 앞서 그는 정예병 1만 명을 장비에게 떼어주면서 그들을 거느리고 큰길로 해서 파주(巴州: 사천성 봉절현奉節縣 동쪽)와 낙성의 서쪽으로 달려가도록 하되 제일 먼저 당도하는 자를 일등 공로자로 포상하겠다고 했다. 그리고 또 한 떼의 군사들을 떼어서 조운에게 주면서 선봉이 되어 강을 거슬러 올라가서 낙성에서 만나기로 했다. 공명은 그 뒤를 이어 간옹과 장완蔣琬 등을 이끌고 출발했다.

이 장완의 자는 공염公琰으로, 영릉零陵 상향(湘鄕: 호남성 상향현) 사람이며, 형양荊襄 지방의 명사로서 이때 서기로 있었다.

이날 공명은 군사 1만 5천 명을 이끌고 장비와 같은 날 출발했다. 장비가 길을 떠날 때 공명이 부탁했다: "서천에는 호걸들이 매우 많으니 적을 가벼이 보아서는 안 되오. (*엄안嚴顔에 대한 복필이다.) 길을 가는 도중 군사들을 훈계하고 단속하여 백성들의 물건을 노략질해서 민심을 잃는 일이 없도록 해야 하오. 이르는 곳마다 백성들을 위로하고 돌봐주어야 하며, 멋대로 군사들을 매질해서는 안 되오. 장군과 빨리 낙성에서 만나기 바라오. 실수하는 일이 있어서는 안 되오."

장비는 흔쾌히 그러겠다고 대답하고 말에 올라 떠나갔다. 그는 천천히 앞으로 나아가면서 이르는 곳마다 항복한 자들을 추호도 괴롭히지 않았다. 곧장 한중, 서천으로 가는 길(漢川路)로 해서 파군(巴郡: 사천성 중경시重慶市 지구. 강주江州)에 이르렀다.

미리 보냈던 첩자가 돌아와서 보고했다: "파군 태수 엄안嚴顔은 촉의 명장으로, 나이는 비록 많으나 힘이 아직 쇠하지 않아서 강궁强弓을 잘 당기고, 큰 칼을 쓰며, 일만의 군사들도 당해낼 수 없는 용맹함(萬夫不當之勇)이 있는데, 성을 차지하고 있으면서 항복의 깃발(降旗)을 내걸지 않고 있습니다."

장비는 성에서 10리 떨어진 곳에 영채를 세우도록 하고는 사람을 성 안으로 들여보내서 늙은 장수를 설득하도록 했다: "어서 나와서 항복한다면 성 안 모든 백성들의 목숨을 살려줄 것이다. 그러나 만약 귀순하지 않는다면 곧바로 성곽을 짓밟아 버리고 늙은이고 어린애고 할 것 없이 하나도 남겨두지 않을 것이다."

〔 10 〕 한편 엄안은 파군에 있으면서 유장劉璋이 법정法正을 현덕에게 보내서 그를 서천으로 들어오도록 청했다는 말을 듣고는 손으로 가슴을 치면서 탄식했다: "이는 이른바 '홀로 산속 깊숙이 앉아서 범을 이끌고 와서 자기를 호위해 달라(獨坐窮山, 引虎自衛)'고 부탁하는 격이구나."

그 후 다시 현덕이 부관을 차지하고 있다는 말을 듣고는 크게 화를 내며 여러 차례 군사를 거느리고 가서 싸우려고 했으나 혹시나 형주의 군사들이 이 길로 올까봐 두려워서 기다리고 있었던 것이다.

그날 장비의 군사가 왔다는 말을 듣고 그는 곧바로 휘하 군사 5,6천 명을 점검하여 적을 맞아 싸울 준비를 했다.

그때 어떤 사람이 계책을 올렸다: "장비는 당양當陽 장판교長坂橋에서 한 번의 호통으로 조조의 1백만 대군을 물리쳤습니다. 조조 역시 그 이름만 듣고서도 피하는 처지이니, 적을 가볍게 보아서는 안 됩니다. (*제42회 중의 일.) 지금은 다만 해자를 깊이 파고 보루를 높이 쌓아 굳게 지키고 나가지 말아야 합니다. 저쪽 군사는 양식이 부족해서 한 달이 안 돼서 저절로 물러갈 것입니다. 게다가 장비는 성미가 불같이 뜨거워서 걸핏하면 군사들을 매질하기 때문에, 만일 우리가 싸워주지 않으면 그는 틀림없이 화를 낼 것이며, 화가 나면 틀림없이 사납고 흉포한 기세로 자기 군사들을 대할 것이고, 그리 되면 군사들의 마음이 일변할 테니, 그 기세를 타고 저들을 공격한다면 장비를 사로잡을 수 있을 것입니다."(*옛날의 장비로써 지금의 상황을 헤아리고 있다.)

엄안은 그 말을 좇아서 군사들에게 전부 성에 올라가서 지키도록 했다. 그때 문득 보니 한 군사가 큰소리로 "문을 열라!"고 외치고 있었다. 엄안이 들여보내라고 하여 그에게 물어보았다. 그 군사가 아뢰기를, 자기는 장張 장군이 보낸 사람이라고 하면서 장비가 일러준 말을 그대로 전했다.

엄안은 듣고 나서 크게 화를 내며 꾸짖었다: "필부匹夫놈 주제에 어찌 감히 이리도 무례하단 말이냐! 나 엄 장군이 어찌 도적에게 항복한단 말이냐! 돌아가서 네놈 입으로 장비에게 말을 전하라!"

그리고는 무사를 불러서 그 군사의 귀와 코를 베도록 한 다음 영채로 돌려보냈다. (*엄안이 장비에 대해 이렇게 화를 내는 것을 묘사하는 것은 아래 글에서 장비가 그를 의로써 풀어주는 기이한 행동을 더욱 돋보이게 하려는 것이다.)

〖 11 〗 군사가 돌아가서 장비를 보고 울면서 엄안嚴顔이 사람을 이런

꼴로 만들어 놓고 욕을 하더라고 했다. 장비는 크게 화를 내면서 이를 부드득 갈고는 고리눈을 부릅뜬 채 갑옷을 입고 투구를 쓰고 말에 올라 기병 수백 기를 이끌고 파군 성 아래로 가서 싸움을 걸었다.

성 위에서 군사들이 온갖 욕설들을 다 퍼부었다. 장비는 성미가 급해서 몇 번인가 조교弔橋 앞까지 달려가서 해자를 건너려고 했으나 그때마다 성 위에서 화살을 마구 쏘아대는 바람에 그대로 돌아오곤 했다. 날이 저물 때까지 싸우러 나오는 자가 하나도 없자 장비는 뱃속 가득한 화를 참고 영채로 돌아왔다.

이튿날 이른 아침에 또 군사를 이끌고 가서 싸움을 걸었다. 그때 엄안이 성 위 누대 위에 있다가 활을 쏘아 장비의 투구를 맞혔다. (*앞에서 황충이 관공의 투구 끈을 쏘아 맞혔던 것과 전후로 대비되고 있다.) 장비는 손가락질을 하며 원망했다: "만약 늙다리 네놈을 잡게 되면 내 직접 네놈의 살점을 씹어 먹을 것이다."

이날도 날이 저물어 또 허탕을 치고 그대로 돌아왔다.

사흘째 되는 날, 장비는 군사들을 이끌고 성을 돌면서 욕설을 퍼부었다. 원래 이 성은 산성山城이어서 그 주위가 모두 험한 산이었다. 장비가 직접 말을 타고 산 위로 올라가서 성 안을 내려다보니 군사들은 전부 무장을 한 채 대오隊伍를 지어 성 안에 틀어박혀 있으면서 도무지 나오려고 하지 않았다. 또 보니 인부人夫들이 연방 왕래하며 벽돌과 돌을 나르며 성 수비를 돕고 있었다.

장비는 기마병들에겐 말에서 내리고, 보병들에겐 모두 땅바닥에 앉도록 해서 적들을 성 밖으로 유인해 내려고 했으나 그래도 성 안에서는 전혀 아무런 동정動靜이 없었다. 또 욕만 하면서 하루를 보내다가 전날과 마찬가지로 허탕을 치고 돌아왔다.

장비는 영채 안에서 혼자 생각했다: "하루 종일 욕을 퍼부어도 저것들이 나오지 않으니 이를 어떻게 하지?"

그는 문득 한 가지 계책을 생각해 내고는 군사들에게 앞으로 나가서 싸움을 걸지 말고 모두 영채 안에서 준비하고 기다리고 있도록 하고, 단지 30~50명의 군사들만 곧장 성 아래로 가서 욕을 퍼부어 엄안의 군사들을 끌어낸 다음 곧바로 쳐 죽이려고 생각했다.

장비는 주먹을 만지고 손바닥을 비비며 오직 적병이 나오기만 기다렸다. 그러나 소수의 군사들이 연달아 사흘 간 욕을 해댔으나 전연 나오지 않았다. 장비는 미간을 찡그리고 궁리하다가 또 한 가지 계책을 생각해 내고는 명을 내려 군사들로 하여금 싸움을 걸러 가지 말고 사방으로 흩어져서 땔나무를 하면서 길을 찾아보도록 했다.

한편 엄안은 성 안에 있다가 장비 쪽에서 연일 아무런 동정이 없자 마음에 의혹이 생겨서 십수 명의 군사들로 하여금 장비의 나무 하는 군사들로 위장을 하고 몰래 성을 나가서 장비의 군사들 틈에 섞여 들어 산으로 들어가서 소식을 알아보도록 했다.

〖 12 〗 그날 나무 하러 갔던 군사들이 영채로 돌아오자, 장비는 영채 안에 앉아서 발로 땅을 차며 욕을 했다: "엄안 이 늙은 놈이 공연히 나를 화나게 만드는구나!"(*이것은 옛날 장비의 진면목이다. 그러나 지금은 장비가 거짓으로 읊는 가락이다.)

그때 휘하 군사 서너 명이 말했다: "장군께서는 속을 태우실 필요 없습니다. 지난 며칠 사이 작은 길 하나를 찾아냈으니, 그곳을 통해 몰래 파군을 지나갈 수 있습니다."

장비가 일부러 큰 소리로 말했다: "그런 곳이 있으면 왜 진작 말하지 않았느냐?"

여럿이 대답했다: "지난 며칠 동안 겨우 찾아냈습니다."

장비曰: "일은 지체해서는 안 된다. 오늘 밤 당장 이경(二更: 밤 9시~11시 사이)에 밥을 지어 먹고 삼경(三更: 새벽 1시~ 3시 사이)에 달이 밝으면 영채를 거두어 모두 출발하도록 하되 사람은 하무(枚)를 물고 말은 방울을 떼어서 소리가 나지 않도록 하여 조용히 가도록 한다. 내가 직접 앞에서 길을 열 테니 너희들은 차례대로 뒤따라 오거라!"

장비는 이처럼 명령을 내려 온 영채 안에 다 알리도록 했다.

정탐하러 갔던 군사들은 이 소식을 듣고 전부 성 안으로 돌아가서 엄안에게 보고했다.

엄안은 크게 기뻐하며 말했다: "나는 이미 네 따위 필부 놈이 끝까지 견뎌내지 못할 줄 알고 있었다. 네가 작은 길로 몰래 지나가려고 하는데, 틀림없이 군량과 말꼴 등을 실은 수레(輜重)는 후미에 있을 것이니, 내가 뒷길을 끊어버리면 네놈이 어떻게 지나간단 말이냐? 참으로 지모라고는 쓸 줄 모르는 놈이 내 계략에 걸려들었구나!"

그는 즉시 명을 내려 군사들로 하여금 적을 치러 나갈 준비를 하도록 했다: "오늘 밤 이경二更에 우리도 밥을 지어 먹고 삼경三更에 성을 나가서 나무가 우거진 곳에 매복하고 있다가 장비가 목구멍과 같은 작은 길목을 지나간 후 수레들이 올 때 북소리를 듣고는 일제히 뛰쳐나가 치도록 하라."

명령이 하달되고 막 어두워지려고 할 때 엄안의 군사들은 전부 밥을 배불리 먹고 무장을 단단히 한 다음 조용히 성을 나가서 사방으로 흩어져 매복하고 있으면서 북소리가 나기만을 기다렸다. 엄안은 직접 비장裨將 십여 명을 이끌고 가서 숲속에서 말에서 내려 매복했다.

〖 13 〗 약 삼경이 지난 후, 멀리서 장비가 직접 앞에 서서 창을 비껴들고 말을 몰아 조용히 군사를 이끌고 나아가는 것이 보였다. 서너 마장(里)을 못 갔을 때 그 뒤로 짐을 실은 수레들과 군사들이 연속해서 나아가고 있었다.

엄안은 그것을 똑똑히 보고서 일제히 북을 울리도록 했다. 그러자 사방에서 복병들이 전부 일어났다. 수레들을 한창 공격해서 빼앗으려고 할 때, 등 뒤에서 징소리가 울리더니 한 떼의 군사들이 짓쳐 나오며 큰 소리로 호통을 쳤다: "늙은 도적은 도망가지 마라! 내 너를 기다리고 있었는데 마침 잘 만났다."

엄안이 급히 머리를 돌려보니 선두에 선 대장은 표범의 머리(豹頭)에 고리눈(環眼)을 하고, 제비턱(燕頷)에 호랑이 수염(虎須)을 하고, 손에는 장팔사모丈八蛇矛를 들고 새까만 말을 타고 있는데, 바로 장비였다.

사방에서 징소리가 크게 진동하면서 많은 군사들이 쳐들어왔다. 엄안은 장비를 보고 어쩔 줄 몰라 하면서 그대로 어우러져 싸웠으나, 서로 싸우기 10합도 못 되어 장비가 일부러 허점을 보이자 엄안은 한 칼로 찍으려고 덤볐는데, 장비가 번개같이 몸을 비키며 와락 달려들어 엄안의 갑옷 끈을 잡아당겨 사로잡아서는 땅바닥에 내던졌다. 군사들이 앞으로 달려 나가서 그를 밧줄로 꽁꽁 묶었다.

이 어찌된 일인가 하니, 앞서 지나간 것은 가짜 장비였다. 장비는 엄안이 북을 쳐서 신호로 삼을 줄 알고 자기는 징을 쳐서 신호로 삼았던 것으로, 징소리가 울리자 모든 군사들이 일제히 달려왔던 것이다. 서천의 군사들은 태반이 갑옷을 버리고 창을 거꾸로 잡고 항복했다.

〖 14 〗 장비가 급히 달려서 파군성巴郡城 아래에 당도해 보니, 후군은 이미 성 안에 들어가 있었다. 장비는 백성들을 죽이지 못하도록 하고 방문榜文을 내다붙여 백성들을 안심시켰다. 이때 여러 도부수들이 엄안을 끌고 왔다.

장비가 대청 위에 앉아 있는데 엄안은 무릎을 꿇으려고 하지 않았다. 장비가 화난 눈을 부릅뜨고 이를 부득부득 갈면서 크게 꾸짖었다: "대장은 이런 지경에 이르렀는데도 어찌 항복하지 않고 감히 항거하려 하는가?"

그러나 엄안은 전혀 두려워하는 빛이 없이 도리어 장비를 꾸짖었다: "너희는 의리 없이 우리 땅(州郡)을 침범했다. 머리가 잘려나가는 장군(但有斷頭將軍)은 있을지언정 항복하는 장군은 없을 것이다(無降將軍)!"(*이 두 마디 말은 천고千古의 미담美談으로 전해온다.)

장비가 크게 화를 내면서 좌우 사람들에게 그의 목을 베라고 호통을 쳤다. 그러자 엄안이 호통을 치면서 말했다: "이 도적놈아! 목을 베려면 벨 것이지 왜 화를 내느냐!"

장비는 엄안의 목소리가 웅장하고 안색이 조금도 변하지 않는 것을 보자 노여움을 풀고 기뻐하면서 계단을 내려가 주위 사람들을 물리고는 직접 그 묶은 것을 풀어주고 옷을 가져다 입힌 다음, 부축해 일으켜서 당상 한가운데 높이 앉히고는 고개를 숙여 절을 하며 말했다: "방금 막말을 해서 욕을 보였습니다만, 행여 책망하지 마시오. 나는 평소 노老 장군께서는 호걸豪傑이심을 알고 있습니다."

엄안은 그 은의恩義에 감동되어 마침내 항복을 했다. 후세 사람이 엄안을 칭찬하여 지은 시가 있으니:

백발장군께서 서촉 땅에 계시니	白髮居西蜀
그 맑은 명성 나라 안에 떨쳤네.	淸名震大邦
충성스런 마음은 밝은 달처럼 빛났고	忠心如皎月
그 호연지기는 장강을 덮었어라.	浩氣卷長江
차라리 머리 잘려 죽을지언정	寧可斷頭死
어찌 무릎 꿇고 항복할 수 있겠는가.	安能屈膝降
파주 군의 연로하신 장수	巴州年老將
천하에 다시 그 짝이 없어라.	天下更無雙

또 장비를 칭찬하는 시가 있으니:

엄안을 생포한 그 용기 사람들 중엔 다시없고	生獲嚴顔勇絕倫
오로지 의기로써 군사와 백성들을 복종시켰다.	惟憑義氣服軍民
지금도 파촉 땅 사당에는 그 얼굴 남아 있어	至今廟貌留巴蜀
사당엔 술과 안주 갖춰놓고 매일 제사지낸다.	社酒鷄豚日日春

장비가 엄안에게 서천으로 쳐들어갈 계책을 물었다.

엄안日: "패배한 장수가 장군의 두터운 은혜를 입었으나 보답할 길이 없었는데, 이제 견마지로犬馬之勞를 다하여 화살 한 대 쏠 필요 없이 곧장가서 성도를 취하고자 합니다." 이야말로:

한 장수가 진심으로 항복해 온 후	只因一將傾心後
연이어진 여러 성들도 쉽게 항복시키네.	致使連城唾手降

그 계책이 어떤 것인지 모르겠거든 다음 회를 읽어보기 바란다.

제 63 회 모종강 서시평序始評

(1). 이전 글에서 강물을 터트린 일이 두 번 있었다: 조조가 사수泗水를 터트려서 하비성을 침몰시킨 일과, 장하漳河를 터트려서 기주 성을 침몰시킨 것이 그것이다. 뒤편 글에서 강물을 터트린 일이 하나 나오는데, 관공이 상강湘江의 물을 터트려서 칠군七軍을 몰살시키는 것이 그것이다. 그런데 이번 회에서는 비록 부수涪水를 터트리려고 했으나 그럴 수가 없어서 결국 터트리지 못했다. 앞에서 실제로 성공한 일이 두 번 있었기에 여기서는 허탕을 친 일이 한 번 없을 수 없다. 이곳에서 허탕 친 일이 한 번 있기 때문에 후에 가서 한 번 실제로 성공을 하게 되는 것이다.

문장에는 이처럼 허실虛實이 상생相生시켜 주는 기법이 있다. 뜻하지 않았던 천연적인 이런 묘한 일들이 있어서 이러한 묘한 문장을 만들어내는 것이다.

(2). 방통의 죽음을 보면 형주를 잃게 되는 이유와 관공이 죽게되는 이유를 알 수 있다. 무슨 말인가? 방통이 죽지 않았더라면 서천을 취하는 일은 방통에게 맡겨졌을 것이고 공명은 형주를 떠나지 않아도 되었을 것이다. 만약 서천의 백성들을 위무하는 일이 공명에게 위임되었다면 형주는 또 방통에게 맡겨졌을 것이므로, 비록 여몽呂蒙과 육손陸遜이 있다 한들 어찌 그들의 속임수 계책을 써 볼 수 있었겠는가? 그러므로 형주를 잃은 것과 관공이 죽은 것은 여몽과 육손의 지모가 많고 능력이 뛰어나서가 아니라 다만 방통의 죽음과 관련된 것이다. 그러므로 공명이 방통의 죽음에 곡을 한 것은 관공을 위해서 곡을 한 것이라고도 할 수 있고 형주를 위해서 곡을 한 것이라고 할 수도 있다.

(3). 심하도다! 조급하게 나아가려는 마음(躁進之心)은 경계하지 않아서는 안 되고, 남이 나를 시기하거나 혐오한다고 생각하는 마음(人己猜嫌之情)은 가져서는 안 된다. 방통이 죽기 전에 별이 그를 위해 변고를 알려 주었고, 꿈이 그를 위해 변고를 알려 주었고, 말도 그를 위해 변고를 알려 주었다. 그러나 방통은 공명이 자기가 공을 세우는 것을 시샘하는 것으로 의심하고는 공명功名을 속히 이루려 하다가 마침내 죽고 말았으니, 봉황(鳳)이 도리어 밤하늘을 날아갈 때 주살과 사람의 해를 피할 줄 아는 기러기만도 못하였으니, 아! 비록 이를 천명天命이라고 말하더라도 어찌 또한 인간 자신이 하기 나름 아니겠는가!

(4). 공명이 융중隆中에서 계책을 정하면서 한 말이 "밖으로 손

권과 손을 잡는다(外結孫權)"는 것이었는데, 이것이 소위 "동으로 손권과 사이좋게 지내라(東和孫權)"는 것이다. 그가 "그런 후에 중원을 도모할 수 있다(中原可圖)"고 말한 것은 소위 "북으로 조조를 막아라(北拒曹操)"는 것이다. 그가 관공에게 해준 말은 바로 이것이었다. … 손권과 유비가 서로 갈라서는 것은 그다지 우려할 만한 일은 아니지만, 조조와 손권이 힘을 합치는 것은 크게 우려할 만한 일이다. 만약 단지 북으로 조조를 막는 것만 알고 동으로 손권과 사이좋게 지내야 하는 줄 모른다면, 그가 어떻게 조조를 억누를 수 있겠는가?

(5). 장비의 일생에는 통쾌한 일이 몇 번 있었다: 이번 일 전에는 독우督郵를 채찍질한 일(*제2회)이 있었고, 여포에게 욕을 퍼부은 일이 있었고, 장판파長坂坡에서 조조의 대군에게 호통을 친 일이 있었고(*제41회), 손 부인이 데려가려는 아두阿斗를 빼앗아온 일도 있었다(*제61회). 그러나 이전의 여러 일들에서의 용기는 엄안嚴顔을 사로잡은 지혜만 못하다. 그러나 엄안을 사로잡은 지혜보다는 그를 풀어 놓아준 것이 더 뛰어난 지혜이다. 장비는 공명을 만나기 전에는 용기는 남아돌았지만 지혜가 부족했는데, 공명을 만난 후부터는 용기에도 여유가 있었고 지혜에도 여유가 있었다. 일단 공명의 훈도薰陶를 받은 후에는 그의 거칠고 사나운 기운도 변했고, 교만 떨던 기운도 변했다.

용기는 배울 수 없지만 지혜는 배울 수 있다(勇不可學, 而智可學). 익덕의 용기는 본래 그가 가지고 있었던 것이지만, 그의 지혜는 공명이 가르쳐준 것이다.

제64회

공명, 계책을 써서 장임을 사로잡고
양부, 군사를 빌려 마초를 격파하다

〖 1 〗 한편 장비가 엄안에게 계책을 묻자, 엄안이 말했다: "여기서 부터 낙성雒城까지의 방어 관문들은 전부 이 늙은 사람이 관할하는바, 관군官軍들은 모두 제가 장악하고 있습니다. 지금 장군의 은혜에 감격 하면서도 보답할 길이 없었는데, 이 늙은 사람이 선봉이 되어 이르는 곳마다 전부 불러내서 항복하도록 하겠습니다." (*한 사람의 단두장군斷 頭將軍이 항복해 와서는 수많은 항장군降將軍들을 데려온다.)

장비는 그에게 고맙다고 인사하기를 마지않았다.

이리하여 엄안은 선두부대가 되고 장비는 군사를 거느리고 그 뒤를 따라갔다. 이르는 곳마다 전부 엄안의 관장 하에 있었으므로 모두들 불러내서 투항하도록 했다. 간혹 주저하면서 결단을 내리지 못하는 자 가 있으면 엄안이 말했다: "나조차도 항복을 했는데 하물며 자네가 왜 그러는가?"

이로부터 모두들 소문만 듣고도 귀순해 왔으므로 한 번도 맞붙어 싸운 적이 없었다. (*사건을 간략히 처리하는 것 역시 필筆을 줄이는 방법이다. 이하에서는 장비를 제쳐두고 현덕 쪽을 서술한다.)

〖 2 〗 한편 공명은 이미 출발 일정을 현덕에게 알리면서 모두 낙성에서 모이자고 했다.

현덕은 여러 관원들과 상의했다: "이제 공명과 익덕이 두 방면으로 나뉘어 서천을 치러 오는데 낙성에서 만나 같이 성도로 들어가기로 하였소. 수륙 양군이 이미 7월 20일에 출발했다고 하니 지금쯤은 그곳에 거의 다 도착했을 것 같은데, 이제 우리도 곧바로 진군하도록 해야겠소."

황충曰: "장임張任이 매일 와서 싸움을 걸어도 우리가 성에서 나가지 않자 저들의 마음이 해이해져서 대비를 하지 않고 있습니다. 오늘 밤 군사를 나누어 적의 영채를 습격한다면 밝은 대낮에 싸우는 것보다 나을 것 같습니다."

현덕은 그의 말을 좇아서 황충黃忠에게는 군사를 이끌고 왼편 길로 나아가도록 하고, 위연魏延에게는 군사를 이끌고 오른편 길로 나아가도록 하고, 자기는 중로中路를 취해 나아가기로 했다.

이날 밤 이경二更에 군사들을 세 방면으로 나누어 일제히 출발했는데, 장임은 과연 아무런 대비도 하지 않고 있었다. 형주의 군사들이 대채大寨로 몰려 들어가서 불을 지르자 시뻘건 불길이 하늘로 치솟았다. 촉병들이 달아나서 그날 밤 낙성까지 쫓아갔는데, 성 안에서 군사들이 나와서 장임의 군사들을 맞이하여 성 안으로 들어가 버렸다. 현덕은 중로까지 되돌아가서 영채를 세웠다.

다음날 현덕은 군사를 이끌고 곧장 낙성으로 가서 성을 에워싸고 공격했다. 그러나 장임은 군사들을 눌러 두고 성 밖으로 싸우러 나가지 않았다. 성을 공격하기를 4일째 되는 날, (*만약 공명이 오지 않는다면 곧바로 성을 쳐서 깨뜨렸을 것이다. 그랬다면 공명의 계책 쓰는 것이 교묘함을 보여줄 수 없게 된다.) 현덕은 직접 한 부대의 군사들을 거느리고 서문을 치고 황충과 위연에게는 동문을 공격하도록 하면서, 남문과 북문은 적병들이 달아날 수 있도록 남겨두었다. 원래 남문 일대는 전부 산길이고 북문은 부강涪江에 임해 있기 때문에 포위하지 않았던 것이다.

장임이 멀리서 바라보니, 현덕은 서문 앞에서 말을 타고 왔다 갔다 하면서 군사들을 지휘하여 성을 공격하는데, 진시(辰時: 오전 7~9시)부터 공격하기 시작하여 미시(未時: 오후 1~3시)에 이르니 군사들이 점점 지쳐가는 것이었다. 장임은 오란吳蘭과 뇌동雷同 두 장수로 하여금 군사들을 이끌고 북문을 나가서는 동문 쪽으로 돌아가서 황충과 위연을 맞이해 싸우도록 하고, 자기는 군사들을 이끌고 남문을 나가서는 서문 쪽으로 돌아가서 혼자서 현덕을 맞이해 싸우기로 했다. 그리고 성 안에 남아 있는 군사들과 백성들은 전부 성 위로 올라가서 북을 치고 고함을 질러 위세를 돕도록 했다.

〖 3 〗 한편 현덕은 붉은 해가 서쪽으로 많이 기운 것을 보고 후군에게 먼저 물러가라고 했다. 군사들이 막 돌아서려고 할 때 성 위에서 함성이 잠깐 일어나더니 남문 안으로부터 군사들이 뛰쳐나오는 것이었다. 장임은 현덕을 잡으려고 곧장 말을 달려 군중으로 들어갔는데, 그 바람에 현덕의 군중은 일대 혼란에 빠졌다. 이때 황충과 위연도 습격해 온 오란과 뇌동을 대적하느라 붙들려 있어서 양편은 서로를 돌볼 여유가 없었다.

현덕은 장임을 당해 내지 못하고 말머리를 돌려 산간 소로로 달아났다. 장임이 뒤에서 그를 바짝 추격해 와서 곧바로 따라잡을 상황이 되었다. 현덕은 단기필마(一人一馬)였고, 장임은 기마병 여러 명을 이끌고 쫓아왔다. 현덕이 앞을 향해 있는 힘을 다해 말에 채찍질을 하여 달아나고 있을 때 갑자기 산길에서 한 떼의 군사들이 뛰쳐나왔다. 현덕은 말 위에서 비명을 질렀다: "앞에는 복병이 있고 뒤에는 추격병이 있으니, 하늘이 나를 버리시는구나!"

그때 문득 보니 오고 있는 군사들의 선두에 선 대장은 바로 장비였다.

이 어찌된 일인고 하니, 장비는 엄안과 같이 바로 그 소로를 따라 오다가 멀리서 먼지가 자욱하게 일어나는 것을 보고는 서천의 군사들과 교전하고 있음을 알았다. 장비는 선두에서 오다가 마침 장임과 맞닥뜨리자 곧바로 맞붙어 싸우게 되었는데, 서로 어우러져 싸우기를 10여 합에 이르렀을 때, 등 뒤에서 엄안이 많은 군사들을 이끌고 대거 앞으로 나아가자 장임은 화급히 몸을 돌려 달아났다. 장비는 곧장 그 뒤를 추격하여 성 아래까지 갔으나 장임은 물러가서 성 안으로 들어간 다음 조교弔橋를 당겨 올려버렸다.

〖 4 〗 장비가 돌아가서 현덕을 보고 말했다: "군사軍師께서는 강을 거슬러 오고 있는데 아직도 도착하지 못하여 도리어 첫째가는 군공軍功을 나한테 빼앗기고 말았습니다."(*그가 큰소리칠 수 있게도 되었다.)

현덕曰: "산길이 험난한데 어떻게 막는 군사들도 없이 이처럼 신속하게 진군해서 여기에 먼저 도착할 수 있었는가?"

장비曰: "오는 길에는 관문이 45곳이나 있었으나 모두 노장 엄안 덕에 오는 길 내내 추호도 힘들지 않았습니다."(*의기義氣로 한 사람을 풀어준 것이 아니라 지모로 많은 군郡들을 거두어들인 것이다.)

그리고는 곧바로 엄안을 사로잡은 후 의기로 풀어준 일을 처음부터 끝까지 죽 이야기하고는 엄안을 이끌고 와서 현덕에게 인사를 시켰다.

현덕은 그에게 사례하여 말했다: "만약 노 장군이 아니었다면 내 아우가 어찌 여기까지 올 수 있었겠소?"

그는 즉시 자기가 입고 있던 황금으로 만든 쇄자갑(鎖子甲: 작은 비늘로 만든 갑옷으로, 갑옷 속에 받쳐 입는다)을 벗어서 그에게 주었다. (*이미 항복해온 자를 포상하는 것은 아직 항복해 오지 않은 자에게 항복해 오기를 권하는 것이다.) 엄안은 고맙다고 절을 하고 받았다.

막 술자리를 벌이려고 하는데 갑자기 정탐병이 돌아와서 보고했다: "황충 장군과 위연 장군이 서천 장수 오란·뇌동과 싸우고 있는데 성 안에서 오의吳懿와 유괴劉璝가 또 싸움을 도우려고 군사를 이끌고 나와서 양쪽에서 협공하는 바람에 우리 군사들은 당해 내지 못하고 위연과 황충 두 장군은 패하여 동쪽으로 달아났습니다."

장비는 그 보고를 듣고 곧바로 현덕에게 군사를 두 방면으로 나누어 그들을 구원하러 가자고 청했다. 이리하여 장비는 왼편에서, 현덕은 오른편에서 급히 앞으로 달려 나갔다.

오의와 유괴는 뒤에서 일어나는 함성을 듣고는 황급히 군사를 물려서 성 안으로 들어가 버렸다. 그러나 오란과 뇌동은 그대로 군사를 이끌고 황충과 위연의 뒤를 추격해 가다가 그만 현덕과 장비에게 돌아갈 길을 끊기고 말았다. 그러자 황충과 위연도 말머리를 돌려서 다시 공격해 왔다. 오란과 뇌동은 도저히 대적해내지 못할 줄 알고 휘하 군사들을 데리고 앞으로 와서 투항했다. (*엄안이 항복한 이후 또 두 장군이 항복해 왔다.) 현덕은 그들의 항복을 받아준 다음 군사를 거두어 성 가까이 가서 영채를 세웠다.

〖 5 〗한편 장임은 두 장수를 잃어버리고 근심에 싸여 있었다.

오의·유괴曰: "전세가 매우 위급한데 한 번 죽기를 각오하고 싸워보지 않고서 어떻게 적병을 물리칠 수 있겠습니까? 한편으로는 사람을 성도로 보내서 주공께 위급함을 아뢰고, (*낙성雒城에서 성도成都에다 구원을 요청함으로써 곧바로 성도에서도 한중에 구원을 요청하게 된다.) 한편으로는 계책을 써서 저들을 대적합시다."

장임曰: "내가 내일 한 떼의 군사들을 거느리고 나가서 싸움을 걸고는, 싸우다가 거짓 패하여 적병을 유인하여 성 북쪽으로 돌아갈 테니, 그때 성 안에서 일군一軍이 짓쳐 나와서 그 중간을 차단한다면 적을 이길 수 있을 것이오."

오의曰: "유劉 장군께서는 공자(公子: 유장의 아들 유순劉循)를 도와서 성을 지키고 계십시오. 내가 군사들을 이끌고 짓쳐 나가 싸움을 돕겠습니다."

그렇게 하기로 약속이 정해졌다.

다음날, 장임은 군사 수천 명을 이끌고 깃발을 흔들고 고함을 지르면서 성에서 나가 싸움을 걸었다.

장비가 말을 타고 나가 그를 맞이하여 아무 말도 않고 곧장 맞붙어 싸웠다. 그러나 10여 합도 안 싸우고 장임은 거짓 패하여 성 주위를 돌아서 달아났다. 장비는 힘껏 그를 추격했다.

바로 그때 오의가 거느리는 군사들이 뛰쳐나와서 뒤를 차단하고 장임도 군사들을 이끌고 다시 돌아서서 장비를 속에 두고 앞뒤로 에워싸버렸다. 그리하여 장비는 앞으로 나아갈 수도 뒤로 물러날 수도 없게 되었다. (*황충과 위연이 장임을 붙잡지 못하고, 장비 역시 장임을 붙잡지 못함으로써 비로소 다음 글에서 공명의 계책이 교묘함을 보게 된다.)

어떻게 할 수 없게 되었을 때 갑자기 한 부대의 군사들이 강변으로부터 쳐들어오는 것이 보였다. 앞장선 대장은 창을 꼬나들고 말을 달려와서 오의와 더불어 싸웠는데, 단 한 합슴에 오의를 사로잡고 적군을 쳐서 물리친 다음 장비를 구해냈다. 장비가 보니 바로 조운이었다.

장비가 물었다: "군사軍師는 어디에 계시는가?"

조운曰: "군사께서도 이미 오셨소. 지금쯤은 이미 주공과 만나셨을 것이오."

두 사람은 오의를 사로잡아서 영채로 돌아갔다. 장임은 따로 물러가서 동문으로 들어가 버렸다.

〖 6 〗 장비와 조운이 영채로 돌아와 보니 공명과 간옹, 장완蔣琬이 이미 막사 안에 와 있었다. 장비는 말에서 내려 군사軍師를 보았다.

공명이 놀라며 물었다: "어떻게 먼저 올 수 있었소?"

현덕이 장비가 엄안을 의기로 풀어준 일을 전부 다 말해 주자, 공명은 치하致賀하여 말했다: "장 장군이 지모를 쓸 수 있게 되었으니, 이 모두가 주공의 크나큰 복(洪福)이옵니다."

이때 조운이 오의를 압송해 와서 현덕에게 보였다.

현덕曰: "너는 항복을 하겠느냐?"

오의曰: "저는 이미 사로잡힌 몸인데 어찌 항복하지 않을 수 있습니까?"

현덕은 크게 기뻐하며 직접 그 결박을 풀어주었다.

공명이 물었다: "성 안에는 성을 지키는 사람들이 몇이나 있소?"

오의曰: "유계옥(劉季玉: 유장)의 아들 유순劉循이 있고, 유괴와 장임이 그를 보좌하고 있는데, 유괴는 별 것 아니지만 장임은 촉군蜀郡 사람으로 담략膽略이 아주 크므로 가벼이 대적해서는 안 됩니다."

공명曰: "우선 장임부터 붙잡고 나서 낙성雒城을 취해야겠군."

그리고 또 물었다: "성 동쪽에 있는 저 다리 이름은 무엇이오?"

오의曰: "금안교金雁橋라고 합니다."

공명은 곧바로 말을 타고 다리 가까지 가서 강 주위를 둘러본 후 영채로 돌아와서 황충과 위연을 불러 명을 내렸다: "금안교에서 남쪽으로 5,6마장(里) 떨어진 곳의 강 양쪽 기슭은 전부 갈대밭이므로 군사들을 매복시킬 만하오. (*금안교는 낙봉파落鳳坡에 대한 답례라고 할 수 있다.) 위연 장군은 창을 쓰는 군사(槍手) 1천 명을 이끌고 가서 왼편에 매복해 있다가 적병이 오거든 다만 말 위의 장수만 창으로 찌르고, 황충 장군은 칼을 쓰는 군사(刀手) 1천 명을 이끌고 가서 오른편에 매복해 있다가 다만 사람이 타고 있는 말만 칼로 베도록 하시오. 적의 군사들을 무찔러서 흩어버리면 장임은 틀림없이 산 동쪽의 소로로 해서 달아날 것이오. 장익덕 장군은 군사 1천 명을 이끌고 가서 그곳에 매복해 있다가 그곳에서 장임을 사로잡도록 하시오."

공명은 또 조운을 불러서 금안교 북쪽에 매복해 있도록 하고는 말했다: "내가 장임을 유인하여 금안교를 다 건너가기를 기다렸다가 즉시 다리를 끊어버리고, 그런 다음 다리 북쪽에 군사들을 정돈해 두어 멀리서 위세를 보임으로써 장임으로 하여금 감히 북쪽으로 달아나지 못하고 남쪽으로 달아나도록 하시오. 그리하면 결국 나의 계책에 걸려들고 말 것이오." (*다른 곳에서는 계략을 쓸 때 여차여차하게 하라고만 말했으나 여기서는 먼저 그 내용을 상세하게 서술하고 있는데, 이 역시 한 가지 필법이다.)

공명은 군사들의 배치를 끝낸 다음, 자신이 직접 적을 유인하러 갔다.

〖 7 〗 한편 유장은 탁응卓膺과 장익張翼 두 장수를 낙성으로 보내서 싸움을 돕도록 했다. 장임은 장익에게 유괴와 함께 남아서 성을 지키라고 하고, 자신과 탁응은 전후 두 부대로 나누어서 자기는 전대前隊가 되고 탁응은 후대後隊가 되어 적을 물리치러 성을 나갔다.

공명은 대오가 마구 헝클어진 한 부대의 군사들을 이끌고 (*묘한 것은 대오가 헝클어져 있는 것이다.) 금안교를 건너가서 장임과 마주 보고 진을 쳤다. 공명은 사륜거四輪車를 타고 나갔는데, 머리에는 윤건綸巾

을 썼고 손에는 우선羽扇을 들었고 양편에서는 1백여 기병들이 그를 둘러싸고 있었다.

공명은 손으로 멀리 장임을 가리키며 말했다: "조조는 1백만 명의 무리를 가지고서도 내 이름만 들으면 곧바로 달아났는데, 지금 너는 도대체 어떤 놈이기에 감히 항복하지 않는 것이냐?"

장임은 공명의 군사들이 대오조차 정연하지 못한 것을 보고 말 위에서 비웃으며 말했다: "사람들은 제갈량의 용병술이 귀신같다고 말하던데, 알고 보니 유명무실有名無實하구나!"

그리고는 창을 한 번 휘두르자 대소 장교(軍校)들이 일제히 쳐들어왔다.

공명은 사륜거를 버리고 말에 올라 뒤로 물러나서 다리를 건너갔다. 장임은 뒤에서 쫓아왔다. 그런데 금안교를 건너가서 보니 현덕의 군사들은 왼편에, 엄안의 군사들은 오른편에 있다가 일시에 쳐들어오는 것이었다.

장임은 계략에 걸려든 줄 알고 급히 군사를 돌렸으나 다리는 이미 끊어져 있었다. 북쪽으로 달아나려고 하다가 언뜻 보니 건너편 기슭에 조운의 군사들이 대열을 벌리고 있어서 결국 북으로는 감히 가지 못하고 곧장 남쪽으로 가서 강을 따라 달아났다.

대여섯 마장(里)도 못 가서 바로 갈대가 우거진 곳에 이르렀을 때, 위연의 일군一軍이 갈대밭 속에서 갑자기 일어났는데, 모두들 긴 창을 들고 마구 찔러댔다. 황충의 일군一軍은 갈대밭에 엎드려 있다가 긴 칼로 말발굽을 찍었다. 마군馬軍들은 모두 땅에 거꾸로 떨어져 모조리 붙잡혀서 결박을 당했다. 그것을 보고 보군步軍들이 어찌 감히 올 수 있겠는가? 장임은 수십 기병들만 이끌고 산길로 달아나다가 마침 장비와 마주쳤다.

장임이 막 말머리를 돌려서 달아나려고 할 때 장비가 큰 소리로 호령하자 모든 군사들이 일제히 달려들어 장임을 산 채로 붙잡아버렸다. 이 전에 탁응은 이미 장임이 계략에 걸려든 줄 알고 일찌감치 조운의 군사들한테로 가서 항복을 하여 모두 함께 대채大寨로 갔다. 현덕은 탁응에게 상을 내려 주었다.

그때 장비가 장임을 압송해 가지고 왔는데 공명 역시 이때 막사 안에 앉아 있었다. 현덕이 장임에게 말했다: "촉蜀의 모든 장수들은 소문만 듣고도 항복해 왔는데, 너는 어찌하여 일찌감치 투항하지 않았는가?"

장임이 눈을 부릅뜨고 화를 내면서 외쳤다: "충신이 어찌 두 주인을 섬기려 하겠느냐!"

현덕曰: "너는 천시天時를 알지 못하는구나. 항복을 하면 목숨은 살려주겠다."

장임曰: "오늘은 설령 항복을 하더라도 한참 후에 가서는 항복하지 않을 것이다! 속히 나를 죽이는 게 좋을 거다!"

현덕은 차마 그를 죽이지 못했다. 장임은 성난 목소리로 마구 욕을 해댔다. 그것을 보고 있던 공명이 그의 목을 베서 그의 명예를 온전히 지켜주도록 했다. (*장임이야말로 오히려 단두장군斷頭將軍이다.) 후세 사람이 장임을 칭찬해서 지은 시가 있으니:

열사가 어찌 두 주인 섬기려 하겠는가	烈士豈甘從二主
장임의 충용忠勇, 죽음으로써 오히려 살았네.	張君忠勇死猶生
그의 고명함은 저 하늘의 달과 같아	高明正似天邊月
밤마다 빛을 흘려 낙성을 비추네.	夜夜流光照雒城

현덕은 감탄하기를 마지않으면서 그의 시신을 거두어 금안교 옆에 장사지내서 그의 충성심을 드러내도록 했다. (*그의 머리를 취하여 방통에게 제사지내 주지 않고 반대로 장사까지 지내준 것은 그렇게 함으로써 서천

과 한중의 민심을 얻으려는 것이었다. 즉 죽은 자를 위해서가 아니라 산 자를 위해서였다.)

〖 8 〗 다음날, 엄안과 오의 등 촉의 항장降將들을 전위 부대로 삼아 곧바로 낙성으로 가서 큰 소리로 외쳤다: "빨리 성문을 열고 항복해서 성내 백성들이 고생하지 않도록 하라!"

유괴가 성 위에서 욕설을 마구 퍼부었다. 엄안이 화살을 뽑아들고 그를 막 쏘려고 하다가 문득 보니 성 위의 한 장수가 칼을 빼서 유괴를 베어 넘어뜨리는 것이었다. 그는 성문을 열고 나와서 투항했다.

현덕의 군사들이 낙성 안으로 들어가자, 유장의 아들 유순劉循은 서문으로 빠져나가 성도로 달아나버렸다. 현덕은 방문榜文을 내걸어 백성들을 안심시켰다. 유괴를 죽인 자는 무양(武陽: 사천성 팽산현彭山縣 동쪽) 사람 장익張翼이었다.

현덕은 낙성을 얻고 나서 모든 장수들에게 큰 상을 내렸다.

공명曰: "낙성을 이미 깨뜨렸으니 성도는 바로 눈앞에 있습니다. 다만 염려되는 것은 성도 바깥 멀리 있는 주군州郡들이 불안해하지 않을까 하는 것입니다. 그러니 장익과 오의에게 조운을 인도해 가서 외수(外水: 사천성 팽산현(彭山縣: 한대에는 이를 무양武陽이라 불렀음)을 지나는 장강 상류의 일단. 고대의 민강岷江. 옛날에는 부강涪江을 내강內江, 민강을 외수外水라고 불렀음)와 강양(江陽: 현 이름. 사천성 려주瀘州)과 건위(犍爲: 사천성 팽산. 치소는 무양武陽) 등지에 속한 지방의 백성들을 위무하도록 하시고, 엄안과 탁응에게는 장비를 인도해서 파서(巴西: 사천성 낭중閬中)와 덕양(德陽: 익주 광한군廣漢郡에 속한 현명. 사천성 수령현遂寧縣 동남)에 속한 지방의 백성들을 위무하도록 하시되, 관원들을 임명해서 다스림이 안정된 다음 즉시 군사들을 정돈하여 성도로 돌아와서 전부 모이도록 하십시오."

장비와 조운은 명을 받고 각각 군사들을 이끌고 떠나갔다.

공명이 물었다: "여기서 앞으로 가면 어디에 관문이 있는가?"

촉의 항복해온 장수가 대답했다: "다만 면죽(綿竹: 사천성 덕양현 북쪽)에만 많은 군사들이 지키고 있을 뿐입니다. 만약 면죽만 손에 넣으면 성도는 힘 하나 안 들이고 쉽게 얻을 수 있습니다."

공명은 곧바로 진군할 일을 상의했다.

법정曰: "낙성이 이미 깨졌으니 촉蜀은 위태롭게 되었습니다. 주공께서 사람들을 인의仁義로 복종시키고자 하신다면 당분간 진군하지 말아 주십시오. 제가 편지 한 통을 써서 유장에게 보내어 이해관계를 잘 설명해 준다면, 유장도 자연히 항복해올 것입니다."

공명曰: "효직(孝直: 법정)의 말대로 하는 게 제일 좋겠습니다."

현덕은 곧바로 법정에게 편지를 쓰도록 해서 사람을 시켜 곧장 성도로 가져가도록 했다.

〖 9 〗 한편 유순이 도망쳐 돌아가서 부친 유장을 보고 낙성은 이미 함락되었다고 하자, 유장은 황망히 여러 관원들을 모아놓고 상의했다.

종사 정도鄭度가 계책을 올려 말했다: "지금 유비가 비록 성을 공략하여 땅을 빼앗았다고는 하나 저들은 군사가 그리 많지 않고, 우리 군사들과 백성들이 아직 저들에게 마음으로 복종하지 않고 있으며, 저들의 식량이라곤 단지 들판에 있는 곡식들뿐이며, 군중에는 군사물자나 군량을 실어 나를 수레(輜重)도 없습니다.

그러므로 이제 파서(巴西: 사천성 낭중閬中)와 재동(梓潼: 사천성 재동현)의 백성들을 모조리 몰아서 부강涪江 서쪽으로 옮겨다 놓고, 창고와 들판에 있는 곡식들을 전부 불살라 버린 다음 해자를 깊이 파고 보루를 높이 쌓아 조용히 앉아서 저들을 기다리는 편이 낫습니다.

저들이 와서 싸움을 청하더라도 싸우러 나가지 못하도록 한다면, 한참 후에는 식량이 떨어질 것이므로 백 일이 지나지 않아 저들은 스스

로 달아나고 말 것입니다. 우리가 그때를 틈타서 친다면 유비를 사로
잡을 수 있습니다."

유장曰: "그렇지 않소. 내 듣기로, 적을 막아서 백성들을 편안하게
한다고는(拒敵以安民) 했어도 백성들을 옮겨서 적에 대비한다고(動民
以備敵) 한 말은 들어보지 못했소. 그 말은 결코 온전히 보전할 수 있
는 계책(保全之策)이 아니오."(*유장은 비록 아둔하기는 해도 역시 마음씨
는 어질다. 그러나 종래 마음씨가 어진 사람들은 매사에 손해만 보고 매사에
실패만 하는데, 이를 탄식하는 바이다.)

한창 상의하고 있을 때 법정이 서신을 보내왔다고 보고해 왔다. 유
장이 불러들이니, 그가 서신을 올렸다. 유장이 펴서 보니 그 뜻은 대략
다음과 같았다:

"전에 저를 보내시며 형주와 좋은 관계를 맺도록 하셨는데, 뜻밖
에도 주공께서는 곁에 올바른 사람들을 두지 못하시어 일이 이 지
경에 이르고 말았습니다. 지금도 유 형주께서는 옛 정을 생각하시
고 종친의 정의를 잊지 않고 계십니다. 만약 주공께서 빨리 귀순하
신다면 유 형주께서 박대하시지는 않을 것으로 생각합니다. 부디
신중히 생각하셔서 가부를 결정하여 알려주시기 바라옵니다."

유장은 크게 화가 나서 그 편지를 찢어버리고 큰 소리로 꾸짖었
다: "법정 이놈, 주인을 팔아서 제 영화를 구하다니(賣主求榮), 실로
배은망덕(忘恩背義)한 도적놈이군!"

유장은 그 사자를 성 밖으로 쫓아내라고 했다. (*유장은 정도鄭度의 계
책도 듣지 않고, 또 법정의 말도 따르지 않고 머뭇거리면서 결단을 내리지 못
하는데, 그는 바로 원소·유표와 같은 부류의 사람이다.)

그리고는 즉시 자기의 처남인 비관費觀에게 군사들을 데리고 가서
면죽을 지키라고 명했다. 비관은 남양南陽 사람으로 성이 이李, 이름이

엄嚴, 자字를 정방正方이라고 하는 자를 천거하면서 같이 군사를 거느리겠다고 했다.

당장 비관과 이엄은 군사 3만 명을 점고하여 면죽을 지키러 갔다. 이때 남군南郡 지강枝江 사람으로 자를 유재幼宰라 하는 익주태수 동화董和가 유장에게 글을 올려서 권하기를, 사람을 한중漢中으로 보내서 장로張魯한테 군사를 빌려달라고 청해 보라고 했다.

유장曰: "장로와 나는 선대부터 원수 사이인 자인데 그가 어찌 나를 구해주려 하겠는가?"(*지금 자기와 친한 사람을 원수로 만들어 놓고는 자기 원수와 손을 잡고 그 친한 사람을 공격하려는 것이다. 친한 자를 원수로 돌려놓고는 원수와 친해지려고 하니, 이 역시 곤란한 일 아니겠는가? 이 때문에 탄식하게 된다.)

동화曰: "그가 비록 우리와 원수진 일이 있다고는 하나 지금 유비의 군사들이 낙성에 와있어서 형세가 위급한데, 입술이 없어지면 이빨이 시린 법(脣亡則齒寒), 만약 이해관계로 설득한다면 틀림없이 들어줄 것입니다."

유장은 마침내 글을 써서 사자를 시켜서 한중으로 가져가게 했다.

〖 10 〗 한편 마초馬超는 조조에게 패하여 강족羌族 땅으로 들어간 뒤로 2년여 동안 강족 사람들과 손을 잡고 농서(隴西: 감숙성 농서현 서남)의 여러 고을들을 쳐서 빼앗았다. 그가 가는 곳마다 전부 그에게 항복해 왔지만,(*유장이 한중에 구원을 요청했으므로 본래는 이어서 장로에 대해 서술해야 하는데 도리어 장로는 제쳐놓고 마초에 대한 서술이 이어지고 있다. 이는 마초가 장로를 찾아가서 의탁하자 장로가 마초를 촉으로 보냈기 때문인데, 이와 같은 서술 방법은 마치 연달아 있는 산을 단절시키는 고갯마루가 있는 것과 같고, 강물을 거슬러 올라가다가 용문龍門을 만나게 되는 것과 같은 필법筆法이다.) 오직 기성(冀城: 기주 성)만은 항복시키지 못했다.

기주 자사 위강韋康은 여러 차례 사람을 하후연夏侯淵에게 보내서 구원을 청했다. 그러나 하후연은 조조의 지시를 받지 못하여 감히 군사를 움직일 수가 없었다.

위강은 구원병이 오지 않는 것을 보고 여러 사람들과 상의했다: "차라리 마초에게 항복해야 할 것 같소."

참군參軍 양부楊阜가 울면서 간했다: "마초 등은 군주를 배반한 무리입니다. 어찌 그런 자에게 항복할 수 있습니까?"

위강曰: "사세가 이런 지경에 이르렀는데 항복하지 않고 또 무엇을 기다리겠는가?"

양부가 극력 간했으나, 위강은 그의 말을 듣지 않고 성문을 크게 열고 마초에게 투항했다.

마초는 크게 화를 내며 말했다: "너는 지금 사세가 위급하니 항복하겠다고 하는데, 이는 진심이 아니다!"

그리고는 위강과 그 일족 40여 명을 모조리 죽여 버리고 한 사람도 남겨두지 않았다. (*마초는 위강을 죽임으로써 기주 사람들의 인심을 잃었는데, 이는 후문에서 현덕이 유장을 해치지 않음으로써 익주 사람들의 인심을 얻는 것과 상반된다.)

이때 어떤 사람이 말했다: "양부는 위강에게 항복하지 말라고 권했으니 그를 죽여야 합니다."

마초曰: "이 사람은 의리(義)를 지켰으니 죽여서는 안 된다."

그리고는 다시 양부를 등용하여 참군參軍으로 삼았다. (*마초가 양부를 등용해 쓰는 것은 후문에서 현덕이 유파劉巴와 황권黃權을 쓰는 것과 서로 비슷한 것 같지만 그러나 서로 반대된다.)

양부가 양관梁寬과 조구趙衢 두 사람을 천거하자, 마초는 그 둘을 다 등용해서 군관으로 삼았다. (*이때는 하나같이 진심으로 항복하는 것 같다.)

양부가 마초에게 고하였다: "제 처가 임조(臨洮: 감숙성 롱서군 임조현, 민현岷縣)에서 죽었는데 제발 두 달 간 말미를 주십시오. 가서 제 처를 장사지낸 후 곧바로 돌아오겠습니다."

마초는 그의 청을 들어주었다.

〚 11 〛 양부는 역성(歷城: 감숙성 서화현西和縣 북쪽)을 지나가다가 무이장군(無彝將軍: 이족彝族을 다스리는 장군) 강서姜敘를 찾아가 보았다. 강서는 양부의 고종사촌 형으로, 강서의 어머니는 곧 양부의 고모로서 이때 그 나이 이미 82세였다.

이날 양부는 강서의 집 내실로 들어가서 고모를 뵙고 절을 한 후 울면서 아뢰었다: "제가 성을 지켜내지 못해서 주인을 돌아가시게 했으면서도 저는 죽지 못했으니, 창피해서 고모님을 뵐 면목조차 없습니다. 마초는 군주를 배반하고 함부로 군수를 죽였는데, 온 고을 안의 백성들 중에 그를 원망하지 않는 자가 없습니다. 그런데도 지금 형님은 역성에 가만히 앉아서 끝내 도적을 칠 마음이 없으니, 이것이 어찌 남의 신하된 자의 도리라 하겠습니까?"

말을 마치자 그의 눈에서는 피눈물이 흘렀다.

강서의 모친은 그의 말을 듣고 나서 강서를 불러들여 그를 책망했다: "위韋 사군使君께서 해를 입으신 것은 역시 너의 죄이기도 하다."

그리고 또 양부에게 말했다: "너는 이미 남에게 항복했고, 또 그의 녹을 먹고 있으면서 어찌하여 또 그를 칠 마음을 먹는단 말이냐?"

양부曰: "제가 도적을 따르는 것은 살아 있는 목숨을 남겨두어 주인을 위해 원수를 갚기 위해서입니다."

강서曰: "마초는 영용英勇하므로 급히 그를 도모하기는 어렵다."

양부曰: "용맹하기는 해도 지모가 없으므로 도모하기 쉽습니다. 제가 이미 양관과 조구와 은밀히 약속을 해놓았으니, 형님께서 만약 군사를 일으키려 하신다면 두 사람은 틀림없이 안에서 호응할 것입니다.”(*비로소 천거된 두 사람은 진짜로 천거된 자들이 아님을 알 수 있다.)

강서의 모친이 말했다: “너는 속히 도모하지 않고 다시 어느 때를 기다리려고 하느냐? 죽지 않는 사람이 어디 있느냐? 충의忠義를 위해 죽는다면 그것은 곧 올바른 죽음이니라! (誰不有死, 死於忠義, 死得其所也.) 내 걱정은 하지 마라. 네가 만약 의산(義山: 양부)의 말을 듣지 않는다면, 내 마땅히 먼저 죽어서 네 걱정을 덜어주겠다.”(*단두장군斷頭將軍에 비할 만한 여장부이다.)

〖 12 〗 강서는 이에 통병교위統兵校尉 윤봉尹奉 · 조앙趙昂과 상의했다. 원래 조앙의 아들 조월趙月은 이때 마초를 따르는 비장裨將으로 있었다.

조앙은 이날 동참하겠다고 대답하고 돌아와서 자기 처 왕씨王氏를 보고 말했다: “나는 오늘 강서, 양부, 윤봉과 한자리에 모여 상의했는데, 위강의 원수를 갚으려 하오. 그런데 내가 생각해 보니, 아들놈 월月이 지금 마초를 따르고 있는데, 지금 만약 군사를 일으킨다면 마초는 틀림없이 내 아들부터 죽일 것이오. 이 일을 어찌하면 좋겠소?”(*역시 자기 부인과 큰일을 상의하고서도 실수하지 않는 자도 있는데, 바로 조앙이 그렇다.)

그 처가 언성을 높여 말했다: “군부君父의 큰 치욕을 씻기 위해서는 자기 목숨 버리는 것조차 애석해하지 말아야 하는데, 하물며 자식 하나 잃는 것이겠습니까? 당신이 만약 자식을 생각해서 이 일을 행하지 않는다면, 제가 마땅히 먼저 죽겠습니다!”(*또 한 사람의 단두장군에 비할 만한 여장부이다.)

조앙은 마침내 결심했다.

다음날, 이들은 다 같이 군사를 일으켰다. 강서와 양부는 역성에 군사를 주둔시켜 놓고, 윤봉과 조앙은 기산(祁山: 감숙성 예현禮縣 동쪽)에 군사를 주둔시켰다. 조앙의 아내 왕씨는 머리 장식용 패물과 돈과 비단 등속을 전부 싸가지고 직접 기산의 진중陣中으로 가서 군사들에게 상으로 나누어주어 그들을 위로하고 격려해 주었다. (*마땅히 부인을 주된 장수로, 조앙을 편장이나 비장으로 생각해야 할 것이다.)

〖 13 〗 이때 마초는 강서와 양부가 윤봉, 조앙과 모여서 거사擧事 했다는 말을 듣고 크게 화가 나서 곧바로 조월趙月의 목을 베고 방덕과 마대로 하여금 모든 군사들을 일으켜서 역성으로 쳐들어가도록 했다. 강서와 양부가 군사를 이끌고 나갔다. 양편이 마주 보고 진을 치자, 양부와 강서는 흰색 전포(白袍)를 입고 나가서 큰 소리로 꾸짖었다: "이 군주를 배반한 불의한 도적놈아!"

마초가 크게 화를 내며 쳐들어가자 양편의 군사들은 혼전을 벌였다. 그러나 강서와 양부가 어떻게 마초를 당해낼 수 있겠는가? 그만 크게 패하여 달아났다. 마초는 군사를 휘몰아 그 뒤를 쫓아갔다. 바로 그때 등 뒤에서 함성이 일어나더니 윤봉과 조앙이 쳐들어왔다. 마초가 급히 돌아서자 양편에서 협공해 와서 선두와 후미가 서로 살펴봐 줄 수 없게 되었다.

한창 싸우고 있을 때, 측면으로부터 큰 부대의 군사들이 쳐들어왔는데, 본래 이들은 하후연이 조조의 군령軍令을 얻어 군사를 거느리고 마초를 치러 온 군사들이었다. 마초인들 어떻게 세 방면에서 덤벼드는 군사들을 당해 낼 수 있겠는가, 그만 대패해서 달아났다.

밤새도록 달아나서 새벽녘에 기성(冀城: 양주 한양군漢陽郡 기현冀縣. 감숙성 천수시天水市 서북)에 도착해서 성문을 열라고 외치자 성 위에서는 아래로 화살을 마구 쏘아댔다.

양관梁寬과 조구趙衢가 성 위에 서서 마초를 향해 큰 소리로 꾸짖었다. 그리고는 마초의 처 양씨楊氏를 성 위에서 한 칼에 베어 그 시신을 성 아래로 내던지고, 또 마초의 어린 아들 셋과 일가친척 10여 명을 모두 성 위에서 한 칼에 하나씩 베어 성 아래로 떨어뜨렸다. 마초는 그 광경을 보고 기가 질리고 가슴이 꽉 막혀서 하마터면 말에서 떨어질 뻔했다. (*마초는 위강韋康 일가를 죽였다. 〈너에게서 나온 것은 너에게로 돌아간다(出乎爾者反乎爾)〉고 하였다. (출처: 〈孟子·梁惠王下〉) 사람들은 너무나도 이 혈구지도絜矩之道를 실천할 줄 모른다.)

그때 등 뒤에서 하후연이 군사를 이끌고 추격해 왔다. 마초는 그 세력이 큰 것을 보고는 감히 더 이상 싸울 엄두가 나지 않아서 방덕, 마대와 함께 싸우면서 길을 뚫어 달아났다. 달아나다가 또 전면에서 오는 강서·양부와 마주쳐서 한바탕 싸우고 간신히 빠져 나갔는데 또 윤봉·조앙과 마주쳐서 또 한바탕 싸웠다. 그러는 중에 군사들을 많이 잃어서 남은 자들이라곤 겨우 기마병 5,60기뿐이어서, 그들을 데리고 밤새도록 달아났다.

〖 14 〗 사경(四更: 새벽 1~3시 사이) 무렵에 역성 아래에 당도하니 문을 지키는 자들이 강서의 군사들이 돌아온 줄 알고 문을 활짝 열어 맞이해 들였다. 마초는 성 남문 가에서부터 쳐 죽이기 시작하여 성 안의 백성들을 모조리 다 쳐 죽였다. (*백성들에게 무슨 죄가 있다고! 이는 소위 "아내에 대한 화를 자기 아비에게 푼다(怒於室而作色於父)"는 격이다.)

마초는 강서의 집으로 가서 그의 노모를 붙잡아 끌어냈다. 그의 모친은 전혀 겁내는 기색 없이 손가락으로 마초를 가리키며 크게 꾸짖었다. 마초는 크게 화가 나서 직접 칼을 잡아 그녀를 죽였다. 이때 윤봉과 조앙의 일가노소 역시 전부 마초의 손에 죽었다. 조앙의 아내 왕씨王氏는 군중軍中에 있었으므로 화를 면할 수 있었다.

다음날, 하후연이 이끄는 대군이 당도했으므로 마초는 성을 버리고 짓쳐나가서 서쪽으로 달아났다. 그러나 20리를 못 가서 전면에 길을 막고 서 있는 한 떼의 군사들이 있었는데, 선두에 선 자는 양부였다.

마초는 양부를 보자 이를 갈면서 증오심에 불타올라 말에 박차를 가해 달려가서 그를 창으로 찔렀다. 양부의 형제 일곱 명이 일제히 달려와서 싸움을 도왔다. 마대와 방덕은 후군을 맞아 싸웠다. 양부의 형제 일곱 명은 모두 마초에 의해 죽임을 당했다. 양부는 몸에 다섯 군데나 창에 찔리고서도 죽기로 싸웠다. 그때 뒤에서 하후연의 대군이 쫓아왔으므로 마초는 곧바로 달아났다. 방덕, 마대 등 겨우 대여섯 기만 그의 뒤를 따라갔다.

하후연은 직접 농서隴西의 여러 주州들의 백성들을 위무하고, 강서姜敍 등으로 하여금 각각 나누어서 지키도록 한 다음, 양부를 수레에 태워서 허도로 보내어 조조를 만나보게 했다.

조조는 양부를 관내후關內侯로 봉했다.

양부가 말했다: "저는 국난國難을 막아낸 공로도 없고, 또 국난을 당하여 목숨을 버릴 만한 절개도 없었으므로 법에 따르면 주륙을 당해야 마땅한데 무슨 낯으로 관직을 받겠습니까?"

조조는 그를 더욱 가상히 여겨 결국 그에게 벼슬을 주었다. (*조조의 충신이라 할만하다.)

〚 15 〛 한편 마초는 방덕, 마대와 상의하여 그 길로 곧장 한중으로 찾아가서 장로張魯에게 몸을 의탁했다. (*이제야 비로소 한중의 장로에 대한 서술로 이어지고 있다.) 장로는 크게 기뻐하면서 마초를 얻었은즉 서로는 익주를 삼킬 수 있고 동으로는 조조를 막을 수 있다고 생각하고 이에 마초를 데릴사위로 맞아들이는 문제를 상의했다.

대장 양백楊柏이 간했다: "마초의 처자가 참화慘禍를 당한 것은 모두 마초 때문입니다. 그런데 주공께서는 어찌 따님을 그런 자에게 줄 수 있단 말입니까?"

장로는 그 말에 따라 마침내 마초를 사위로 맞아들이려고 하던 의논을 그만두었다.

누군가가 양백이 한 말을 마초에게 이야기해 주었다. 마초는 크게 화를 내며 양백을 죽여 버리려고 생각했다. (*후문에서 양백을 죽이게 되는 복필이다.) 양백은 이를 알고 자기 형 양송楊松과 상의하여 그 역시 마초를 죽여 버리려고 생각했다. (*후문에서 양송이 마초를 참소하게 되는 복필이다.)

마침 그때 유장이 사자를 보내서 장로에게 구원을 청했으나 장로는 그 청을 들어주지 않았다. 그때 갑자기 유장이 다시 황권黃權을 보내왔다고 보고해 왔다.

황권은 먼저 양송을 찾아보고 말했다: "동천東川과 서천西川은 사실 입술과 이빨의 관계(脣齒)에 있습니다. 서천이 깨어진다면 동천 역시 보전하기 어렵습니다. 이번에 만약 구해 주신다면 그 보상으로 20개의 주州를 떼어 드리겠습니다."

양송은 크게 기뻐하며 즉시 황권을 안내해 가서 장로를 만나보도록 했다. 황권은 입술과 이빨 간의 이해관계를 설명하고, 다시 그 사례로 20개 주를 떼어주겠다고 했다. 장로는 그 이득(利)이 탐나서 승낙했다.

파서(巴西: 익주에 속한 군명. 사천성 낭중閬中) 사람 염포閻圃가 간했다: "주공께서는 유장과 대대로 원수지간이옵니다. 지금 일이 다급해지자 땅을 떼어주겠다면서 구원을 청하는데, 새빨간 거짓말이오니 그 청을 들어주어서는 안 됩니다."

그때 문득 계단 아래에 있던 한 사람이 건의했다: "제가 비록 재주는 없으나 제게 한 부대의 군사들만 빌려주신다면 가서 유비를 사로잡고 반드시 땅을 떼어 받아 가지고 돌아오겠습니다." 이야말로:

이제 막 진짜 주인 서촉으로 오니　　　　　　方看眞主來西蜀

또 정예병이 한중에서 나오는구나.　　　　　又見精兵出漢中

그 사람이 누구인지 모르겠거든 다음 회를 읽어보기 바란다.

제 64 회 모종강 서시평序始評

(1). 현덕이 장임을 붙잡은 것은 바로 방통의 원수를 갚기 위해서였으면서도 차마 그를 죽이지 못하고 항복받으려고 했다. 왜 그랬을까? 대개 그의 재능을 취하여 쓰기 위해서였다. 천하가 아직 평정되지 못한 상황에서 감히 원한을 품고 사람을 대할 수는 없었다. 또 먼 옛날의 일은 말할 것도 없이, 조조도 전위典韋를 죽인 원한(*제18회)을 기억에 담아두지 않고 장수張繡를 받아들였으며, 손권도 능조凌操를 죽인 원한을 기억에 담아두지 않고 감녕甘寧을 받아들였던 것(*제15회) 역시 이러한 뜻에서였다. 이리하여 현덕은 장임의 항복을 받고 싶어 했으나 장임은 끝내 항복하려고 하지 않던 것이다. 장임 같은 자야말로 진정한 단두장군斷頭將軍이라고 할 수 있다.

(2). 양부가 위강韋康을 위해 원수를 갚으려고 한 것은 의義이다. 그러나 그가 마초를 쳐서 조조를 도와준 것은 의義가 아니다. 마등은 두 번이나 황제의 조서를 받았으며 두 번이나 역적을 쳤는바 본래 그는 한漢의 충신이었다. 그 아들이 자기 아비의 원한을 설욕하려고 한 것은 효孝이고, 부친의 뜻을 이어받아 나라의 역적을 토벌하려고 한 것은 충忠이다. 그러나 양부는 기군망상欺君罔上하는 조조를 받들어 충효忠孝의 마초를 쳤고, 또 마초를 역적으로 생각하면서도 조조가 역적인 줄은 몰랐으니, 그러므로 그의 의義에서 독자들은 취할 바가 없는 것이다.

(3). 다섯 명의 범 같은 장수들(五虎將) 중에서 관우·장비·조운·황충은 모두 대장大將의 재주를 지녔다. 그러나 마초의 경우는 싸우는 데 있어서는 장수(戰將)라고 할 수 있어도 대장은 될 수 없다. 그가 위강을 죽이고 백성들을 도륙한 것은 인仁이라 할 수 없고, 그가 양부를 의심하지 않았으니 지혜롭다고 말할 수도 없다. 전에 이미 조조에게 미혹당하여 한수韓遂를 공격했고, 후에는 다시 장로에게 의탁하여 현덕에게 대항하였으니, 이는 그의 식견이 네 사람보다 못한 것이다.

(4). 본 회에서는 공명이 장임을 사로잡은 이후 곧바로 마초가 가맹관葭萌關을 공격한 일로 이어져야 했다. 그러나 마초가 가맹관을 공격한 것은 장로가 마초를 보냈기 때문이고, 장로가 마초를 파견한 것은 마초가 장로에게 투항했기 때문이며, 마초가 장로에게 투항한 것은 양부가 마초를 깨뜨렸기 때문이다.

저 양부와 유장劉璋은 본래 초楚와 제齊의 바람난 소와 말이 서로 전혀 만날 수 없듯이(風馬牛不相及) 서로 관련이 없으나, 그 일의 경위를 찾기 위해서 홀연히 농서隴西에서 일어난 일단의 사건들을 끼워 넣어 서술한 것이다. 이렇게 해야 비로소 제 59회 말末에서 있었던 사건들과 멀리서 서로 이어지게 된다. 이와 같은 서사敍事의 방법은 그 기원을 〈좌전左傳〉이나 〈사기史記〉에서 찾을 수 있다.

제65회

마초, 가맹관에서 대판 싸우고
유비, 스스로 익주목을 겸직하다

〚 1 〛 한편 염포閻圃가 장로張魯에게 유장을 도와주지 말라고 한창 권하고 있을 때 문득 보니 마초가 앞으로 나오며 말했다: "저는 주공의 은혜에 감사하고 있사오나 보답할 게 없습니다. 원컨대 한 떼의 군사들을 거느리고 가서 가맹관葭萌關을 쳐서 빼앗고 유비를 사로잡아 오겠습니다. (*자기 부친이 동승董承 집에서 의장義狀을 작성한 일을 완전히 잊어버리고 있다.) 그리하여 반드시 유장한테서 20개 주州를 떼어 받아서 주공께 바치겠습니다."

장로는 크게 기뻐하면서 먼저 황권黃權을 소로小路로 돌아가도록 보낸 후 곧바로 뒤이어 군사 2만 명을 점검해서 마초에게 주었다. 이때 방덕龐德은 병으로 드러누워 있었기에 같이 갈 수 없어서 한중漢中에 그대로 남아 있었다. (*후에 조조에게 귀순하는 계기가 된다.) 장로는 양백양栢을 군사 감독관으로 삼고, 마초로 하여금 아우 마대馬岱와 같이 날을 잡아 출발하도록 했다.

한편 현덕의 군사들은 낙성雒城에 있었는데, 법정이 서신을 가지고 가도록 보냈던 자가 돌아와서 보고했다: "정도鄭度가 유장에게 들판에 있는 곡식과 각처의 창고들을 모조리 불살라버린 다음, 파서巴西의 백성들을 부강涪江 서편으로 옮긴 후 해자를 깊이 파고 보루를 높이 쌓아 지키기만 하고 싸우지는 말라고 권했습니다."(*앞에서 이미 유장 쪽에서 이 일을 묘사해 놓고 여기서 또 현덕 쪽에서 듣는 것을 묘사하여 양쪽에서 다 서술하고 있다. 이처럼 필법에는 생략하는 것도 있고 생략하지 않는 것도 있어서 그 변화가 같지 않다.)

현덕과 공명은 그 말을 듣고 둘 다 깜짝 놀라며 말했다: "만약 그 말대로 한다면 우리의 형세가 위태롭게 된다!"

법정이 웃으며 말했다: "주공께서는 걱정하지 마십시오. 이 계책은 비록 악독한 것이기는 하나 유장은 틀림없이 쓸 수 없을 것입니다." (*유장을 마치 눈으로 보듯이 헤아리니 그는 과연 '지피지기知彼知己'라 할 수 있다.)

하루가 지나지 않아 소식이 전해 오기를, 유장이 백성들을 옮기려고 하지 않아서 정도가 올린 계책을 따르지 않는다고 했다. 현덕은 그 말을 듣고서야 비로소 마음이 놓였다.

공명曰: "속히 진군해서 면죽綿竹을 취해야겠습니다. 이곳만 얻는다면 성도는 취하기 쉽습니다."

그리고는 곧바로 황충과 위연을 보내며 군사를 거느리고 나아가도록 했다.

〖 2 〗 비관費觀은 현덕의 군사가 들어오고 있음을 알고 이엄李嚴을 보내서 나가 맞이해 싸우도록 했다. 이엄이 군사 3천 명을 거느리고

나가서 양편에서 각각 진을 쳤다.

황충이 말을 달려 나가서 이엄과 싸웠는데, 4,50합을 싸웠으나 승부가 나지 않았다. 공명은 진중에 있다가 징을 치도록 해서 군사를 거두었다. (*이엄을 아끼는 뜻이 있었다.)

황충이 진중으로 돌아와서 물었다: "한창 이엄을 사로잡으려고 하는데 군사께서는 왜 군사를 거두셨습니까?"

공명曰: "나는 벌써 이엄의 무예를 힘으로는 이길 수 없음을 간파했소. 내일 다시 나가서 싸우되 장군은 거짓 패하여 그를 산골짜기로 끌어들여 기습병(奇兵)을 써서 이기도록 하시오."

황충은 계책을 받았다.

다음날 이엄이 다시 군사들을 이끌고 오자 황충도 싸우러 나갔는데, 10합도 안 싸워 거짓 패하여 군사들을 이끌고 곧바로 달아났다. 이엄이 그 뒤를 쫓아왔는데, 바짝 뒤쫓아서 산골짜기로 들어와서야 상황을 깨닫고는 급히 군사를 돌려 가려고 하는데, 앞에는 위연이 군사들을 이끌고 와서 늘어서 있었다.

그때 공명이 직접 산꼭대기에 올라가 큰 소리로 불렀다: "공이 만약 항복하지 않는다면, 이미 양편에 매설해 놓은 강한 쇠뇌들이 우리 방사원(龐士元: 방통)의 원수를 갚아줄 것이다."(*장씨張氏가 쏴 죽였는데 도리어 이씨李氏를 찾고 있는바, 이는 참으로 장씨의 모자를 이씨가 쓰는(張冠李戴) 격이다.)

이엄은 황급히 말에서 내려 갑옷을 벗고 투항했다. 그리하여 군사는 단 한 명도 다치지 않았다. 공명은 이엄을 데리고 돌아와서 현덕에게 보였다.

현덕이 그를 매우 후하게 대우해 주자, 이엄이 말했다: "비관費觀은 비록 유 익주(劉益州: 유장)의 친척이기는 하나 저와 매우 친밀한 사이입니다. 제가 가서 항복하도록 설득하겠습니다."

현덕은 즉시 이엄에게 성으로 돌아가서 비관에게 투항을 권유하도록 했다. (*이엄을 의심하지 않았던 것은 그를 매우 후하게 대우해 주었기 때문이다.)

이엄은 면죽성으로 들어가서 비관을 보고 현덕이 이렇듯 어질고 덕이 있다고 칭찬하고 나서, 지금 만약 항복하지 않으면 반드시 큰 화가 있을 것이라고 말했다. 비관은 그의 말을 따라서 성문을 열고 투항했다. 현덕은 마침내 면죽성으로 들어가서 군사를 나누어 성도를 취할 일을 상의했다.

그때 문득 통신병이 급보를 전하며 말했다: "맹달孟達과 곽준霍峻이 가맹관을 지키고 있는데 지금 동천東川의 장로가 마초와 양백·마대에게 군사를 거느리고 가서 공격하라고 해서 그곳 형세가 몹시 위급합니다. 만약 구원이 늦어진다면 가맹관은 끝장나고 맙니다."

현덕은 크게 놀랐다.

공명曰: "장비와 조운 두 장군이 가야만 비로소 그를 대적할 수 있을 것입니다."

현덕曰: "자룡은 군사를 이끌고 나가서 밖에 있으면서 아직 돌아오지 않았고, 익덕은 마침 여기 있으니, 그를 급히 보내도록 합시다."

공명曰: "주공께서는 잠시 아무 말씀 마십시오. 제가 익덕이 분발하도록 자극을 줘야겠습니다."

〖 3 〗 한편 장비는 마초가 가맹관을 공격하고 있다는 말을 듣고 큰소리를 지르면서 들어와 말했다: "형님께 하직인사 하러 왔습니다. 내 곧바로 가서 마초와 싸우겠습니다."

공명은 짐짓 못 들은 체하고 현덕을 보고 말했다: "지금 마초가 가맹관을 침범하고 있으나 그를 대적할 사람이 아무도 없습니다. 형주로 가서 관운장을 데려와야만 비로소 그를 대적할 수 있을 것입니다."

장비曰: "군사는 왜 나를 깔보십니까? 내 일찍이 혼자서 조조의 백만 대군도 막아냈는데(*제42회의 일.) 어찌 마초 같은 필부 한 놈을 걱정하십니까?"

공명曰: "전에 익덕이 다리를 끊어 적을 막아낼 수 있었던 것은 조조가 이쪽의 내막(虛實)을 몰랐기 때문이오. 만약 내막을 알았다면 장군이 어찌 무사할 수 있었겠소? 지금 마초의 용맹은 천하가 다 알고 있소. 위교渭橋에서 여섯 번 싸울 때 조조는 수염을 깎았고 전포를 벗어던지고 달아났는데, 하마터면 목숨까지 잃을 뻔했소. (*제58회 중의 일.) 그를 보통의 장수들과 견줄 수는 없소. 그리고 운장조차도 반드시 그를 이긴다는 보장은 없소."

장비曰: "나는 지금 곧바로 가겠소. 마초를 이기지 못한다면 기꺼이 군령軍令에 따른 처벌을 받겠소."

공명曰: "이미 장군이 각서(軍令狀)를 써놓고 가겠다고 했으니, 그렇다면 선봉을 맡으시오. 주공께서도 친히 한 번 가보시지요. 나는 남아서 면죽을 지키고 있으면서 자룡이 돌아오기를 기다렸다가 다시 상의하도록 하겠습니다."

위연曰: "저 역시 가고자 합니다."

공명은 위연에게 정탐병(哨馬) 5백 명을 데리고 먼저 떠나도록 하고, 장비를 제 2대로, 현덕을 후대後隊로 삼아서 가맹관을 향해 출발하도록 했다.

〖 4 〗 위연의 기마 정탐병들이 먼저 관 아래에 당도하자 바로 양백楊柏과 마주쳤다. 위연과 양백이 싸웠는데 10합을 못 싸우고 양백은 패해서 달아났다. 위연은 장비의 으뜸 공로(頭功)를 빼앗으려고 이긴 기세를 타고 그 뒤를 쫓아갔다.

바로 그때 전면에 한 떼의 군사들이 늘어서 있었는데, 맨 앞에 선

장군은 마대馬岱였다. 위연은 그가 바로 마초라고 생각하고는 칼을 휘두르며 말을 달려가서 그를 맞아 싸웠다. 마대는 10합도 못 싸우고 패해서 달아났다.

위연이 그를 쫓아가고 있을 때 마대가 갑자기 몸을 휙 돌리면서 쏜 화살이 위연의 왼쪽 팔에 맞았다. 위연은 급히 말머리를 돌려서 달아났다. 마대가 위연의 뒤를 쫓아서 관 앞까지 왔을 때, 한 장수가 관 위로부터 우레와 같은 소리를 지르면서 말을 달려 와서 바로 그 앞에 이르렀다. 이 어찌된 일인가 하니, 장비가 막 관 위에 이르렀을 때 관 앞에서 싸우는 소리를 듣고 곧바로 내려다보는데 그때 마침 위연이 화살에 맞았던 것이다. 그래서 장비는 위연을 구하기 위해 곧바로 말을 달려서 관 위에서 내려왔던 것이다.

장비는 마대를 보고 호통을 쳤다: "너는 어떤 놈이냐? 먼저 통성명通姓名부터 하고 싸우자!"

마대曰: "내가 바로 서량西涼의 마대다!"

장비曰: "이제 보니 네 놈은 마초가 아니었구나. 빨리 돌아가라! 너는 내 적수가 못 된다! 지금 당장 가서 마초 그 새끼더러 연燕 사람 장비가 여기 와있으니 직접 나오라고 해라!"

마대가 크게 화를 내며 말했다: "네가 어찌 감히 나를 깔보느냐!"

마대는 창을 꼬나들고 말을 달려 곧바로 장비에게 달려들었다. 그러나 10합도 못 싸우고 마대는 패해서 달아났다.

장비가 그 뒤를 쫓아가려고 할 때, 관 위에서 한 사람이 말을 달려오면서 외쳤다: "아우는 잠시 가지 말라!"

장비가 돌아보니 달려오는 사람은 현덕이었다. 장비는 결국 마대의 뒤를 쫓아가지 않고 현덕과 함께 관 위로 올라갔다.

현덕曰: "네 성미가 급한 것이 걱정이 되어 내가 네 뒤를 따라 여기까지 왔다. 이미 마대와 싸워 이겼으니 우선 하룻밤 푹 쉬고 나서 내일 마초와 싸우도록 해라."

〖 5 〗 다음날 날이 밝자 관 아래에서 북소리가 크게 진동하며 마초의 군사들이 당도했다. 현덕이 관 위에서 바라보니, 문기門旗 안에서 마초가 창을 들고 말을 달려 나오는데, 머리에는 사자 모양을 한 투구(獅盔)를 쓰고 허리에는 짐승을 수놓은 띠(獸帶)를 둘렀고, 몸에는 은색 갑옷(銀甲)과 흰색 전포(白袍)를 입었는데, 첫째는 차림새가 평범하지 않았고, 둘째는 그 용모가 출중했다.

현덕이 감탄하여 말했다: "사람들이 '비단 마초(錦馬超)'라고 말들하더니, 괜히 하는 말이 아니었군(名不虛傳)."

장비가 곧바로 관을 내려가려고 하자, 현덕이 급히 말리며 말했다: "출전하지 말고 잠시 기다려라. 우선은 마초의 날카롭고 세찬 기세(銳氣)를 피해야 한다."

관 아래에서는 마초가 혼자 나와서 장비에게 말을 타고 나오라고 싸움을 걸었다. 관 위에서는 장비가 마초를 한 입에 집어삼키지 못하는 것을 불만스러워 하면서 네댓 번이나 뛰쳐나가려고 했으나 그때마다 현덕이 막았다. 막 오후에 들어섰을 때 현덕이 멀리서 바라보니 마초 진영의 군사들은 모두 지쳐 있었다. 그래서 곧바로 기병 5백 명을 뽑아서 장비를 따라 관 아래로 쳐내려가도록 했다.

마초는 장비의 군사들이 오는 것을 보고 창을 들어 뒤를 향해 한 번 휘둘러서 군사들을 뒤로 약간 물러가 있도록 했다. 장비의 군사들이 일제히 멈추어 서자, 관 위로부터 군사들이 계속 내려왔다.

장비는 창을 꼬나들고 말을 달려 나가며 큰소리로 외쳤다: "네놈은 연燕 땅 사람 장익덕을 알아보겠느냐!"

마초曰: "우리 집은 대대로 공후公侯를 지낸 귀한 집안인데 어찌 촌구석의 필부놈을 알겠느냐!"

장비는 크게 화가 났다. 말 두 필이 동시에 나가서 창 두 자루가 나란히 어우러져 약 1백여 합을 싸웠으나 승부가 나지 않았다. 현덕이 그것을 보고는 감탄했다: "진짜 범 같은 장수(虎將)들이군!"(*칭찬의 말 속에는 장비도 포함된다.)

현덕은 장비가 혹시 실수라도 하지 않을까 염려되어 급히 징을 쳐서 군사들을 거두었다. 두 장수는 각기 자기 진으로 돌아갔다.

장비는 진중으로 돌아와서 잠깐 말을 쉬도록 한 후 투구를 쓰지 않고 수건으로 머리를 동여맨 다음 말을 타고 또 진 앞으로 나가서 마초에게 싸움을 걸었다. 마초도 나와서 두 사람은 다시 싸웠다. 현덕은 혹시 장비가 실수라도 할까봐 염려되어 자기도 갑옷을 입고 투구를 쓰고 관에서 내려가서 곧장 진 앞에 이르러 장비와 마초가 또다시 1백여 합을 싸우는 것을 지켜보았는데, 둘은 싸울수록 힘이 솟아나서 마치 정력(元氣)이 배가倍加되는 듯했다. 현덕이 징을 쳐서 군사를 거두도록 하자 두 장수는 갈라져서 각기 본진으로 돌아갔다.

〖 6 〗 이날 날이 이미 저물었을 때, 현덕은 장비에게 말했다: "마초는 영용英勇한 자이니 가벼이 대적해서는 안 된다. 잠시 물러나서 관 위로 올라갔다가 내일 다시 싸우도록 해라."

장비는 잔뜩 화가 나 있는데 어찌 그만두려 하겠는가. 그는 큰 소리로 외쳤다: "죽어도 안 돌아갈 겁니다!"

현덕曰: "오늘은 이미 날도 저물어서 더 이상 싸울 수도 없다."

장비曰: "횃불을 많이 밝혀서 밤에 싸우도록(夜戰) 준비해 주시오!"

마초 역시 말을 바꾸어 타고 다시 진 앞으로 나와서 큰소리로 외쳤다: "장비야! 네 감히 밤 싸움(夜戰)을 해보겠느냐?"

장비는 화가 나서 현덕에게 타고 있는 말을 바꾸자고 한 후 급히 진 앞으로 달려가서 외쳤다: "내 너를 잡지 못하면 결단코 관 위로 올라

가지 않을 것이다!"

마초日: "내 너를 이기지 못하면 맹세코 영채로 돌아가지 않을 것이다!"

양편의 군사들이 고함을 질러가며 수천 수백 자루의 횃불들을 밝혀 놓으니 환하기가 마치 대낮 같았다. 두 장수는 또 진 앞으로 나가서 대판 싸웠다. 20여 합 싸웠을 때 마초가 말머리를 돌리더니 곧바로 달아났다.

장비가 큰 소리로 외쳤다: "어딜 달아나려 하느냐!"

이 어찌된 일인가 하니, 마초는 아무래도 장비를 이기지 못할 줄 알고 속으로 한 가지 계책을 생각해 냈던 것이다. 그는 거짓 패한 체하고 장비를 속여서 뒤쫓아 오도록 한 후 몰래 구리 망치(銅錘)를 꺼내서 손에 들고 몸을 홱 돌려서 장비를 겨누고 내리치려고 했던 것이다.

장비는 마초가 달아나는 것을 보고 마음속으로 속임수에 대한 대비를 하고 있었으므로, 마초가 구리 망치를 내려치자 재빨리 몸을 피했는데, 망치는 바로 그의 귀 옆으로 지나갔다. 장비가 곧바로 말을 돌려서 달아나자, 이번에는 반대로 마초가 그의 뒤를 쫓아왔다. 장비는 말을 멈춰 세우고 활에 화살을 메겨 뒤를 돌아보고 마초를 쏘았으나, 마초도 재빨리 화살을 피했다. 두 장수는 각기 진으로 돌아갔다.

현덕이 직접 진 앞에 서서 외쳤다: "나는 인의仁義로써 사람을 대하지 속임수 따위는 쓰지 않는다. 마맹기(馬孟起: 마초), 너는 군사를 거두어 돌아가서 좀 쉬도록 하라. 승세를 타고 너를 쫓아가는 일은 없을 것이다!"

마초는 그 말을 듣고 직접 군사들의 뒤편에 서서 모든 군사들을 차례로 다 물리었다. 현덕 역시 군사를 거두어 관으로 올라갔다.

〖 7 〗 다음날, 장비는 또 관을 내려가서 마초와 싸우려고 했다. 그

때 공명 군사軍師가 당도했다고 보고해 왔다. 현덕은 공명을 맞이하여
막사 안으로 들어갔다.

공명曰: "제가 듣기로 맹기(孟起: 마초)는 당대의 호장虎將이라고 합
니다. 만약 익덕과 죽기 살기로 싸운다면 틀림없이 둘 중에 하나는 크
게 다칠 것입니다. 그래서 자룡과 한승(漢升: 황충)에게 면죽을 지키도
록 하고 밤새 달려서 이리로 왔습니다. 제가 작은 계책을 써서 마초로
하여금 주공께 항복해 오도록 하겠습니다."

현덕曰: "나 또한 마초의 영용英勇함을 보고 그를 몹시 아끼고 있는
데, 어떻게 하면 그를 얻을 수 있겠소?"

공명曰: "제가 듣기로는, 동천東川의 장로는 스스로 한녕왕漢寧王이
되고 싶어 하고, 그의 수하에 있는 모사 양송楊松은 뇌물을 극히 탐내
는 자라고 합니다. 주공께서는 사람을 시켜서 소로로 해서 곧장 한중
으로 들어가서 먼저 금은보화로 양송과 손을 잡도록 하신 다음, 장로
에게 이런 내용의 글을 전하도록 하십시오: '내가 유장과 더불어 서천
西川을 다투는 것은 곧 그대를 위하여 원수를 갚아주려는 것이다. 우리
사이를 이간질하는 말은 듣고 믿어서는 안 된다. 일이 끝난 후에 책임
지고 당신을 천자께 주청하여 한녕왕이 되도록 해주겠다.' (*유장은 그
에게 땅을 주겠다고 약속했고, 공명은 그에게 벼슬을 주겠다고 약속한다. 둘
다 얻을 수 없다면 땅을 포기하고 벼슬만 얻는 것도 괜찮다.)

그리고는 그로 하여금 마초의 군사들을 철수시키도록 하십시오. 그
가 철수할 때를 기다려서 곧바로 계책을 써서 마초를 투항해 오도록
하면 됩니다."

현덕은 크게 기뻐하며 즉시 글을 써서 손건에게 주면서 금은金銀과
주옥珠玉들을 준비해 가지고 소로로 해서 곧장 한중으로 가도록 했다.

손건은 한중에 도착하여 먼저 양송을 찾아가서 만나보고 이 일을 이
야기하면서 금은과 주옥들을 건네주었다. 양송은 크게 기뻐하며 먼저

손건을 안내해 들어가서 장로를 만나 할 얘기들을 다 하도록 해주었다. (*여기에서 말을 하고 있는 것은 전부 금은과 주옥이다.)

장로曰: "현덕은 일개 좌장군左將軍에 불과한데 어떻게 나를 한녕왕이 되도록 주청드릴 수 있단 말인가?"

양송曰: "그분은 대한大漢의 황숙이십니다. 그러므로 황제께 표문을 올려 추천할 수 있는 위치에 있습니다."(*황숙이기에 추천할 수 있는 것이 아니라 금은과 주옥들이 추천할 수 있는 것이다.)

장로는 크게 기뻐하며 곧바로 사람을 보내서 마초에게 군사를 철수하라고 지시했다. 손건은 그대로 양송의 집에 머물러 있으면서 회신을 기다렸다.

〖 8 〗 하루도 지나지 않아 사자가 돌아와서 보고했다: "마초가 말하기를, 아직 공을 이루지 못해서 군사를 철수할 수 없다고 합니다."(*내부에 간신이 있는데도 대장이 밖에서 공을 세울 수 있었던 적은 없다.)

장로는 또 사람을 보내서 그를 불렀으나 또 돌아오려고 하지 않았다. 연달아 세 번 불렀으나 그는 끝내 돌아오지 않았다.

양송曰: "이 사람의 행동은 본래 믿을 수가 없었습니다. 그가 군사를 철수하려고 하지 않는 것은 틀림없이 모반할 생각이 있기 때문입니다."

그리고는 사람을 시켜서 말을 퍼뜨리도록 했다: "마초의 본래 생각은 서천을 빼앗아 자신이 촉 땅의 주인이 되어 자기 아비의 원수를 갚으려는 것이었지 한중에서 남의 신하로 있으려는 것은 아니었다."(*이 모두 금은과 주옥이 하는 말이다.)

장로는 이 말을 듣고 양송에게 어찌 해야 좋을지 그 계책을 물었다.

양송曰: "한편으로 사람을 마초에게 보내서 이렇게 말하도록 하십시오: '네가 기왕에 공을 이루고자 한다면, 네게 한 달 기한을 줄 테니 내가 말하는 세 가지 일을 꼭 해내야 한다. 만약 해낸다면 상을 주겠지만 못 해낸다면 반드시 네 목을 벨 것이다. 그 첫째는 서천을 빼앗아야 하고, 그 둘째는 유장의 수급을 가져와야 하고, 그 셋째는 형주의 군사를 물리쳐야 한다. 이 세 가지 일을 못 해내는 날에는 네 머리를 갖다 바쳐라.' 라고. 그리고 다른 한편으로는 장위張衞에게 군사를 점검해서 관문을 굳게 지켜 마초가 무력으로 나라 안을 시끄럽게 하는 것(兵變)을 방비하라고 지시하십시오."

장로는 그의 말을 좇아서 사람을 마초의 영채로 보내서 이 세 가지 일을 말하도록 했다.

마초는 크게 놀라며 말했다: "어찌 이렇게 변할 수 있단 말인가?" (*금은과 주옥과 같은 뇌물은 이처럼 사람을 극히 잘 변화시킬 수 있는 물건이다.)

이에 마대와 상의했다: "차라리 군사를 철수하는 편이 낫겠다."

양송은 또 말을 퍼뜨렸다: "마초가 회군해 오는 것은 틀림없이 딴마음을 품고 있기 때문이다."(*금은주옥 등 뇌물이 이처럼 유용할 줄 어찌 생각이나 했겠는가.)

이리하여 장위는 군사들을 일곱 방면으로 나누어 관문을 굳게 지켜서 마초의 군사들이 들어오지 못하도록 했다. 마초는 나아갈 수도 물러날 수도 없어서 어찌 해볼 수가 없었다.

이때 공명이 현덕에게 말했다: "지금 마초는 그야말로 진퇴양난에 빠져 있으니, 제가 직접 마초의 영채로 가서 이 말랑말랑한 세 치 혀로 마초를 설득하여 항복해 오도록 하겠습니다."

현덕曰: "선생은 곧 나의 팔다리와 심복(股肱心腹)과 마찬가진데, 혹시 무슨 변고라도 생기면 어쩌지요?"

공명은 한사코 가겠다고 했지만 현덕은 끝까지 보내주려고 하지 않았다.

〖 9 〗 한창 이렇게 주저하고 있을 때 갑자기 서천 사람 하나가 조운의 추천서를 가지고 항복하러 왔다고 보고해 왔다. 현덕이 그를 불러 들여서 물어보니, 그는 바로 건녕 유원(建寧兪元: 운남성 징강현澄江縣 경내) 사람으로 성은 이李, 이름은 회恢, 자를 덕앙德昂이라고 하는 사람이었다.

현덕曰: "전에 들으니, 공은 유장에게 나에게 구원병을 청하지 말라고 극력 간했다고 하던데, 지금은 어찌하여 내게 찾아오셨소?"

이회曰: "제가 듣기로는 '좋은 새는 나무를 살펴서 깃들고, 현명한 신하는 주인을 골라서 섬긴다(良禽相木而棲, 賢臣擇主而事)'고 했습니다. 전에 제가 유 익주에게 간했던 것은 남의 신하 된 자로서의 마음을 다한 것이었습니다. 그런데도 그가 제 말을 쓸 줄 모르기에 반드시 패할 줄 알았습니다. 지금 장군께선 인仁의 덕德이 촉 땅에 널리 퍼져 있으므로 도모하시는 일이 반드시 이루어질 것임을 알기에 찾아왔습니다."

현덕曰: "선생께서 이처럼 찾아와 주셨으니, 틀림없이 유비에게 들려줄 유익한 말씀이 계시겠지요."

이회曰: "지금 듣자니 마초는 진퇴양난에 빠져 있다고 합니다. 저는 옛날 농서隴西에 있을 때 그와 서로 알고 지냈던 사이이므로, 가서 마초를 설득하여 항복해 오도록 하고 싶은데, 어떻습니까?"

공명曰: "그렇지 않아도 나 대신에 가줄 사람 하나를 찾고 있던 참인데, 공께서는 마초를 무슨 말로 설득하려는지 그 얘기를 들어보고 싶습니다."

이회는 공명의 귓가에 입을 대고 여차여차하게 하겠다고 자세히 설명했다. 공명은 크게 기뻐하며 즉시 그를 가도록 했다.

이회는 마초의 영채로 가서 먼저 사람을 시켜 통성명을 하도록 했다.

마초曰: "내가 알기로 이회는 변사辯士인데, 이번에 틀림없이 나를 설득하러 왔을 것이다."

그리고는 먼저 도부수 20명을 불러서 막사 안에 숨겨 놓고 지시했다: "너희들에게 내가 베라고 하거든 즉시 난도질을 해서 육장肉醬을 만들어 버려라."

잠시 후 이회가 의젓한 자세로 들어왔다. 마초는 막사 안에 단정히 앉아서 움직이지도 않고 이회를 꾸짖었다: "너는 뭣 하러 왔는가?"

이회曰: "세객說客 노릇하러 일부러 왔소."(*장간蔣幹은 주유를 만나자 자신은 세객이 아니라고 변명했는데, 이회는 마초를 만나자마자 자기 스스로 세객이라고 밝히고 있는 점이 묘하다.)

마초曰: "내 칼집 속의 보검은 새로 갈아놓은 것이다. 네 어디 한번 말해 봐라. 말이 통하지 않으면 곧바로 칼을 시험해 볼 것이다."

이회가 웃으면서 말했다: "장군에게 닥칠 화가 멀지 않았소! 다만 새로 갈아놓은 검을 내 머리로 시험해 보지 못하고 장군 자신의 머리로 시험해 보게 될까봐 두렵소."

〖 10 〗 마초가 말했다: "내게 무슨 화가 닥친단 말이오?"

이회가 말했다: "내 듣기로, 월越나라의 서시(西施: 춘추 말년 월나라의 미녀)는, 아무리 남을 잘 헐뜯는 사람도 그 아름다움을 감출 수가 없었고, 제齊나라의 무염(無鹽: 전국 시 제나라 무염 지방의 이름난 추녀)은 아무리 남을 잘 칭찬하는 사람도 그 추함을 덮을 수가 없었다고 하였소. '해는 정오를 지나면 기울기 시작하고, 달은 가득 차면 이지러지기 시작하는 것이(日中則昃, 月滿則虧)' 천하의 정해진 이치라오.

지금 장군은 조조와는 부모를 죽인 원수(殺父之讐) 사이이고, 롱서隴西의 장로와는 생각만 해도 이가 갈리는(切齒) 원한이 맺힌 사이요. 그런데다 앞으로 나아가더라도 유장을 구해줄 수 없고 형주 군사를 물리칠 수도 없으며, 뒤로 물러나더라도 양송을 제압할 수 없고 장로의 낯을 볼 수도 없소. 지금 당장에는 천하 어디에도 장군을 받아들여 줄 곳이 없고, 자신이 섬길 주인도 없소.

이런 형편에서 만약 또다시 위교渭橋에서처럼 패하고 기성冀城에서처럼 실수하게 된다면, 그때 가서는 무슨 낯으로 천하 사람들을 보겠소?"

마초가 고개를 숙여 고맙다고 하면서 말했다: "공의 말이 참으로 옳소. 다만 이 마초에게는 갈 수 있는 길이 없소."

이회曰: "공이 이미 내 말을 듣기로 했다면 왜 막사 안에 숨겨놓은 도부수들을 그대로 두시오?"(*이회의 설검舌劍이 커튼 아래의 검들을 물리칠 수 있었다.)

마초는 몹시 창피해하며 도부수들을 꾸짖어 모두 물러나도록 했다.

이회가 말했다: "유황숙은 훌륭한 인재들을 예로써 깍듯이 대우하고 있으므로 나는 그가 반드시 성공할 줄 알기 때문에 유장을 버리고 그에게 귀의한 것이오. 공의 부친께서도 옛날 황숙과 함께 역적을 치기로 언약하셨던 적이 있었소. (*20회 중의 일.) 그런데 공은 어찌하여 어둠을 버리고 밝은 데로 나아가서 위로는 부친의 원수를 갚고 아래로는 공명功名을 세우려 하지 않는 것이오?"

그의 말을 듣고 나서 마초는 크게 기뻐하면서 즉시 군사 감독관 양백楊柏을 불러오게 하여 한 칼에 그를 베어버리고는 그 수급을 가지고 이회와 같이 관으로 올라가서 현덕에게 항복했다.

현덕이 친히 그를 맞아들여 큰 손님(上賓)의 예로써 대우했다.

마초는 땅에 머리를 조아리고 사례하면서 말했다: "이제 밝으신 주인을 만나 뵙게 되니 마치 짙은 구름과 안개(雲霧)를 헤치고 맑은 하늘을 보는 것 같습니다."

이때 손건은 이미 돌아와 있었다. 현덕은 다시 곽준霍峻과 맹달孟達

에게 관을 지키도록 한 다음 곧바로 군사들을 거두어 성도를 공략하러 갔다. 조운과 황충은 현덕의 군사들을 맞아들여 면죽으로 들어갔다. 그때 보고해 오기를, 서촉 장수 유준劉晙과 마한馬漢이 군사를 이끌고 왔다고 했다.

조운曰: "제가 가서 이 두 사람을 사로잡아 오겠습니다."

말을 마치자 곧바로 말에 올라 군사들을 이끌고 나갔다. 현덕은 성 위에서 마초에게 술을 대접하려고 했는데, 아직 자리도 미처 다 마련되지 못했는데 자룡은 벌써 두 사람의 머리를 베어 가지고 돌아와서 연석 앞에다 바쳤다. 이를 보고 마초 역시 크게 놀라서 조운을 더욱 공경했다.

마초曰: "구태여 주공의 군사들을 싸우게 할 필요도 없이 제가 직접 유장을 불러내서 항복하도록 하겠습니다. 만일 항복하려고 하지 않으면 제가 직접 아우 마대와 같이 가서 성도를 취해다가 두 손으로 바치겠습니다."

현덕은 그 말을 듣고 크게 기뻐했다. 이날은 모두들 한껏 술을 마시며 즐겼다.

〖 11 〗 한편 싸움에 패한 군사들이 익주로 돌아가서 유장에게 소식을 알렸다. 유장은 크게 놀라서 문을 닫아놓고 싸우러 나가지 못하도록 했다. 그때 보고해 오기를, 성 북쪽에 마초의 구원병이 당도했다고 하였다. 유장은 그제야 감히 성 위로 올라가서 바라보니, 마초와 마대가 성 아래에 서서 큰소리로 외치는 것이었다: "유계옥(劉季玉: 유장)은 대답하시오!"

유장이 성 위에서 무슨 일이냐고 물었다.

마초가 말 위에서 채찍을 들어 가리키며 말했다: "나는 본래 장로의 군사들을 거느리고 와서 익주를 구하려고 했는데, 뜻밖에도 장로가 양송의 참소의 말(讒言)을 믿고 도리어 나를 해치려고 하였소. 그래서 지금은 이미 유황숙에게 항복하였소. 공은 땅을 바치고 항복해서 백성들이 고통을 당하지 않도록 하시오. 만약 혹시 고집을 부린다면 내가 먼저 성을 공격할 것이오."(*참으로 좋은 구원자(救星)를 청해 왔구나.)

유장은 너무 놀라서 안색이 흙빛으로 변하면서 성 위에서 기절해 버렸다. 여러 관원들이 구해서야 겨우 깨어났다.

유장曰: "내가 밝지 못해서 이리 된 것이니 후회한들 무슨 소용 있겠는가! 성문을 열고 항복해서 성 안 백성들이나 전부 구해야겠다."

동화董和가 말했다: "성 안에는 군사들이 아직 3만여 명이나 있고 군수물자와 군량, 마초 등은 1년은 충분히 버틸 수 있는데 왜 곧바로 항복하려 하십니까?"

유장曰: "우리 부자가 촉 땅에 20여년 있으면서 백성들에게 베풀어 준 은덕도 없으면서 지난 3년 동안 싸우느라 많은 목숨들을 초야草野에 버리도록 했다. 이는 모두 나의 죄이다. 내 마음이 어찌 편하겠는가? 차라리 투항해서 백성들이나 편안히 해줘야겠다."(*충후忠厚하다는 것은 흔히 무용無用하다는 것의 다른 이름이다. 그러나 충후한 것이 곧 무용한 것이 아니라, 충후하되 정밀하지도 밝지도 못한 것이 무용한 것이다. 유장의 실패가 어찌 그의 인仁에 있었겠는가. 그의 실패는 인仁하되 지혜롭지 못한 데 있었다.)

많은 사람들은 그 말을 듣고 모두 눈물을 떨어뜨렸다.

그때 갑자기 한 사람이 건의했다: "주공의 말씀은 바로 하늘의 뜻(天意)에 부합됩니다."

그를 보니 파서巴西 서충국(西充國: 사천성 남부현南部縣 서북) 사람으로 성은 초譙, 이름은 주周, 자를 윤남允南이라고 하는 자였다. 이 사람은 평소 천문天文에 밝았다.

유장이 그 까닭을 묻자 초주가 말했다: "제가 지난밤에 천문을 살펴보니 많은 별들이 촉군蜀郡에 모여 있었는데 그 중에서 큰 별의 빛은 마치 밝은 달과 같았는데, 이는 바로 제왕帝王의 상象입니다. 더군다나 바로 1년 전에는 아이들이 노래하기를: '새 밥 먹으려면 선주先主 오시기 기다려야 하리(若要吃新飯, 須待先主來)'라고 하였는데, 이는 바로 그 조짐입니다. (*현덕이 칭제稱帝하게 되는 것의 복필이다.) 천도天道는 거역할 수 없습니다."

황권黃權과 유파劉巴는 이 말을 듣고 둘 다 크게 화를 내면서 그를 죽이려고 했다. (*초주는 걸핏하면 천문에 대해 말했다. 후에 후주後主 유선劉禪에게 성을 나가서 항복하도록 권한 것 역시 이 사람이다. 황권과 유파가 이들을 죽이려고 했던 것 역시 잘못이 아니다.) 유장이 그들을 말렸다. 그 때 갑자기 보고해 오기를, "촉군 태수 허정許靖이 성을 넘어가서 항복했다"고 하였다. 유장은 대성통곡하며 부중으로 돌아갔다.

〖 12 〗 다음날 보고해 오기를, 유황숙이 파견한 막료(幕賓) 간옹簡雍이 성 아래에 와서 성문을 열라고 한다고 했다. 유장은 성문을 열어 그를 맞아들이도록 했다. 간옹은 수레에 앉은 채 태연자약한 태도로 거만하게 주위를 흘겨보았다.

그때 갑자기 한 사람이 칼을 뽑아들고 큰소리로 호통을 쳤다: "소인배 놈이 제 뜻대로 되었다고 어찌 이다지도 방약무인傍若無人하단 말이냐! 네 감히 우리 촉蜀 땅의 인물들을 깔보는 것이냐?"

간옹이 황급히 수레에서 내려 그를 맞이했다. 그 사람은 곧 광한廣漢 면죽綿竹 사람으로 성은 진秦, 이름은 복宓, 자를 자칙自勅이라 하는 자였다. (*진복은 후에 변설辨說로 동오의 사자를 난처하게 만드는데, 이곳에서 우선 그의 모난 성격을 드러내 보이고 있다.)

간옹이 웃으며 말했다: "형씨 같은 분을 알아 보지 못한 점 너무 책망하지 말아 주시오."

그리하여 두 사람은 같이 들어가서 유장을 만나보고 현덕의 도량이 크고 넓은 것과 서로 해칠 뜻이 전혀 없다는 것을 자세히 이야기했다. 이리하여 유장은 투항하기로 결정하고 간옹을 후하게 대우해 주었다.

다음날, 유장은 친히 인수印綬와 호적 등의 문서(文籍)들을 가지고 간옹과 같이 수레를 타고 성을 나가서 항복했다.

현덕은 영채를 나가서 그를 영접하며 손을 잡고 눈물을 흘리면서 말했다: "내가 인의仁義를 행하지 않아서가 아니라 사세가 부득이해서 이리 되었네."(* "부득이해서(不得已)"라는 이 말은 현덕의 진심이다. 그러나 예로부터 이 "부득이해서"라는 말로써 변명을 한 사람들이 많았다. 춘추시대 의 진晉의 공자 중이重耳가 회공懷公을 죽이고, 소백(小白: 제 환공)이 자기 형 자규子糾를 죽이고, 당 태종이 형제 건성建成과 원길元吉을 죽인 후에 변명하 면서 한 말들이 모두 이 말이었다. 형제의 난이 이런 지경에 이르는 것을 보 면 탄식이 저절로 나온다.)

같이 영채 안으로 들어가서 인수와 문서의 인수인계를 한 다음, 둘은 나란히 말을 타고 성 안으로 들어갔다.

〖 13 〗현덕이 성도로 들어가자 백성들은 향기 나는 꽃들과 등촉(香 花燈燭)을 들고 대문 밖에 서서 맞이했다. 현덕은 공청公廳에 이르러 대 청 위로 올라가서 자리를 잡고 앉았다. 군郡 내의 모든 관원들이 다 들 어와서 대청 아래에서 절을 하는데 오직 황권과 유파劉巴만 문을 닫아 걸어 놓고 나오지 않았다. 여러 장수들이 화를 내며 가서 그를 죽이려 고 했다.

현덕이 급히 명을 내렸다: "만약 이 두 사람을 해치는 자가 있으면 그 삼족三族을 멸할 것이다!"

현덕은 자신이 직접 두 사람의 집을 방문해서 그들에게 나와서 관직 을 맡아 달라고 청했다. (*이는 두 사람의 마음을 얻으려는 것일 뿐 아니라 많은 사람들의 인심을 얻으려고 한 것이다.) 두 사람은 현덕의 은혜와 깍듯한 예의(恩禮)에 감동해서 마침내 문을 열고 나왔다.

공명이 청하여 말했다: "이제 서천이 평정되었으므로 한 나라에 두 주인을 용납하기는 어렵습니다. 유장을 형주로 보내도록 하십시오."

현덕曰: "내가 이제 방금 촉군을 얻었는데, 유계옥을 멀리 보낼 수는 없소."

공명曰: "유장이 기업基業을 잃게 된 것은 모두 마음이 너무 나약했기 때문입니다. 주공께서도 만약 아녀자들 같은 마음씨(婦人之仁)로 일에 임하여 결단을 내리지 못하신다면, 이곳 땅도 오랫동안 보전하기 어려울 것입니다."

현덕은 그의 말을 좇아서 성대하게 연석을 베풀어 그를 대접한 다음, 유장에게 재물財物들을 수습하여 진위장군振威將軍의 인수印綬를 차고 처자와 권속과 노비들을 모두 데리고 남군南郡 공안(公安: 호북성 공안)으로 가서 그곳에서 살도록 하되 그날로 당장 길을 떠나라고 청했다. (*현덕이 유장을 공안公安으로 옮긴 것과 조조가 유종劉琮을 청주로 옮긴 것은 똑같은 계산에서였다. 다만 하나는 도중에 죽여 버리지만, 하나는 잘 가도록 보내준 것이 다를 뿐이다.)

〖 14 〗 현덕은 스스로 익주목益州牧을 겸하였다. 그리고 항복해온 문무관원들 전부에게도 큰 상을 내리고 그 직위의 명칭과 작위를 정하였다:

엄안嚴顔은 전장군前將軍으로 삼고, 법정法正은 촉군 태수蜀郡太守로, 동화董和는 장군중랑장掌軍中郎將으로, 허정許靖은 좌장군장사左將軍長史로, 방의龐義는 영중사마營中司馬로, 유파劉巴는 좌장군左將軍으로, 황권黃權은 우장군右將軍으로 삼았다.

그 밖에 오의吳懿 · 비관費觀 · 팽양彭羕 · 탁응卓膺 · 이엄李嚴 · 오란吳蘭

· 뇌동雷同 · 이회李恢 · 장익張翼 · 진복秦宓 · 초주譙周 · 여의呂義 · 곽준霍峻 · 등지鄧芝 · 양홍楊洪 · 주군周群 · 비의費禕 · 비시費詩 · 맹달孟達 등과 항복해 온 문무관원들 도합 60여 명을 다 발탁해 썼다. (*먼저 새로 항복해온 신하들부터 관직을 봉해 준 다음 옛날부터 같이 있었던 신하들을 봉해 준 것은 모두 현덕이 임기응변으로 처리한 것이다.)

제갈량을 군사軍師로 삼고, 관운장을 탕구장군蕩寇將軍 · 한수정후漢壽亭侯로, 장비를 정로장군征虜將軍 · 신정후新亭侯로, 조운을 진원장군鎭遠將軍으로, 황충을 정서장군征西將軍으로, 위연을 양무장군揚武將軍으로, 마초를 평서장군平西將軍으로 삼았다.

그리고 손건孫乾 · 간옹簡雍 · 미축麋竺 · 미방麋芳 · 유봉劉封 · 오반吳班 · 관평關平 · 주창周倉 · 요화廖化 · 마량馬良 · 마속馬謖, · 장완蔣琬 · 이적伊籍과 지난날 형양에서 근무했던 일반 문무관원들에게 모두 상을 내리고 벼슬을 올려주었다.

그리고는 사자에게 황금 5백 근 · 은 1천 근 · 전錢 5천만 · 촉 땅에서 생산되는 비단(蜀錦) 1천 필을 가지고 가서 운장에게 내려주도록 했다. 나머지 관원과 장수들에게도 등급에 따라 각기 상을 내렸다. 그리고 소와 말을 잡아서 군사들을 크게 먹이고, 창고를 열어서 백성들에게 곡식을 나눠주어 구휼하니 군사들과 일반 백성들은 크게 기뻐했다.

〖 15 〗익주가 평정된 후 현덕은 성도의 유명한 자들의 집과 밭(田宅)들을 여러 관원들에게 나누어 주려고 했다.

그러자 조운이 간했다: "익주의 백성들은 여러 차례 병화兵火를 만나 집과 밭들은 모두 주인이 없는 상태입니다. 지금은 마땅히 백성들에게 돌려주어서 편안히 살 수 있도록 해주고 다시 생업에 힘쓰도록 해야만 비로소 민심이 복종할 것입니다. 그것을 빼앗아서 개인들에게 상을 주어서는 안 됩니다."(*한漢 나라 초기 소하蕭何는 민간의 논밭과 집들을 강제로 사들임으로써 스스로 부패한 재상이라는 오명汚名을 뒤집어썼는데, 이는 (자칫 백성들에게 은혜를 베풀어 인심을 사게 되면) 그 주인인 유방劉邦이 시기할까봐 두려웠기 때문이다. 지금 자룡은 현덕을 만났기 때문에 아무 거리낌 없이 백성들에게 은혜를 베푸는 정책을 건의할 수 있었다.)

현덕은 크게 기뻐하며 그의 말을 따랐다. 현덕은 제갈 군사軍師에게 나라를 다스릴 조례條例를 제정하도록 했는데, 형법刑法이 자못 엄했다.

이에 법정이 말했다: "옛날 고조께서 약법삼장(約法三章: 살인자는 죽이고, 사람을 다치게 한 자와, 도둑질한 자는 처벌한다는 세 조문으로만 이루어진 법)을 정하시자 백성들은 모두 그 덕에 감격했다고 합니다. 원컨대 군사께서는 형벌을 너그럽게 하고 법조문을 간략하게 해서 백성들의 바라는 바를 어루만져 주십시오."

공명曰: "공은 그 하나만 알고 그 둘은 모르시오. 진秦이 법을 너무 포학하게 휘둘러서 만백성들이 모두 원망하고 있었기 때문에 고조께서는 너그럽고 인자하게 하셔서 민심을 얻으셨던 것이오.

그러나 지금의 유장은 사리에 어둡고 나약하기 때문에 덕정德政이 시행되지 못하고, 위엄과 형벌이 엄숙하지 못해서 군신君臣 간의 도가 점점 문란해진 것이오.

총애하여 그 지위를 높여주어 그 지위가 극에 달하면 잔포해지고, 은혜를 베풀어 복종시키려 하면, 더 이상 베풀어줄 은혜가 없을 때에는 태만해지는 법이오. 많은 폐단들은 실로 이로부터 생기는 것이라오.

나는 이제 위엄을 보이되 법으로써 하려고 하는데, 법이 시행되면 은혜를 알 것이오. 그리고 그 권한 행사를 벼슬로써 제약하려고 하는데, 벼슬이 더해지면 그것을 영예로 알 것이오. 이처럼 은혜와 영예를 병용並用하여 다스린다면 상하 간에 절도節度가 있게 될 것이고, 나라 다스리는 도道는 이에서 분명히 드러나게 될 것이오."(*공명은 촉을 다스림에 있어서 법을 무겁게 해서 어지러워진 나라를 바로잡으려고 했다.)

법정은 공명의 말에 경복敬服하였다.

이로부터 군사와 백성들이 전부 안심하고 거주하게 되었다. 공명은 41개 주州에 군사들을 나누어 보내서 백성들을 진정시키고 어루만져 달램으로써 모두 평정하였던 것이다.

법정이 촉군 태수가 되어 전에 남으로부터 밥 한 끼 얻어먹은 것과 같은 사소한 은혜나, 또는 자기에게 눈을 부릅뜨고 위협한 것과 같은 소소한 원한까지 하나도 갚지 않는 것이 없었다. (*이 두 마디 말 속에 무수히 많은 사정들이 내포되어 있다. 대단한 생필省筆이다.)

어떤 사람이 이를 공명에게 일러바쳤다: "효직(孝直: 법정)이 너무 제멋대로 합니다. 좀 야단쳐서 그러지 못하도록 해주십시오."

공명曰: "전에 주공께서 고단하게 형주를 지키고 계실 때 북으로는 조조를 무서워하시고 동으로는 손권을 두려워하셨는데, 효직이 잘 보필해준 덕에 마침내 날개를 활짝 펴고 훨훨 날 수 있게 되어 다시는 남의 제어를 받지 않게 되셨소. 그런데 이제 와서 효직이 자기 뜻대로 좀 해보려는 것을 어찌 하지 못하도록 막을 수 있겠소?" 그래서 결국 불문에 부쳤다. (*유장의 나약한 행동에 이어서 엄함(猛)을 썼는바, 이것이 '관용책으로 인해 생긴 폐단은 강압책으로 고친다(猛以濟寬)'는 것이다. 법정의 행동에 대해서는 관용책(寬)을 썼는바, 이것이 바로 '강압책으로 인해 생긴 폐단을 관용책으로 고친다(寬以濟猛)'는 것이다. *춘추시대 때 정鄭나라 재상인 정자산鄭子産의 정책이 바로 이러했다. 출처: 〈춘추좌전·소공昭公 20년〉)

법정은 이 말을 듣고 역시 자기 스스로 행동을 고치게 되었다.

〖 16 〗 하루는 현덕이 공명과 한담을 하고 있는데 갑자기 보고해 오

기를, 운장이 황금과 비단(金帛)을 하사해 주신 것을 사례하기 위해 관평을 보내왔다고 했다.

현덕이 그를 불러들이자 관평은 절을 하고 나서 서신을 올리며 말했다: "부친은 마초의 무예가 남들보다 뛰어나다는 것을 알고 서천에 들어와서 그와 실력을 한번 겨뤄보고 싶다면서 백부님께 이 일을 여쭤보라고 했습니다."

현덕이 크게 놀라며 말했다: "만약 운장이 촉에 들어와서 맹기(孟起: 마초)와 무예를 겨룬다면 그 형세상 양립하기 어렵습니다(勢不兩立)."

공명이 말했다: "걱정하실 것 없습니다. 제가 글을 써서 보내겠습니다."(*공명은 이미 운장이 말하는 뜻을 알고 있었다.)

현덕은 운장의 성미 급한 것이 염려되어 곧바로 공명에게 글을 쓰도록 하여 관평에게 주면서 밤낮 가리지 말고 형주로 돌아가라고 했다.

관평이 형주로 돌아오니 운장이 물었다: "내가 마맹기와 무예를 겨루어보고 싶어 한다는 것을 네가 말씀드렸느냐?"

관평曰: "군사軍師님의 글이 여기 있습니다."

운장이 뜯어서 보니, 글의 내용은 이러했다:

"나는 장군이 맹기孟起와 무예 실력을 겨뤄보고자 한다는 말을 들었소. 그러나 내가 판단하기로는, 맹기의 용맹함이 비록 남들보다 뛰어나다고는 하나 역시 저 한 고조 휘하의 장수들인 경포鯨布나 팽월彭越과 같은 무리이므로 마땅히 익덕과 그 실력의 고하를 다투어야 할 뿐, 아무래도 미염공美髯公의 그 절륜絶倫·초군超群의 실력에는 미치지 못할 것이오.

지금 공은 형주를 지키는 임무를 맡고 있는데, 그 임무가 무겁지 않은 게 아니오. 만약 서천에 들어왔다가 혹시라도 형주를 적에게 빼앗기는 일이라도 생긴다면 그보다 더 큰 죄가 어디 있겠소. 부디 밝히 살피시기 바라오."

운장은 서신을 보고 나서 자기 수염을 쓰다듬으며 웃으면서 말했다: "공명은 내 마음을 알아주는군."(*그가 바랐던 것은 바로 공명이 자기를 높여줌으로써 마초를 억눌러 놓으려는 것이었지 공명이 자기를 칭찬해주는 것을 기뻐했던 것은 아니다.)

그리고는 그 서신을 함께 있던 손님들에게 두루 보여주었다. 그리하여 마침내 서천으로 들어갈 뜻이 없어졌다.

〖 17 〗한편 동오의 손권은 현덕이 서천을 병탄하고 유장을 공안公安으로 쫓아 보냈다는 것을 알고는 곧바로 장소와 고옹을 불러서 상의했다: "당초에 유비가 우리 형주 땅을 빌릴 때 말하기를, 서천을 취하면 곧바로 형주를 돌려주겠다고 했소. 지금 이미 파촉巴蜀 지역의 41개 주州를 얻었으니, 반드시 한상(漢上: 장강 최대의 지류인 한강의 상류지대)의 여러 군郡들을 돌려받아야만 하겠소. 만약 저들이 돌려주지 않는다면 즉시 군사를 움직여 쳐들어가야 하겠소."(*현덕이 노름에서 돈을 따자마자 뜻밖에 곧바로 빚을 받으러 오려고 한다.)

장소曰: "우리 오吳 나라 안이 이제 막 편안해졌는데 이럴 때 군사를 움직여서는 안 됩니다. 제게 한 가지 계책이 있는데, 유비로 하여금 형주를 두 손으로 받들고 와서 주공께 바치도록 할 수 있습니다."

이야말로:

서촉에선 방금 새날이 열리고 있는데 西蜀方開新日月
동오에선 또 다시 옛 산천 내 놓으라 하네. 東吳又索舊山川

그것이 어떤 계책인지 모르겠거든 다음 회를 읽어보기 바란다.

제 65 회 모종강 서시평序始評

(1). 손권은 유표와 서로 원수 사이였고 유장 역시 장로와는 원

수 사이였다. 서천의 황권黃權이 한중의 장로에게 구원을 청한 것과 동오의 노숙魯肅이 강하로 가서 유표의 죽음에 조상한 것은 이른바 같은 배를 타고 가다가 바람을 만나면 원수지간인 오吳와 월越이 서로 구해주는 것과 같다. 그러나 현덕은 손권을 도와주었지만 장로는 유계옥을 도와줄 수 없었는데, 그 이유가 무엇인가?

대개 손권과 유비는 조조가 이간시킬 수 없었지만, 유장과 장로는 공명이 이간시킬 수 있었기 때문이다. 그러나 만약 장로가 양송楊松의 말을 듣지 않았더라면 비록 이간시키려고 노력했더라도 먹혀들 수 없었을 것이니, 이는 곧 공명이 이간시킬 수 있었던 것이 아니라 장로 자신이 이간시켰던 것이다.

(2). 관공이 마초와 무예를 겨뤄보고자 했던 것은 진짜로 그와 겨뤄보고 싶어서가 아니라 그것을 빌려서 그의 마음을 눌러 복종하도록 하려고 했던 것이다. 한 고조는 영포英布를 보고 거만한 태도로 맨발을 내밀어 씻도록 함으로써 그의 기운을 꺾어놓았는데, 그가 교만해지면 자신이 그를 쓸 수 없기 때문이었다. 마초는 새로 항복해 왔으나 그는 서천의 여러 장수들 가운데 자신보다 뛰어난 사람은 하나도 없다고 생각했으므로 장차 자만심에 가득 차게 될 것이다. 관공은 공명의 서신 한 통을 받고서 비로소 자신은 장비보다도 위에 있음을 알게 되었고, 또 인간들 가운데서 가장 뛰어나고 장수들 가운데서 가장 뛰어난 자신과 같은 자가 있으므로 마초의 교만한 기운은 꺾일 것임을 알게 되었다.

관공은 서신을 보고 웃으며 말했다: "공명은 내 마음을 알아주는구나!" 공명은 그의 마음을 알았던 것이다!

(3). 현덕은 서주徐州를 포기하고 떠돌아다닐 때에는 차마 백성들

을 버리지 못한 반면, 일단 서천을 얻고 나서는 백성들의 논밭을 군공軍功을 세운 자들에 대한 상으로 주려고 했는데, 이때 조자룡이 말리지 않아서는 안 되었다.

자룡은 백성을 사랑함으로써 나라를 사랑하였으며, 나라를 사랑하였기에 다시 가정을 사랑할 수 없었던 것이다. 전에 계양桂陽을 취했을 때에는 처자妻子 문제가 그의 마음을 움직일 수 없었고, 이번에 서천에 들어온 후에는 전답이나 저택이 그의 마음에 누가 될 수 없었으니, 그는 옛날 대신大臣의 풍모까지 가지고 있었던 것이다. 그가 어찌 오직 명장名將의 자질 한 가지만 가졌다고 하겠는가, 그는 모든 것을 가지고 있었던 것이다.

(4). 춘추시대 때 정鄭 나라의 재상인 자산子産이 말하기를: "물은 부드럽고 약하기 때문에 사람들이 만만히 보고 장난치다가 빠져 죽는 사람이 많다: 불은 뜨겁기 때문에 사람들은 멀찍이 떨어져서 바라보며 무서워하고, 그래서 불에 타서 죽는 사람이 드물다(水懦弱, 民狎而玩之, 故多死焉; 火烈, 民望而畏之, 故鮮死焉)."(*〈좌전左傳〉 소공昭公 20년 참조 ── 역자). 정자산이 강압책(猛)을 쓴 것은 관용책(寬)을 쓰는 것보다 나았다. 공명이 촉蜀을 다스린 것은 정자산의 이런 뜻을 알았기 때문인가? 법이 시행되면 사람들은 은혜를 알게 되는데, 이것이 관용책으로 인해 발생한 폐단을 강압책으로 치유하는 길이다.

현덕은 공명을 물로 생각했는데, 그가 촉을 다스리게 되자 그를 더 이상 물로 쓰지 않고 불로 쓰게 되었다. 조조는 유종을 청주로 옮기면서 그 모자를 죽여 버렸지만, 유비는 유장을 공안으로 옮기면서 그 재물까지 돌려주었는바, 이것이 유비와 조조가 다른 점이다.

유비는 너그러움으로 촉의 백성들을 어루만지고 은혜(恩)를 베풀어서 민심을 거두었지만, 제갈량은 엄함(嚴)으로 촉을 다스리고, 법으로써 그들을 옭아맸는데, 이 점에서 제갈량은 또 유비와 달랐다.

대개 아我와 적敵은 서로 반대되는 것을 취하는 법이니, 적이 포악(暴)하면 나는 어짊(仁)으로 하고, 적이 급하게(急) 하면 나는 천천히(緩) 해야 하는데, 이처럼 상반되게 하는 것이 더 유능한 자(能者)를 위한 방법이다.

그러나 군주와 재상은 서로를 구제하고 보완해주는 방법을 택해야 하는바, 군주가 인仁으로 하면 재상은 의義로써 하고, 군주가 부드러움(柔)으로 하면 재상은 강함(剛)으로 해야 하는데, 이처럼 서로를 구제하고 보완하는 것은 그를 쓰는 사람을 위해서다.

서로 상반되게 하지 않으면 서로를 이길(相勝) 수 없고, 서로를 구제하고 보완하는 방식으로 하지 않으면 서로를 이루어 줄(相成) 수가 없다.

제66회

관운장, 동오의 연회에 혼자서 가고
복 황후, 나라 위해 목숨 버리다

〖 1 〗 한편 손권이 형주를 되돌려 받으려고 하자 장소張昭가 계책을 올려 말했다: "유비가 믿고 의지하는 것은 제갈량뿐입니다. 그의 형 제갈근은 지금 우리 동오에서 벼슬을 하고 있으니 그의 일가 노소를 전부 잡아 가둔 다음 제갈근으로 하여금 서천에 들어가서 그 아우에게 고하여 유비에게 형주를 돌려주도록 권하게 하시고, '만약 형주를 돌려주지 않으면 틀림없이 그 누累가 우리 가족들 모두에게 미칠 것이다'라고 호소한다면, 제갈량은 형제간의 정을 생각해서 틀림없이 그의 청을 들어줄 것입니다." (*기왕에 아두를 빼앗지 못하게 되자 다시 제갈근을 이용하려고 한다. 유비의 아들을 데려가서 유비를 견제하지 못하게 되자 공명의 형을 이용해서 공명을 견제하려는 것이다.)

손권曰: "제갈근은 성실한 군자인데, 내 어찌 차마 그 가족들을 잡아 가둔단 말이오?"

장소曰: "이것은 하나의 계책일 따름임을 그에게 분명히 알려 주신
다면 그도 자연히 마음을 놓을 것입니다."(*귀를 막고 방울을 훔치려는
(掩耳盜鈴) 것과 같다.)

손권은 그의 말을 좇아서 제갈근의 일가 사람들을 노소 불문하고 불
러와서 거짓으로 부중府中에 감금한 것처럼 해놓는 한편, 글을 써서 제
갈근에게 주어 서천으로 가도록 했다. (*네 번째 형주를 돌려달라고 한
다. 보증인은 노숙이고 문서상에는 본래 제갈근의 이름이 없었는데 지금 노숙
을 내버려 두고 제갈근을 쓰는 것은 좋지 않다.)

며칠 안 되어 제갈근은 성도에 도착해서 먼저 사람을 시켜서 자기가
온 것을 현덕에게 알리도록 했다.

현덕이 공명에게 물었다: "군사軍師의 형씨께서 여기에 무슨 일로
오셨을까요?"

공명曰: "형주를 되돌려 받으려고 왔습니다."

현덕曰: "그러면 어떻게 대답을 해야지요?"

공명曰: "다만 여차여차하게만 하시면 됩니다."

〖 2 〗 이렇게 계책을 정해놓은 다음, 공명은 성을 나가서 제갈근을
맞아들였다. 그런데 자택으로 가지 않고 곧장 빈관賓館으로 들어갔다.
서로 인사가 끝나자마자 제갈근은 목 놓아 대성통곡했다.

공명曰: "형님께선 무슨 일이 있으시면 말씀을 하실 일이지, 무슨
까닭에 슬피 우십니까?"

제갈근曰: "우리 집안 식구들이 모두 죽게 되었다!"

공명曰: "형주를 반환하지 않는다는 것 때문 아닙니까? 이 아우 때
문에 형님 가솔들이 잡혀서 갇혀 있다니 제 마음인들 어찌 편하겠습니
까? 형님께선 염려하지 마십시오. 이 아우에게 달리 형주를 돌려드릴

계책이 있습니다."(*형도 가짜로 울고 동생도 가짜로 그에 응답하고 있으니, 형제 모두 진심이라곤 없다.)

제갈근은 크게 기뻐하며 즉시 공명과 같이 들어가서 현덕을 만나보고 손권의 서신을 바쳤다.

현덕은 서신을 보고 나서 화를 내며 말했다: "손권은 자기 누이동생을 내게 시집보내 놓고는 내가 형주에 없을 때를 틈타 자기 누이동생을 몰래 도로 데려가 버렸는데, 이는 인정상으로나 도리 상으로나 용납하기 어렵다! 내 마침 서천의 군사들을 크게 일으켜 강남으로 쳐내려가서 내 원한을 갚으려고 하던 참인데 도리어 와서 형주를 되돌려 받을 생각을 하다니!"(*전번에는 어디까지나 빌렸지만 이번에는 오히려 떼먹으려 한다.)

공명이 땅에 엎드려 울면서 말했다: "오후吳侯가 제 형의 식구들을 잡아 가두어 놓았는데, 만약 되돌려주지 않으면 제 형의 식구들은 모두 도륙당하게 됩니다. 형이 돌아가신다면 저 혼자 어떻게 살아갈 수 있겠습니까? 제발 주공께서는 제 체면을 봐서라도 형주를 동오에 돌려주시어 저희 형제간의 정을 온전히 하도록 해주십시오."

그러나 현덕이 재삼 거듭해서 그의 청을 들어주지 않으려고 하자 공명은 한사코 울면서 청했다. (*공명이 자신은 좋은 사람이 되고 현덕을 도리어 나쁜 사람으로 만들고 있는데, 묘하다.)

현덕이 천천히 말했다: "일이 기왕 이렇게 되었으니, 군사의 얼굴을 봐서 형주를 나누어 그 반을 되돌려 주도록 하겠소. 장사長沙·영릉零陵·계양桂陽 세 군郡을 저들에게 주겠소."(*빚쟁이가 우선 그 반을 갚겠다고 한다.)

공명曰: "이미 허락해 주셨으니 곧바로 서신을 쓰셔서 운장에게 주어 세 군을 떼어 주도록 하십시오."

현덕曰: "자유(子瑜: 제갈근)께서는 그곳에 가시거든 모름지기 좋은 말로 내 아우에게 청해 보시오. 내 아우는 원래 성격이 활활 타는 뜨거운 불 같아서 나도 오히려 그를 무서워하는 처지이니 꼭 조심해서 말해야 하오."

〖 3 〗 제갈근은 글을 써 달라고 해서 받아들고 현덕에게 하직인사를 하고 공명과 작별한 후 길에 올라 곧장 형주로 갔다.

운장은 그를 청하여 대청 안으로 들어가서 손님과 주인으로서 서로 인사를 했다.

제갈근은 현덕의 서신을 내놓으며 말했다: "황숙께서는 우선 세 개 군郡을 동오에 돌려주겠다고 허락하셨으니, 장군께서 오늘 바로 떼어 주신다면 제가 돌아가서 우리 주공을 뵐 면목이 서겠습니다."

운장은 안색을 바꾸며 말했다: "나는 우리 형님과 도원에서 결의형제를 맺을 때 같이 한 황실을 바로잡아 일으키기로 맹세했소. 형주는 본래 대한大漢의 강토인데, 어찌 한 자 한 치의 땅이라도 멋대로 남에게 줄 수 있단 말이오! '장수가 밖에 있으면 임금의 명령을 받지 않을 수도 있다(將在外, 君命有所不受)'고 하였소. 비록 우리 형님의 글을 가져왔어도, 나는 결코 돌려줄 수 없소."(*후문에 가서 이적伊籍을 시켜서 세 개 군을 떼어주기로 결정한 사실을 알려주자 관공은 곧바로 듣는다. 이 때는 제갈근만 왔으므로 이것이 공명의 계책인 줄 안 것이다.)

제갈근曰: "지금 오후吳侯는 제 가솔들을 붙잡아 가두어 놓았는데, 만약 형주를 돌려받지 못하면 틀림없이 모조리 죽임을 당하고 말 것이오. 제발 장군께서는 저희들을 불쌍히 여겨 주시오."

운장曰: "그것은 오후吳侯의 속임수일 뿐, 어찌 나까지 속여 넘길 수 있겠소?"(*현덕과 공명도 이를 알고 있었으나 관공의 입을 통해 그것을 설파하고 있다.)

제갈근曰: "장군께선 어찌 그리 체면(面目)이 없으시오?"

운장은 칼을 손에 잡고 말했다: "더 이상 말하지 마시오! 이 칼에는 얼굴도 눈도(面目) 없소."

관평이 아뢰었다: "군사軍師의 얼굴 뵙기 민망하니 제발 부친께서는 화를 푸십시오."(*관평과 관공 역시 미리 입을 맞춰 놓은 것 같다.)

운장曰: "군사의 체면을 생각하지 않는다면 당신을 동오東吳로 돌아가지도 못하게 할 것이오."

〖 4 〗제갈근은 얼굴 가득히 부끄러운 빛을 띠고 급히 하직인사를 하고 배에 올라 다시 공명을 보러 서천으로 갔다. 그러나 공명은 이미 친히 순찰을 나가버리고 없었다. (*도리어 동생이 형을 가지고 논다.) 제갈근은 할 수 없이 다시 현덕을 만나보고 울면서 운장이 자기를 죽이려고 한 일을 고했다. (*전번에는 가짜로 울었으나 이번에는 진짜로 울었다.)

현덕曰: "내 아우는 성미가 급해서 같이 이야기하기가 매우 어렵소. 자유(子瑜: 제갈근)께선 잠시 돌아가 계시오. 나중에 내가 동천東川과 한중漢中의 여러 군郡들을 취한 후 운장을 그리로 옮겨서 지키도록 할 것이오. 그때 가서 비로소 형주를 돌려줄 수 있을 것이오."(*서천을 취해 놓고 또 동천을 취할 때까지 기다리라고 하는 것은 오늘날 남의 빚을 떼먹는 사람들이 빚쟁이를 돌려보낼 때 쓰는 수법과 아주 흡사하다.)

제갈근은 어쩔 수 없이 그대로 동오로 돌아가서 손권을 보고는 앞서 있었던 일들을 자세히 이야기했다.

손권이 크게 화를 내며 말했다: "자유가 이번에 가서 이리 갔다 저리 갔다 뛰어다니게 된 것은 모두 제갈량의 계책이 아닐까요?"(*그렇다.)

제갈근曰: "아닙니다. 제 아우 역시 울면서 현덕에게 사정해서 겨우 세 개 군을 먼저 돌려받기로 허락을 받았던 것인데, 운장이 한사코 고

집을 부리면서 말을 들으려고 하지 않아서 어쩔 수가 없었습니다."

손권曰: "기왕에 유비가 세 개 군郡을 먼저 돌려주겠다고 말했다니, 곧바로 관원들을 장사·영릉·계양 세 군으로 보내서 부임하도록 한 다음 당분간 저들이 어떻게 하는지 살펴보는 게 어떻겠소?"

제갈근曰: "주공께서 말씀하신 게 제일 좋겠습니다."

손권은 이에 제갈근에게 가솔들을 데리고 집으로 돌아가도록 하고, 한편으로는 관원들을 세 군으로 보내서 부임하도록 했다.

〖 5 〗 하루도 안 지나서 세 군으로 보냈던 관리들이 모두 쫓겨서 돌아와 손권에게 고했다: "관운장이 받아주려고 하지 않으면서 그날 밤 안으로 동오로 돌아가라고 쫓아 보냈는데, 꾸물거리다가 늦으면 곧바로 죽이겠다고 했습니다."(*관리를 쫓아 보낸 일을 쫓겨온 관리의 입을 통해 서술하는데, 생필省筆이다.)

손권은 크게 화를 내며 사람을 보내서 노숙을 불러오도록 하여 그를 꾸짖었다: "자경(子敬: 노숙)은 전에 유비가 우리 형주를 빌릴 때 그를 위해 보증을 서지 않았소? 지금 유비는 이미 서천을 얻어 놓고도 되돌려주려고 하지 않는데, 자경은 어찌하여 가만히 앉아서 보고만 있단 말이오?"

노숙曰: "제가 이미 한 가지 계책을 생각해 놓았는데 마침 주공께 말씀을 올리려던 참이었습니다."

손권曰: "어떤 계책이오?"

노숙曰: "지금 군사들을 육구(陸口: 호북성 가어현嘉魚縣 서남)에 주둔시켜 놓고 사람을 관운장에게 보내서 연회에 오라고 청하는 것입니다. 만약 관운장이 선선히 와준다면 좋은 말로 설득하고, 만약 그가 말을 듣지 않을 때에는 매복시켜 두었던 도부수들을 시켜서 그를 죽이는 것입니다. 만약 그가 선선히 오려고 하지 않을 때에는 즉시 군사들을 이끌고 가서 승부를 결판짓고 형주를 빼앗으면 됩니다." (*중개인으로서 어쩔 수 없게 되자 억지로 두 가지 계책을 생각해낸 것이다.)

손권曰: "자경의 말은 내 마음에 드오. 즉시 그대로 행하시오."

감택闞澤이 건의했다: "그건 안 됩니다. 관운장은 천하에 용맹한 장수(虎將)이므로 등한히 해서는 그를 당할 수 없습니다. 그래서는 일도 이루지 못하고 도리어 해를 당하게 될까 두렵습니다."

손권은 화를 내며 말했다: "그렇다면 어느 날에나 형주를 얻을 수 있단 말인가!"

곧바로 노숙에게 속히 그 계책을 실행하라고 명했다.

노숙은 이에 손권에게 하직인사를 하고 육구陸口로 가서 여몽呂蒙과 감녕甘寧을 불러서 상의했다. ── 육구 영채 밖에 있는 임강정臨江亭 위에다 연석을 마련하고, (*빚쟁이가 중개인을 초청해야지 어찌 반대로 중개인이 술자리를 마련한단 말인가?) 초청장을 써서 휘하 사람들 중에 구변이 좋은 자를 뽑아서 사자로 삼아 배를 타고 강을 건너가도록 했다.

강어귀에서 관평이 사자에게 온 뜻을 묻고 나서 그를 데리고 형주로 들어가서 운장에게 노숙이 연회에 초대하는 뜻을 말하고 가져온 서신을 바쳤다. 운장은 서신을 다 보고 나서 그것을 가지고 온 사람에게 말했다: "기왕에 자경이 나를 초대한다니, 나는 내일 연회에 갈 테니 너는 먼저 돌아가거라."

사자는 하직하고 떠나갔다.

〖 6 〗관평曰: "노숙이 초대한 것은 틀림없이 호의好意가 아닐 것입니다. 부친께서는 왜 가시겠다고 허락하셨습니까?"

운장이 웃으며 말했다: "내 어찌 그것을 모르겠느냐? 이는 제갈근이 돌아가서 손권에게 내가 세 개 군을 돌려주려고 하지 않는다고 보고했기 때문에, 손권이 노숙으로 하여금 육구에 군사를 주둔시켜 놓고 나를 연회에 초대해서 형주를 내놓도록 강요하려고 하는 것이다. 내가 만약 가지 않는다면 나를 겁쟁이라고 말할 것이다. 나는 내일 혼자서 작은 배를 저어 다만 따르는 자들 10여 명만 데리고 칼 하나만 차고 연회에 가서(單刀赴會) 노숙이 나한테 어떻게 나오는지 볼 것이다."

관평이 말리며 말했다: "부친께서는 어찌하여 만금萬金 같이 귀하신 몸으로 친히 범과 이리(虎狼)의 굴속으로 들어가려고 하십니까? 이는 백부님께서 부탁하신 바를 중하게 여기는 길이 아니라 생각되어 두렵습니다."

운장日: "나는 천군만마 속에서 화살과 돌이 비 오듯 할 때에도 필마단기로 마구 휘젓고 달리기를 마치 무인지경無人之境에 들어간 것처럼 하였는데, 어찌 강동의 쥐새끼 같은 무리들을 두려워하겠느냐!"

마량馬良 역시 나서서 말렸다: "노숙은 비록 장자長者의 풍도風度가 있다고는 하나 다만 지금은 일이 급하게 되었으므로 딴 마음을 먹지 않을 수 없는 형편이니, 장군께서는 가벼이 가셔서는 안 됩니다."

운장日: "옛날 전국戰國 시대 때 조趙나라 사람 인상여藺相如는 닭 한 마리 잡을 힘도 없었지만 민지성(澠池城: 하남성 민지현 서쪽)의 연회 석상에서 진秦나라의 임금과 신하들을 전혀 안중에 두지 않았었는데, 하물며 만인을 대적하는 법(兵法)을 배운 내가 겁을 내겠느냐! (*관공은 염파廉頗 장군과 인상여를 한 사람으로 합쳐 놓은 것과 같다.) 내 이미 허락을 했으니 신의를 잃을 수는 없다."

마량日: "설령 장군께서 가시더라도 만일의 사태에 대한 대비가 있어야만 합니다."

운장日: "그러면 내 아이에게 가볍고 빠른 배(快船) 10척에 유능한 수군 5백 명을 싣고 강 위에서 대기하고 있다가 나의 기치(認旗)가 올라가는 것을 보거든 곧바로 강을 건너오도록 해라."

관평은 명을 받고 스스로 물러가 준비를 했다.

〖 7 〗한편 사자가 돌아가서 노숙에게 운장이 흔쾌히 승낙하면서 내일 꼭 오겠다고 했다고 보고했다.

노숙은 여몽呂蒙과 상의했다: "이번에 오면 어떻게 하지?"

여몽曰: "그가 만약 군사들을 데리고 오면 제가 감녕과 각기 한 떼의 군사들을 거느리고 강기슭 옆에 매복해 있다가 포 소리를 신호로 내달려 나가 싸우도록 준비해 놓겠습니다. 그가 만약 군사들을 데리고 오지 않으면 뜰 뒤편에다 도부수 50명을 매복시켜 놓았다가 술자리에서 죽여 버리도록 합시다."

계책이 이미 정해졌다.

다음날, 노숙은 사람을 시켜서 강기슭에서 멀리 살펴보도록 했다. 진시(辰時: 오전 7시~9시 사이)가 지나서 강 위에 배 한 척이 오는 것이 보였다. 사공과 선원 몇 명이 커다랗게 쓴 '關(관)'자가 두드러져 보이는 붉은 깃발(紅旗) 하나를 바람에 펄럭이면서 왔다. (*정경 묘사가 마치 한 폭의 그림 같다.) 배가 차츰 강기슭으로 가까워올 때 보니 운장이 머리에는 청색 천으로 만든 두건(靑巾)을 쓰고 몸에는 초록색 전포(綠袍)를 입고 배 위에 앉아 있었고, 그 곁에는 주창周倉이 큰 칼을 받들고 있었으며 관서關西 출신의 건장한 사내들 8~9명이 각기 칼 한 자루씩 허리에 차고 있었다.

노숙은 놀라고 또 의아해 하면서 그를 맞이하여 정원 안으로 들어갔다. 서로 인사를 나눈 다음 자리에 앉아 술을 마셨는데, 노숙은 잔을 들어 술을 권하면서도 감히 얼굴을 들어 운장을 바로 쳐다보지 못했다. 운장은 태연히 웃고 이야기하면서 즐겁게 술을 마셨다.

〖 8 〗술이 거나해지자 노숙이 말했다: "장군께 한 마디 여쭐 말씀이 있으니 부디 들어주십시오. 전에 형님 되시는 황숙께서는 저에게 형주를 빌려서 잠시 머물러 있으려고 하니 우리 주공 앞에 보증을 서

달라고 하면서, 서천을 취한 후에 돌려주겠다고 약속하셨습니다. 지금은 이미 서천을 얻었는데도 아직 형주를 돌려주지 않으시는데, 이 어찌 신의를 저버리는 일이 아니겠습니까?"(*술 마시러 오라고 청해 놓고는 술은 권하지 않고 도리어 빚 독촉만 하고 있다.)

운장曰: "이는 나라의 일이니 술자리에선 그 일을 논하지 마시오."(*주유가 장간蔣幹에게 한 말과 비슷하다.)

노숙曰: "우리 주공께서 이 잔다란 강동 땅밖에 없으면서도 기꺼이 형주를 빌려 드렸던 것은 당시 장군 등 여러분들이 싸움에 패하여 멀리 오셔서 몸 부칠 곳이 없음을 안타깝게 생각하셨기 때문입니다. 지금은 이미 익주益州를 얻으셨으니 형주는 당연히 돌려주셔야 합니다. 그래서 황숙께서는 먼저 세 개 군만이라도 떼어주겠다고 하셨는데, 장군께서는 그마저도 따르지 않으시니, 이는 도리상 말이 안 되는 것 아닙니까?"(*앞에서는 현덕이 돌려주지 않으려고 했음을 말하고 이제는 관공이 돌려주지 않으려 하는 것을 말한다. 말로써 점점 더 압박해 오고 있다.)

운장曰: "오림(烏林: 호북성 홍호현洪湖縣 동북의 장강 북안에 있는 오림기鄔林磯)에서의 싸움에서는 좌장군(左將軍: 현덕)께서도 친히 화살과 돌을 무릅쓰고 힘을 합쳐서 적을 깨뜨리셨는데, 어찌 다만 고생만 하고 한 치의 땅도 가져서는 안 된다는 것이오? 지금 귀하는 땅을 다시 돌려받으려고 하는 것이오?"

노숙曰: "그렇지 않소. 장군께서 처음에 황숙과 함께 장판파長坂坡에서 패하여 어찌할 바를 모르고 걱정이 극에 달하여(計窮慮極) 멀리 달아나려고 할 때, 우리 주공께서는 황숙께서 몸 둘 곳 없어 하시는 것을 가엾게 생각하셔서 땅을 아끼지 않으시고 발붙이고 계실 곳을 드림으로써 훗날을 도모하실 수 있도록 하셨던 것입니다.

그런데도 황숙께서는 신의를 배반하고 호의를 저버리시고는, 이미 서천을 얻으셨으면서 또 형주를 차지하고 계시니, 이는 탐심에서 의리를 저버리시는 일로 천하 사람들의 비웃음을 사게 될까 두렵습니다. 부디 장군께서는 이 문제를 살펴주시기 바랍니다."(*이제는 현덕과 관우를 뭉뚱그려서 말하고 있다.)

운장曰: "이는 모두 우리 형님의 일이므로 이 사람이 관여할 바가 아니오."(*현덕은 관공에게 미루고 관공은 또 현덕에게 미룬다. 관공이 제갈근을 대해서는 그 말이 엄하더니 노숙을 대해서는 그 말이 완곡하다. 이렇게 하는 이유는, 술을 마실 때에는 이처럼 대답해야 하기 때문이다. 묘한 것은 그가 무슨 말을 하든 개의치 않는다는 점이다.)

노숙曰: "제가 듣기로는, 장군께서는 황숙과 도원桃園에서 결의結義를 하실 때 생사生死를 같이 하기로 맹세를 하셨다고 하던데, 그렇다면 황숙이 곧 장군이신 셈인데 어찌 그런 핑계를 댈 수 있습니까?"

〖 9 〗 운장이 미처 그 말에 대답하기 전에 주창周倉이 계단 아래에 있다가 언성을 높여 말했다: "천하의 땅은 오직 덕 있는 사람이 차지하는 것이오. 어찌 당신네 동오만 혼자 차지해야 한다는 것이오?"(*갑자기 주창의 말 한 마디를 끼워 넣고 있는데, 그는 좋은 동료로서 곧바로 몸을 일으키라는 뜻이 들어 있다.)

운장은 낯빛이 변하면서 자리에서 일어나 주창이 들고 있는 큰 칼을 빼앗아 들고 뜰 한가운데 서서 주창에게 눈짓을 하며 야단쳤다: "이 문제는 나라의 일인데 네가 어찌 감히 여러 말 한단 말이냐! 속히 물러가라!"

주창은 그 뜻을 알아차리고 먼저 강기슭으로 가서 붉은 깃발을 흔들었다. 관평이 탄 배가 마치 화살을 발사한 것처럼 강동으로 건너왔다.

이때 운장은 오른손으로는 칼을 잡고 왼손으로는 노숙의 손을 잡아 끌면서 술에 취한 체하며 말했다: "공은 지금 나를 연회 자리에 초청하였으니 형주 일일랑 더 이상 꺼내지 마시오. 나는 지금 이미 취해 있는데 자칫 옛 친구의 정을 상하게 될까 두렵소. 다른 날 형주에 술자리를 벌여 놓고 사람을 시켜서 공을 청할 테니, 그때 다시 상의하도록 합시다." (*격하지도 고분고분하지도 않은 절묘한 수습 방법이다.)

운장이 노숙을 잡아끌고 강변으로 가자 노숙은 그만 혼이 다 나가버렸다. 여몽과 감녕이 각기 휘하 군사들을 이끌고 나가려고 했으나 운장이 큰 칼을 손에 잡고 노숙의 손을 꽉 붙잡고 있는 것을 보고는 혹시 노숙이 다치게 될까봐 겁이 나서 감히 움직이지 못했다.

운장은 배 옆까지 와서야 비로소 잡고 있던 노숙의 손을 놓고 곧바로 이물(船首: 선두)에 올라서서 노숙과 작별을 했다. 노숙은 얼빠진 사람처럼 멍하니 서서 관공의 배가 바람을 타고 떠나가는 것을 바라보았다. 후세 사람이 관공을 칭찬하여 지은 시가 있으니:

동오의 신하들을 어린애처럼 얕보고	藐視吳臣若小兒
칼 한 자루 들고 그들을 태연히 무시했지.	單刀赴會敢平欺
그 당시 운장의 영웅다운 기개는	當年一段英雄氣
민지성에서의 인상여의 그것보다 뛰어났지.	尤勝相如在澠池

운장이 형주로 돌아간 뒤, 노숙은 여몽과 상의했다: "이 계책이 또 실패하고 말았는데, 이를 어떻게 해야지?"

여몽曰: "즉시 주공께 보고 드리고 군사를 일으켜 운장과 결전을 벌여야 합니다."

노숙은 즉시 사람을 보내서 손권에게 이 일을 보고했다. 손권은 보고를 듣고 크게 화를 내면서 온 나라의 군사들을 다 일으켜 형주를 빼앗으러 가는 문제를 상의했다.

그때 갑자기 보고해 왔다: "조조가 또 30만의 대군을 일으켜 쳐들어온답니다!" (*다음 글을 보면 조조의 군사들은 결국 오지 않았다. 여기서는 이를 빌려서 문장의 흐름을 한 번 끊어놓는다.)

손권은 크게 놀라서 우선 노숙에게 형주의 군사들을 건드리지 말고 군사들을 합비合淝와 유수(濡須: 안휘성 무위현 동을 흐르는 장강의 한 지류)로 옮겨서 조조를 막도록 하라고 지시했다. (*이상으로 동오는 한편으로 제쳐놓고, 이하에서는 조조 편을 서술한다.)

〖 10 〗 한편 조조가 남정南征을 위해 군사를 출발시키려고 하자 참군 參軍 부간傅幹이, 그는 자字를 언재彦材라고 했는데, 글을 올려서 조조에게 간했다. 그 글의 내용은 대략 다음과 같았다:

"제가 듣기로는, 무력(武)을 쓰려면 먼저 위엄(威)을 갖춰야 하고, 문文을 쓰려면 먼저 덕德을 갖춰야 하며, 위엄과 덕이 서로 보완해 주어야만 왕업王業을 이룰 수 있다고 했습니다.

지난날 천하가 크게 어지러울 때 명공明公께서는 무武를 써서 그들을 물리쳐서 열 가운데 아홉을 평정하셨습니다. 지금까지도 왕명王命을 받들지 않는 자는 동오와 서촉뿐입니다. 그런데 동오는 장강이라는 험한 요충지가 있고 서촉은 숭산崇山이 가로막고 있어서 저들을 위엄으로 이기기는 어렵습니다.

제 소견으로는, 우선은 문文의 덕德을 더욱 닦으시며 싸움을 중지하시고, 군사들을 쉬게 하고 선비들을 기르면서 때가 되기를 기다렸다가 출동하시는 것이 좋을 듯합니다.

지금 만약 수십만의 군사들을 일으켜서 장강長江의 물가에 주둔시켜 놓았다가, 만약 도적들이 지형의 험함을 의지하여 깊이 숨어서 우리 군사들로 하여금 그 능력을 다 발휘하지 못하게 하여 기이한 전술과 계책도 소용없게 된다면, 하늘같은 주공의 위엄만 손상받게 될 것입니다. 명공께서는 자세히 살피시옵소서.

조조는 그것을 보고 나서 마침내 남정 계획을 포기하고 학교學校를

세우고 문사文士들을 초빙하여 예우했다. 이에 시중侍中 왕찬王粲·두습
杜襲·위개衛凱·화흡和洽 네 사람은 조조를 높여서 위왕魏王으로 삼는
문제를 의논했다.

그때 중서령 순유荀攸가 말했다: "안 되오. 승상께서는 이미 벼슬은
위공魏公에 이르셨고 그 영예는 구석九錫을 더하셨으니 그 지위가 이미
극에 달하셨소. 그런데 이제 또 나아가 왕위王位에 오르신다는 것은 도
리상 안 될 일이오."

조조가 그의 말을 듣고 화를 내며 말했다: "이 사람은 순욱荀彧을
본받고 싶은 것인가!"

순유가 그것을 알고는 근심과 울화로 병이 생기고, 병으로 드러누운
지 십수일 만에 죽었다. 이때 그의 나이 58세였다. 조조는 그를 후하게
장사지내 주도록 하고, 마침내 자신을 위왕魏王으로 삼으려는 논의를
중지하도록 했다. (*잠시 천천히 하려는 것이지 순유의 말 때문에 끝내 중
단한 것은 아니다.)

〚 11 〛 하루는 조조가 칼을 차고 궁으로 들어가니, 헌제가 마침 복
황후伏皇后와 함께 앉아 있었다. 복 황후는 조조가 오는 것을 보고 황
망히 일어났다. 헌제는 조조를 보고 계속 벌벌 떨었다.

조조가 말했다: "손권과 유비가 각기 한 지방씩 차지하고 있으면서
조정을 받들지 않고 있는데, 이를 어떻게 할까요?"

헌제曰: "모든 것은 위공께서 결정하여 처리해 주시오."

조조가 화를 내며 말했다: "폐하께선 이렇게 말씀하시지만, 외부 사
람들은 이 말을 들으면 내가 임금을 무시한다고 말할 것입니다."

헌제曰: "공이 만약 나를 보좌해 주려고 한다면 심히 다행스런 일이
지만, 그렇지 않다면 은혜를 베풀어 제발 나를 내버려둬 주시오." (*언
사가 극히 부드러우면서도 또한 극히 강한 것 같다.)

조조는 그 말을 듣고 성난 눈으로 헌제를 노려보다가 씩씩거리면서 밖으로 나가버렸다.

곁에 있던 누군가가 황제에게 아뢰었다: "근자에 들으니 위공이 자립해서 왕이 되고자 하는데, 머지않아 틀림없이 황위를 찬탈하려 할 것입니다."

헌제와 복 황후는 대성통곡을 했다.

황후가 말했다: "첩의 아비 복완伏完은 늘 조조를 죽일 마음을 품고 있습니다. 첩이 이제 서찰 한 통을 써서 몰래 아비에게 주어 그를 도모하도록 하겠습니다."(*천자가 직접 피로 쓴 비밀조서조차 성공하지 못했는데 황후가 손으로 쓴 서찰이 무슨 소용 있겠는가?)

헌제曰: "전에 동승董承이 일을 치밀하게 하지 못하여 도리어 큰 화를 입었었소. 지금 또 그랬다가 일이 새어나가 짐이나 그대나 다 끝장나고 말까 두렵소."(*제32회 중의 일.)

황후曰: "아침저녁으로 바늘방석에 앉아 있는 것 같은데, 이렇게 사느니 차라리 일찍 죽어버리는 게 낫겠습니다! 첩이 살펴보니 환관들 가운데 충성심과 의리가 있어서 일을 맡길 만한 자로는 목순穆順만한 자가 없는데, 그에게 이 서찰을 맡겨서 전하도록 해야겠어요."

이에 즉시 목순을 불러와서 병풍 뒤로 들어가 좌우 근시近侍들을 물리쳤다.

황제와 복 황후는 대성통곡을 한 후 목순에게 말했다: "조조 이 역적놈이 위왕魏王이 되려고 하는데 조만간 틀림없이 짐의 자리를 빼앗으려 할 것이다. 짐은 황후의 아비 복완伏完에게 비밀리에 이 역적놈을 없애라고 명하려 한다. 그런데 짐의 좌우에 있는 자들은 전부 역적의 심복들인지라 이 일을 부탁할만한 자가 없다. 그래서 네가 황후의 밀서를 가지고 복완에게 가서 전해주도록 하려고 한다. 너는 충의忠義의 사람인지라 틀림없이 짐을 저버리지 않을 것이라 생각한다."

목순이 울며 말했다: "신은 폐하의 큰 은혜에 감격하고 있사온데 어찌 감히 죽음으로써 보답하지 않을 수 있겠사옵니까! 신은 즉시 달려가겠나이다."

황후는 이에 글을 써서 목순에게 주었다. 목순은 그 글을 머리털 속에 감추어 몰래 황궁을 빠져나가서 곧장 복완의 집으로 가서 글을 올렸다. 복완이 보니 바로 복 황후의 친필인지라, 이에 목순에게 말했다: "조조 역적 놈의 심복들이 매우 많으므로 이 일을 급히 도모할 수는 없다. 다만 강동의 손권과 서천의 유비가 밖에서 군사를 일으킨다면 조조는 반드시 직접 치러 갈 것이다. 그때 조정에 있는 충의의 신하들을 찾아내서 이 일을 함께 모의하여 안팎에서 협공을 한다면, 아마도 성사시킬 수 있을 것이다."

목순曰: "황제의 장인께서 황제와 황후에게 글을 쓰시어 보고하시되 비밀조서를 내려 달라고 하십시오. 그런 다음 몰래 사람을 동오와 서촉 두 곳으로 보내시어 기병하여 역적을 치고 천자를 구하겠다고 약속하게 하십시오."

복완은 즉시 종이를 가져다가 글을 써서 목순에게 주었다. (*왜 말로 전하지 않고 답서를 요구한단 말인가. 일을 너무 엉성하게 하고 있다.)

목순은 그것을 상투 속에 감추고 복완에게 하직인사를 하고 궁으로 돌아갔다.

〖 12 〗 일찌감치 이 일을 조조에게 고해바친 사람이 있었다. 조조는 그보다 먼저 궁궐 문에서 목순을 기다렸다. 목순은 돌아오다가 조조를 만났다.

조조가 물었다: "어디 갔다 오느냐?"

목순이 대답했다: "황후께서 병이 나시어 의원을 불러오라고 해서 갔었습니다."

조조曰: "불러온 의원은 어디 있느냐?"

목순曰: "아직 당도하지 않았습니다."

조조는 좌우에 명하여 그의 몸을 뒤져보라고 했으나 아무것도 나오지 않자 놓아 주었다. 그때 갑자기 바람이 불어와서 그의 모자가 땅에 떨어졌다. 조조는 다시 그를 불러와서 모자를 손에 들고 두루 살펴보았으나 아무것도 없자 모자를 돌려주고 쓰라고 했다.

목순이 두 손으로 받아서 머리에 쓴다는 게 그만 거꾸로 뒤집어 썼다. 조조는 의심이 들어서 좌우 사람들에게 그의 상투 속을 수색하도록 해서 마침내 복완의 편지를 찾아냈다. 조조가 보니 그 글 속에는 손권·유비와 손을 잡아 밖에서 호응하도록 하겠다는 말이 있었다.

조조는 크게 화가 나서 목순을 붙잡아 밀실에 가둬 넣고 물었으나 목순은 실토하려고 하지 않았다. 조조는 그날 밤 무장병 3천 명을 보내서 복완의 사택을 에워싸고 노인과 아이들을 가리지 않고 집안사람들을 전부 붙잡아 하옥시킨 다음 집안을 샅샅이 뒤져서 복 황후의 친필 서찰을 찾아낸 다음 복씨의 삼족三族을 모조리 붙잡아 하옥시켰다.

날이 밝자 어림장군御林將軍 치려郗慮로 하여금 부절符節을 가지고 궁으로 들어가서 먼저 황후의 옥새와 그 인수(璽綬)를 회수하도록 했다.

〖 13 〗 이날 헌제는 바깥 궁전에 있다가 어림장군 치려가 무장병 3백 명을 이끌고 곧바로 들어오는 것을 보았다.

헌제가 물었다: "무슨 일이 있는가?"

치려曰: "위공魏公의 명을 받들어 황후의 옥새를 회수하러 왔습니다."

헌제는 일이 새어나간 줄 알고 그만 심장과 간담이 다 터지는 듯했다. 치려가 황후의 궁에 이르자 그때서야 복 황후가 자리에서 막 일어났다. 치려는 곧바로 황후의 옥새와 인수를 관리하는 자를 불러서 옥새를 달라고 해서 나갔다. 복 황후는 일이 발각된 줄 알고 즉시 궁전 뒤의 초방(椒房: 황후와 비들이 거처하는 궁실) 안의 벽과 벽 사이로 들어가서 몸을 숨겼다.

잠시 후 상서령(尙書令) 화흠(華歆)이 무장병 5백 명을 이끌고 황후의 궁전으로 들어와서 궁인에게 물었다: "복 황후는 어디 있느냐?"

궁인들은 모두 모른다고 했다.

화흠은 군사들을 시켜서 귀인들이 거처하는 곳의 붉은 대문(朱戸)을 열고 들어가서 찾아보도록 했으나 아무 데도 보이지 않았다. 화흠은 벽 속에 숨어 있을 것으로 생각하고는 군사들에게 벽을 헐어버리도록 하여 결국 찾아냈다.

화흠은 직접 자기 손으로 황후의 머리채를 잡아 당겨서 끌어냈다. (*조조는 목순의 상투를 수색했고 화흠은 황후의 머리채를 잡아당겼으므로 그 죄는 둘 다 머리털을 뽑아버려도 부족하다.)

황후가 말했다: "제발 한 번만 살려주세요!"

화흠이 야단쳤다: "네가 직접 위공을 뵙고 사정해 봐라."

황후는 산발에 맨발인 채 군사 둘에게 붙들려 나갔다.

〖 14 〗 원래 이 화흠이란 자는 평소 글을 잘 한다는 명성(文名)이 나 있어서 일찍이 병원(邴原)·관영(管寧)과 친하게 지낸 적이 있는데, 당시 사람들은 이 세 사람을 합쳐서 '한 마리 용(一龍)'이라고 불렀다. 즉 화흠은 용의 머리, 병원은 용의 배, 관영은 용의 꼬리라고 했다. (*지금은 꼬리만 남아 있고 머리는 없다. 만약 화흠의 흉측한 짓으로 말하자면, 그는 곧 호랑이 머리, 표범의 머리이고, 만약 화흠이 조조의 조아(爪牙)가 된 것으로 말하자면, 그는 곧 개 대가리 말 대가리일 뿐이다.)

하루는 관영이 화흠과 함께 채소밭에서 씨를 뿌리는데, 호미로 땅을 파다가 금(金)이 나왔다. 관영은 호미질을 계속하며 돌아보지도 않았지만, 화흠은 그것을 집어 들고 한참 동안 본 후에야 내던졌다. (*만약 관영이 보고 있지 않았다면 틀림없이 주워서 소매 속에 감추었을 것이다.)

또 하루는 관영이 화흠과 함께 앉아서 책을 읽고 있었는데, 문밖에서 '길 비켜라' 라고 하는 벽제辟除 소리가 나면서 어떤 귀인이 수레를 타고 지나갔다. 관영은 단정히 앉은 채 움직이지 않았으나 화흠은 책을 내던지고 보러 나갔다. 관영은 이로부터 화흠의 사람됨을 천하게 여겨 마침내 자리를 갈라서 따로 앉고(割席分坐) 다시는 그와 벗하지 않았다. (*머리와 꼬리가 서로 연결되지 않았다.)

그 후 관영은 요동遼東으로 피해 가서 살았는데, 언제나 흰 모자를 쓰고, 앉고 눕기를 이층집(樓)에서 하면서 발로 땅을 밟지 않았고, 죽을 때까지 위魏 나라에서는 벼슬살이를 하려고 하지 않았다.

그러나 화흠은 먼저는 손권을 섬겼고 후에는 조조를 섬기면서 마침내 복 황후를 자기 손으로 체포하는 일까지 하기에 이른 것이다. (*한창 바쁜 중에 갑자기 화흠의 일생에 관한 이야기를 꺼내어 하고 있는데, 극히 한가한 이야기(閑筆) 같으나 결코 한필이 아니다.) 후세 사람이 화흠을 탄식해서 지은 시가 있으니:

화흠은 그날 흉측한 꾀를 내서 　　　　　華歆當日逞兇謀
벽을 헐고 황후를 산 채로 붙잡았지. 　　破壁生將母后收
하루아침에 역적 돕는 범의 날개 되었으니 　助虐一朝添虎翼
가소롭다 용머리, 욕된 이름 천년간 전하리. 　罵名千載笑龍頭

또한 관영을 칭찬해서 지은 시가 있으니:

요동에는 관영이 살던 층집이 전해 오는데 　遼東傳有管寧樓
사람은 가고 집은 비었고 이름만 남았구나. 　人去樓空名獨留
가소롭구나, 부귀만을 탐내던 화흠이여 　　笑殺子愉貪富貴
어찌 흰 관모冠帽가 풍류 인사만 하겠는가. 　豈如白帽自風流

〖 15 〗 한편 화흠이 복 황후를 붙들어 외전으로 나오자, 헌제는 멀리서 황후를 보고는 전각 아래로 내려가서 황후를 끌어안고 통곡했다.

화흠曰: "위공께서 명하셨소, 속히 가야 하오."

황후는 울면서 헌제에게 말했다: "저를 살려주실 수 없나이까?"

헌제曰: "내 목숨도 언제 끝날지 모르오."(*천자가 되어서 자기 가족조차 보호하지 못하다니, 저절로 탄식이 나온다.)

무장병들이 황후를 붙들고 나가자 헌제는 주먹으로 가슴을 치며 대성통곡을 했다. 그때 마침 어림장군 치려가 옆에 있는 것을 보고 헌제는 말했다: "치공! 천하에 어찌 이런 일이 다 있단 말이오?"

헌제는 통곡을 하다가 땅에 쓰러졌다. 치려는 좌우에 명하여 헌제를 부축하여 궁전으로 모시고 들어가도록 했다. 화흠은 복 황후를 잡아가서 조조를 보았다.

조조가 황후를 꾸짖었다: "나는 성심으로 너희들을 대해 주었는데도 너희들은 반대로 나를 해치려 하는구나. 내가 너를 죽이지 않으면, 너는 틀림없이 나를 죽일 것이다!"

조조는 좌우에 호령해서 몽둥이로 마구 쳐서 죽이도록 했다. 그리고는 곧바로 궁으로 들어가서 복 황후 소생의 황자 둘을 다 짐주鴆酒라는 독주를 먹여 죽여 버렸다. 그날 밤에는 복완伏完과 목순穆順 등과 그들의 종족 2백여 명을 거리로 끌어내다가 전부 목을 베었다. 조정의 관원이나 일반 백성들을 막론하고 놀라지 않는 자가 없었다. 때는 건안 19년(214년) 11월이었다. 후세 사람이 시를 지어 이 일을 탄식하였으니:

조조처럼 잔악한 자 이 세상에 다시없다	曹瞞凶殘世所無
복완은 충의지심으로 무엇 하려 했던가.	伏完忠義欲何如
애달프다, 황제 황후 서로 작별할 때는	可憐帝后分離處
기막힌 그 신세 민간 부부들만도 못했구나.	不及民間婦與夫

〖 16 〗 헌제는 복 황후가 몽둥이로 맞아 죽은 후로 연일 식음을 전폐했다. 조조가 들어가서 보고 말했다: "폐하께선 근심하지 마십시오. 신에게 딴 마음은 없습니다. 그리고 신의 여식女息이 이미 폐하의 귀인貴人이 되어 있는데, 크게 어진데다 효심이 지극하니 마땅히 정궁(正宮: 황후)으로 삼도록 하십시오."

헌제가 어찌 감히 그 말을 따르지 않을 수 있겠는가? 그리하여 건안 20년 정월 초하룻날 설을 축하하는 자리에서 조조의 여식 조 귀인貴人을 정궁 황후로 책립冊立했다. (*황후를 매질하는 상황에서 황후가 된들 무슨 영광이 되겠으며, 황제의 장인도 매를 쳐서 죽이는데 황제의 장인이 된들 무슨 귀할 게 있겠는가? 그런데도 조조는 오히려 자기 여식을 황후로 삼고 자신은 황제의 장인이 되고 있다!) 신하들 중에 감히 무슨 말을 하는 자는 아무도 없었다.

이때 조조의 위세는 날로 심해져 갔다. 그는 대신들을 모아놓고 동오와 서촉을 쳐 없앨 일을 상의했다.

가후曰: "하후돈夏侯惇과 조인曹仁 두 사람을 돌아오라고 불러서 이 일을 상의하십시오."

조조는 즉시 사자를 보내면서 밤낮을 가리지 말고 달려가서 불러오도록 했다. 하후돈이 당도하기 전에 조인이 먼저 당도하여 그날 밤으로 부중으로 들어와서 조조를 보려고 했다.

그때 조조는 마침 술에 취해 누워 있었는데, 허저許褚가 칼을 잡고 당문堂門 안에 서 있었다. 조인이 들어가려고 하자 허저가 앞을 가로막고 들어가지 못하게 했다.

조인이 크게 화를 내며 말했다: "나는 조씨 종족이다. 네가 어찌 감히 나를 가로막는단 말이냐?"

허저曰: "장군은 비록 종친이긴 하지만 한 지역을 책임지고 지키는 관원에 지나지 않소. 그러나 이 허저는 비록 종친은 아니지만 현재 내시內侍의 소임을 맡고 있소. 주공께서는 지금 취하시어 당상에 누워 계시므로 감히 그 어느 누구도 들여보낼 수 없소."

조인은 결국 감히 들어가지 못했다.

조조는 그 말을 듣고 감탄했다: "허저는 참으로 충신이구나!"(*역신의 수하에 뜻밖에도 충신이 있다니, 이 또한 탄식할 일이다.)

며칠 지나지 않아 하후돈 역시 당도했으므로 함께 정벌할 일을 의논했다.

하후돈曰: "동오와 서촉은 급히 칠 수 없습니다. 마땅히 먼저 한중의 장로張魯부터 취한 후에 승리한 군사로써 서촉을 친다면 한 번의 공격으로도 평정할 수 있을 것입니다."

조조曰: "내 생각과 같다."

마침내 서정西征을 하기 위해 군사를 일으켰다. 이야말로:

흉악한 모략으로 약한 임금 속이더니   方逞兇謀欺弱主

또 사나운 군사 몰아 변방을 치려고 하네.   又驅勁卒掃偏邦

다음 일이 어찌 될지 모르겠거든 다음 회를 읽어보기 바란다.

제 66 회 모종강 서시평序始評

(1). 관공은 동오와 잔다랗게 "네가 옳네, 내가 옳네" 하고 따지는 것 자체를 하찮게 여기면서 단지 "대한大漢"이란 두 글자로써 동오를 압도하고 있는데, 이는 그가 〈춘추〉를 읽은 덕택이다.

여포는 조조를 대하여 "한漢의 강토는 사람들마다 각기 몫이 있다(漢家疆土, 人人有分)"고 주장했는데, 이는 그에게는 아비도 없고 임금도 없었기 때문이다. 관공은 제갈근을 대하여 말하기를 "대한大漢의 강토를 한 자 한 치인들 어찌 함부로 남에게 줄 수 있겠는가?"라고 하였다. 남의 신하가 될 수 있기 때문에 남의 아우도 될 수 있는 것이다.

(2). 화흠과 같은 명사名土조차 조조를 도와서 악惡을 행함이 이처럼 심한 지경에 이르렀는데, 원래 그 시초는 영화(榮)와 이익(利)을 추구하는 마음을 잊어버리지 못한 것에 있을 따름이다. 금을 주워서 자세히 바라본 것은 이익(利)을 잊어버리지 못했기 때문이며, 수레를 타고 가는 귀인을 바라본 것은 영화(榮)를 잊어버리지 못했기 때문이다. 단지 이 영화를 탐하고 이익을 사모하는 마음이 마침내 그가 악惡과 한 패당이 되고 포학한 자를 도와주는 마음으로 된 것이다. 관영이 자리를 갈라서 따로 앉았던(割席分坐) 것은 아마도 그의 훗날을 짐작했기 때문이 아니었을까?

(3). 혹자가 말하기를, 관영이 앉고 눕기를 이층집에서 하면서 발로 땅을 밟지 않았던 것은 땅을 위魏의 땅이라고 생각했기 때문인데, 어찌 유독 이층집 역시 위魏 땅의 이층집이라는 생각은 하지 못했을까?
나는 대답한다: "그렇지 않다. 현인과 군자들은 이를 빌려서 스스로 고상한 뜻을 밝히려는 것일 뿐이다."

(4). 순욱荀彧은 조조에게 '구석九錫'이 더해지자 죽임을 당했고, 순유는 조조를 위왕魏王으로 부르려고 하자 죽임을 당했다. 군자들은 그가 조조가 동비董妃를 죽일 때 죽지 않은 것을 애석하게 여기는데, 너무 늦게 죽었다고 생각하기 때문이다. 그러면서도 오히려 조조가 복 황후를 시해하기 전에 그가 죽은 것을 다행이라고 여기는데, 그 죽은 것이 늦지 않다고 생각하기 때문이다.
대개 동비를 죽이고 나자 구석九錫이 더해지고, 그리고 위왕으로 불린 일들은 점차적으로 일어난 일들이다. 위왕으로 불리게 된 것은 복 황후를 시해하게 되는 근본 이유이고, 복 황후를 시해한 것은 나라를 찬탈하게 되는 계기이다. 그리고 구석을 더해주게 된 것은 동소董昭가 권했던 일이고, 위왕魏王으로 불리게 된 것은 왕찬王粲이 도운 일이며, 복 황후를 시해할 때에는 화흠이 도왔다. 이러한 것들은 순욱과 순유의 사람됨이 오히려 동소나 왕찬이나 화흠보다 더 나았기 때문이 아니겠는가?

제67회

조조, 한중 땅을 평정하고
장료, 소요진에서 위엄을 떨치다

〚 1 〛 한편 조조는 서천 정벌을 위해 군사를 일으켰는데, 군사를 세 부대로 나누어서 선두부대의 선봉은 하후연夏侯淵과 장합張郃에게 맡기고, 조조 자신은 여러 장수들을 거느리고 중군이 되고, 후미부대는 조인과 하후돈이 맡아서 군량과 마초 운반을 담당하도록 했다.

일찌감치 첩자가 이 소식을 한중漢中에 보고했다. 장로는 아우 장위張衛와 같이 적을 물리칠 계책을 상의했다. (*왜 장로는 귀신 병사(鬼卒)들을 시켜서 적을 막도록 하지 않는 것인가?)

장위曰: "한중에서 가장 험한 요충지로는 양평관(陽平關: 섬서성 면현勉縣 서쪽 백마하白馬河가 한수漢水로 들어가는 곳)만한 데가 없습니다. 양평관 좌우의 산에 기대어 숲 옆에다 10여 개의 영채를 세워놓고 조조의 군사들을 맞아 싸우면 됩니다. 형님은 한녕(漢寧: 한중)에 그대로 계시면서 군량과 마초나 많이 대어 주십시오."(*쌀 도적(米賊)들이 어찌하여 쌀이 부족할까봐 걱정하는가?)

장로는 그 말을 좇아 대장 양앙楊昻과 양임楊任을 파견하여 자기 아우와 함께 당일로 출발하도록 했다. 한중의 군사들이 양평관에 이르러 영채를 다 세우고 나자 뒤이어 하후연과 장합의 선두부대가 당도했는데, 그들은 적들이 이미 양평관에서 준비를 해놓고 기다리고 있다는 말을 듣고는 관에서 15리 떨어진 곳에다 영채를 세웠다.

그날 밤 군사들이 피곤에 지쳐서 각기 쉬고 있는데, 갑자기 영채 뒤에서 불길이 치솟으면서 양앙과 양임 두 방면의 군사들이 영채를 습격해 왔다. 하후연과 장합은 급히 말에 올랐으나 사방에서 대군이 몰려들어 와서 조조의 군사들은 크게 패하여 물러가서 조조를 보았다.

조조가 화를 내며 말했다: "너희 두 사람은 여러 해 동안 싸움을 해왔으면서 어찌 '군사들이 멀리 행군하여 피곤할 때에는 적이 영채를 습격해올 것에 대비해야 한다'는 것도 몰랐느냐? 어째서 적의 습격에 대비하지 않았느냐?"

그리고는 두 사람을 참해서 군법을 분명하게 해놓으려고 했다. 그러나 여러 사람들이 용서해 주라고 해서 그만두었다.

〖 2 〗 조조는 다음날 직접 군사들을 이끌고 선두부대가 되었다. 산세가 험악하고 수목이 울창하여 길이 어디 있는지도 모르겠는 것을 보고는 혹시 복병이 있을지도 모른다는 두려움에 즉시 군사를 이끌고 영채로 돌아가서 허저許褚와 서황徐晃 두 장수에게 말했다: "내가 만약 이곳이 이렇게 험한 줄 알았으면 틀림없이 군사를 일으켜서 오지 않았을 것이다."(*이제 겨우 농서隴西에 들어와 놓고서 이처럼 겁을 내고 있으니 어찌 다시 촉에 들어갈 마음이 있겠는가? 이는 뒤의 글에서 촉을 공격하지 않으려는 이야기를 위한 하나의 복필伏筆이다.)

허저曰: "군사들이 이미 여기까지 왔는데, 주공께서는 고생하기 싫어하셔서는 안 됩니다."

다음날 조조는 말에 올라 다만 허저와 서황 두 사람만 데리고 장위의 영채를 살펴보러 갔다. 세 필의 말들이 산비탈을 돌아가니 곧바로 저 멀리 장위의 영채들이 보였다.

조조가 채찍을 들어 멀리 가리키면서 두 장수에게 말했다: "저렇게 견고하니 급히 깨뜨리기는 어렵겠다!"

말이 끝나기도 전에 등 뒤에서 함성이 크게 일어나더니 화살이 빗발치는 듯했다. 양앙과 양임이 두 방면으로 나누어 쳐들어온 것이다. 조조는 크게 놀랐다.

허저가 큰소리로 불렀다: "적은 내가 막을 테니, 서공명(徐公明: 서황)은 주공이나 잘 보호하게!"

말을 마치자 곧바로 칼을 들고 말을 달려 앞으로 나가서 두 장수와 힘껏 싸웠다. 양앙과 양임은 허저의 용맹을 당해 내지 못하고 말을 돌려 물러났다. 나머지 사람들은 감히 앞으로 나아갈 엄두도 내지 못했다.

서황이 조조를 보호하여 말을 달려 산비탈을 지나가는데, 전면에서 또 한 떼의 군사들이 당도했다. 보니 하후연과 장합 두 장수였다. 그들은 함성을 듣고 군사를 이끌고 지원하러 달려온 것이다. 이리하여 그들은 양앙과 양임을 물리치고 조조를 구하여 영채로 돌아왔다. 조조는 네 장수들에게 큰 상을 내렸다.

이로부터 양편은 서로 대적하기를 50여 일간이나 하였으나 교전은 없었다.

〖 3 〗 조조는 군사를 물리라는 명을 내렸다.

가후曰: "적의 형세가 강한지 약한지도 모르는데, 주공께서는 어찌

하여 스스로 물러가려 하십니까?"

조조曰: "도적들의 군사가 매일 방비를 하고 있으므로 급히 쳐서 이기기가 어려울 것 같소. 나는 군사를 물리는 척하여 도적들의 마음을 해이해지도록 해서 방비를 없애려는 것이오. 그런 후에 경기병輕騎兵들로 저들의 배후를 습격한다면 반드시 도적을 이길 수 있을 것이오." (*전에 물러가려고 했던 것은 진짜 물러가려는 것이었지만 지금 물러가려는 것은 속임수로 물러가려는 것이다.)

가후曰: "승상의 신기神機와 묘산妙算은 저희들로서는 헤아릴 길이 없습니다."

이리하여 조조는 하후연과 장합으로 하여금 군사를 두 방면으로 나누어 각기 경기병 3천 명씩을 이끌고 소로로 해서 양평관 뒤를 습격하도록 하고, 자기는 한편으로 대군을 이끌고 영채를 모조리 거두어가지고 물러갔다. 양앙은 조조의 군사가 물러갔다는 말을 듣고 양임을 청해 와서 상의하면서 그 기세를 타고 적들을 치려고 했다.

양임曰: "조조는 속임수가 극히 많아서 진실을 알 수 없으므로 뒤를 추격해서는 안 됩니다."(*만약 양앙이 양임의 말을 들었더라면 조조가 반드시 승리하지는 못했을 것이다.)

양앙曰: "공이 가지 않겠다면 내 혼자 가야겠소."

양임이 극력 말렸으나 양앙은 듣지 않았다. (*양임이 양앙을 못가도록 할 수만 있었어도 조조는 승리하지 못했을 것이다.) 양앙은 다섯 영채의 군사들을 전부 데리고 앞으로 추격해 가면서 단지 약간의 군사들만 남겨두어 영채를 지키도록 했다.

이날, 짙은 안개가 자욱하게 끼어서 서로 마주보고 있는 사람의 얼굴조차 알아볼 수 없었다. (*전에 공명이 화살을 빌릴 때에는 장강에 짙은 안개가 끼었는데, 지금 조조가 적을 깨뜨릴 때에는 산중에 짙은 안개가 끼었다. 전에는 안개를 보고 조조가 부賦를 읊었으나 여기서는 부賦가 없는데, 그 이유는 다음 글에서 안개 낀 정경을 서술한 것이 이미 부賦와 같기 때문이다.)
양앙의 군사들은 반쯤 가서는 더 이상 갈 수가 없어서 일단 잠시 정지
했다.

〖 4 〗 한편 하후연이 거느린 한 떼의 군사들이 산 뒤를 질러가는데,
짙은 안개가 천지에 자욱한데다 또 사람들이 말하는 소리, 말들이 우
는 소리가 들려와서 (*단지 사람의 말소리만 들리고 사람의 모습은 보이지
않고, 단지 말 울음소리만 들리고 말은 보이지 않는다. 이것이 바로 짙은 안
개를 노래한 한 편의 부賦에 해당한다.) 혹시 복병이 있는 것은 아닌가 두
려워서 급히 군사들과 말들을 재촉해서 나아갔는데, 짙은 안개 속에서
그만 길을 잘못 들어 양앙의 영채 앞에 이르고 말았다.

영채를 지키고 있던 군사들이 말발굽 소리를 듣고는 양앙의 군사들
이 돌아온 줄로만 생각하고 문을 열고 그들을 안으로 들였다. (*양편이
서로 잘못 알았던 것이다.) 조조의 군사들이 한꺼번에 몰려 들어가 보니
영채는 텅 비어 있었다. 그들은 곧바로 영채 안에다 불을 질렀다. (*불
이 안개 속에 있으면 안개는 붉은 색이 된다.) 다섯 영채의 군사들은 모조
리 영채를 버리고 달아나버렸다.

안개가 걷힐 무렵 양임이 군사를 거느리고 구하러 왔다가 하후연과
맞닥뜨려 싸웠는데, 몇 합 싸우지도 않았을 때 등 뒤에서 장합의 군사
들이 당도했다. 양임은 크게 길을 열어 달아나서 남정(南鄭: 섬서성 한중
시 서남)으로 돌아갔다.

양앙이 군사를 돌리려고 했을 때에는 영채가 이미 하후연과 장합에
의해 점거당한 뒤였다. (*만약 짙은 안개만 아니었으면 조조가 반드시 이기
지 못했을지도 모른다.) 게다가 등 뒤에서는 조조의 대부대 군사들이 쫓
아와서 양쪽에서 협공하는 바람에 사방 어디로도 도망갈 길이 없었다.
양앙은 그대로 적진을 뚫고 나가려고 했는데 바로 그때 장합과 마주쳐

서 둘은 맞붙어 싸웠으나 장합의 손에 죽고 말았다.

양앙 수하의 패잔병들은 돌아가서 장위를 만나보려고 양평관으로 찾아갔다. 그러나 장위는 이미 두 장수가 패해서 달아나고 모든 영채가 적의 수중에 함락된 것을 알고는 밤중에 관을 버리고 도망쳐서 한중으로 돌아가 버린 후였다. 이리하여 조조는 마침내 양평관과 모든 영채들을 얻었던 것이다.

장위와 양임은 돌아가서 장로를 보았다. 장위가 장로에게 두 장수가 요충지(隘口)를 잃었기 때문에 더 이상 관을 지켜낼 수 없었다고 말했다. (*자기가 도망쳐 달아났으면서 도리어 남에게 덮어씌운다.) 장로는 크게 화가 나서 양임을 죽이려고 했다.

양임이 말했다: "제가 양앙에게 조조의 군사들을 추격하지 말라고 말렸는데도 그는 제 말을 들으려고 하지 않았습니다. 그래서 이렇게 패한 것입니다. 제게 다시 일군一軍을 내어주신다면 앞으로 나가서 싸움을 걸어 반드시 조조의 목을 베어오겠습니다. 만약 이기지 못할 때엔 기꺼이 군령軍令을 받겠습니다."

장로는 그로부터 군령장(軍令狀: 각서)를 받았다. 양임은 말에 올라 군사 2만 명을 이끌고 가서 남정南鄭에서 떨어진 곳에 영채를 세웠다.

〖 5 〗 한편 조조는 장차 대군을 데리고 진격하려고 하면서 먼저 하후연에게 군사 5천 명을 거느리고 남정으로 가는 길을 탐색해 보도록 했는데, 마침 바로 그때 양임의 군사들과 만나서 양쪽 군사들은 진을 벌였다.

양임은 부하 장수 창기昌奇를 내보내서 말을 타고 나가 하후연과 싸우도록 했다. 그러나 미처 3합도 못 싸우고 창기는 하후연의 칼에 맞아 말 아래로 떨어져 죽었다. 그러자 양임이 직접 창을 꼬나들고 말을 타고 나가 하후연과 싸웠는데 30여 합을 싸웠으나 승부가 나지 않았다. 그때 하후연이 짐짓 패한 체하고 달아나자 양임은 그것이 계책인 줄도 모르고 그 뒤를 추격해 갔다. 그때 하후연이 타도계(拖刀計: 칼을 끌면서 패주하는 것처럼 하여 적이 가까이 오기를 기다렸다가 갑자기 돌아서서 적을 치는 계략)를 써서 그를 베어 말 아래로 거꾸러뜨렸다. 양임의 군사들은 크게 패하여 돌아갔다.

조조는 하후연이 양임을 베어 죽인 것을 알고는 즉시 군사를 진격시켜 곧장 남정 앞으로 가서 영채를 세웠다.

장로는 황급히 문무 관원들을 모아놓고 상의했다. (*장로는 이때 왜 3개의 글을 써서 천天·지地·귀신鬼神에게 고하지 않았을까?)

염포閻圃가 말했다: "제가 조조 수하의 여러 장수들을 대적할 수 있는 사람 하나를 추천하겠습니다."

장로가 그게 누구인지 물었다.

염포曰: "남안南安 사람 방덕龐德입니다. 그는 전에 마초를 따라서 주공께 투항해 왔었는데, 나중에 마초가 서천으로 갈 때 그는 병으로 누워 있었기 때문에 따라가지 않았습니다. 지금 주공께서 보살펴주시는 은혜를 입고 있는데, 왜 이 사람을 보내지 않으십니까?"(*염포의 입을 빌려 제60회의 일을 보완 설명하고 있다.)

장로는 크게 기뻐하며 즉시 방덕을 불러와서 후한 상을 주어 그를 위로한 다음 군사 1만 명을 뽑아서 방덕에게 주어 싸우러 나가도록 했다. 방덕은 성에서 10여 리 나가서 조조의 군사와 대치했다. 방덕은 말을 타고 나가서 싸움을 걸었다.

〚 6 〛 조조는 위교渭橋에서의 싸움에서 방덕이 떨친 용맹을 잘 알고 있었으므로(*제58회의 일.) 여러 장수들을 보고 당부했다: "방덕은 서량西涼의 용장으로 원래 마초의 수하에 있었다. 그가 지금은 비록 장로에게 몸을 의탁하고 있으나 그가 마음으로 만족해 하고 있을 리가 없다.

나는 이 사람을 얻고 싶다. 그러니 그대들은 반드시 그와 천천히 싸워서 그의 힘이 다 떨어지도록 한 후에 사로잡도록 하라."(*서황이 양봉楊奉을 섬기고 있을 때 조조는 그를 얻고자 했고, 방덕이 장로를 섬기고 있는데 조조는 또 그를 얻고자 한다. 하나는 사람을 보내서 설득하는 방법을 썼고 하나는 장수들에게 천천히 싸우도록 하는 방법을 쓴다. 전후가 멀리서 서로 대응하고 있다.)

장합이 먼저 나가서 몇 합 싸우고는 곧바로 물러났다. 하후연도 몇 합 싸우고는 물러났다. 서황도 또 네댓 합 싸우고는 물러났다. 그 후에 또 허저가 나가서 50여 합을 싸우다가 역시 물러났다. 방덕은 연달아 네 장수와 싸우면서도 전혀 겁을 내지 않았다. 네 장수들은 모두 조조 앞에서 방덕의 무예 실력이 뛰어나다고 칭찬했다. (*여러 장수들의 입으로 방덕의 무예를 칭찬하는 것은 아래 글에서 그가 관공과 싸우는 것을 묘사하기 위한 복필伏筆이다.) 조조는 마음속으로 매우 기뻐하면서 여러 장수들과 상의했다: "어떻게 하면 이 사람이 투항해 오도록 할 수 있겠는가?"

가후가 말했다: "제가 알기로는, 장로 수하에 양송楊松이라는 모사하나가 있는데, 그 사람은 뇌물을 몹시 탐한다고 합니다. 지금 몰래 그에게 황금과 비단을 보내주고는 그로 하여금 장로에게 방덕을 참소하도록 한다면 일이 우리 뜻대로 성사될 수 있을 것입니다." (*전에 현덕이 마초를 얻으려고 하자 공명은 양송을 생각해냈는데, 이제 조조가 방덕을 얻으려고 하자 가후 역시 양송을 생각해낸다. 양송의 탐심은 밖에까지 소문이 났는데도 유독 장로만이 모르고 있었으니, 불쌍하다.)

조조曰: "어떻게 하면 남정南鄭에 들어갈 수 있겠나?"

가후曰: "내일 싸우다가 패한 척하고 영채를 버리고 달아나서 방덕이 우리 영채를 차지하도록 하십시오. 그런 다음에 우리가 한밤중에 군사를 이끌고 가서 영채를 급습한다면 방덕은 틀림없이 물러가서 성으로 들어갈 것입니다. 그때 우리가 먼저 말 잘하는 군사 하나를 뽑아서 저쪽 군사로 분장시켜서 저쪽 진중陣中에 섞여 있도록 해놓는다면, 저들이 물러갈 때 함께 곧바로 성으로 들어갈 수 있을 것입니다."

조조는 그의 계책을 좇아서 차분하고 꼼꼼한 장교 하나를 골라서 상을 후하게 내린 다음 금으로 만든 엄심갑掩心甲 한 벌을 주어서 (*옛날 진秦에서는 양가죽 5장과 백리해百里奚를 바꿨는데, 지금 조조는 황금 갑옷 한 벌과 방덕을 바꾸려고 한다.) 속에 입도록 하고, 바깥에는 한중漢中 군사들의 제복(號衣)을 걸쳐 입도록 하여 먼저 가서 중도에서 기다리고 있도록 했다.

〖 7 〗 다음날 조조는 우선 하후연과 장합 부대의 군사들을 멀리 가서 매복해 있도록 한 다음 서황을 시켜서 싸움을 걸도록 하되 몇 합 싸우지 않아 패하여 달아나도록 했다. 방덕이 군사를 휘몰아 쳐들어오자 조조의 군사들은 전부 물러났다. 그러자 방덕은 조조의 영채를 빼앗았다. 그리고 영채 안에 군량과 마초가 매우 많은 것을 보고 (*조조는 이미 황금 갑옷을 주어버리고 또 군량까지 버리는데, 이 모두는 결국 방덕을 얻기 위해서이다. 영채를 다시 빼앗고 나면 군량은 여전히 나의 군량이고, 양송을 죽여 버리면 그에게 준 황금갑옷 역시 나의 것이다.) 크게 기뻐하며 즉시 장로에게 보고하는 한편으로 영채 안에다 연석을 차려서 싸움에 승리한 것을 축하했다.

그날 밤 이경(二更: 밤 9시~11시 사이)이 지난 후 갑자기 세 방면에서 불길이 치솟더니, 한가운데로는 서황과 허저가, 왼편으로는 장합이, 오른편으로는 하후연이, 이렇게 세 방면으로 군사들이 일제히 쳐들어와서 영채를 습격했다. 방덕은 미처 대비할 겨를이 없어서 말에 올라좌충우돌 하면서 적진을 뚫고 나가 성을 향해 달아났다. 등 뒤에서는 세 방면에서 군사들이 추격해 왔다. 방덕은 급히 소리쳐서 성문을 열도록 하여 군사들을 거느리고 한꺼번에 우르르 몰려 들어갔다.

이때 조조의 첩자는 이미 군사들 틈에 섞여서 성 안으로 들어가 곧
장 양송楊松의 저택으로 찾아가서 그를 보고 말했다: "위공魏公 조 승
상께서는 오래 전부터 귀하의 명성을 들어오신지라, 특별히 저를 시켜
서 황금으로 만든 갑옷(金甲)을 신뢰의 표시로 바치도록 하시고, 그리
고 또 비밀서신(密書)을 올리도록 하셨습니다."

양송은 크게 기뻐하며 (*황금을 보고 바로 기뻐하는 것은 양송 혼자만
그런 것은 아니다.) 비밀서신 속에 씌어 있는 말을 다 읽고 나서 첩자에
게 말했다: "위공께 부디 안심하고 계시라고 아뢰게나. 내게 따로 좋
은 계책이 있으니 회답 올리도록 하겠네."

그리고는 찾아온 사람을 먼저 돌려보내고는 곧바로 그날 밤으로 부
중府中으로 들어가서 장로를 보고 방덕이 조조의 뇌물을 받아먹고 싸움
에서 일부러 져주었다고 말했다. (*뜻밖에도 뇌물을 받아먹은 자는 남을
헐뜯을 때 전적으로 남이 뇌물을 받았다고 헐뜯는다.)

장로는 크게 화를 내면서 방덕을 불러와서 크게 꾸짖고는 그를 목
베어 죽이려고 했다. (*만약 장로가 이처럼 아둔하지 않았더라면 조조 역시
반드시 이기지는 못했을 것이다.) 염포가 극력 말렸다.

장로曰: "너는 내일 싸우러 나가라. 이기지 못하면 반드시 목을 벨
것이다!"

방덕은 원한을 품고 물러나왔다.

〖 8 〗 다음날 조조의 군사들이 성을 공격했다. 방덕은 군사를 이끌
고 짓쳐 나갔다. 조조는 허저로 하여금 싸우도록 했다. 허저가 짐짓
패한 척하고 달아나자 방덕이 그 뒤를 쫓아갔다.

이때 조조가 직접 말을 타고 산비탈 위에서 불렀다: "방영명(龐令明
名: 방덕)은 어찌하여 빨리 항복하지 않는가?"

방덕은 속으로 생각했다: "조조를 사로잡으면 상장군上將軍 1천 명을 잡는 것과 맞먹을 것이다."

그리고는 나는 듯이 말을 달려 산비탈 위로 올라갔다. 바로 그때 갑자기 함성이 일어나더니 천지가 무너지고 땅이 꺼지면서 사람과 말이 함께 함정 속으로 빠졌다. 그 순간 사면 벽에서 갈고리와 밧줄이 일제히 위로 올라오면서 방덕을 사로잡아 산비탈 위로 압송해 갔다.

조조가 말에서 내려 군사들을 물러가라고 꾸짖고는 손수 그 결박을 풀어주고 방덕에게 항복을 하겠느냐고 물었다. 방덕은 장로가 어질지 못한 자임을 생각하고 진심으로 항복했다. (*이때는 위교渭橋에서 조조와 싸웠던 일을 다 망각했다.)

조조는 직접 그를 부축해서 말에 오르도록 하여 함께 대채로 돌아가면서 일부러 성 위에서 이 광경을 바라볼 수 있도록 했다. 어떤 자가 장로에게 보고했다: "방덕이 조조와 말머리를 나란히 해서 갔습니다."

장로는 양송의 말이 참말이었다고 더욱 믿게 되었다. (*일에는 가짜가 진짜처럼 변함으로써(弄假成眞) 사람들로 하여금 이처럼 끝내 진짜인 줄 믿도록 하는 일이 왕왕 있다.)

다음날 조조는 성의 세 방면에 운제(雲梯: 성벽에 걸어놓는 긴 사다리)를 세워놓고 포를 쏘고 성을 공격했다. 장로는 그 형세가 이미 극에 달한 것을 보고 아우 장위와 상의했다.

장위曰: "성 안의 양곡 창고와 재물 창고를 모조리 불살라 버리고 남산으로 달아나서 파중(巴中: 사천성 거현渠縣 동북)을 지키는 것이 좋겠습니다."(*촉의 정도鄭度가 유장에게 권한 것과 같은 생각이다.)

양송曰: "차라리 성문을 열고 항복하는 것이 낫습니다."

장로가 주저하면서 결단을 내리지 못했다.

장위曰: "불살라 버려야만 합니다."

장로曰: "나는 본래 한漢 나라에 귀순하려고 했었으나 나의 뜻이 전달되지 못했다. 지금은 부득이해서 달아나기는 하지만 양곡창고와 재물창고는 나라의 소유이므로 없애서는 안 된다."

그리고는 모조리 봉쇄해 놓았다. (*유장이 부수涪水의 양식들을 불살라 버리려고 하지 않았던 것과 아주 비슷하다.)

이날 밤 이경(二更: 밤 9시~11시 사이)에 장로는 온 집안의 가솔들을 이끌고 남문을 열고 달아났다. 조조는 그 뒤를 추격하지 말라고 지시하고 군사를 이끌고 남정南鄭으로 들어갔다. 그는 장로가 모든 창고들을 단단히 봉쇄해 놓은 것을 보고 속으로 매우 측은한 생각이 들어 곧바로 사람을 파중巴中으로 보내서 투항을 권하게 했다. 장로는 항복하려고 했으나 장위가 들으려 하지 않았다.

〖 9 〗 양송이 밀서를 조조에게 보내서 곧바로 진격하면 자기가 안에서 호응하겠다고 보고했다. (*처음에는 다만 황금 갑옷과 방덕을 바꾸려고 했는데 뜻밖에 한중漢中까지 덧붙여 주게 되었다.)

조조는 그 서신을 받아보고는 직접 군사를 이끌고 파중으로 갔다. 장로는 아우 장위로 하여금 군사를 거느리고 나가서 대적하도록 했는데, 그는 허저와 싸우다가 허저의 칼에 맞아 말에서 떨어져 죽었다. 패배한 병사들이 돌아가서 장로에게 보고하자 장로는 성을 굳게 지키려고 했다.

양송曰: "지금 만약 나가서 싸우지 않으시면 앉아서 죽음을 기다리는 셈입니다. 제가 성을 지킬 테니 주공께서는 직접 나가서 한번 죽기를 각오하고 싸워 보십시오."

장로는 그 말을 따랐다. (*유장은 매국노 장송張松을 참할 줄 알았으나 장로는 끝까지 양송을 신뢰했으니 장로의 아둔함이 유장보다 더 심했다.) 염포가 장로에게 나가지 말라 말렸으나, 장로는 듣지 않고 마침내 군사를 이끌고 적을 맞아 싸우러 나갔다. 그러나 미처 적과 싸워보기도 전에 후미의 군사들이 이미 달아났다. 장로가 급히 군사를 뒤로 물리자 등 뒤에서 조조의 군사들이 쫓아왔다. 장로가 성 아래에 이르렀으나 양송은 성문을 닫아놓고 열어주지 않았다. (*뇌물이 사람에게 미치는 힘은 너무도 심하구나!) 장로는 달아날 길이 없었다. 그때 조조가 뒤에서 추격해 와서 큰소리로 외쳤다: "왜 빨리 항복하지 않는가!"

장로는 이에 말에서 내려 투항했다. 조조는 크게 기뻐하면서 그가 창고들을 봉해 놓은 마음을 생각해서 정중하게 대우했다. (*오두미적五斗米賊은 마침내 쌀(米) 때문에 죽음을 면하게 되었다.) 조조는 장로를 봉하여 진남장군鎭南將軍으로 삼고 염포 등도 모두 열후列侯로 봉했다. 이리하여 한중은 모두 평정되었다.

조조는 명을 전하여 각 군마다 태수太守와 도위都尉를 두도록 했다. (*제주祭酒니 사군師君이니 하는 이름들은 이때 와서 싹 바뀌었다.) 그리고는 군사들에게 크게 상을 내렸으나 다만 양송만은 주인을 팔아서 영화를 구하려고 한 자이니 즉시 거리로 끌어내다 목을 베어 모든 사람에게 구경시키도록 하라고 명했다. (*조조가 묘택苗澤을 죽인 것과 같이 통쾌한 일이다.) 후세 사람이 시를 지어 이를 탄식하였으니:

현자를 방해하고 주인 팔아 기이한 공 바쳐서　　妨賢賣主逞奇功
벌어놓은 금은보화 모조리 헛것이 되었구나.　　積得金銀總是空
집안이 영화 누려보기 전에 제 몸 먼저 죽으니　　家未榮華身受戮
양송은 오랫동안 사람들로부터 비웃음 샀네.　　令人千載笑楊松

〖 10 〗 조조가 동천東川을 얻고 나자 주부主簿 사마의司馬懿가 건의했다: "유비가 속임수를 써서 유장의 땅을 빼앗아 촉 땅 사람들은 아직도 그에게 마음을 주지 않고 있습니다. 이번에 주공께서 이미 한중을 얻으셨으므로 익주益州는 큰 충격을 받았을 것입니다. 이때 속히 진군

하여 공격하신다면 저들의 세력은 기왓장 깨어지듯 깨어지고 말 것입니다. 지혜로운 사람은 때를 타는 것을 귀하게 여기는 법, 때를 놓쳐서는 아니 됩니다(智者貴於乘時, 時不可失也)." (*지금 촉을 취하는 것의 이점을 말한 것이다.)

조조가 탄식하며 말했다: "사람들은 너무나도 만족할 줄을 모르는구나! 어찌 이미 농隴 땅을 얻었으면서 다시 촉蜀 땅을 넘본단 말인가(旣得隴, 復望蜀耶)?" (*처음에는 산천의 험준함을 무서워했으므로 롱隴 땅을 얻은 것만 해도 이미 망외望外의 소득이다. 그래서 '지족知足'이란 말을 빌려서 군사의 진군을 멈추었던 것인데, 역시 역적의 거짓말이다.)

유엽劉曄이 말했다: "사마중달(司馬仲達: 사마의)의 말이 옳습니다. 만약 조금이라도 늦췄다가, 나라를 다스리는 데 밝은 제갈량이 재상이 되고 용맹이 모든 군사들 가운데 으뜸인 관우와 장비 등이 장수가 되어서 서촉의 백성들을 안정시키고 요충지들을 지키게 되면, 다시는 쳐들어갈 수 없습니다." (*지금 촉을 취하지 않았을 때의 해害를 말한 것이다.)

조조曰: "군사들이 원정遠征에 고생이 많았으니 일단은 쉬도록 돌봐주어야 한다."

마침내 군사를 그 자리에 주둔시켜 놓고 움직이지 않았다.

〖 11 〗 한편 서천의 백성들은 조조가 이미 동천東川을 취했다는 소식을 듣고는 그가 반드시 서천을 취하러 올 것으로 생각하여 하루에도 여러 번 놀라고 겁을 냈다. 현덕이 군사軍師를 청해 와서 상의했다.

공명曰: "제게 한 가지 계책이 있는데, 그렇게 하면 조조는 스스로 물러갈 것입니다."

현덕이 어떤 계책인지 물었다.

공명曰: "조조가 군사를 나누어 합비合淝에 주둔시켜 놓은 것은 손권을 두려워하기 때문입니다. 이제 우리가 만약 강하江夏·장사長沙·계양桂陽 세 군郡을 떼어서 동오로 돌려주면서 (*전번에는 가짜로 삼군을 떼어주겠다고 했지만, 이번에는 진짜로 떼어주려고 한다.) 말솜씨가 뛰어난 사람을 보내서 이해관계로 설득하여 동오로 하여금 합비를 기습하도록 해서 그쪽 세력을 견제한다면, 조조는 틀림없이 군사를 거두어 강남으로 향하게 될 것입니다."

현덕이 물었다: "누구를 보내면 되겠소?"

이적伊籍이 말했다: "제가 가겠습니다."

현덕은 크게 기뻐하며 곧바로 서신을 쓰고 예물을 갖추어 이적으로 하여금 먼저 형주로 가서 운장에게 이 일을 알리고, (*전번에 사람을 보내서 미리 알리지 않았던 것은 명백히 제갈근을 우롱했던 것임을 알 수 있다.) 그런 후에 동오로 들어가도록 했다.

이적이 말릉(秣陵: 강소성 강녕현江寧縣. 南말릉관)에 이르러 손권을 찾아가 보고 먼저 자기 이름을 대고 면회 신청을 했다. 손권이 이적을 불러들였다.

이적이 손권을 보고 인사를 올리자, 손권이 물었다: "그대는 여기에 무슨 일로 왔는가?"

이적曰: "전에 제갈자유(諸葛子瑜: 제갈근)께서 찾아오셨을 때 장사長沙 등 세 군郡을 돌려드리도록 하라고 승인이 났으나, 당시에는 마침 군사軍師가 안 계셔서 떼어드리지 못했습니다. 그래서 이제 서신을 전하면서 돌려드리려는 것입니다. 형주의 남군南郡과 영릉零陵도 본래는 전부 돌려드리려고 했으나 조조가 동천을 기습하여 취하는 바람에 관 장군이 몸 둘 땅이 없어졌습니다. (*전에는 현덕이 몸 둘 땅을 핑계로 삼더니, 지금은 또 관공이 몸 둘 땅을 핑계로 대고 있다. 결국 아주 흡사한 방법이다.) 지금 합비가 텅 비어 있으니 군후君侯께서 기병하시어 공격함으로써 조조로 하여금 군사들을 거두어 강남으로 돌아가도록 해주십시오. 우리 주공께서 만약 동천을 취하게 되면 그 즉시 형주 땅 전부를 돌려드리겠습니다." (*이 말 때문에 뒤에 가서 여몽이 형주를 습격하게 되는 것이다.)

손권日: "그대는 우선 관사에 돌아가 계시오. 나중에 내 상의해 보겠소."

〖 12 〗 이적이 밖으로 물러나가자 손권은 여러 모사들에게 계책을 물었다.

장소日: "이는 유비가 조조가 서천을 취할까봐 겁이 나서 낸 계책입니다. 비록 그렇다고는 해도, 조조가 현재 한중에 있으므로 이때를 틈타 합비를 취하는 것은 역시 상책일 것입니다."

손권은 그의 말을 좇아서 이적을 서촉으로 돌려보내고 나서 곧바로 군사를 일으켜 조조를 칠 일을 의논했다. 그리하여 노숙으로 하여금 장사와 강하, 계양 세 군郡을 접수해 오고, (*이때 관공이 전혀 방해를 하지 않은 것으로 봐서 전번에 떼어주려고 하지 않았던 것은 묵묵히 공명의 뜻을 받아들인 것임을 알 수 있다.) 군사를 육구(陸口: 호북성 포기현蒲圻縣 서남)에 주둔시켜 놓고 여몽과 감녕을 돌아오도록 하고, 또 여항餘杭으로 가서 능통도 돌아오도록 했다. 하루가 안 지나서 여몽과 감녕이 먼저 당도했다.

여몽이 계책을 올려 말했다: "지금 조조가 여강廬江 태수 주광朱光으로 하여금 군사를 환성(皖城: 안휘성 잠산현潛山縣 북쪽)에 주둔시켜 놓고 대대적으로 논밭을 개간해서 거둔 곡식을 합비로 보내서 군량으로 쌓아놓도록 하고 있습니다. 먼저 환성부터 취한 다음에 합비를 치는 것이 좋을 것 같습니다." (*조조가 장로를 측은하게 여겼던 것은 군사물자와 군량을 중시했기 때문이다. 지금 여몽이 환성을 공격하려는 의도 역시 그렇다.)

손권曰: "그 계책 내 마음에 쏙 드는군!"

곧바로 여몽·감녕을 선봉으로 삼고, 장흠蔣欽·반장潘璋을 후미부대로 삼고, 손권 자신은 주태·진무陳武·동습董襲·서성徐盛을 이끌고 중군이 되었다. 이때 정보·황개·한당은 각기 맡은 곳을 지키고 있었기 때문에 모두 싸우러 따라가지 않았다.

〖 13 〗 한편 동오의 군사들은 장강을 건너가서 화주(和州: 안휘성 화현和縣)를 취한 다음 곧장 환성으로 갔다. 환성 태수 주광은 사람을 합비로 보내서 구원을 청하는 한편 성을 단단히 지키며 성벽을 견고히 하고 싸우러 나가지 않았다.

손권이 직접 성 아래로 가서 살펴보고 있을 때 성 위에서 화살을 비 퍼붓듯이 쏘아 손권의 일산(日傘)을 맞혔다. (*손권이 친히 화살을 무릅쓴 것은 촉에서 그리 하도록 한 것이다.)

손권은 영채로 돌아와서 여러 장수들에게 물었다: "어떻게 하면 환성을 취할 수 있겠는가?"

동습曰: "군사를 차출하여 토산土山을 쌓고 그 위에 올라가서 공격하면 됩니다."

서성曰: "구름사다리(雲梯)를 세우고 구름다리(虹橋)를 만들어 거기에서 성 안을 내려다보면서 공격하면 됩니다."

여몽曰: "이런 방법들은 모두 시일이 걸리므로 일단 합비에서 구원군이 도착하면 도모할 수 없습니다. 지금 우리 군사들은 갓 당도하여 사기가 한창 왕성하니, 이러한 왕성한 예기銳氣를 이용하여 힘껏 공격한다면, 내일 새벽에 진격하여 오시(午時: 낮 11시~오후 1시 사이)나 미시(未時: 오후 1시~3시 사이)에는 성을 깨뜨릴 수 있을 것입니다." (*군사 이동은 신속히 함을 귀하게 여긴다(兵貴神速)는 말은 바로 이런 식으로 하는 것을 말한다.)

손권은 여몽의 말을 좇았다.

다음날 오경(五更: 오전 3시~5시 사이)에 아침밥을 먹고 전군술軍은 일제히 나아갔다. 성 위에서는 화살과 돌이 일제히 쏟아졌다. 감녕은 손에 쇠사슬(鐵鏈)을 잡고 쏟아지는 화살과 돌을 무릅쓰고 성을 올라갔다. 주광이 궁노수들에게 일제히 쏘도록 했으나, 감녕은 숲의 나무를 제치듯이 연달아 쏟아지는 화살들을 밀어제치고 올라가서 쇠사슬을 휘둘러 주광을 쳐서 쓰러뜨렸다.

여몽이 직접 북채를 잡고 북을 치자, 군사들은 일제히 성 위로 밀고 올라가서 주광을 칼로 마구 찍어서 죽였다. 남은 무리들은 대부분 항복했다. 환성을 함락시키고 났을 때는 겨우 진시(辰時: 오전 7시~9시)가 되었다. 장료가 군사들을 이끌고 중간까지 왔을 때 앞서 보낸 기마 초병(哨馬)이 돌아와서 환성은 이미 함락되었다고 보고했다. 장료는 즉시 군사들을 돌려서 합비로 돌아갔다.

〖 14 〗 손권이 환성으로 들어가자 능통 역시 군사들을 이끌고 왔다. 손권은 그들을 위로하고 나서 모든 군사들을 배불리 먹이고 여몽과 감녕 등 여러 장수들에게는 큰 상을 내린 다음 연석을 베풀어 승전의 공로를 축하했다. 여몽은 감녕에게 자리를 양보하여 그를 상석에 앉히고 그의 공로를 극구 칭송했다.

술들이 거나하게 취하자 능통은 감녕이 자기 부친을 죽인 원수라는 사실이 생각났다. (*제38회의 일.) 게다가 여몽이 그를 지나치게 칭찬을 하는 것을 보자 속으로 화가 치밀어 올라 눈을 부릅뜨고 그를 노려보았다. 한참 보다가 갑자기 곁에 있는 사람이 차고 있는 검을 뽑아들고 연석에 서서 말했다: "술자리에 즐길 거리가 없는데, 내가 칼춤을 출테니 구경하시오."

감녕은 그 의도를 알아차리고 앞에 놓인 과탁果卓을 옆으로 밀어제

치고 일어나서 두 손으로 두 자루의 창을 잡아 겨드랑이에 끼고 성큼 성큼 걸어 나가면서 말했다: "내가 술자리에서 창을 쓸 테니 구경해 보시오."

여몽은 두 사람이 다 호의로 하는 짓이 아님을 알고 곧 한 손에는 방패를 들고, 또 한 손에는 칼을 들고 그 중간에 서서 말했다: "두 분이 비록 잘하기는 해도 둘 다 나만큼 잘하지는 못할 것이오."

말을 마치자 칼과 방패를 들고 춤을 추면서 두 사람을 양쪽으로 갈라놓았다. 일찌감치 누군가가 이 사실을 손권에게 알려주었다. 손권은 황급히 말을 타고 곧장 연석 앞으로 달려왔다. 세 사람은 손권이 당도한 것을 보고서야 각기 병장기들을 내려놓았다.

손권曰: "내 언제나 두 사람에게 서로 옛날의 원수임을 생각하지 말라고 일렀건만, 오늘 또 어찌하여 이런 짓을 한단 말인가?"

능통은 울면서 땅에 엎드려 절을 했다. 손권은 재삼 좋은 말로 그러지 말라고 타일렀다.

다음날, 손권은 군사를 일으켜 합비를 취하기 위해 전군을 출발시켰다.

〖 15 〗 장료는 환성을 잃어버렸기 때문에 합비로 돌아와서도 마음이 우울하고 답답했다. 그때 갑자기 조조가 설제薛悌를 시켜서 작은 나무 상자(木匣) 한 개를 보내왔는데 그 위에는 조조가 직접 봉했다는 표시가 있고 그 옆에 "적賊이 쳐들어오거든 열어보라!"라고 씌어 있었다. (*합비에서의 나무상자(木匣)와 남군南郡에서의 비단주머니(錦囊)가 멀찍이서 서로 대응하고 있다.)

이날 보고해 오기를, 손권이 직접 10만 대군을 이끌고 합비를 치러 온다고 했다. 장료가 곧바로 나무상자를 열고 보니, 그 안에는 이런 글이 들어 있었다: "만약 손권이 오거든 장張·이李 두 장군은 나가 싸우고 악樂 장군은 성을 지키도록 하라."

장료가 조조의 지휘 서신(教帖)을 이전과 악진에게 보여주었다.

악진曰: "장군의 생각은 어떠하시오?"

장료曰: "주공께서 원정遠征을 나가셔서 밖에 계시므로 동오의 군사들은 이번에는 우리를 반드시 깨뜨릴 수 있다고 생각할 것이오. 지금 군사들을 내보내 적을 맞이하여 있는 힘을 다해 싸워 그 예봉을 꺾어서 우리 군사들의 마음을 안정시켜 놓아야만 성을 지킬 수 있을 것이오."(*지킴으로써 지킬 수 있다(以守爲守)고 생각하는 사람도 있고, 싸움으로써 지킬 수 있다고(以戰爲守) 생각하는 사람도 있는데, 싸움으로써 지키려고 하는 장료의 말이 옳다.)

이전李典은 평소 장료와 사이가 좋지 않았으므로 장료의 말을 듣고 입을 꾹 다물고 아무 말도 하지 않았다. 악진樂進은 이전이 아무 말도 하지 않는 것을 보고, (*동오에서는 감녕과 능통이 불화했고, 위魏에서는 장료와 이전이 불화했는데, 피차 서로 대응하고 있다.) 곧바로 말했다: "적은 숫자가 많고 우리는 적기 때문에 맞아 싸우기는 어렵소. 차라리 굳게 지키는 것만 못하오."

장료曰: "공들은 모두 자기 생각만 하지 공사公事는 돌아보지 않고 있소. 나는 이제 나 혼자 나가서 적을 맞아 죽음을 각오하고 싸우겠소."

그리고는 곧바로 좌우에 말을 준비하도록 지시했다. 그것을 보고 이전이 분연히 자리에서 일어나며 말했다: "장군께서 이러시는데 내 어찌 감히 사감私憾 때문에 공사公事를 망각하겠소? 원컨대 장군의 지휘를 받겠소."

장료는 크게 기뻐하며 말했다: "이미 만성(曼成:이전)이 도와주겠다고 하니, 그러면 내일 일군을 이끌고 가서 소요진(逍遙津: 고대의 합비 나루. 안휘성 합비) 북쪽에 매복해 있다가 동오 군사들이 지나가거든 먼저 소사교小師橋를 끊어 버리시오. (*공명이 금안교金雁橋를 끊었던 것과 같은 방법이다.) 나는 악문겸(樂文謙: 악진)과 같이 저들을 공격하겠소."(*조조가 지시한 것은 두 사람만 싸우러 나가고 한 사람은 단단히 지키라는 것이었다. 그런데 지금 세 사람 모두 싸우러 나가려는데, 이로부터 행군行軍과 용병用兵에 있어서는 임기응변을 귀히 여기고 어떤 한 가지 방법에 얽매어서는 안 된다는 것을 알 수 있다.)

이전은 명을 받고 스스로 군사를 점검하여 매복하러 갔다.

〖 16 〗한편 손권은 여몽과 감녕을 전위부대로 삼고, 자신은 능통과 함께 중군이 되고, 그 밖의 모든 장수들은 계속 뒤를 따르도록 하여 합비를 향해 쳐들어갔다.

여몽과 감녕의 전위부대 군사가 나아가다가 바로 악진의 군사와 만났다. 감녕은 말을 타고 나가서 악진과 싸웠는데, 몇 합 싸우지 않아 악진은 패한 척하고 달아났다. 감녕은 여몽을 불러서 일제히 군사를 이끌고 그 뒤를 쫓아갔다.

손권은 제2대에 있다가 전위부대가 이겼다는 말을 듣고는 군사들을 재촉해 가서 소요진 북쪽에 당도했는데, 그때 갑자기 연속으로 쏘아대는 포, 즉 연주포連珠砲 소리가 울리더니 왼편에서는 장료의 군사들이 쳐들어왔고 오른편에서는 이전李典의 군사들이 쳐들어왔다.

손권은 크게 놀라서 급히 사람을 불러서 여몽과 감녕에게 즉시 군사를 돌려서 구원하러 오라고 보냈는데, 이때 장료의 군사들이 먼저 당도했다. 능통의 수하에는 겨우 3백여 명의 기병들밖에 없어서 마치 산이 무너지듯 덮쳐오는 조조 군사의 세력을 당해낼 수가 없었다.

능통이 큰소리로 불렀다: "주공께서는 빨리 소사교小師橋를 건너가십시오!"

말이 미처 끝나기도 전에 장료가 기병 2천여 명을 이끌고 앞장서서 쳐들어왔다. 능통은 몸을 돌려서 그를 맞아 죽기 살기로 싸웠다. 손권은 급히 말을 달려서 다리 위로 올라갔으나 다리는 이미 남쪽 부분이 한 길 넘게 끊어져 나가 널판때기 하나 남아 있지 않았다.

손권은 놀라서 어찌해야 좋을지 몰랐다. 바로 그때 하급 군관인 곡리谷利가 큰 소리로 외쳤다: "주공께선 말고삐를 당겨서 뒤로 물러났다가 다시 말을 앞으로 내달려 다리를 뛰어 건너십시오."

손권은 곧 말을 돌려서 뒤로 세 길 넘게 멀리 온 다음에 고삐를 놓고 채찍질을 가하자, 그 말은 한번 껑충 뛰더니 날아서 다리 남쪽으로 건너갔다. (*단계를 건너뛰었던 현덕의 말과 은연 중 서로 대비되고 있다.) 후세 사람이 지은 시가 있으니

적로的盧는 그때 단계를 뛰어 건넜는데	的盧當日跳檀溪
오후가 합비에서 패할 때 그 광경 다시 보네.	又見吳侯敗合淝
준마를 뒤로 물린 후 채찍질하여 급히 모니	退後着鞭馳駿騎
소요진 나루 위를 옥룡玉龍이 날아갔네.	逍遙津上玉龍飛

〖 17 〗 손권이 뛰어서 다리 남쪽으로 건너가자 서성徐盛과 동습董襲이 배를 저어 와서 그를 맞이했다.

한편 능통과 곡리谷利가 장료를 막아 싸울 때 감녕과 여몽이 군사를 이끌고 구원하러 왔으나, 바로 그때 악진이 뒤로부터 추격해 오고 이전 또한 앞길을 가로막고 쳐들어오는 바람에 동오의 군사들은 태반이나 죽었다. 능통이 거느리고 있던 기병 3백여 명은 전부 다 죽었고, 능통 자신도 몸에 창을 여러 군데나 맞았다. 능통이 다리 가까지 달려갔으나 다리는 이미 끊어져 있었으므로 강을 끼고 달아났다. (*능통은 다리를 건널 수 없었는데 손권은 건널 수 있었다. 이로부터 손권이 건넌 것은 천행이라 할 수 있다. 그가 칭제稱帝할 조짐이 여기에서 이미 나타났다.)

손권이 배 안에서 이 광경을 바라보다가 급히 동습으로 하여금 배를

저어 가서 능통을 태워오도록 해서 결국 물을 건너 돌아올 수 있었다. 여몽과 감녕도 모두 죽기 살기로 도망쳐서 강을 건너 남쪽으로 돌아왔다. 이 한 바탕 싸움에서 강남 사람들은 모두 크게 혼이 나서 밤에 울던 아이들까지 장료의 이름만 들어도 울음을 그치게 되었다.

여러 장수들은 손권을 보호하여 영채로 돌아왔다. 손권은 능통과 곡리에게 큰 상을 내리고 군사를 거두어 유수濡須로 돌아가서 전선戰船을 정돈하여 수륙水陸으로 동시에 진격하기로 상의하는 한편, 사람을 시켜서 강남으로 돌아가서 다시 군사들을 일으켜 가지고 와서 싸움을 돕도록 했다.

한편 장료는 손권이 유수에서 장차 군사를 일으켜서 공격해 오려고 한다는 말을 듣고 합비에 군사가 적어서 저들을 대적하기 어려울까봐 두려워서 급히 설제薛悌로 하여금 밤낮을 가리지 말고 한중漢中으로 달려가서 조조에게 보고하고 구원병을 청해 오도록 했다.

조조는 여러 관원들과 의논하며 말했다: "이번에 서천을 손에 넣을 수 있겠는가?"

유엽曰: "지금은 촉 안이 어느 정도 안정되고 이미 대비가 되어 있으므로 공격해서는 안 됩니다. 차라리 군사를 거두어 가서 합비의 위급함을 구한 다음 곧바로 강남을 치러 가는 것이 좋겠습니다."

조조는 이에 하후연에게 남아서 한중의 정군산(定軍山: 섬서성 면현勉縣 동남) 요충지를 지키도록 하고, 장합은 남아서 몽두암(蒙頭岩: 사천성 거현渠縣 동북) 등의 요충지를 지키도록 했다. 나머지 군사들은 영채를 거두어 전부 출발하여 유수오濡須塢를 향해 쳐들어갔다. 이야말로:

조조의 철기병들 농우를 평정하자마자　　　　　鐵騎甫能平隴右
그의 군대 깃발은 다시 강남으로 향하네.　　　　旌旄又復指江南

승부가 어찌될지 모르겠거든 다음 회를 읽어보기 바란다.

(1). 조조가 허저許褚를 충신으로 여긴 것은 곧 적신賊臣 역시 충신을 아낀다는 것이고, 조조가 양송楊松을 적신賊臣으로 여긴 것은 곧 적신 역시 적신을 미워한다는 것이다. 그러나 조조가 단지 허저가 자기를 도와주는 자이므로 충신으로 생각했다면 그것은 오히려 충신을 안 것이 아니며, 양송이 자기를 도와준 행동이 역적질인 줄 알았다면, 그것은 정말로 적신을 미워할 줄 알았던 것이다. 만약 역적질을 하면서 자기 행위가 즉각 적신에게조차 미움을 받는다는 것을 안다면 어찌 즐겨 역적질을 하겠는가? 역적질을 하면서 역시 역적질은 가증스런 행동임을 안다면 어찌 다시 스스로 역적질을 하려고 하겠는가?

(2). 조조가 장로의 농隴 땅을 얻고 나서 현덕의 촉蜀 땅을 넘보지 않은 것(得隴而不望蜀)에 대해 소자첨(蘇子瞻: 소동파)은 평하기를, 조조가 유비를 치는 일을 너무 어려운 일로 생각했기 때문에 바로 전까지의 공(즉, 농隴 땅을 얻은 것)을 잃어버렸다고 했는데, 그 말은 맞다.

그러나 조조가 유비를 두려워했던 세 가지 이유가 있다. 전에 처음 원소의 대군을 깨뜨린 후에 지친 군사들을 이끌고 멀리 행군하여 장강을 건너가 싸우다가 적벽대전에서 패배하게 되었는데, 지금은 처음으로 험한 요새를 넘고 산천을 건너온 군사들로써 장로를 평정했는데, 이들의 고생을 불쌍히 여기지 않고 다시 데리고 가서 싸운다면 어찌 반드시 이길 수 있다고 장담할 수 있겠는가? 이것이 한 가지 두려움이었다.

만약 형주가 동오와 힘을 합쳐 우리의 빈틈을 타서 북으로 쳐들어온다면 이를 어찌 하겠는가? 이것이 두 번째 두려움이었다.

그리고 조조는 마음으로 공명의 재능을 겁내고 있었는바, 전에 박망파博望坡와 신야新野 같은 조그만 성으로도 그는 우리 군사들을 불태우고 우리의 예기를 꺾어 놓았는데, 하물며 지금은 서천의 땅까지 차지하고 있다. 이런 상황에서 그와 대결한다는 것에 대해 느낀 두려움이 세 번째 두려움이었다.

조조는 사실 이 세 가지 두려움이 있었기 때문에 만족할 줄 알아야 한다(知足)는 핑계의 말을 했던 것이다. 이것은 간웅이 남들을 속이는 말이다.

(3). 손권과 유비가 형주 땅을 나누어 가진 것은 손권과 유비가 나누었던 것이 아니라 조조가 나누었던 것이다. 왜인가? 조조가 동천東川으로 쳐 내려오지 않았더라면 형주를 나눌 수 없었을 것이기 때문이다.

전에 이곳을 나누어 주겠다고 허락했으나 결국 나눠주지 않았던 것은 관공이 막았기 때문이 아니라 공명이 그것을 막았기 때문이다. 어찌 그러한가? 당시 이적伊籍을 형주에 보내지 않았던 것은 곧 형주를 나눠줄 수 없다는 뜻이었다. 세 군郡을 떼어준 것은, 당시 제갈근만 왔었고 촉에서는 사자가 그와 함께 오지 않았는데, 이로써 관공은 이미 공명이 거짓으로 허락한 것인 줄 알아차렸던 것이다.

만약 "장수가 밖에 있을 때에는 군주의 명이라도 듣지 않는 경우가 있다(將在外, 君命有所不受)"고 말한다면, 왜 이적이 오자 관공은 즉시 세 군을 떼어 주었겠는가?

(4). 군사를 천천히 움직이면 이기고 속히 움직이면 지는 수가

있는데, 곽가郭嘉가 요동을 평정한 것이 그것이다. 군사를 속히 움직이면 이기고 천천히 움직이면 지는 수가 있는데, 여몽이 환성皖城을 취한 것이 그것이다.

성은 싸우면 잃고 싸우지 않으면 잃지 않는 경우가 있는데, 조홍이 동관潼關을 지켜낸 경우가 그것이다. 성城은 싸우면 지킬 수 있고 싸우지 않으면 지켜낼 수 없는 경우가 있는데, 장료가 합비성을 지켜낸 것이 그것이다.

혹은 천천히, 혹은 빨리, 혹은 싸우고, 혹은 싸우지 않는 것이 용병의 도道이다. 상황의 변동에 구애받지 않기 위해서는 마땅히 〈손자병법〉 13편을 읽어봐야 한다.

제68회

감녕, 일백의 기병으로 위魏의 영채 습격하고
좌자, 술잔을 던져서 조조를 희롱하다

〖 1 〗 한편 손권이 유수구濡須口에서 군사들을 수습하고 있는데, 그때 갑자기 조조가 합비를 구하려고 한중으로부터 군사 40만 명을 거느리고 온다는 보고가 들어왔다.

손권은 모사들과 계책을 상의하여 먼저 동습과 서성 두 사람을 보내서 큰 배 50척을 거느리고 유수구에 매복해 있도록 하고, 진무陳武로 하여금 군사들을 거느리고 강기슭을 왔다 갔다 하면서 순찰을 돌도록 했다.

장소曰: "지금 조조가 멀리서 왔으니, 반드시 먼저 그 예기를 꺾어 놓아야 합니다."(*장소는 그간 여러 차례 싸우지 않는 것을 위주로 건의해 왔는데 이번에는 도리어 대담하게 나온다.)

손권이 이에 휘하 장수들에게 물었다: "조조가 멀리서 오는데, 누가 감히 먼저 나가서 적을 깨뜨려 그 예기를 꺾어 놓겠는가?"

능통이 나서며 말했다: "제가 가겠습니다."

손권曰: "군사는 얼마나 데리고 가려는가?"

능통曰: "3천 명이면 충분합니다."

감녕曰: "단지 기병 1백 명만 있으면 적을 깨뜨릴 수 있는데 왜 3천 명이나 필요한가!"

그 말에 능통이 크게 화를 내자 두 사람은 손권의 면전에서 다투기 시작했다. (*앞에서의 여파餘波 때문이다.)

손권曰: "조조 군사의 수가 많으니 적을 가벼이 봐서는 안 된다."

그리하여 능통에게 군사 3천 명을 데리고 유수구로 나가서 정탐하다가 조조 군사를 만나면 곧바로 싸우라고 명했다.

능통은 명령을 받고 군사 3천 명을 이끌고 유수오를 떠나갔다. 먼지가 자욱하게 일어나면서 조조의 군사들이 일찌감치 도착했다. 선봉에 있던 장료가 능통과 싸웠는데, 50합이나 싸우도록 승부가 나지 않았다. 손권은 능통에게 혹시 무슨 실수라도 생길까봐 두려워서 여몽으로 하여금 나가서 맞이하여 영채로 돌아오도록 했다.

〖 2 〗감녕은 능통이 돌아온 것을 보고 즉시 손권에게 고했다: "제가 오늘 밤 기병 1백 명만 데리고 가서 조조의 영채를 습격하겠습니다. 습격하다가 만약 사람 하나 말 한 마리(一人一騎)라도 잃는다면 아무런 공도 세우지 못한 것으로 하겠습니다."

손권은 그를 장하게 여겨 곧 휘하의 정예기병 1백 명을 감녕에게 주고, 또 군사들에게 상으로 술 50병과 양고기 50근을 내려주었다.

감녕은 영채로 돌아오자 1백 명의 군사들을 모두 열을 지어 앉혀 놓고 먼저 은 사발에다 술을 따라서 자기가 먼저 두 사발을 마신 다음 백 명의 군사들에게 말했다: "오늘 밤 주공의 명을 받들어 적의 영채를 습격하러 갈 것이다. 제군은 각자 실컷 마시고 힘껏 나아가 싸우도록 하라."(*혹은 적을 깨뜨리고 난 다음에 술을 마시고, 혹은 먼저 술을 먹여서 간담을 키우는데, 다 기묘하다.)

많은 사람들은 그 말을 듣고 서로 얼굴을 쳐다보았다. 감녕은 많은 사람들이 난색을 표하는 것을 보고는 칼을 빼서 손에 들고 화를 내면서 호통을 쳤다: "나는 상장上將인데도 오히려 목숨을 아까워하지 않는데 너희들이 어찌 주저할 수 있단 말이냐!"

여러 사람들은 감녕이 노해서 안색까지 변하는 것을 보고 모두 일어나 절을 하며 말했다: "죽을힘을 다하겠습니다."(*남인들은 본래 무용無用한 자들이지만 그들에게 자극을 주면 유용有用하게 변한다.)

감녕은 술과 고기를 1백 명의 군사들에게 주어서 같이 다 먹고 마셨다. 이경(二更: 저녁 9시~11시) 쯤 되었을 때 감녕은 흰 거위(白鵝)의 깃 1백 개를 가져다가 각자 투구 위에 꽂아서 표지로 삼은 다음 (*감녕은 전에는 비단 돛을 달고 다닌 도적(錦帆賊)이었는데, 이번에는 거위 깃을 단 군사들이 되었다.) 모두 갑옷을 입고 말에 올라 나는 듯이 조조의 영채 가로 달려가서 사슴뿔 모양으로 만들어 꽂아 놓은 영채 울타리(鹿角)를 밀어 제치고는 크게 고함을 지르면서 영채 안으로 쳐들어가서 조조를 죽이기 위해 곧장 중군 쪽으로 달려갔다.

〖 3 〗 그러나 중군의 군사들은 일찌감치 길에다 수레를 연달아 세워 놓아 철통처럼 둘러쳐 놓고 있어서 도저히 뚫고 들어갈 수가 없었다. 감녕은 1백 명의 기병들만 데리고 좌충우돌했다. 조조의 군사들은 놀라고 당황하여 적병들이 얼마나 되는지 알지 못한 채 자기들끼리 요란을 떨었다. 감녕의 1백 명의 기병들은 영채 안에서 종횡으로 말을 달리며 만나는 대로 쳐 죽였다. 각 영채는 발칵 뒤집혀서 북치고 시끄럽게 떠들며 여기저기 횃불들을 쳐들고 천지를 뒤흔들듯 소리를 질러댔

다. 그런 후에 감녕은 영채 남문으로 짓쳐 나갔는데, 아무도 감히 당해 내지 못했다.

손권은 주태로 하여금 한 떼의 군사들을 이끌고 가서 그를 후원하도록 했다. 감녕은 1백 명의 기병들을 데리고 유수로 돌아왔다. 조조의 군사들은 매복이 있을까봐 겁이 나서 감히 그 뒤를 추격하지 못했다.

후세 사람이 감녕을 칭찬하는 시를 지었으니:

북소리 고함소리 천지를 진동시키니	鼙鼓聲喧震地來
동오 군사 가는 곳엔 귀신도 슬퍼한다.	吳師到處鬼神哀
거위 깃 꽂은 일백 용사 조조 영채 뚫고 가니	百翎直貫曹家寨
감녕은 범 같은 장수라고 모두들 얘기하네.	盡說甘寧虎將才

감녕이 백 명의 기병들을 이끌고 영채로 돌아와서 점검해 보니 사람 하나 말 한 마리도 상하지 않았다. 감녕은 영문에 이르러 1백 군사들로 하여금 북 치고 피리 불면서 만세를 부르도록 하니 환성이 천지를 진동시켰다. 손권이 직접 나가서 그들을 영접했다. 감녕이 말에서 내려 땅에 엎드려 절을 했다.

손권은 감녕을 붙들어 일으켜서 그의 손을 잡고 말했다: "장군은 이번에 가서 늙은 역적을 크게 놀라게 했다. 이번에 내가 장군을 보낸 것은 장군을 잃어버릴 각오를 해서가 아니라 장군의 간담이 얼마나 큰지 한번 보고 싶었던 것이다!"

그리고는 즉시 비단 1천 필과 날카로운 칼 1백 자루를 내려주었다. 감녕은 절을 하고 받아 가지고 곧바로 함께 갔던 1백 명에게 상으로 나누어주었다. 손권은 여러 장수들에게 말했다: "맹덕(孟德: 조조)에게 장료가 있다면 내게는 감흥패(甘興覇: 감녕)가 있으니, 충분히 서로 대적해볼 만하다."(*감녕은 군사들을 잘 거느렸고, 손권은 장수들을 잘 거느렸다.)

〖 4 〗다음날 장료가 군사들을 이끌고 와서 싸움을 걸었다. 능통은 감녕이 공을 세운 것을 보고 분연히 말했다: "제가 장료와 대적해 보겠습니다."

손권은 이를 허락했다. 능통은 곧바로 군사 5천 명을 거느리고 유수를 떠나갔다. 손권은 직접 감녕을 이끌고 능통이 싸우는 것을 보려고 진 앞으로 갔다.

양편이 마주보고 둥그렇게 진을 치고 나자, 장료가 말을 타고 나왔는데 왼편에는 이전李典이, 오른편에는 악진樂進이 있었다. 능통도 칼을 들고 말을 달려 진 앞으로 나갔다.

장료는 악진으로 하여금 나가서 맞이해 싸우도록 했다. 두 사람은 50합이나 싸웠으나 승패를 가리지 못했다. 조조는 이 소식을 듣고 직접 말에 채찍을 가하여 문기 아래로 와서 두 장수가 한창 어우러져 싸우는 것을 보고는 조휴曹休에게 몰래 숨어서 화살을 쏘도록(冷箭) 했다.

조휴가 곧바로 장료의 등 뒤에 숨어서 활을 당겨 화살을 쏘았는데, 그것이 능통이 타고 있는 말을 정통으로 맞추었다. 그 말이 앞발을 번쩍 들고 곧추 일어서자 능통은 그대로 벌렁 뒤집혀서 땅바닥에 나가 떨어졌다. 악진이 재빨리 창을 잡고 찌르려고 달려들었다. 그러나 창끝이 미처 몸에 닿기 전에 문득 활시위 울리는 소리가 들리더니 화살 한 대가 날아와서 악진의 얼굴을 정통으로 맞혔다. 악진은 몸이 뒤집혀서 말에서 떨어졌다. 양편 군사가 일제히 달려 나가 각자 저희 장수를 구해서 영채로 돌아가자 징 소리가 울리면서 싸움이 끝났다.

능통이 영채로 돌아와서 손권에게 고맙다고 절을 하자 손권이 말했다: "활을 쏘아서 자네를 구해준 사람은 감녕이다."

능통은 이에 땅에 머리를 조아리고 감녕에게 절을 하며 말했다: "공이 이렇듯 은혜를 베풀어줄 줄은 생각도 못했소."

이때부터 그는 감녕과 생사를 함께 나누는 친구(生死之交)가 되어 다

시는 그를 해코지하려고 하지 않았다. (*감녕은 덕을 베풀어서 보답한 것
이 아니라 '직直'으로써 (즉, 화살을 쏨으로써) 그 원한을 풀었던 것이다.)

〖 5 〗 한편 조조는 악진이 화살에 맞은 것을 보고 직접 막사 안으로
들어가서 그를 치료해 주었다.

다음날 군사를 다섯 방면으로 나누어서 유수를 습격하러 갔다. 조조
자신은 가운데 방면의 군사들을 거느리고, 왼편의 한 방면 군사들은
장료가, 두 번째 방면 군사들은 이전이 거느리고, 오른편의 한 방면의
군사들은 서황이, 두 번째 방면의 군사들은 방덕龐德이 거느리고 가도
록 했다. 매 방면마다 각기 1만 명의 군사들을 데리고 강변으로 쳐들
어갔다.

이때 동습과 서성, 두 장수는 누대가 있는 큰 함선(樓船) 위에서 조조
의 군사들이 다섯 방면으로 쳐들어오고 있는 것을 보았는데, 모든 군
사들은 그것을 보고 겁을 먹는 기색이 역력했다.

서성이 말했다: "군주의 녹을 먹고 군주의 일에 충성을 다하면 그뿐
무엇을 두려워하느냐!"

곧바로 용맹한 군사 수백 명을 이끌고 작은 배에 올라서 강변으로
건너가서 이전의 군사들 속으로 쳐들어갔다. (*감녕이 거느린 백 명은 캄
캄한 밤에 쳐들어갔으나, 서성이 거느린 수백 명은 대낮에 쳐들어갔으니, 대
낮에 쳐들어가는 것이 캄캄한 밤에 쳐들어가는 것보다 더욱 어렵다.)

동습은 배 위에서 군사들에게 북을 치고 고함을 질러서 위세를 돕도
록 했다.

그때 갑자기 강 위로 거센 바람이 불어오면서 흰 물결이 하늘 높이
솟아오르고 파도가 세차게 일었다. 군사들은 큰 배가 뒤집어지려는 것
을 보고는 배 뒤편에 매달려 있는 각함(脚艦: 비상용 작은 배, 구명정)을
타고 도망가려고 했다. 이 모습을 보고 동습은 칼을 잡고 큰 소리로

호령했다: "방금 군주의 명(君命)을 받고 여기서 도적을 막고 있는데, 어찌 감히 배를 버리고 갈 수 있단 말인가!"

그리고는 큰 배에서 각함으로 내려가는 군사 십여 명의 목을 베어버렸다. 잠시 후 바람이 더욱 거세게 불어 배가 뒤집혀지자 동습은 결국 강어귀의 물속에 빠져죽고 말았다. (*감녕은 죽음을 겁내지 않아서 죽지 않았지만, 동습은 죽음을 겁내지 않았으나 결국 죽고 말았다. 행운이 있느냐 없느냐에 달린 것이다.)

이때 서성은 이전李典의 군사들 가운데서 좌충우돌하며 싸우고 있었다.

〖 6 〗 한편 진무는 강변에서 크게 싸우는 소리를 듣고 일군一軍을 이끌고 달려오다가 바로 방덕과 마주쳐서 양편 군사들이 혼전을 벌였다.

이때 손권은 유수오濡須塢 안에 있다가 조조의 군사들이 강변으로 쳐들어왔다는 말을 듣고는 직접 주태周泰와 함께 군사를 이끌고 싸움을 도우러 갔다가 마침 서성徐盛이 이전李典의 군사들 속에서 한 덩어리가 되어 싸우고 있는 것을 보고는 곧바로 군사를 휘몰아 그를 지원하러 쳐들어갔다. 그러나 도리어 장료와 서황이 이끄는 군사들에 의해 포위당하여 한가운데 갇히는 상황이 되고 말았다.

그때 조조는 높은 언덕 위로 올라가서 손권이 포위당한 것을 보고는 급히 허저에게 칼을 들고 말을 몰아 군사들 속으로 쳐들어가 손권의 군사들을 들이쳐서 두 동강 낸 후 피차 서로를 구원하지 못하게 하라고 했다. (*앞에서 장료가 끊었던 것은 다리였고, 지금 허저가 끊은 것은 군사들이다. 둘 다 끊는 실력이 뛰어나다.)

〖 7 〗 한편 주태가 군사들 속으로부터 뛰쳐나와 강변까지 와서 보니 손권이 보이지 않았다. 그는 곧 말머리를 돌려서 밖에서 다시 진陣 안

으로 들어가서 휘하 군사에게 물었다: "주공께선 어디에 계시느냐?"

군사가 손으로 군사들이 많이 있는 곳을 가리키며 말했다: "주공께서는 저 안에 갇혀 계시는데, 매우 위급합니다!"

주태는 그 속으로 쳐들어가서 손권을 찾아냈다.

주태曰: "주공께선 저를 따라서 나가시면 됩니다."

이리하여 주태는 앞에 서고 손권은 그 뒤에서 있는 힘을 다해 좌충우돌하며 포위를 뚫고 나갔다. 주태가 강변까지 와서 고개를 돌려보니 또 손권이 보이지 않았다. 주태는 다시 몸을 돌려서 포위 속으로 쳐들어가서 또 손권을 찾아냈다.

손권이 말했다: "활과 쇠뇌(弓弩)를 일제히 쏘아대서 나갈 수가 없으니 어떻게 해야 하지?"

주태曰: "주공께서 앞에 서시고 제가 뒤에서 보호하면 포위를 뚫고 나갈 수 있습니다."

손권은 이리하여 말을 달려 앞으로 나갔다. 주태는 좌우로 날아오는 화살을 막으며 그를 호위해 갔는데 몸은 여러 군데나 창에 찔렸고 화살이 두꺼운 갑옷을 뚫고 들어와 박혔지만 마침내 손권을 구해 낼 수 있었다. 강변에 이르니 여몽이 한 떼의 수군을 이끌고 와서 손권과 주태를 맞이하여 배에 올랐다.

손권曰: "나는 주태가 세 번이나 온몸으로 부딪쳐가며 싸운 덕에 겹겹이 쳐진 포위를 벗어날 수 있었다. 그러나 서성은 여전히 포위당해 있는데 어떻게 빠져나올 수 있겠나?"

주태曰: "제가 다시 구하러 가겠습니다."(*주공을 구한 후에도 여전히 남을 도울 용기가 남아 있다.)

곧바로 창을 휘두르며 몸을 돌려 겹겹이 쳐진 포위 속으로 쳐들어가서 서성을 구해 가지고 나왔다. 두 장수는 모두 몸에 중상을 입었다. 여몽은 군사들에게 강기슭 위의 적병들에게 화살을 마구 쏘아대서 쫓아오지 못하도록 하고는 두 장수를 구해서 배에 올랐다.

〖 8 〗 한편 진무陳武는 방덕과 크게 싸웠는데, 뒤에서 후원해 주는 군사가 없어서 그만 방덕에게 쫓겨서 산골짜기 입구까지 달아났다. 그런데 그곳에는 수목이 빽빽이 우거져 있어서 더 이상 달아날 수가 없자 진무는 다시 몸을 돌려서 싸우려고 했다. 바로 그 순간 전포의 소매 자락이 나무줄기에 걸려서 공격을 막아내지 못하고 방덕의 손에 죽고 말았다.

조조는 손권이 도망쳐서 달아난 것을 알고는 직접 말에 채찍을 가하여 군사들을 휘몰아서 강변까지 쫓아가서 활을 쏘도록 했다. 여몽이 마주보고 활을 쏘다가 화살이 전부 떨어져서 당황하고 있을 때, 갑자기 강 맞은편에서 한 떼의 배들이 도착했는데, 선두에 선 대장은 손책의 사위인 육손陸遜이었다. 육손이 직접 십만 명의 군사들을 이끌고 당도한 것이다.

육손은 한바탕 활을 쏘아서 조조의 군사들을 물리치고는 그 기세를 타고 강기슭으로 올라가서 도망치는 조조의 군사들을 추격해서 전마戰馬 수천 필을 다시 빼앗았다.

조조의 군사들은 그 수를 헤아릴 수 없을 정도로 많이 죽고 부상을 당하여 크게 패하여 돌아갔다. 동오의 군사들은 이때 어지러이 싸우는 가운데서 진무의 시체를 찾아냈다.

손권은 이 싸움에서 진무가 이미 죽었고 동습도 강에 빠져 죽은 것을 알고는 한없이 애통해 하며 사람을 시켜서 물속에서 동습의 시신을 찾아내어 진무의 시신과 함께 후하게 장사지내 주도록 했다. 그리고 또 주태가 자기를 구해 준 공로를 고맙게 생각하여 연석을 크게 베풀어 그를 대접했다.

손권은 친히 잔을 잡고 주태의 등을 어루만지며 얼굴 가득히 눈물을

흘리며 말했다: "경은 두 번이나 나를 구해 주면서(*첫 번째 구한 얘기는 제15회에 나온다.) 목숨을 아끼지 않았고, 몸에는 수십 곳이나 창을 맞아 피부가 마치 칼로 그림을 그린 것처럼 되었으니, 내 어찌 골육骨肉의 은혜로 경을 대하지 않겠으며, 병마(兵馬: 군사)의 중책을 경에게 맡기지 않을 수 있겠는가! 경은 곧 나의 공신功臣이니 내 마땅히 경과 더불어 영욕(榮辱: 영예와 치욕)을 같이 할 것이며 휴척(休戚: 기쁨과 걱정. 화禍와 복福)을 함께 할 것이다!"

말을 마치자 주태에게 옷을 벗으라고 하여 여러 장수들에게 보여주도록 했는데, 온몸의 피부와 살가죽은 마치 칼로 파낸 듯했고, 상처 자국들은 몸 전체를 휘감고 있었다. 손권이 그 상처 자국들을 손으로 하나하나 가리키며 물었다. 그때마다 주태는 전투에서 상처를 입게 되었던 정황을 자세히 설명했다. 손권은 상처 한 곳에 술 한 잔씩 마시도록 했다.

이날 주태는 대취했다. 손권은 그에게 푸른 비단으로 만든 일산(靑羅傘)을 내려주면서 출입할 때 펴서 덮어 가리도록 하여 그의 명성이 빛나도록 해주었다. (*무수히 많은 창에 맞은 흉터들과 비단 일산 하나를 서로 바꾼 것이다.)

〚 9 〛 손권은 유수에서 조조와 서로 대치하기를 한 달 넘게 하였으나 승리를 쟁취할 수 없었다. 이때 장소와 고옹顧雍이 건의했다: "조조의 세력이 커서 힘으로는 이길 수가 없습니다. 만약 오래 싸우게 되면 군사들을 많이 잃을 것 같으니, 차라리 서로 화친을 하자고 청하여 백성들을 편안하게 해주는 것이 상책일 것 같습니다." (*손권과 조조가 서로 화친을 하게 되는 것은 이때부터이고, 손권과 유비가 서로 갈라서게 되는 것도 이때부터이다.)

손권은 그들의 말을 좇아 보즐步騭로 하여금 조조의 영채로 가서 화친하기를 청하면서 해마다 세공歲貢을 바치겠다고 제안했다. 조조는 강남을 급히 평정할 수 없을 줄 알고 그 제안에 따르기로 하면서 명했다: "손권이 먼저 군사를 철수하면, 나는 그 후에 회군할 것이다."

보즐이 돌아가서 보고하자, 손권은 장흠蔣欽과 주태로 하여금 남아서 유수구를 지키도록 하고 대군을 전부 배에 실어 말릉秣陵으로 돌아갔다. (*이상으로 손권에 대한 서술을 제쳐놓고, 이하에서는 다시 조조에 대해 서술하고 있다.)

조조는 조인曹仁과 장료를 남겨두어 합비에 주둔하고 있도록 하고는 군사를 거두어 허창으로 돌아갔다.

문무 여러 관원들은 모두 조조를 "위왕魏王"으로 세우는 문제를 논의했다. 그러나 상서尚書 최염崔琰이 극력 안 된다고 말했다.

여러 관원들이 말했다: "공은 순문약(荀文若: 순욱)의 일을 보지 못하셨소?"

최염이 크게 화를 내며 말했다: "지금이 어느 때인데 그런 일을 하려 하는가(時乎時乎)! 반드시 무슨 변고가 있을 것이니, 각자 알아서들 하게!"(*최염이 조조를 "위왕魏王"으로 세우는 것에 반대한 것은 순욱荀彧이 조조에게 구석九錫을 더해 주려는 것에 반대하고 순유荀攸가 그를 왕으로 부르는 것에 반대한 것보다 더욱 강경하였다.)

최염과 사이가 나쁜 자가 조조에게 이 일을 고해바쳤다. 조조는 크게 화를 내며 최염을 붙잡아 하옥시키고 문초하라고 했다. 최염은 범의 눈에 곱슬수염을 하고 있었는데, 한사코 조조를 향해 임금을 속이고 업신여기는 간악한 역적이라며 마구 욕을 했다. 정위廷尉가 사실대로 조조에게 보고하자, 조조는 최염을 옥중에서 매를 쳐서 죽이도록 했다. 후세 사람이 최염을 칭찬하여 지은 시가 있으니:

청하 사람 최염은 천성이 굳고 강한데다 　　淸河崔琰, 天性堅剛
곱슬수염 범의 눈에 심장은 철석같았지. 　　虬髯虎目, 鐵石心腸

간사한 자 그를 피하니 절개 더욱 드높았고 　　奸邪辟易, 聲節顯昂
군주에 대한 그의 충성 천고에 이름 높다. 　　忠於漢主, 千古名揚

〖 10 〗 건안 21년(서기 216년) 여름 5월에 여러 신하들이 헌제에게 표문을 올려서 위공魏公 조조의 공덕이 "천지에 가득 차서 은殷의 현신 이윤伊尹과 주周의 건국 공신이자 주 무왕武王의 아우인 주공周公도 조조에겐 미치지 못하므로, 마땅히 벼슬을 올려서 왕王으로 봉해야 한다"고 주청했다.

헌제는 즉시 종요鍾繇에게 칙서(詔書)를 작성하여 조조를 위왕魏王으로 세우도록 하라고 했다. 조조는 마음에도 없는 글을 세 번이나 올려서 사양했다. (*조조는 스스로 봉해 놓고 스스로 사양하는 체하는바, 참으로 가소롭다.) 천자는 세 번이나 그의 사양을 허락하지 않는다는 대답의 글을 내리자, 조조는 마침내 "위왕魏王"의 작위를 받았다.

그리하여 열 두 줄의 구슬이 달린 면류관冕旒冠을 쓰고, 금으로 장식한 수레 금근거金根車를 타고, 천자의 수레와 복식 등 황제의 의장儀狀인 난의鑾儀를 하고, 궁중에서 나갈 때나 들어올 때에는 그가 지나가는 곳에 행인들의 왕래를 금지하고(出警入蹕), 업군(鄴郡: 하북성 자현磁縣 남쪽)에다 위왕의 궁전을 짓고, 세자世子 책봉의 일을 의논하게 되었다.

조조의 본부인 정부인丁夫人에게는 소생이 없었고, 첩 유씨劉氏는 아들 조앙曹昻을 낳았으나 장수張繡를 치러 갔을 때 그는 완성(宛城: 하남성 남양시南陽市)에서 죽었다. (*제16회의 일.) 변씨卞氏 소생으로 아들 넷이 있었는데 장남은 비丕, 차남은 창彰, 셋째는 식植, 넷째는 웅熊이었다. (*스스로 위왕이 된 것은 곧 그 아들이 한漢을 찬탈할 조짐이므로 특별히 여기에서 그 아들들에 대해 상세히 서술하는 것이다.)

이리하여 정丁부인을 내쫓고 변씨卞氏를 위 왕비魏王妃로 삼았다.

셋째 아들 조식曹植의 자字는 자건子建으로 극히 총명하여 붓을 들면 곧바로 문장이 되었다. 그래서 조조는 그를 후사로 세우고 싶어 했다. (*조비와 조식은 같은 어미 소생이었으나 조조는 유독 조식만을 사랑하였는 바, 이것이 원소 및 유표와 다른 점이다. 원소와 유표는 그 어미로 인하여 장 자를 세우려 하지 않았으나, 조조는 그 아들의 총명함으로 인해 셋째를 세우 려고 했던 것이다.)

장자 조비曹丕는 자신이 세자로 책립되지 못할까봐 두려워서 중대부 中大夫 가후賈詡에게 계책을 물었다. 가후가 여차여차하게 하라고 일러 주었다. 조조가 출정出征을 나갈 때에는 언제든지 모든 아들들이 배웅 을 하였고 조식은 조조의 공덕을 말로 칭송을 했는데, 그 말은 곧 훌륭 한 문장이 되었다. 그러나 조비는 이때부터 오직 부친에게 인사를 하 면서 그저 눈물을 흘리면서 절만 했고, 곁에 있던 사람들은 모두 그 모습을 보고 비감해 했다. 이리하여 조조는 속으로 조식은 영리하기는 하나 성심誠心은 조비만 못한 게 아닌가 하고 의심하게 되었다. (*지금 사람들은 유비의 기업基業은 곡哭을 해서 이루어진 것이라고 말하면서도 조비 의 제업帝業 역시 곡을 해서 얻은 것인 줄은 모른다.)

조비는 또 사람을 시켜서 조조 좌우의 근시들이 모두 조비의 덕德을 칭찬하도록 뇌물을 주고 매수하도록 했다. 조조가 후사를 세우고자 하 면서도 주저하며 결정하지 못하고 가후에게 물었다: "과인은 후사를 세우고자 하는데, 누구를 세워야 하겠는가?"

가후는 대답하지 않았다. 조조가 그 까닭을 묻자, 가후가 대답했 다: "바로 생각한 바가 있어서 즉시 답변을 올릴 수가 없습니다."

조조曰: "생각한 바란 무엇이오?"

가후가 대답했다: "원본초(本初: 원소)와 유경승(景升: 유표) 부자의 일 을 생각했습니다."(*말은 간결하나 그 뜻은 아주 묘하다. 묘한 점은 간하지 않으면서 간하는 것에 있다.)

조조는 크게 웃고 마침내 장자 조비를 왕세자王世子로 세웠다.

〖 11 〗그해 겨울 10월, 위魏 왕궁이 준공되자 조조는 사람들을 각처로 보내서 기이한 화초와 과목들을 가져와서 후원後苑에 심도록 했다. 어떤 사자가 동오 땅으로 가서 손권을 보고 위왕魏王의 뜻을 전하고는 다시 밀감(柑子)을 가지러 온주溫州로 갔다.

이때 손권은 마침 위왕에 대하여 자신을 낮추고 겸양하는 태도를 취하던 중이어서 곧바로 사람들을 시켜서 본성에서 특별히 큰 밀감 마흔 짐도 넘게 골라서 밤낮을 가리지 않고 업군으로 운반해 가도록 했다.

중도에 이르러 짐꾼들은 지쳐서 산기슭에서 쉬고 있었는데, 그때 한쪽 눈이 애꾸인데다 한쪽 다리를 절뚝거리며 머리에는 흰 등나무로 만든 관(白藤冠)을 쓰고 몸에는 천한 사람들이 입는 청색 비단으로 짠 옷(靑懶衣)을 입은 나이 든 사람 하나가 오더니 짐꾼들에게 인사를 하며 말했다: "자네들 짐 지고 가느라 고생이 많네. 내가 자네들을 위해 짐들을 져다가 조금씩 옮겨줄까 하는데, 어떻겠나?"

짐꾼들은 모두 크게 기뻐했다. 이리하여 그 나이 든 사람은 짐들을 전부 각각 5리씩 져다 주었다. 그런데 그 사람이 져서 옮겨준 짐들은 전부 전보다 더 가벼워졌다. 짐꾼들은 모두 놀라고 의아해 했다.

그 사람은 떠나갈 때 감귤 운반 책임관에게 말했다: "이 빈도貧道는 위왕과 같은 동네에 살던 친구로서 성은 좌左, 이름은 자慈, 자字를 원방元放이라고 하고, 도호道號는 까마귀의 뿔이란 의미의 '오각선생烏角先生'이라고 한다네. 자네들이 업군에 도착하거든 위왕에게 이 좌자左慈가 축하인사 드리더라고 말해 주게."

그리고는 소매를 떨치고 가버렸다.

밀감을 가지러 갔던 관리가 업군에 이르러 조조에게 귤을 바쳤다. 조조가 직접 그것을 쪼개서 보니 빈 껍질뿐, 속에는 과육果肉이라곤 전혀 없었다. 조조가 크게 놀라서 밀감을 가져온 자에게 어찌된 일이냐고 물어보니 그가 좌자의 일을 사실대로 대답했다. 그러나 조조는 그의 말을 믿으려고 하지 않았다. 그때 갑자기 문지기가 들어와서 보고 했다: "자칭 좌자라고 하는 한 선생이 대왕 뵙기를 청하고 있습니다."

조조가 그를 불러들였다. 귤 가져온 자가 말했다: "바로 저분이 중도에 만났던 사람입니다."

조조가 그를 꾸짖어 말했다: "너는 무슨 요술을 부려서 나의 맛있는 과일 속을 다 빨아먹었느냐?"

좌자가 웃으며 말했다: "어찌 그런 일이 있겠소!"

그리고는 밀감을 집어서 쪼겠는데 그 속에는 전부 다 살이 들어 있었고 그 맛도 아주 달았다. 그러나 조조가 직접 쪼개는 것들은 모두 빈 껍질뿐이었다. (*그의 손에 들어가자마자 곧바로 빈 것으로 변해 버린다. 이는 좌자가 간웅을 교화시키려는 것이다. 위왕이라 부르면서 한漢을 빼앗으려는 것도 마땅히 이와 같음을 알라는 것이다.)

조조는 더욱 놀라서 좌자에게 자리를 내어주며 앉도록 한 다음 그에게 물었다. 좌자가 술과 고기부터 달라고 하자, 조조는 갖다 주도록 했다. 그는 술을 다섯 말이나 마셨으나 취하지 않았고, 고기도 양 한마리를 다 먹고서도 배불러 하지 않았다.

〖 12 〗 조조가 물었다: "자네는 도대체 무슨 술법을 가졌기에 이렇게 할 수 있단 말인가?"

좌자가 말했다: "빈도貧道가 서천西川 가주(嘉州: 사천성 악산시樂山市. 아미현蛾眉縣의 동쪽)의 아미산(峨嵋山: 사천성 아미현 서남) 속에서 30년 동안 도를 배웠는데, 어느 날 갑자기 석벽石壁 속에서 내 이름을 부르는 소리가 들리기에 살펴보았으나 아무것도 보이지 않았소. 이렇게 하기를 여러 날 만에 갑자기 하늘에서 천둥번개가 치더니 석벽이 부서지면서 그 속에서 천서天書 세 권이 나왔는데, 그 책 이름은 『둔갑천서(遁甲

天書)』였소. 상권의 이름은 『천둔(天遁)』, 중권의 이름은 『지둔(地遁)』, 하권의 이름은 『인둔(人遁)』이었소.

천둔(天遁)은 구름과 바람을 타고 허공으로 올라갈 수 있으며, 지둔(地遁)은 산과 바위도 뚫고 들어갈 수 있으며, 인둔(人遁)은 구름처럼 천하 사해를 떠돌아다니며 노닐고, 형체를 감추고 몸을 변화시키고, 또 검을 날리고 칼을 던져서 남의 수급首級을 취할 수도 있소. (*이 말은 조조를 접주기 위한 것이다.)

대왕은 이미 신하로서는 그 지위가 오를 데까지 다 올라갔는데, 왜 그만 물러나서 이 빈도를 따라서 아미산 속으로 가서 수행하려고 하지 않으시오? 그러면 내가 가진 천서 세 권을 주겠소."

조조曰: "나 역시 한창 전성기에 과감하게 물러날(急流勇退) 생각을 한 지 오래 되었으나, 아직 나를 대신해서 나라 일을 맡을 만한 사람을 얻지 못해서 그러지 못하고 있소."

좌자가 웃으며 말했다: "익주의 유현덕은 황실의 후예인데 어째서 이 자리를 그에게 물려주지 않는 것이오? 만약 그렇게 하지 않으면 이 빈도가 검을 날려서 당신 머리를 취하고 말 것이오."(*길평吉平도 조조를 꾸짖었고 예형禰衡도 조조를 꾸짖었으나 좌자만큼 통쾌하지는 못했다.)

조조가 크게 화를 내며 말했다: "네놈은 바로 유비의 첩자구나!"

그리고는 좌우에 있는 자들에게 그를 붙잡아 하옥시키라고 호통 쳤다. 그러나 좌자는 계속해서 큰 소리로 웃기만 했다.

조조는 십수 명의 옥졸들에게 그를 붙잡아서 고문을 하라고 했다. 옥졸들은 있는 힘껏 매섭게 곤장을 치고 난 다음 좌자를 살펴보았더니, 그는 도리어 코를 쿨쿨 골면서 깊이 잠이 들어 있고 전혀 아파하지도 않았다.

조조는 화가 나서 그에게 목에는 큰 칼을 채워서 쇠못으로 박고 발에는 족쇄를 채워서 감옥으로 들여보내서 단단히 가두어 놓고 사람을 시켜서 지키도록 했다. 그러나 가서 보면 어느 틈엔가 칼과 족쇄가 다 떨어져 있고 좌자는 땅 위에 드러누워 있었는데 어디 한 군데도 상한 곳이 없었다.

연달아 7일 동안을 가둬놓고 전혀 마실 것도 먹을 것도 주지 않았으나 가서 보면 좌자는 땅 위에 단정히 앉아 있었고 얼굴에는 혈색마저 돌아서 불그레했다. 옥졸이 이 사실을 조조에게 알렸다. 조조는 그를 끌어내 와서 그 이유를 물어보았다.

좌자가 말했다: "나는 수십 년 동안 먹지 않아도 전혀 지장 없고, 하루에 양 천 마리도 다 먹을 수 있소."

조조는 어떻게 해볼 수가 없었다.

〖 13 〗 이날 많은 관원들이 모두 왕궁의 연회에 참석했다. 술잔이 한창 돌고 있을 때 좌자가 나막신(木履)을 신고 잔치 자리 앞에 서 있었다. 많은 관원들은 놀라면서도 괴이하게 생각했다.

좌자가 말했다: "대왕께서 오늘 산해진미를 다 갖추어놓고 많은 신하들에게 크게 잔치를 베푸시니 사방의 기이한 음식들이 극히 많습니다. 혹시 그중에 빠진 것이 있으면 이 빈도가 갖다 드리겠습니다."

조조曰: "나는 용의 간(肝)으로 끓인 국이 있었으면 하는데, 자네가 가져다 줄 수 있겠느냐?"

좌자曰: "그게 뭐 어렵겠습니까!"

좌자는 먹과 붓을 가져오도록 해서 회칠한 담벽에다 용 한 마리를 그려놓고 도포 소매로 한 번 쓱 스치니 용의 배가 저절로 갈라졌다. 좌자가 용의 뱃속에서 용의 간을 하나 끄집어내는데 선지피가 아직도 뚝뚝 떨어지고 있었다. (*가짜 용에서 나온 진짜 간이니, 이는 가짜면서 진짜이다.)

조조가 그것을 믿지 않고 그를 꾸짖었다: "그것은 네가 미리 소매 속에 감춰 두었던 것이다!"

좌자曰: "지금은 날씨가 추워서 초목들이 다 말라버렸는데, 대왕께서 무슨 꽃이든 보고자 하신다면 그 원하는 것을 말해 보시지요."

조조曰: "나는 다만 모란꽃을 보고 싶다."

좌자曰: "그건 쉬운 일입니다."

좌자는 큰 화분 하나를 가져와서 연회석 자리 앞에 놓도록 하고는 입으로 물을 한 번 뿜어주자 즉각 모란 하나가 솟아나더니 꽃 두 송이가 피었다. (*공空 안에 꽃이 있으니, 꽃은 곧 공空이다. 이 역시 간웅을 교화하려는 것이다.) 많은 관원들은 크게 놀라서 좌자를 청해서 같이 앉아 음식을 먹었다.

잠시 후에 요리사가 물고기 회膾를 올렸다.

좌자曰: "회는 송강松江의 농어(鱸魚)라야 맛이 있습니다."

조조曰: "송강은 여기서 천리나 멀리 떨어져 있는데 어떻게 그걸 가져올 수 있단 말인가?"

좌자曰: "그것 역시 가져오기가 뭐 어렵겠습니까!"

그리고는 낚싯대를 가져오라고 지시하여 당堂 아래의 못에서 고기를 낚았는데 잠깐 사이에 큰 농어 수십 마리를 낚아 전각 위에다 놓았다.

조조曰: "이 못 안에는 원래부터 이 고기가 있었다."

좌자曰: "대왕께선 어찌하여 나를 속이려 하십니까? 천하 모든 곳의 농어들은 아가미가 둘뿐이지만 오직 송강의 농어만이 아가미가 넷입니다. 이 아가미 숫자로 분간할 수 있습니다."

여러 관원들이 살펴보니 과연 아가미가 네 개였다.

좌자曰: "송강의 농어를 삶는 데는 반드시 자주 색 싹이 돋는 생강, 즉 자아강(紫芽薑)이 들어가야 됩니다."

조조曰: "자네는 그것도 가져올 수 있느냐?"

좌자曰: "쉬운 일입니다."

좌자는 황금으로 만든 화분을 하나 가져오도록 해서 그것을 옷으로 덮었다. 잠시 후 보니 자아강이 화분에 가득 들어 있어서 그것을 조조 앞에 진상했다. 조조가 그것을 손으로 집어 들자 갑자기 화분 속에 책 한 권이 들어 있었는데, 그 제목을 보니 〈맹덕신서孟德新書〉라고 되어 있었다. 조조가 책을 집어 들고 살펴보니 틀린 글자가 한 자도 없었다. 조조는 크게 의아해했다.

그때 좌자가 탁자 위의 옥잔을 들어 좋은 술을 가득히 부어서 조조 에게 올리면서 말했다: "대왕께서 이 술을 드시면 천년이나 수를 누리 게 될 것입니다."

조조曰: "자네가 먼저 마시도록 하라."

좌자는 곧바로 관 위에 꽂혀 있는 옥비녀를 뽑아들고 잔속에서 한 번 획 그어서 술을 반씩 두 쪽으로 나누었다. 그리고 한쪽 반은 자신이 마시고 나머지 반쪽은 조조에게 바쳤다.

조조는 그것을 받지 않고 그를 꾸짖었다. 좌자가 그 술잔을 공중에 던지자 순식간에 한 마리의 흰 비둘기로 변하여 전각을 빙빙 날아다녔 다. 모든 관원들이 고개를 쳐들고 그것을 보고 있었는데, 좌자가 그 사이 어디로 가버렸는지 아무도 몰랐다.

〖 14 〗 그때 갑자기 좌우에 있던 자가 아뢰었다: "좌자가 궁문을 나 가버렸습니다."

조조曰: "이런 요망한 자는 반드시 없애 버려야 해! 그러지 않으면 반드시 장차 해를 끼친다."

곧바로 허저로 하여금 3백 명의 철갑 군사들을 이끌고 그를 추격해 가서 사로잡도록 했다.

허저가 말에 올라 군사를 이끌고 쫓아가서 성문에 이르러 바라보니 저 앞에서 좌자가 나막신을 신고 천천히 걸어가고 있었다. 허저가 나는 듯이 말을 달려 추격해 갔으나 도저히 그를 따라잡을 수가 없었다. (*호위장군虎衛將軍의 위용도 이에 이르러선 역시 전혀 쓸모가 없다.) 허저가 곧장 뒤를 쫓아서 어느 산속에 이르렀을 때 마침 양을 치는 어린 아이가 한 떼의 양들을 몰고 왔다. 좌자는 그 양떼 속으로 걸어 들어갔다.

허저가 화살을 뽑아들고 그를 쏘았으나 좌자는 즉시 눈에서 사라졌다. 허저는 양떼들을 한 마리도 남기지 않고 모조리 다 죽이고 돌아갔다. 양 치는 아이가 죽은 양들을 지키며 울다가 문득 보니 땅에 떨어져 있는 양의 머리가 사람처럼 말을 하면서 아이를 불렀다: "애야, 너는 양의 대가리들을 전부 죽은 양의 몸통에 갖다 붙이거라."

아이는 그만 크게 놀라서 두 손으로 얼굴을 가리고 달아났다. 그때 갑자기 뒤에서 어떤 사람이 부르는 소리가 들렸다: "놀라 달아날 필요 없다. 네 양들을 살려주마."

아이가 고개를 돌려 보니, 좌자는 이미 죽어서 땅 위에 있던 양들을 모아서 살려내어 뒤를 따라오고 있었다. 목동이 급히 어찌된 일인지 물어보려고 했을 때에는 좌자는 이미 소매를 떨치며 저만큼 가고 있었다. 그의 걸음걸이는 마치 날아가는 것 같아서 어느덧 사라지고 보이지 않았다.

〖 15 〗 아이가 돌아가서 주인에게 고하자, 주인은 그 일을 감히 숨길 수가 없어서 조조에게 알렸다. 조조는 곧 용모파기容貌疤記를 하여 각처에 돌려서 좌자를 붙잡도록 했다.

그로부터 사흘 안에 성 안과 성 밖에서 붙들려온 애꾸눈에 절름발이이자 흰색 등나무 관을 쓰고 청색 비단옷을 입고 나막신을 신은 나이든 사람들은 전부 얼굴 생김새가 똑같았는데, 모두 3,4백 명이나 되었다. 이들로 거리는 온통 시끄러웠다.

조조는 여러 장수들에게 그들의 몸에 돼지와 양의 피를 뿌려서 성 남쪽에 있는 훈련장(敎場)으로 압송하도록 명했다. 조조는 직접 무장병 5백 명을 이끌고 가서 그들을 에워싸고 모조리 목을 베어 죽였다. 죽은 사람들마다 모두 목구멍에서 각기 한 줄기 푸른 기운이 솟아나와 하늘 위로 올라가더니 전부 한 곳에 모여서 하나의 좌자로 변했다.

좌자는 공중을 향해서 백학白鶴 한 마리를 부르더니 올라타고는 손뼉을 치고 큰 소리로 웃으며 말했다: "토서土鼠가 금호金虎를 따를 때(土鼠隨金虎), 간웅은 하루아침에 죽을 것이다(奸雄一旦休)."(*이 말은 조조는 자년(子年: 쥐띠 해) 정월(正月: 寅月. 곧 호랑이 달)에 죽는다는 말이다. 이는 제 78회의 사건을 위한 복선이다.)

조조는 여러 장수들에게 활로 그를 쏘라고 했다. 그때 갑자기 광풍狂風이 크게 일면서 돌들이 구르고 모래가 날리면서 목이 잘려나간 시신들이 모두 벌떡 뛰어 일어나서 각자 자기 머리를 손에 들고는 연무청演武廳 위로 달려가서 조조를 마구 때렸다. 문관과 무장들은 모두 낯을 가리고 놀라 자빠져서 다른 사람을 돌볼 수가 없었다. 이야말로:

간웅의 권세 나라를 기울게 할 수 있어도　　　奸雄權勢能傾國
도사의 신선술(仙機)은 더욱 남달랐네.　　　道士仙機更異人

조조의 목숨이 어찌될지 모르겠거든 다음 회를 읽어보기 바란다.

제 68 회 모종강 서시평序始評

(1). 순유荀攸는 조조에게 칭왕稱王 하지 말도록 간하여 잠시 칭왕 하려던 계획을 중지시킬 수 있었지만, 최염崔琰은 조조에게 칭왕 하지 말도록 간했으나 다시 칭왕 하려는 음모를 막을 수가 없었다. 그런데도 식자들은 최염이 순유보다 더 뛰어났다고 생각하는데, 그 이유가 무엇인가?

순유와 순욱은 처음에는 조조와 한 패가 되었고 계속해서 조조를 위해 계책을 내서 도왔는데, 이들은 처음에는 한漢이 있는 줄도 몰랐다가 나중에 가서야 다시 한漢이 있음을 알았던 것이다. 즉, 이들은 처음에 잘못을 범하고 나서 끝에 가서야 바로잡은 자들이다. 그러나 최염은 도적을 돕기 위해서 계책을 낸 적이 없었고 오직 도적을 꾸짖은 절개만 있었다. 그래서 논자들은 아직도 순유를 위魏의 모사로 생각하고 최염을 한漢의 충신으로 생각하는 것이다.

(2). 원담袁譚과 원상袁尚은 배다른 형제이고 유기劉琦와 유종劉琮역시 배다른 형제이다. 원소와 유표는 다만 후처만을 사랑했기 때문에 후처 소생을 후사로 세우려고 했던 것이며, 후처의 어린 아들에게 빠졌던 것은 그 후처에게 빠져 있었기 때문이다. 그러나 조조의 경우는 그렇지 않았는데, 조비曹丕와 조식曹植은 둘 다 변씨卞氏소생이었다. 그런데도 조조가 조식만을 사랑했던 것은 그 아들의 재능 때문이었지 그 어미에 대한 사랑 때문이 아니었다.

대개 부인에게 빠져 있는 마음은 빼앗을 수가 없으나 부인에게 빠져 있지 않은 다른 생각은 되돌릴 수가 있다. 이것이 가후賈詡의 간언諫言이 받아들여질 수 있었던 이유일 것이다.

(3). 조조가 위왕魏王으로 칭해지고, 세자를 세우고, 강동이 강화를 청해 오고, 손권이 공물을 바치겠다고 약속한 후에는 마침 그의 뜻이 가득 채워진 때이다. 그 위엄이 극도에 달하고, 권력도 맘대로 행사할 수 있게 되고, 그 세력은 사람을 처형하고, 욕보이고, 도륙하고, 멸족시키기에 충분했다. 그런데 갑자기 자기로서는 어찌해 볼 수 없는 좌자左慈를 만나서 그를 처형도 못하고, 욕보이지도 못하고, 도륙하지도 멸족시키지도 못하게 됨으로써 간웅의 위엄은 상실되고, 간웅의 권력은 꺾이고, 간웅의 세력은 궁해지고,

간웅의 힘도 다 떨어지게 되었다. 그리고 또 "자년(子年: 쥐띠 해) 정월(正月: 寅月. 호랑이 달)에 간웅은 죽을 것이다(土鼠隨金虎, 奸雄 一旦休.)"라고 말함으로써 일찌감치 그가 죽을 것을 비웃었는바, 그로 인해 독자들은 유쾌해진다.

　(4). 조조가 좌자左慈를 만난 것과 손책이 우길于吉을 만난 것은 서로 비슷한 점도 있지만 사실은 크게 다르다. 우길은 손책을 만나 보기 위해 찾아갔던 것이 아니지만, 좌자는 조조를 만나보기 위해 일부러 찾아갔으니, 우길은 손책을 만나볼 생각이 없었으나 좌자 는 일부러 조조를 만났던 것이다. 우길은 손책의 뜻을 감히 어길 생각이 없었지만 좌자는 감히 조조에게 모욕감을 안겼는바, 이는 곧 우길은 아무런 취향도 없었으나 좌자는 담력이 있었음을 말한 다.

　그리고 우길은 살려달라고 목숨을 구걸했으나 좌자는 목숨을 구 걸하지 않았는바, 이는 우길은 생사의 문제를 초월하지 못했지만 좌자는 이미 불사不死의 존재가 되었음을 말한다.

　손책이 우길 하나를 죽이자 곳곳에서 우길이 나타났지만, 조조 가 무수히 많은 좌자를 죽였으나 도리어 하나의 좌자가 있음을 알 지 못했는데, 이는 우길은 공空으로 돌아갈 수 없었으나 좌자는 공 空으로 돌아갈 수 있었음을 말한다. 우길은 신선이 될 수 없었지만 좌자와 같은 신선이야말로 진정한 신선이다.

제69회

관로, 주역으로 점을 쳐서 천기를 알고
다섯 신하, 역적을 치다가 충의에 죽다

〖 1 〗 한편 그날 조조는 흑풍黑風이 휘몰아치는 가운데 수많은 시신들이 다 일어나는 것을 보고는 그만 놀라 기절하여 땅에 넘어졌다. 잠시 후 바람이 멎자 그 많던 시신들은 하나도 보이지 않았다. 좌우에 있던 자들이 조조를 부축하여 궁으로 돌아갔으나 크게 놀랐던 것이 원인이 되어 그만 병이 나고 말았다.

후세 사람이 좌자를 칭찬하여 지은 시가 있으니:

구름 위를 날듯이 걸어 천하 돌아다니고	飛步凌雲遍九州
홀로 둔갑술에 의지하여 유유히 노닐었지.	獨憑遁甲自遨遊
기분 내키는 대로 신선술 한 번 보여주어	等閒施設神仙術
조조 깨우쳐주려 했으나 마음 바꾸지 않네.	點悟曹瞞不轉頭

조조가 걸린 병은 약을 먹어도 낫지 않았다. 그때 마침 태사승(太史

丞: 천문과 역법 등을 관장하는 관직인 태사太史의 보좌관) 허지許芝가 허창으로부터 와서 조조를 만나보았다. 조조는 허지에게 주역周易으로 점을 쳐 보라고 했다.

허지가 말했다: "대왕께서는 신복(神卜: 귀신처럼 잘 맞추는 점쟁이) 관로管輅에 대해 들어보신 적 있으십니까?"

조조曰: "나도 그 이름은 여러 번 들어 봤으나 아직 그 실력이 어느 정도인지는 모르는데, 자네가 한 번 자세히 이야기해 보게."

허지가 이야기했다:

"관로管輅의 자는 공명公明으로 평원平原 사람입니다. 생기기는 커다란 키에다 추한 얼굴을 하고 있는데, 술을 좋아하고 행동은 거칠고 난잡하답니다. 그의 아비는 일찍이 낭야琅琊 즉구현郎丘縣의 현령을 지냈다고 합니다.

관로는 어릴 때부터 하늘의 별자리 쳐다보기를 좋아해서 밤에도 잠을 자려고 하지 않아 부모들도 그것을 금지할 수가 없었답니다.

그는 늘 말하기를 '집의 닭과 야생 백조들도 오히려 스스로 시간을 아는데, 하물며 이 세상을 살아가는 사람으로서 시간을 몰라서야 되겠는가?' 라고 했답니다.

그는 이웃집 아이들과 같이 놀 때에도 툭하면 땅에다 하늘의 별자리를 그렸는데, 해와 달과 별들을 다 벌여 놓았다고 합니다.

어느 정도 자라서는 주역周易에 통달했으며, 하늘을 쳐다보고 바람의 방향과 그 길흉을 점치는 풍각風角에도 밝았고, 숫자로 길흉과 수명壽命을 점치는 수학數學에서는 귀신과 같았고, 겸하여 관상觀相도 잘 보았다고 합니다.

〖 2 〗 낭야태수 선자춘單子春이 그의 명성을 듣고 관로를 불러와서 만나보았는데 그때 함께 자리에 있었던 사람들 1백여 명은 모두 다

언변이 뛰어난 선비들이었다고 합니다.

관로가 선자춘에게 '저는 나이가 어리고 담력과 기백이 아직 굳건하지 못하니 먼저 맛있는 술 3되를 주시면 마시고 나서 말씀드리겠습니다.' 라고 하니, (*전쟁터에 싸우러 나가는 사람은 술을 마셔서 그 담력을 키운다. 그런데 말싸움(舌戰)을 하려는 사람 역시 술을 마셔서 그 담력을 키우려고 한다.) 선자춘이 그를 기이하게 여기고 곧바로 술 3되를 주었다고 합니다.

관로는 그 술을 다 마시고 나서 선자춘에게 물었다고 합니다: '지금 저와 말상대 하시려는 분은 혹시 태수님 주위에 앉아 계신 저 선비들입니까?'

선자춘이 말했답니다: '내가 직접 자네와 맞상대할 것이야.'

이리하여 관로와 〈주역〉의 원리를 강론했답니다. 그런데 관로는 전혀 지칠 줄 모르고 이야기를 계속했는데, 그 말 한 마디 한 마디가 모두 정밀하고 오묘했다고 합니다. 선자춘이 되풀이해 가면서 논박을 했으나 관로의 대답은 물 흐르듯 했다고 합니다.

이렇게 하기를 이른 아침부터 저녁때까지 했는데, 분위기가 너무나 진지하여 술이나 음식에 손을 대는 사람이 없었다고 합니다. 선자춘과 많은 손님들은 한 사람도 예외 없이 그의 실력에 탄복했다고 합니다. 이리하여 천하 사람들은 그를 신동神童이라 부르게 되었다고 합니다.

후에 그 고을에 사는 곽은郭恩이라고 하는 사람은 형제가 셋인데 셋이 모두 앉은뱅이가 되어서 관로를 청해 와서 점을 쳐달라고 했답니다.

관로가 말했다고 합니다: '주역의 괘卦에 따르면, 당신네 집안 무덤 속에 여자 귀신(女鬼)이 있는데, 당신들의 백모伯母 아니면 숙모叔母일 것이오. 옛날 큰 흉년이 든 해에 쌀 몇 되의 이익을 취하려고 그를 밀어 우물 속에 빠뜨린 다음 큰 돌로 그 머리를 내리 눌러 깨뜨렸는데, 그 죽은 혼이 너무 아파서 하늘에다 호소했기 때문에 당신들 형제에게 이런 응보應報가 있게 된 것이오. 그러므로 액막이(禳)한다고 푸닥거리를 해봐야 소용없소.' (*조조가 이 말을 듣고 만약 동귀인董貴人과 복황후伏皇后의 일을 상기했다면 속이 서늘했을 것이다.)

그 말을 듣고 곽은의 형제들은 울면서 자신들의 죄를 다 자백했다고 합니다.

〖 3 〗 안평(安平: 하북성 기현冀縣) 태수 왕기王基는 관로가 신복神卜임을 알고 그를 자기 집으로 초대해 갔다고 합니다. 그때 마침 신도(信都: 하북성 기현冀縣) 현령의 처가 늘 두통頭痛으로 고생을 하고 있었는데 그 아들도 또 심통心痛으로 고생을 한다고 하면서 관로에게 점을 쳐달라고 부탁했다고 합니다.

점을 친 후 관노가 말하기를: '이 집 서쪽 모퉁이 땅속에 시신이 둘 묻혀 있는데, 한 남자는 창을 가지고 있고 또 한 남자는 활과 화살을 가지고 있는데, 머리는 벽 안쪽에 있고 다리는 벽 바깥쪽에 묻혀 있습니다. 창을 가진 자가 머리를 찌르고 있기 때문에 두통이 있고, 활과 화살을 가진 자는 가슴과 배를 찌르고 있기 때문에 심통心痛이 있는 것입니다.' 라고 했답니다.

그래서 그 자리를 파 보았는데, 땅 속으로 여덟 자를 파고 들어가자 과연 관棺이 둘 나왔는데, 한 관 속에는 창이 들어 있었고, 다른 한 관 속에는 쇠뿔로 만든 활(角弓)과 화살이 들어 있었는데, 나무는 이미 다 썩어 문드러져 있었다 합니다. 관로는 그 해골들을 성 밖 십 리 지점으로 옮겨서 땅에다 묻어주라고 했는데, 그 후 현령의 처와 아들의 병은 마침내 나았다고 합니다.

그리고 또 관도(館陶: 하북성에 속한 현 이름) 현령 제갈원諸葛原이 신흥(新興: 산서성에 속한 군郡 이름) 태수로 옮겨가게 되어 관로가 전송하러 갔을 때의 일이라고 합니다. 손님 중의 누군가가, 관로는 덮어서 가려 놓은 것까지 잘 알아맞힌다고 말했답니다.

제갈원은 그 말을 믿을 수가 없어서 몰래 제비알(燕卵)과 벌집(蜂窠), 거미(蜘蛛), 이렇게 세 가지 물건을 각각 세 개의 작은 상자에 나눠서 넣어 놓고는 관로에게 점을 쳐보라고 했답니다. 관로가 점을 쳐서 괘卦가 이루어지자 작은 상자 뚜껑에다 각각 네 구句의 글을 썼는데, 그 첫째 상자에는: '기운을 머금어 그 모양이 반드시 변하는데 집 처마에 의지하고 있다. 암수로 그 형체가 갖춰지면서 깃과 날개가 서서히 펼쳐진다.' 라고 썼는데, 이는 제비알(燕卵)을 말한 것입니다.

그 둘째 상자에는: '집이 거꾸로 매달려 있는데 출입문이 매우 많다. 정기(꿀)는 감추고 독을 기르니 가을이 되면 변한다.' 라고 썼는데, 이는 벌집(蜂窠)을 말한 것입니다.

그 셋째 상자에는: '벌벌 떠는 긴 다리에, 실 토하여 그물을 짜네. 그물 쳐서 먹이를 구하니, 이로움은 어두운 밤에 있도다.' 라고 썼는데, 이는 거미(蜘蛛)를 말한 것입니다. 그러자 자리에 가득 앉아 있던 사람들은 모두 크게 놀랐다고 합니다.

〖 4 〗 그리고 한번은, 마을의 한 노파가 소를 잃고 점을 쳐 달라고 했답니다. 관로가 점을 쳐보고 나서: '지금 북쪽 계곡 가에서 사람들 일곱이서 소를 잡아 삶아먹고 있는데, 얼른 찾아가 보면 가죽과 고기가 아직 남아 있을 것이오.' 라고 알려 주었답니다.

그래서 노파가 그곳으로 찾아가 보았더니, 과연 일곱 놈이 초가집 뒤에서 소를 잡아 삶아먹고 있었는데 쇠가죽과 고기가 아직 남아 있더랍니다. 노파가 그 고을 태수 유빈劉邠에게 고하여 그 일곱 놈을 체포하여 죄를 다스리고 나서, 유빈이 노파에게 물었답니다: '노인은 그것을 어떻게 알아냈소?' 노파는 관로가 점을 쳐서 귀신처럼 알아맞혔다고 이야기해 주었습니다.

유빈은 그 말을 믿을 수가 없어서 관로를 관아로 청해 와서는 도장(印章) 주머니와 꿩 깃을 작은 상자 속에 감춰 놓고 점을 쳐서 알아맞혀보라고 했답니다.

관로가 그 중 하나를 점쳐 보고 말했답니다: '안은 모나고 밖은 둥글고, 다섯 가지 색상이 무늬를 이루고, 보배를 머금고, 신(信)을 지키고, 밖으로 꺼내보면 문장이 있으니, 이는 도장주머니입니다.'

관로는 다른 하나를 점쳐보고 말했답니다: '높은 바위틈에 새가 있으니, 비단 몸에 붉은 옷 입었구나. 날개와 깃은 검붉은 노란 색이고 새벽이 되면 반드시 우니, 이는 꿩의 깃입니다.'

유빈은 크게 놀라서 마침내 그를 귀한 손님으로 대했다고 합니다.

〖 5 〗 하루는 교외로 나가서 한가하게 걸어가다가 한 소년이 밭에서 김을 매고 있는 것을 보았답니다. 관로는 길가에 서서 그를 한참 살펴보다가 물었답니다.

관로曰: '소년의 성은 무엇이고 나이는 몇 살이냐?'

소년曰: '제 성은 조(趙)이고 이름은 안(顏)이라고 합니다. 나이는 열아홉 살입니다. 그런데 선생께서는 누구시지요?'

관로曰: '나는 관로라는 사람이다. 내가 보니 너의 미간(眉間)에 죽음의 기운(死氣)이 있는데, 너는 사흘 안에 반드시 죽을 것이다. 너는 얼굴도 잘 생겼는데 수명이 얼마 안 남았으니 애석하구나!'

조안은 집으로 돌아가서 자기 아비에게 급히 고했다고 합니다. 그 아비는 그 말을 듣고 그 길로 관로를 쫓아가서 땅에 엎드려 울면서 절을 하고는 '제발 제 집으로 가셔서 제 자식 놈을 구해 주십시오!' 하고 사정을 했다고 합니다. 그러나 관로가 '이것은 천명天命인데 어찌 빌어서 될 일이겠소?' 하면서 거절하자, 그 아비가 다시 '이 늙은이에겐 이 자식 하나밖에 없습니다. 제발 구해 주십시오!' 하고 빌었는데, 그 아들 조안 역시 울면서 살려달라고 빌었답니다.

관로는 그들 부자가 간절하게 사정하는 것을 보고는 조안에게 말했답니다: '너는 맑은 술 한 병과 사슴고기 육포(鹿脯) 한 덩어리를 준비해 가지고 내일 남산 안으로 가거라. 그러면 큰 나무 아래에 반석磐石이 있고 그 위에서 두 사람이 바둑을 두고 있는 것을 볼 수 있을 것이다. 두 사람 중에 한 사람은 남쪽을 향해 앉아 있는데 몸에는 흰색 두루마기(白袍)를 입고 얼굴은 아주 못생겼을 것이다. 그리고 다른 한 사람은 북쪽을 향해 앉아 있는데 몸에는 붉은색 두루마기(紅袍)를 입고 얼굴은 매우 잘 생겼을 것이다.

너는 옆에서 가만히 보고 있다가 그들이 한창 바둑에 정신이 빠져 있을 때를 틈타 공손히 무릎을 꿇고 술과 녹포를 드리고, 그들이 그것을 다 먹을 때까지 기다렸다가 엎드려 절을 하고 울면서 목숨을 늘려 달라고 빌어라. 그러면 반드시 수명을 더 얻을 수 있을 것이다. 그러나 절대로 내가 가르쳐 주더란 말은 해서는 안 된다.' 하고 가르쳐 주었답니다.

그 아비는 관로를 제 집에서 머물도록 했습니다. 다음날 조안은 술과 육포와 잔과 쟁반을 가지고 남산 안으로 들어갔다고 합니다. 약 대여섯 마장(里) 들어가니 과연 두 사람이 큰 소나무 밑의 반석 위에 앉아서 바둑을 두고 있는데, 그가 가까이 가도 전혀 돌아보지도 않았다고 합니다.

조안이 무릎을 꿇고 술과 육포를 드렸더니, 두 사람은 바둑 두는 데만 정신이 팔려서 먹는 줄도 모르고 술을 다 마셔버렸다고 합니다. 그때 조안이 땅에 엎드려 절을 하고 울면서 수명을 더 달라고 빌었더니, 두 사람은 깜짝 놀라면서 붉은색 두루마기를 입은 사람이 말하기를: '이는 틀림없이 관자(管子: 관로)가 말해준 것이다. 우리 두 사람은 이미 이 사람의 것을 받아먹었으니 부탁을 안 들어줄 수 없게 되었네.' 하고 말했습니다. 그러자 흰색 두루마기를 입은 사람이 가지고 다니는 행장에서 장부(簿籍)를 꺼내 살펴보더니 조안에게 말했답니다: '너는 올해 열아홉 살이니 마땅히 죽어야 하지만 내 이제 십(十)자 위에다 아홉 구(九)자 하나를 더 붙여 주겠다. 그러면 너는 아흔아홉 살까지 살 수 있을 것이다. 너는 돌아가서 관로를 보고 다시는 천기天機를 누설하지 말라고 일러라. 그러지 않으면 반드시 천벌을 받게 된다고 이르거라.' 라고 말했답니다. 그러자 붉은색 두루마기를 입은 사람이 붓을 꺼내들고 장부에 글자를 하나 추가하고 나자 갑자기 한 줄기 향긋한 바람(一陣香風)이 일더니 두 사람은 두 마리의 백학(白鶴)이 되어 하늘 높이 올라가 버렸다고 합니다.

조안이 돌아와서 관로에게 자기가 만나본 사람들이 누구인지 물어보았더니, 관로가 말하기를: '붉은 두루마기를 입은 것은 남두南斗이고 흰색 두루마기를 입은 것은 북두北斗이다.'고 했답니다. 조안이 다시 말하기를: '제가 듣기로는 북두는 아홉 개의 별(九星)로 이루어져 있다고 하던데 어째서 한 사람뿐입니까?' 하고 묻자, 관로가 말하기를: '흩어지면 아홉 개가 되고 모이면 하나로 된다네. 북두는 죽음을 주관하고 남두는 삶을 주관하는데, 이제는 이미 자네 수명을 늘려서 적어 놓았으니 다시 걱정할 게 뭔가?' 하고 말하자, 부자는 절을 하며 사례했다고 합니다.

이 일이 있은 후로 관로는 천기를 누설한 것이 두려워서 다시는 사람들을 위해 가벼이 점을 쳐주지 않았다고 합니다. (*이상은 허지許芝의 입을 빌려 관로의 일생을 이야기하고 있는데, 한창 이야기가 바삐 전개되는 가운데 이런 한필閑筆을 끼워 넣고 있다.)

이 사람은 현재 평원平原에 있는데 대왕께서 장차 일의 길흉과 화복을 알고자 하신다면 어찌하여 한 번 불러오시지 않으십니까?"

(*이곳에서 비로소 이야기는 본론으로 들어간다.)

〖 6 〗 조조는 크게 기뻐하며 즉시 사람을 평원으로 보내서 관로를 불러오도록 했다. 관로가 도착하여 인사를 마치자마자 조조는 그에게 점을 쳐보도록 했다.

관로曰: "그것은 한낱 마술魔術에 불과한데, 근심하실 필요가 뭐 있습니까?"

조조는 그 말을 듣고 안심이 되어 병도 점차 나았다. 조조는 그에게 천하의 일들을 점쳐 보도록 했다.

관로曰: "24년간 천하를 종횡으로 누비다가(三八縱橫: 건안 황제가 즉위한 이후 24년간 천하를 종횡무진 누비다가), 누런 돼지가 범을 만나니(黃猪遇虎: 즉 누런 돼지 해(己亥: 서기 219년. 건안 24년)의 정월(寅月)이 되면), 정군산 남쪽에서(定軍之南), 한 쪽 다리가 부러지네(傷折一股: 즉 장수 하나를 잃게 되네: 후에 하후연이 죽게 되는 일의 복필伏筆이다)."

조조가 또 위왕魏王의 자리를 얼마나 오래 유지할 수 있을지 점을 쳐 보라고 했다.

관로曰: "사자궁(獅子宮: 하남성 낙양시 황하 이남 일대. 여기서는 낙양) 안에 신위(神位: 죽은 사람의 신주神主. 위패位牌)를 모시네. (*조조는 낙양에서 죽는다). 왕도王道에서 솥이 새로 바뀌니(王道鼎新: 왕조가 새로 바뀐다), 자손이 극히 귀하게 될 것이다. (*조비曹丕가 한漢을 찬탈하여 왕조가 새로 바뀌게 된다는 것의 예언임)."

조조가 그 자세한 내용을 알고 싶어서 물었다.

관로曰: "한없이 넓고 희미한(茫茫) 천수(天數)를 미리 알 수는 없습니다. 후에 가서 자연히 증험證驗될 때까지 기다려 보십시오."

조조는 관로를 태사太史로 봉하려고 했다.

관로曰: "저는 명命이 박하고 상相이 궁상窮相이어서 그 직책에 어울리지 않으므로 감히 받지 못하겠습니다."

조조가 그 까닭을 묻자, 그가 대답했다: "저는 이마에 주골(主骨)이 없고, 눈에 정기(守晴)가 없으며, 코에는 콧대(梁柱)가 없고, 발에는 발뒤축(天根: 脚後根)이 없으며, 등에는 삼갑三甲이 없고(背無三甲), 배에는 삼임三壬이 없어서(腹無三壬), 그저 태산泰山에서 귀신이나 다스릴 수 있을 뿐 산 사람을 다스릴 수는 없습니다."(*명命에 대해서는 설명하지 않고 상相에 대해서만 설명하는데, 상相이 궁상窮相이면 곧 명命도 박하다.)

조조曰: "내 관상은 어떤지 자네가 한 번 봐주게."

관로曰: "지위가 사람의 신하로는 이미 극점에 오르셨는데 또 관상을 보실 필요가 어디 있습니까?"

조조가 재삼 물었으나 관로는 웃기만 할 뿐 대답을 하지 않았다. 조조는 관로에게 문무 관료들의 관상을 두루 다 보도록 했다.

관로曰: "모두들 태평성대의 신하들입니다."(*모두들 난세의 간웅을 섬기는 자들이다. 관로가 솔직히 말하지 않았던 것뿐이다. 만약 허소許邵가 이때 조조의 관상을 보았다면 솔직히 다 말했을 것이다.)

조조가 길흉과 화복을 물었으나 다 상세히 말하려고 하지 않았다.

후세 사람이 관로를 칭찬하는 시를 지었으니:

평원의 신통한 점쟁이 관로는	平原神卜管公明
남두와 북두의 별도 헤아릴 수 있었고,	能算南辰北斗星
팔괘의 오묘한 뜻도 알고 귀신과도 통했으며,	八卦幽微通鬼竅
육효의 오묘한 뜻과 천상 세계까지 알았다네.	六爻玄奧究天庭
상법相法에 따르면 자기 수壽 없음 미리 알고	預知相法應無壽
스스로 자기 심성 깨달았으니 얼마나 영리한가.	自覺心源極有靈

아깝다, 그 당시의 기이한 술법을   可惜當年奇異術

왜 책으로 써서 후세에 전하지 않았을까.   後人無復授遺經

〖 7 〗 조조는 동오와 서촉 두 곳을 점쳐 보라고 했다. 관로는 괘가 나오자 말했다: "동오에서는 한 대장이 죽을 것입니다. 서촉에서는 군사가 지경을 침범하는 일이 있을 것입니다."

조조는 그 말을 믿지 않았다. 그때 갑자기 합비로부터 보고해 왔다: "동오의 육구陸口를 지키던 장수 노숙魯肅이 죽었습니다."

조조는 크게 놀라서 곧바로 한중漢中으로 사람을 보내서 소식을 알아보게 했다. 며칠 되지 않아서 유현덕이 하변관下辨關을 공격하려고 장비와 마초를 파견해서 군사들을 하변下辨에 주둔시키도록 했다는 급보가 들어왔다. (*동오와 촉의 움직임을 그쪽 양편에서 서술하지 않고 조조 편에서 듣는 것으로 서술하고 있는데, 효과적인 생필법이다.)

조조는 크게 화를 내면서 곧바로 자신이 직접 대병을 거느리고 다시 한중으로 쳐들어가려고 생각하고는 관로에게 점을 쳐보도록 했다.

관로曰: "대왕께서는 함부로 움직여서는 안 됩니다. 내년 봄에 허도에 반드시 화재가 있을 것입니다."(*경기耿紀의 일에 대한 복필이다.)

조조는 관로의 말이 여러 번 맞는 것을 보았기 때문에 감히 가벼이 움직이지 못하고 그대로 업군鄴郡에 머물러 있으면서 조홍曹洪에게 군사 5만 명을 거느리고 가서 하후연과 장합을 도와 함께 동천東川을 지키라고 명했다. 또 하후돈에게는 군사 3만 명을 거느리고 허도에서 순경을 돌면서 불의의 변고에 대비하라고 했다. (*하후돈이 불을 끄게 되는 것의 복필이다.) 그리고 또 장사長史 왕필王必로 하여금 어림군(御林軍馬)을 총독總督하도록 했다.

주부 사마의司馬懿가 간했다: "왕필은 술을 좋아하고 성질이 느슨해서 이 직책을 감당해 내지 못할까봐 염려됩니다."

조조曰: "왕필은 내가 가시덤불을 헤치면서 온갖 간난과 고초를 겪을 때부터 나를 따라다닌 사람이다. 그는 충직하고 근면하며 마음이 철석같아서 이 일을 맡기에는 최적임자다."

그리고는 왕필에게 어림군을 거느리고 가서 허창許昌의 동화문東華門 밖에 주둔해 있도록 했다.

〖 8 〗 이때 성은 경耿, 이름은 기紀, 자를 계행季行이라고 하는 한 낙양 사람이 있었다. 그는 전에 승상부 아전(丞相府掾)으로 있다가 나중에 시중소부侍中少府로 옮겼는데, 사직司直 위황韋晃과 친분이 매우 두터웠다. 그는 조조가 위공魏公에서 위왕魏王으로 올라가고, 출입할 때에는 천자와 똑같은 수레와 옷차림을 하는 것을 보고 속으로 매우 못마땅하게 여겼다.

때는 건안 23년(서기 218년. 신라 나해 이사금 23년) 봄 정월이었다.

경기는 위황과 은밀히 상의했다: "조조 이 역적놈의 간악함이 날로 심해 가니 장차 반드시 제위를 찬탈할 거야. 우리는 한漢의 신하들인데 어찌 역적과 한 패가 될 수 있겠나?"

위황曰: "나에게 서로 속을 털어놓고 지내는 친구가 하나 있는데 성은 김金, 이름은 의禕로서, 한漢의 승상 김일제金日磾의 후손일세. 그는 평소 조조를 칠 마음이 있는데다 왕필王必과도 매우 가까운 사이이니, 만약 그와 함께 일을 도모할 수 있다면 대사를 성공시킬 수 있을 것이야."

경기曰: "그가 기왕에 왕필과 교분이 두텁다면 어찌 우리와 일을 함께 도모하려고 하겠나?"

위황曰: "우선 가서 말을 해보고, 그가 어떻게 나오는지 보도록 하세."

이리하여 두 사람은 같이 김의의 집으로 찾아갔다.

김의는 그들을 맞이하여 후당으로 들어갔다.

자리에 앉자 위황이 말했다: "덕위(德偉: 김의)는 왕장사(王長史: 왕필)와 친분이 매우 두텁다고 하기에 우리 두 사람은 특별히 사정할 게 있어서 왔네."

김의曰: "내게 사정할 일이란 대체 무엇인가?"

위황曰: "내 들으니 위왕께선 조만간 선위禪位를 받으시고 보위寶位에 오르실 거라고 하던데, 그렇게 되면 공과 왕장사는 틀림없이 높은 자리로 올라갈 것 아닌가. 그때는 부디 우리를 버리지 말고 잘 이끌어 준다면 그 은덕을 참으로 고맙게 생각하겠네."

김의는 소매를 떨치며 일어섰다. 그때 마침 시종侍從이 차를 받들고 왔는데, 김의는 그 차를 손으로 쳐서 땅바닥에 쏟아버렸다.

위황이 놀라는 척하며 말했다: "덕위는 나와 오랜 친구 사이면서 어찌 이렇게 박정하게 대하는가?"

김의曰: "내가 자네와 친하게 지냈던 것은 자네 역시 한조漢朝에서 높은 벼슬을 한 신하(宰臣)의 후손이기 때문이네. 그런데도 지금 나라에 보답할 생각은 하지 않고 도리어 역적을 도우려고 하다니, 내가 무슨 낯으로 자네 같은 사람과 벗을 할 수 있겠나?"(*두 사람이 그의 마음속의 말을 끄집어냈다.)

경기曰: "천수天數가 이러한 걸 어찌 하겠는가? 우리도 어쩔 수 없어서 이러는 것이라네!"

김의는 크게 화를 냈다.

〖 9 〗 경기와 위황은 김의金禕에게 과연 충의忠義의 마음이 있음을 확인하고 이에 사실대로 이야기해 주었다: "우리는 본래 역적을 치려고 하면서 그대에게 힘을 빌리러 온 것이라네. 앞서 한 말은 자네를 시험해 보려고 일부러 해본 말이었네."

김의日: "우리 집안은 대대로 한漢 황실을 섬겨온 신하인데 어찌 역적을 따를 수 있겠나! 공들도 한 황실을 붙들어 세우려고 한다니, 그렇다면 무슨 고견이라도 있는가?"

위황曰: "비록 나라에 보답할 마음은 있으나 아직 역적을 칠 계책은 없네."

김의曰: "나는 안과 밖에서 서로 호응하여 왕필을 죽이고 그 병권兵權을 빼앗아 천자를 부축하고 싶네. 그리고는 다시 유황숙과 손을 잡고 그를 외부 지원세력으로 삼는다면 조조 역적놈을 죽여 버릴 수 있을 것이야."(*외부 지원 세력과 먼저 손을 잡지 않고 먼저 내부 변란부터 꾀한다면 어찌 일을 성공시킬 수 있겠는가?)

두 사람은 그 말을 듣고 손뼉을 치면서 좋다고 했다.

김의曰: "나에게 심복 두 사람이 있네. 그들에게 있어 조조 역적놈은 부모를 죽인 원수(殺父之仇)로서, 지금 성 밖에 살고 있는데 우리의 우익羽翼으로 삼으면 될 거야."

경기가 그 사람이 누구냐고 물었다.

김의曰: "태의太醫 길평吉平의 아들인데, 맏이의 이름은 길막吉邈, 자를 문연文然이라 하고, 둘째의 이름은 길목吉穆, 자를 사연思然이라고 하는데 조조가 전에 동승董承의 의대조衣帶詔 사건으로 그 부친을 죽였을 때 두 아들은 멀리 타향으로 도망쳐서 난을 면했어. 지금은 이미 몰래 허도로 돌아와 있는데 만약 역적을 치는 데 서로 힘을 합치자고 하면 따르지 않을 리가 없어."

경기와 위황은 크게 기뻤다.

〖 10 〗김의는 즉시 사람을 시켜서 은밀히 길씨吉氏 형제를 불렀다. 얼마 지나지 않아 두 사람이 오자 김의가 그 일을 자세히 말해 주었다. 두 사람은 비분에 차서 눈물을 흘리며 원한이 하늘에 사무쳐 하며 나

라의 역적을 반드시 죽이겠다고 맹세했다.

김의曰: "정월 대보름날 밤 성 안에선 집집마다 다 등을 켜놓고 원소절元宵節을 축하하네. 경소부(耿少府: 경기)와 위사직(韋司直: 위황) 두 사람은 각기 집안의 가동家僮들을 거느리고 왕필王必의 영문 앞으로 가서, 영문 안에 불길이 솟는 것을 보거든 곧바로 두 방면으로 나뉘어 쳐들어가서 왕필을 죽이고, 그 다음에 곧장 나를 따라서 궁궐 안으로 들어가서 천자를 청하여 오봉루五鳳樓로 올라가서 백관들을 불러들여서 그곳에서 그들의 면전에서 도적을 치라고 유시諭示하도록 하세. (*동승은 먼저 천자의 조서를 받들고 거사를 모의했으나, 김의는 먼저 거사부터 한 후 조서를 내려달라고 청하려고 했다. 결국 이들은 똑같은 계책이다.)

길문연 형제분께서는 성 밖으로부터 쳐들어와서, 불길이 솟는 것을 신호 삼아, 각기 크게 소리를 질러서 백성들에게 국적國賊을 주살하도록 선동하면서 성 안의 구원병들의 접근을 막도록 하시오.

그리하여 천자께서 조서를 내리시기를 기다렸다가 저들의 투항을 다 받은 후에는 곧바로 군사를 업군鄴郡으로 진격시켜서 조조를 사로잡고, 그런 다음 즉시 사자로 하여금 천자의 조서를 가지고 가서 유황숙을 불러오도록 합시다. 오늘 약속을 정한 이후 기약한 대보름 날 이경(二更: 밤 9시~11시 사이)에 거사할 때까지는 동승董承처럼 실수하여 스스로 화를 당하는 일이 없도록 해야 하오."(*동승은 정월 십오일에 꿈을 꿨는데 그 꿈을 진짜인 줄로 잘못 알았고, 김의는 정월 십오일에 거사를 했는데 그 거사는 결국 꿈이 되고 말았다.)

이에 다섯 사람들은 하늘에 맹세하고 피를 마시면서 맹약盟約을 한 다음 각자 집으로 돌아가서 군사와 병장기를 정돈하여 약속한 날에 거사를 하기로 했다.

〖 11 〗한편 경기와 위황 두 사람은 각각 가동家僮들이 3,4백 명씩 있었는데, 그들에게 미리 병장기들을 준비해 주었다. 길막吉邈 형제 역시 3백 명의 사람들을 불러 모아 (*네 집의 가동들을 다 합치면 7백여 명이 되었다.) 사냥을 간다는 핑계를 대고 제반 준비를 다 해놓았다.

김의는 거사 기일이 되기 전에 왕필을 찾아가 보고 말했다: "바야흐로 지금은 천하가 어느 정도 안정도 됐고 위왕魏王의 위세는 천하를 진동하고 있소. 이번 원소절元宵節을 맞이해서는 등불을 대대적으로 내걸어 태평한 기상氣象을 보여주도록 해야 할 것이오."

왕필은 그 말을 옳게 여겨서 성 내의 백성들에게 한 집도 빠짐없이 오색 천으로 장식한 등불을 내걸어서 명절을 축하하도록 하라고 공고했다.

마침내 정월 대보름날 밤이 되었다. 하늘은 맑게 개었고 별들은 총총했으며 달빛도 밝게 빛났다. 모든 시가지들은 서로 경쟁적으로 꽃등(花燈)들을 내다걸었는데, 이날 밤에만은 치안을 책임진 금오군(金吾: 지금의 경찰)도 야간통행을 금지하지 않았으며, 시간을 알리는 옥으로 만든 물시계도 시간을 알리지 않았다. 왕필은 어림군의 여러 장수들과 함께 영내에 연석을 벌여놓고 술을 마셨다.

이경二更이 지난 후 갑자기 영내에서 함성이 일어나더니 군영 뒤쪽에서 불길이 솟고 있다고 보고해 왔다.

왕필이 황망히 막사 밖으로 나가 보니 불길이 활활 타오르고 있었고 또 고함소리가 천지를 진동했다. 왕필은 영내에서 변란이 발생한 줄 알고 급히 말에 올라 남문을 나서다가 마침 경기耿紀와 만났는데, 경기가 쏜 화살이 그의 어깨에 맞아 하마터면 말에서 떨어질 뻔했으나 곧바로 서문西門을 향해 달아났다. (*화살을 쏘아 맞혔는데도 왕필을 죽이지 못한 것은 그의 천수天數다.)

등 뒤에서는 군사들이 쫓아왔다. 왕필은 놀라서 허둥대다가 말을 버리고 걸어서 달아났다. 김의의 집 앞에 이르러 급히 문을 두드렸다.

이때 김의는 한편으로는 사람을 시켜서 영내에 불을 지르도록 하고, 한편으로는 직접 가동들을 데리고 뒤따라 나가서 싸움을 돕고 있었기에 집안에는 부녀들만 남아 있었다.

이때 집안에서는 왕필이 와서 문을 두드리는 소리를 듣고 김의가 돌아온 줄로 생각하여 김의의 처가 문 너머로 대뜸 물었다: "왕필 그놈을 죽여 버렸소?"

왕필은 크게 놀라서, 그제야 김의도 공모자임을 깨닫고 곧장 조휴曹休의 집으로 찾아가서 김의와 경기의 무리들이 모반한 사실을 알려주었다. 조휴는 급히 전투복을 갖춰 입고 말에 올라 1천여 명을 이끌고 나가서 성 안에서 적을 막았다. 성 안 사방에서 불길이 솟구쳐 오봉루도 불타자 황제는 궁중 깊숙이 몸을 피했다. 조씨의 심복 장수들은 죽기 살기로 궁문을 지켰다. 성 안에서는 사람들이 "조조 도적놈을 다 죽여 버리고 한 황실을 붙들어 세우자!"라고 외치는 소리만 들렸다. (*관로管輅가 조조를 돕고, 하늘이 조조를 돕고 있다. 이것이 이른바 '천시를 얻었다(得天時)'는 것이다.)

〖 12 〗 이에 앞서 하후돈은 조조의 명을 받들고 허창을 순경巡警하기 위해 3만 명의 군사들을 거느리고 성에서 5마장(里) 떨어진 곳에 군사들을 주둔시켜 놓고 있었다.

이날 밤 멀리서 성 안에 불이 난 것을 보고는 곧바로 대군을 거느리고 달려가서 허도를 에워싼 다음, 일군一軍을 성내로 들여보내서 조휴를 지원하도록 했다. 조휴는 적들과 뒤섞여서 날이 밝아올 때까지 계속 싸웠다.

경기와 위황 등은 도와주는 사람이 없었다. 그때 누가 알리기를 김의와 길막 형제들은 모두 피살되었다고 했다. 경기와 위황은 길을 뚫고 성문을 뛰쳐나갔는데, 바로 그때 하후돈의 대군을 만나 그만 포위 당하여 산 채로 붙잡혔다. 수하의 1백여 명은 전부 피살되고 말았다.

하후돈은 성에 들어가서 불을 끄는 한편, 다섯 집안의 늙은이와 어린애 할 것 없이 모든 가솔들을 붙잡아 들인 후 사람을 보내서 (*왕필은 밤에 단 두 사람뿐인 줄 알았는데, 날이 밝았을 때 가서야 하후돈은 비로소 다섯 사람인 줄 알았다.) 조조에게 급히 보고했다. 조조는 경기와 위황 두 사람과 다섯 집안의 모든 가솔들을 저자거리로 끌어내다가 목을 베도록 명하고, 조정에 있는 대소 관원들을 전부 붙잡아서 업군鄴郡으로 압송해 가서 처분을 기다리도록 했다.

하후돈이 경기와 위황을 압송해 가서 저자거리에 이르자 경기가 언성을 높여 크게 외쳤다: "조아만(曹阿瞞)! 내 살아서 너를 죽이지 못했으나 죽어서 악귀惡鬼가 되어 네놈을 죽이고 말 테다!"

그때 망나니(劊子)가 칼로 그의 입을 찌르자 피가 흘러 땅을 흥건히 적셨지만 그는 계속 큰 소리로 욕을 하다가 죽었다.

위황은 얼굴을 땅바닥에 찧으며 말했다: "분하다! 분해!"

그러면서 이를 악물자 이빨이 모두 부서지면서 죽었다.

후세 사람이 그들을 칭찬해서 지은 시가 있으니:

경기는 충성스러웠고 위황은 현명했으나	耿紀精忠韋晃賢
각기 빈손으로 천자를 떠받들려고 했네.	各持空手欲扶天
누가 알았으랴, 한漢의 운수 다하니	誰知漢祚相將盡
가슴에 한 가득 품고 저 세상으로 가는 것을.	恨滿心胸喪九泉

〖 13 〗 하후돈은 다섯 집안의 노소 종족들을 모조리 목 베어 죽인 다음 모든 관원들을 업군으로 압송해 갔다. 조조는 군사 훈련장(教場)에다 왼쪽에는 홍기紅旗를, 오른편에는 백기白旗를 세워놓고 명령을 내렸다: "경기와 위황의 무리가 반란을 일으켜 허도에다 불을 질렀을

때, 너희들 가운데는 불을 끄러 나갔던 자들도 있고 문을 닫고 나가지 않은 자들도 있다. 불을 끄러 나갔던 자들은 홍기 아래로 가서 서고, 불을 끄러 나가지 않았던 자들은 백기 아래로 가서 서라."

많은 관원들은 속으로, 불을 끈 사람은 틀림없이 죄를 주지 않을 것이라고 생각하여 많이들 홍기 아래로 달려가서 서고, 그 삼분지 일쯤만 백기 아래로 가서 섰다.

조조는 홍기 아래에 서 있는 자들을 모조리 붙잡으라고 지시했다. 여러 관원들은 각자 자신은 죄가 없다고 말했다.

조조가 말했다: "당시 너희들의 마음은 불을 끄려고 한 것이 아니라 사실은 역적들을 도우려고 했던 것이다."

그리고는 모조리 장하漳河 가로 끌고 가서 목을 베도록 했는데, 죽은 자가 3백여 명이나 되었다. (*늙은 역적이 이에 이르러 그 마음은 더욱 악독해지고 그 손은 더욱 매서워졌다.) 그리고 백기 아래로 가서 서있던 자들에게는 모두 상을 내려주면서 그대로 허도로 돌려보냈다.

이때 왕필은 화살에 맞았던 상처가 덧나서 죽고 말았는데 조조는 그를 후히 장사지내 주도록 했다. 그리고 조휴曹休에게 어림군을 총지휘하도록 하고, 종요鍾繇를 상국(相國: 승상)으로 삼고, 화흠華歆을 어사대부御史大夫로 삼았다.

그리고는 새로 후작侯爵을 여섯 등급等級으로 나누었는데, 명호후名號侯의 작위는 18급級으로 정하고, 관중후關中侯의 작위는 17급으로 정하여 둘 다 모두 금 도장과 자주색 인수(金印紫綬)를 갖게 하였다. 그리고 관내외후關內外侯는 16급으로 정하여 은 도장에 거북 모양의 도장 꼭지에 검정색 인수(銀印龜紐墨綬)를 갖게 하였고, 다섯 명의 대부(五大夫)는 15급으로 정하여 구리 도장에 둥근 꼭지에 검정색 인수(銅印環紐墨綬)를 갖게 하였다. (*이들과 전부터 있었던 열후(列侯: 20급)와 관내후(關內侯: 19급)를 합하여 모두 여섯 등급이 된다.) 작위를 정하여 관직을 봉한 다음 조정의 일부 인물들도 바꾸었다. (*관제를 변경한 것은 더욱 나라를 찬탈할 조짐이다.)

조조는 비로소 관로가 화재가 있으리라고 말해 주었던 것이 생각나서 관로에게 큰 상을 내렸으나 관로는 받지 않았다. (*이상에서는 허창許昌 한쪽만 이야기했으나, 이하에서는 다시 동천東川의 일을 이어서 이야기한다.)

〖 14 〗 한편 조홍曹洪은 군사를 거느리고 가서 한중에 도착하자 장합과 하후연에게 각각 요충지를 의거하여 지키라고 명하고, 조홍 자신은 직접 적을 막으러 군사를 이끌고 나아갔다. 이때 장비는 뇌동雷同과 함께 파서巴西를 지키고 있었다. 마초馬超의 군사들이 하변(下辨: 감숙성 성현成縣 서쪽)에 이르자, 마초는 오란吳蘭을 선봉으로 삼아 군사를 거느리고 나가서 정탐하도록 했는데, 바로 그때 조홍의 군사와 마주쳤다. 오란은 곧 군사를 뒤로 물리려고 했다.

그때 휘하의 아장牙將 임기任夔가 말했다: "역적의 군사들이 방금 도착했는데 만약 우리가 먼저 저들의 예기銳氣를 꺾어놓지 않는다면 무슨 낯으로 맹기(孟起: 마초)를 보겠습니까?"

그리고는 창을 꼬나들고 말을 달려 나가서 조홍에게 싸움을 걸었다. 조홍은 직접 칼을 들고 말을 달려 나와서 그와 창을 겨루기를 단 3합만에 임기를 베어 말 아래로 떨어뜨렸다. (*장차 큰 패배가 있으려면 반드시 먼저 작은 승리가 있는 법이다.) 그리고는 기세를 타고 몰아쳐 왔다.

오란은 대패해서 돌아가 마초를 보았는데, 마초가 그를 꾸짖었다: "너는 왜 내 명령도 듣지 않고 적을 얕보다가 이렇게 패했느냐?"

오란曰: "임기가 제 말을 듣지 않아서 이처럼 패했습니다."

마초曰: "요해처를 굳게 지키고 있고 나가서 싸우지 말라."

마초는 한편으로 성도에 보고하고 어떻게 해야 할지 그 지휘를 기다렸다.

조홍은 마초가 연일 싸우러 나오지 않는 것을 보고 무슨 속임수가 있을까봐 겁이 나서 군사를 이끌고 남정南鄭으로 돌아갔다.

장합이 와서 조홍을 보고 물었다: "장군은 이미 적장을 베어 죽였으면서 왜 군사를 물리셨소?"

조홍曰: "나는 마초가 싸우러 나오지 않는 것을 보고 무슨 다른 계략이 있을까봐 겁이 났소. 게다가 내가 업군에 있을 때 신통한 점쟁이(神卜) 관로가 하는 말을 들었는데 그는 '이곳에서 대장 한 사람을 잃을 것'이라고 말했소. (*장차 관로의 말대로 되지만, 그러나 그것이 이 장수가 아니고 다른 장수임을 누가 알았겠는가?) 그래서 나는 이 말이 미심쩍어서 감히 경솔하게 나아갈 수가 없었던 것이오."

장합이 크게 웃으며 말했다: "장군은 반생을 싸움터에서 보내왔으면서 지금은 어찌 한낱 점쟁이의 말을 믿고 마음이 헷갈리십니까? 제가 비록 재주는 없으나 휘하의 군사들로 파서를 취하겠습니다. 만약 파서만 얻는다면 촉군蜀郡을 취하기는 쉽습니다."

조홍曰: "지금 파서를 지키고 있는 장수는 장비인데, 그는 결코 예사 장수가 아니므로 우습게 봐서는 안 되오."

장합曰: "사람들은 모두 장비를 무서워하지만 나는 그를 어린애처럼 봅니다. (*다만 "그도 장부지만 나도 장부다"라고만 말한다면 괜찮지만, "나는 장부이고 그는 어린애다"라고 말한다면, 이는 이 장씨(張郃)가 아직 저 장씨(張飛)를 잘 알지 못하고 있는 것이 아닌지 걱정된다.) 이번에 가서 그를 반드시 사로잡아 오겠소!"

조홍曰: "만약 실수가 있을 때엔 어떻게 하겠소?"

장합曰: "군령軍令에 따른 처벌을 달게 받겠소."

조홍은 각서(文狀: 軍令狀)를 쓰도록 한 후에야 장합이 군사를 이끌고 나가게 했다. 이야말로:

자고로 교만한 군사는 대부분 패했고   自古驕兵多致敗

적을 얕보고도 성공한 예는 드물다.   從來輕敵少成功

승부가 어찌될지 모르겠거든 다음 회를 읽어보기 바란다.

제 69 회 모종강 서시평序始評

(1). 방통龐統이 죽지 않고 공명이 아직 촉蜀에 들어가지 않았을 때 먼저 자허상인紫虛上人의 여덟 개 구句로 된 참어讖語가 그 조짐을 말해 주었고, 하후연이 죽지 않고 조비曹丕가 아직 한漢을 찬탈하지 않았을 때 또 먼저 관로管輅의 여덟 개 구句로 된 참어가 그 조짐을 말해 주었다. 이들은 모두 앞의 한가로운 이야기(閑文)들이 뒤의 문장의 복필伏筆이 된 것들이다. 그런데 자허상인의 여덟 개 구句는 전체가 합쳐져서 한 편篇을 이루지만, 관로의 여덟 개 구句는 2단段으로 나눠진다. 자허상인은 유괴劉琦가 찾아가서 만나보았고, 관로의 경우는 허지許芝가 이야기해서 끌어들이고 있다. 자허의 경우는 그 일생을 간략하게 소개하고 있으나 관로의 경우는 지나간 일들을 상세히 서술하고 있다.

혹은 간략하게 혹은 상세하게 설명하여 앞뒤로 한 필筆도 서로 침범하지 않으니, 이것이 훌륭한 문장인 이유이다.

(2). 김의金禕가 만약 먼저 유비와 약속하여 조조가 한중을 구하려고 나간 후에 거사해서 유비가 바깥에서 쳐들어오고 김의는 안에서 군사를 일으켰더라면 그 일이 반드시 실패하지는 않았을 것이다. 애석한 것은 거사를 너무 빨리 한 것이다. 비록 그렇기는 하나, 일의 성공과 실패는 논하기에 부족하지만, 그 충의忠義의 간담肝膽만은 실로 황천皇天과 후토后土에게 아뢸 만하다.

사관史官들은 여전히 낡은 〈위사魏史〉에 따라서 경기耿紀와 위황韋
晃 등이 모반을 일으켰다가 주살을 당했다고 잘못 적고 있는데, 이
는 크게 잘못된 것이다. 〈강목綱目〉부터는 이를 바로잡아서 "경기耿
紀와 위황韋晃이 조조를 치려다가 성공하지 못하여 그 때문에 죽었
다."(耿紀 · 韋晃討曹操不克, 死之.)라고 하였다. 이로써 〈춘추의 대
의〉가 천고千古에 밝혀졌던 것이다.

(3). 혹자는 말했다: 허창許昌의 화재 사건은, 만약 관로가 미리
말해주지 않았더라면 조조는 예방하지 않았을 것이고, 조조가 예방
하지 않았더라면 조조는 한중漢中으로 나갔을 것이며, 그리하여 다
섯 신하들의 거사가 반드시 성공하지 못하지는 않았을 것이다. 길평
吉平과 관로는, 한 사람은 의원이고 한 사람은 점쟁이인데, 길씨 일
문一門은 충의의 사람들이었지만 관로는 조조를 위해 화재를 막아
주었으니, 관로의 점복술이 길평의 의술만 못한 것이 아닌가?
비록 그렇기는 하나, 이를 관로의 허물로 돌려서는 안 된다. 다섯
신하들의 방화 사건은 천수天數이다. 관로가 화재가 날 것이라고 미
리 말해준 것 역시 천수이다. 조조가 관로의 말을 들은 것 역시 천수
이다. 천수가 이미 정해져 있으면 다시 달아날 길이 없다. 다만 간웅
의 경우에는 일단 정해진 천수라도 다시 한 번 생각해서 나라를 도
둑질하려는 마음을 거둬들여야 하고, 충신의 경우에는 일단 정해진
천수라 하더라도 나라에 보답하려는 뜻을 그만둬서는 안 되는 것이
다.

(4). 경기耿紀와 위황韋晃 등 다섯 집안의 가동家僮들의 행동을 살
펴보고 나서, 나는 동승董承이 이 다섯 사람에 미치지 못함을 탄식하
게 된다. 동승의 일은 진경동秦慶童이란 한 가동에 의해 누설되었으

나 다섯 집안의 가동들은 7백여 명이나 되지만 끝내 그 일을 누설한 자는 한 사람도 없었다. 만약 이 다섯 사람이 사람을 쓸 줄 몰랐다면 어찌 이럴 수 있겠는가?

초한楚漢 전쟁 중에 자립하여 제왕齊王이 되었다가 나중에 유방의 신하가 되기 싫어서 자살을 택했던 전횡田橫의 이야기가 전해져옴으로써 전횡을 따랐던 5백 명의 사람들 이야기도 그 덕에 전해져 오는데, 이들 5백 명의 이야기가 전해져옴으로써 전횡의 이야기가 더욱 널리 전해지게 된 것이다.

이와 같이 군자들은 다섯 집안의 가동들의 훌륭함에서 이들 다섯 사람들이 남들이 미칠 수 없을 정도로 훌륭하였음을 더욱 믿게 되 것이다.

제70회

장비, 지모로 와구관瓦口關을 취하고
황충, 계책을 써서 천탕산을 빼앗다

〖 1 〗 한편 장합은 부하 군사 3만 명을 거느리고 처음부터 세 개의 영채를 각기 험한 산세를 의지하여 나누어 세우도록 했는데, 그 하나 는 탕거채(宕渠寨: 사천성 거현渠縣 동쪽), 다른 하나는 몽두채蒙頭寨, 또 하나는 탕석채蕩石寨라고 불렀다.

그날 장합은 세 영채에서 각기 군사들을 반씩 갈라서 반은 파서巴西 를 취하러 가도록 하고 나머지 반은 남아서 영채를 지키도록 했다.

정탐꾼이 진즉 이 소식을 알아내서 파서에 보고하면서 말하기를, 장 합이 군사를 이끌고 온다고 했다. 장비는 급히 뇌동雷同을 불러와서 상 의했다.

뇌동이 말했다: "낭중閬中은 지형도 나쁘고 산도 험해서 군사들을 매복시킬 만합니다. 장군께서는 군사를 이끌고 나가서 싸우시고, 저는

기병驕兵들을 데리고 나가서 서로 돕는다면 장합을 사로잡을 수 있을 것입니다."

장비는 뇌동에게 정예병 5천 명을 주어 떠나가도록 했다. 그리고 장비 자신은 군사 1만 명을 이끌고 갔는데, 낭중에서 30리 떨어진 곳에서 장합의 군사와 마주쳤다. 양쪽 군사들이 진을 벌이고 나서 장비가 말을 타고 나가서 혼자 장합에게 싸움을 걸었다. 장합도 창을 꼬나들고 말을 달려 나와서 싸웠다. 20여 합 싸웠을 때 장합의 후군에서 갑자기 함성이 일어났다. 이 어찌된 일인가 하니, 장합의 군사들이 멀리 산 뒤쪽에 촉병의 깃발이 있는 것을 보고 소란을 떨었던 것이다.

장합은 감히 더 이상 싸울 마음이 없어져서 말머리를 돌려 달아났다. 장비는 그 뒤를 몰아쳐 갔고, 전면에서는 뇌동이 또 군사들을 이끌고 쳐들어 와서 양쪽에서 협공했다. 장합의 군사들은 대패했다. 장비와 뇌동은 밤낮 가리지 않고 추격해서 그대로 탕거산宕渠山까지 쫓아 갔다.

장합은 이전처럼 군사를 나누어서 세 영채들을 지키도록 했는데, 굵은 나무토막(擂木)과 포석砲石들을 많이 쌓아놓고 굳게 지키기만 하고 싸우러 나가지는 않았다. 장비는 탕거에서 10리 떨어진 곳에 영채를 세웠다.

다음날, 장비가 다시 군사를 이끌고 나가서 싸움을 걸었다. 그러나 장합은 산 위에서 일제히 나팔을 불고 북을 치면서 술을 마시고 산에서 내려올 생각은 전혀 하지 않았다. (*후에 장비가 술 마시는 것을 묘사하기 위해 먼저 장합이 술 마시는 것을 묘사하고 있다.) 장비는 군사들을 시켜서 마구 욕설을 퍼붓도록 했다. 그래도 장합은 싸우러 나오지 않았다. 장비는 영채로 돌아갈 수밖에 없었다.

다음날, 뇌동이 또 산 아래로 가서 싸움을 걸었다. 그래도 장합은 싸우러 나오지 않았다. 뇌동이 군사들을 몰아서 산으로 올라가자, 산 위에서는 아래로 나무토막들을 굴러 내리고 돌쇠뇌로 돌을 쏘아댔다. 뇌동이 급히 군사를 뒤로 물리자 탕석채와 몽두채 두 영채에서 군사들이 달려 나와 뇌동을 쳐서 물리쳤다.

다음날, 장비가 또 가서 싸움을 걸었다. 그러나 장합은 여전히 싸우러 나오지 않았다. 장비가 군사들을 시켜서 온갖 더러운 욕설들을 퍼붓도록 하자, 장합의 군사들 역시 산 위에서 이쪽을 향해 욕설을 퍼부었다.

장비는 아무리 생각해도 어떻게 해볼 만한 계책이 생각나지 않아서 이처럼 서로 대치하고 있기를 50여 일간이나 했다. 장비는 산 앞에 큰 영채를 세워놓고 거기서 매일 술을 마셨는데, 일단 마시면 대취할 때까지 마시고는 산 앞에 앉아서 마구 욕을 해댔다.

〔 2 〕현덕이 군사들에게 음식을 주어 위로하려고 사람을 보냈는데, 그가 가서 보니 장비는 하루 종일 술만 마시고 있었다. 그가 돌아가서 현덕에게 보고했다. 현덕은 깜짝 놀라서 급히 가서 공명에게 물었다.

공명은 웃으면서 말했다: "알고 보니 그렇게 하고 있었군요! 진중에는 아마 좋은 술이 없을 테니, 성도成都에는 좋은 술이 극히 많으니 50항아리의 술을 수레 3대에 실어서 진중으로 보내주어 장 장군이 마시도록 하시지요."

현덕曰: "내 아우는 본래 술만 마시면 실수를 하는데, 군사는 어째서 도리어 그에게 술을 보내주자고 하시는 거요?"

공명이 웃으며 말했다: "주공께서는 익덕과 그처럼 여러 해 동안 형제로 지내셨으면서도 여태 그 사람됨을 모르십니까? 익덕은 본래 성질이 강하고 거칠었지만, 그러나 전에 서천西川을 취할 때는 엄안嚴顔을 의리로 풀어주었는바, 이는 단지 용맹하기만 한 사람이 할 수 있는 일이 아닙니다. (*다시 한 번 제63회의 일을 꺼낸다.) 이제 장합과 서로 대치하고 있은 지 50여 일 되었습니다. 술에 취한 후 곧바로 산 앞에 앉아서 욕을 하고 꾸짖기를 마치 곁에 아무도 없는 것처럼 한다는 것은 결코 술에 취해서가 아니라 바로 장합을 깨뜨리려는 계책입니다."(*전에 서주徐州에 있을 때에는 진짜로 술에 취했지만, 파서巴西에서는 가짜로 취한 것이다. 현덕은 단지 그가 진짜로 취했던 것만 알고 공명은 도리어 그가 가짜로 취한 것까지 알고 있다.)

현덕曰: "설령 그렇다 하더라도 이처럼 중차대한 일을 그에게만 맡겨둘 수는 없으니 위연으로 하여금 가서 그를 도와주도록 하지요."

공명은 위연에게 진중으로 술을 호송해 가도록 하면서, 각 수레 위에다 "軍前公用美酒(군전공용미주: 진중의 공께서 드실 맛있는 술)"라고 크게 쓴 황색 깃발을 꽂아 놓도록 했다. 위연은 명을 받고 술을 호송해서 영채 안에 이르러 장비를 보고 주공께서 술을 내려주셨다고 말했다.

장비는 절을 한 후 그 술을 받았다. 그런 다음 위연과 뇌동에게 각기 일부 군사들을 이끌고 좌익과 우익이 되어 군중에서 붉은색 깃발이 올라가면 그것을 신호로 곧바로 진격하라고 분부했다.

그리고는 술 항아리를 막사 앞에 벌여놓고 군사들에게 깃발들을 크게 벌여 세우고 북을 치면서 술을 마시도록 했다.

〖 3 〗 첩자가 이 소식을 산 위로 보고했다. 장합이 직접 산꼭대기로 올라가서 멀리 바라보니, 장비는 막사 앞에 앉아서 술을 마시면서 소졸小卒 둘에게 자기 앞에서 씨름을 하도록 시켜 놓고 구경하고 있었다.

장합曰: "장비가 나를 업신여기는 게 너무 심하구나!"

그러면서 오늘 밤 산에서 내려가 장비의 영채를 습격할 것이라고 명을 내리고, 몽두채와 탕석채 두 영채에서도 모두 나가서 좌우에서 지원하도록 했다.

이날 밤 장합은 달빛이 희미한 때를 틈타 군사들을 이끌고 산 옆으로 내려가서 곧장 장비의 영채 앞으로 갔다. 멀찍이에서 바라보니 장비가 등불을 환히 밝혀놓고 막사 안에서 술을 마시고 있었다.

장합이 앞장서서 크게 고함을 지르고, 산 위에서는 북을 둥둥 쳐서 위세를 도우면서, 곧장 장비의 중군으로 쳐들어갔다. 그런데도 장비는 단정하게 앉아서 움직이지 않았다. 장합이 말을 달려 그의 면전까지 가서 창으로 찔러 넘어뜨렸다. 그러나 그것은 풀단으로 만든 인형人形이었다.

장합이 급히 말머리를 돌려 돌아가려고 할 때, 막사 뒤에서 연주포連珠砲를 쏘면서 한 장수가 앞장서서 돌아가려는 길을 막았다. 보니 부릅뜬 눈은 고리눈이었고 그 목소리는 마치 천둥소리 같았는데, 바로 장비였다. 장비는 장팔사모를 꼬나들고 말을 몰아 곧장 장합에게 달려들었다. 두 장수는 불빛 속에서 사오십 합을 싸웠다. 장합은 두 영채에서 구원병이 오기만을 기다렸는데, 누가 알았으랴? 위연과 뇌동 두 장수가 이미 두 영채의 구원병들을 격퇴하고 기세를 몰아 두 영채까지 빼앗아 버렸을 줄을! 장합은 구원병 오는 것이 보이지 않자 당황하여 어쩔 줄 몰랐다. 그때 또 보니 산 위에서 불길이 일어나면서 이미 장비의 후군에게 영채마저 빼앗겨 버렸다.

장합은 영채 세 개를 다 잃어버려서 어쩔 수 없이 와구관瓦口關으로 달아났다. 장비는 대승大勝을 거두고 나서 (*쉰 항아리의 맛좋은 술은 이때 마셔야 한다.) 승전 소식을 성도에 보고했다. 현덕은 크게 기뻐하면서 비로소 익덕이 술을 마셨던 것은 장합을 산에서 내려오도록 하려는 유인책이었음을 알게 되었다.

〖 4 〗 한편 장합은 물러나서 와구관瓦口關을 지켰으나 3만 명의 군사들 중 이미 2만 명이나 잃어버렸으므로 조홍에게 사람을 보내서 구원을 청했다.

조홍은 크게 화를 내며 말했다: "너는 내 말을 듣지 않고 기어이 진격하더니 요긴한 요충지를 잃어 버렸다. 그래 놓고선 또 다시 와서 구원을 청하다니!"

그는 끝내 군사를 내어주려고 하지 않고, 사람을 보내서 장합에게 어서 나가 싸우라고 독촉했다. 장합은 당황했으나 어떻게든 계책을 짜낼 수밖에 없었다. 그는 군사들을 두 방면으로 나누어 와구관 어귀에 있는 산 속에 매복시켜 놓고 분부했다: "내가 거짓 패하여 달아나면 장비가 틀림없이 쫓아올 것이다. 너희들은 그때 그가 돌아갈 길을 끊도록 하라."

이날 장합이 군사들을 이끌고 앞으로 나가다가 마침 뇌동과 마주쳤다. 서로 몇 합 싸우지 않아 장합이 패하여 달아나자 뇌동이 그 뒤를 쫓아갔는데, 그때 양편의 군사들이 일제히 달려 나와 길을 끊어버렸다. 장합은 다시 돌아서서 뇌동을 찔러서 말 아래로 거꾸러뜨렸다.

패한 군사들이 돌아가서 장비에게 알리자 이번에는 장비가 직접 가서 장합에게 싸움을 걸었다. 장합은 또 패한 척하고 달아났으나 장비는 그 뒤를 쫓아가지 않았다. 장합이 또 돌아와서 싸웠는데 몇 합 싸우지 않고 또 패한 척하고 달아났다.

장비는 그것이 계략인 줄 알고 군사를 거두어 영채로 돌아와서 위연과 상의했다: "장합이 매복계埋伏計를 써서 뇌동을 죽여 놓고 또 나를 속이려 드는데, 그의 계책을 역으로 이용해야겠지?"(*장비가 남의 계략을 알아차리는 것이 이미 기이한 일인데, 또 남의 계책을 역이용할 줄도 아니 이는 더욱 기이한 일이다.)

위연이 물었다: "어떻게요?"

장비曰: "내가 내일 먼저 일군을 이끌고 앞서 나갈 테니, 자네는 정예병을 이끌고 뒤에 처져 오면서 복병이 나오기를 기다렸다가 군사들을 나누어서 치도록 하게. 그리고 수레 10여 대에다 각기 나뭇단을 실고 가서 좁은 길을 막아놓고 불을 지르도록 하게. 나는 그 기세를 몰아 장합을 사로잡아 뇌동의 원수를 갚아 주겠네."

위연은 장비의 계책을 따르기로 했다.

다음날, 장비가 군사를 이끌고 앞으로 나아갔다. 장합도 또 군사를 이끌고 나와서 장비와 싸웠다. 서로 싸우기를 10여 합에 이르자 장합이 또 패한 척하고 달아났다. 장비가 기병과 보병(馬步軍)들을 이끌고 그 뒤를 추격해 가자 장합은 잠시 싸우다가 곧바로 달아나는 식으로 장비를 유인하여 산골짜기 입구를 지나갔다.

장합은 전군을 뒤로 돌려서 후군後軍을 선두부대로 바꾸어 다시 진영을 이룬 다음 장비와 싸웠다. 싸우면서도 장합은 두 부대의 복병들이 뛰쳐나와 장비를 포위해 주기를 바랐다. 그런데 뜻밖에도 그 복병들은 위연이 거느리는 정병들이 당도하자 산골짜기 입구로 쫓겨 들어갔는데, 위연이 수레로 산길을 막아버린 다음 불을 질러서 수레를 태우자 산골짜기 안의 초목에까지 불이 붙어 연기가 자욱해져 길이 보이지 않게 되어 군사들은 나올 수가 없었다. 장비는 오로지 군사들을 이끌고 좌충우돌하는 데만 열중했다. 장합은 크게 패하여 필사적으로 길을 뚫어 와구관瓦口關으로 달아난 후 패한 군사들을 거두어 모아서 굳게 지키기만 할 뿐 싸우러 나가지 않았다.

〖 5 〗장비와 위연은 연일 와구관을 공략했으나 함락시키지 못했다. 장비는 이대로 해서는 성공하지 못할 줄 알고 군사들을 20리 밖으로 물린 다음 위연과 함께 수십 명의 기병들을 이끌고 직접 이쪽저쪽으로 소로小路를 찾아다녔다.

그때 문득 남녀 여러 명이 각자 등에 보따리를 지고 산골짜기 길을 등나무와 칡덩굴에 의지하여 가고 있는 것이 보였다. 장비는 말 위에서 채찍을 들어 가리키며 위연에게 말했다: "와구관을 빼앗는 문제는 바로 저 몇 명의 백성들에게 달려 있네."

그리고는 즉시 군사를 불러 분부했다: "저 몇 명의 사람들을 놀라게 하거나 겁내게 하지 말고 좋은 말로 해서 불러오너라."

군사들이 재빨리 가서 그들을 불러서 말 앞으로 데려왔다. 장비는 좋은 말로 그들을 안심시키고 나서 어디서 오는 길이냐고 물었다.

백성들이 말했다: "저희는 모두 한중漢中에 사는 사람들입니다. 지금 고향으로 돌아가려고 하는데, 대군大軍이 싸우는 통에 낭중閬中의 관도官道가 막혔다고 들었습니다. 그래서 지금 창계(蒼溪: 현 이름. 사천성 창계)를 지나 재동산梓潼山 회근천(檜靳川: 재동산 속을 흐르는 개천)으로 해서 한중으로 들어가서 집으로 돌아가려던 참입니다."

장비曰: "저 길로 해서 와구관을 취하려면 거리가 얼마나 되느냐?"

백성曰: "재동산의 소로로 가시면 바로 와구관 뒤쪽이 나옵니다."

장비는 크게 기뻐하며 백성들을 데리고 영채로 들어가서 그들에게 술과 밥을 주고 위연에게 지시했다: "자네는 군사를 이끌고 가서 와구관 정면을 공격하게. 나는 직접 경기병들을 이끌고 재동산으로 나가서 관의 뒤쪽을 치겠네."

곧바로 백성들에게 길을 안내하도록 하고 경기병 5백 명을 뽑아서 재동산 속 소로로 해서 나아갔다.

〖 6 〗한편 구원병이 오지 않아서 장합이 한창 속이 타고 있을 때 알려오기를, 위연이 관 아래 와서 공격하고 있다고 했다.

장합이 갑옷과 투구 등 무장을 하고 말에 올라 막 산을 내려가려고 하는데 갑자기 또 알려왔다: "관 뒤쪽 네댓 방면에서 불길이 솟고 있는데, 어디 군사들이 오고 있는지는 모르겠습니다."

장합이 직접 군사를 거느리고 맞이하러 나갔는데, 깃발들이 갈라지더니 장비의 얼굴이 보였다. 장합은 크게 놀라서 급히 소로로 해서 달아났다. 그러나 길이 험하여 말이 갈 수 없는데다 뒤에서는 장비가 바짝 추격해 왔다. 장합은 말을 버리고 산으로 올라가서 길을 찾아 도망쳐서 겨우 위기를 벗어났으나, 뒤를 따르는 자들은 겨우 10여 명에 불과했다.

장합은 걸어서 남정南鄭으로 들어가서 조홍을 보았다. 조홍은 장합의 수하에 겨우 10여 명밖에 남지 않은 것을 보고는 크게 화를 내며 말했다: "내 너에게 가지 말라고 했거늘, 너는 각서까지 써놓고 가도록 해달라고 졸랐었다. 그래 놓고, 오늘 많은 군사들을 몽땅 잃어버리고 나서도 아직도 스스로 죽지 않고 돌아와서 도대체 뭘 하겠다는 것이냐!"

그리고는 좌우에 있는 자들에게 그를 끌어내서 목을 베라고 호통쳤다. (*전에는 장비를 어린애로 여기더니 지금은 도리어 어린애에게 속아 넘어갔다.) 행군사마行軍司馬 곽회郭淮가 간했다: "'삼군三軍은 얻기 쉬워도 장수 한 사람은 구하기 어렵다(三軍易得, 一將難求)'고 했습니다. 장합이 비록 죄가 있으나 위왕魏王께서 매우 아끼시는 자이니 곧바로 죽여서는 안 됩니다. 다시 군사 5천 명을 주어서 곧장 가서 가맹관葭萌關을 취하도록 한다면 적의 각처 군사들도 따라서 움직이게 될 것이고, 그리되면 한중漢中은 자연히 안정될 것입니다. 만약 공을 이루지 못하거든 그때 가서 두 가지 죄를 같이 처벌하시지요."

조홍은 그 말을 좇아서 장합에게 또 군사 5천 명을 주면서 가서 가맹관을 취하라고 지시했다. 장합은 명령을 받고 떠나갔다.

〖 7 〗 한편 가맹관을 지키고 있던 장수 맹달孟達과 곽준霍峻은 장합의 군사들이 쳐들어온 것을 알고 곽준은 다만 굳게 지키고 있자고 했으나, 맹달은 한사코 적을 맞이해 싸우자고 우기면서 군사들을 이끌고

관을 내려가서 장합과 싸웠으나 대패하여 돌아왔다. (*먼저 맹달이 패배한 것을 묘사한 것은 이로써 황충이 이긴 것을 반대로 돋보이도록(反襯) 하려는 것이다. 먼저 맹달이 패배한 것을 묘사한 것은 이로써 황충이 거짓 패한 것을 돋보이도록(正襯) 하려는 것이다.) 곽준은 급히 보고서를 작성해서 성도로 올려 보냈다.

현덕은 보고를 받고 군사軍師를 청해 와서 상의했다. 공명은 여러 장수들을 당상에 모아놓고 물었다: "지금 가맹관이 긴급한 상황에 있는데, 아무래도 낭중閬中에 있는 익덕을 불러와야만 장합을 물리칠 수 있을 것 같소."

법정曰: "지금 익덕은 군사들을 와구瓦口에 주둔시켜 놓고 낭중을 지키고 있는데, 그곳 역시 매우 중요한 곳이므로 불러와서는 안 됩니다. 휘하의 여러 장수들 가운데서 한 사람을 뽑아 보내서 장합을 물리치도록 해야 합니다."

공명이 웃으면서 말했다: "장합은 위魏의 명장이므로 웬만한 사람은 그의 상대가 될 수 없소. 익덕이 아니고는 그를 당해낼 사람이 없단 말이오."(*이런 말은 공명이 장수들을 자극하기 위해 자주 쓰는 수법이다.)

그때 갑자기 한 사람이 나오면서 언성을 높여 말했다: "군사軍師께서는 어찌하여 여러 사람들을 업신여기십니까? 내 비록 재주는 없으나 장합의 수급을 베어다가 휘하에 바치겠습니다."

모두들 보니 노장老將 황충黃忠이었다. (*공명의 말에 자극을 받아 한 늙은이가 나선 것이다.)

공명曰: "한승(漢升: 황충)이 비록 용맹하기는 하나 연로하니 어쩌겠소. 아무래도 장합의 적수는 못 될 것 같소."(*아예 극력 찔러댄다.)

황충은 그 말을 듣고 흰 수염을 거꾸로 곤두세우며 말했다: "내 비록 늙었으나 두 팔로는 아직도 쌀 3섬을 당길 힘이 필요한 강한 활(三石弓)을 당겨 쏠 수 있으며, 혼신의 힘으로는 아직도 천근千斤의 무게를

들 수 있는데 어찌 장합 같은 필부 따위를 대적하기에 부족하단 말씀이오!"

공명曰: "장군의 연세가 일흔에 가까운데 어떻게 늙지 않았다고 하시오?"

황충은 성큼성큼 당堂을 내려가더니 칼걸이에서 큰 칼을 집어 들고 마치 날아가는 듯이 휘둘렀고, 벽에 걸려 있는 강한 활(硬弓)을 연달아 두 개나 부러뜨렸다.

공명曰: "장군이 가겠다면, 부장副將은 누구로 하지요?"

황충曰: "노장군 엄안嚴顔이 나와 같이 가는 게 좋겠소. (*늙은이가 또 한 사람의 늙은이를 청하고 나온다. 황충이 엄안을 부장으로 청한 것이 매우 재미있다.) 만약 잘못되는 일이 있으면 먼저 이 흰 머리부터 바치겠소."

현덕은 크게 기뻐하며 즉시 엄안과 황충에게 장합과 싸우러 가도록 했다.

조운이 간했다: "지금 장합이 직접 군사들을 이끌고 가맹관으로 쳐들어왔는데, 군사軍師께선 이를 아이들 장난으로 생각지 마시오. 일단 가맹관을 잃고 나면 익주가 위험해집니다. 그런데 어찌하여 두 늙은이를 보내서 이처럼 큰 적을 막으라고 하십니까?"

공명曰: "장군은 이 두 사람이 늙어서 성공하지 못할 줄로 생각하지만, 나는 이 두 사람의 손으로 한중漢中을 얻을 수 있을 것으로 생각하오."

조운 등은 각각 속으로 비웃으면서 물러갔다.

〖 8 〗 한편 황충과 엄안이 가맹관 위에 당도하자 맹달과 곽준은 그들을 보고 속으로 역시 공명이 군사 배치를 잘못한 것이라고 비웃었다: "이처럼 중요한 곳에 어찌 저런 두 늙은이만 보낸단 말인가!"

황충이 엄안에게 말했다: "자네는 여러 사람들의 동정을 보았는가? 저들은 우리 두 사람이 늙었다고 비웃고 있네. 이제 우리가 기이한 공을 세워 여러 사람들의 마음을 굴복시켜야 할 것이야."(*노장이 노장을 격려하고 있다.)

엄안曰: "장군의 명령대로 따르겠습니다."

둘은 상의를 마쳤다. 황충이 군사를 이끌고 관에서 내려가 장합과 마주보고 진을 쳤다. 장합이 말을 타고 나와 황충을 보더니 비웃으며 말했다: "너는 나이를 그렇게 먹고서도 창피한 줄도 모르고 아직도 싸우러 나오느냐!"(*전에는 장비를 어린애 같다고 깔보았는데, 어린애 같다고 생각하는 것은 그를 깔보는 것이고, 그를 늙었다고 생각하는 것 또한 그를 깔보는 것이다. 어린애 같다고 깔보고 또 늙었다고 깔보고서 어찌 패하지 않을 수 있겠는가?)

황충이 화를 내며 말했다: "어린 자식이 내가 늙었다고 깔보지만, 내 손에 있는 이 보검은 늙지 않았다!"

그리고는 말에 박차를 가해 앞으로 나아가 장합과 싸웠다. 두 말이 서로 어우러져 약 20여 합 싸웠을 때, 갑자기 등 뒤에서 함성이 일어났는데, 어찌된 일인가 하니, 엄안이 작은 길로 질러와서 장합 군사의 뒤에 이른 것이었다. 양군이 협공하여 장합은 대패했다. 황충과 엄안이 밤낮 가리지 않고 쫓아가자 장합의 군사는 팔구십 리나 물러갔다.

황충과 엄안은 군사를 거두어 영채로 들어가서 각기 군사들을 멈춰 쉬게 하고 움직이지 않았다.

조홍은 장합이 싸움에 패했다는 소식을 듣고 또 그에게 죄를 물으려고 했다.

곽회曰: "장합이 핍박을 받으면 틀림없이 서촉으로 투항해 갈 것입니다. 그러니 지금은 장수를 보내서 그를 도와주는 한편 감시를 해서 딴 마음을 먹지 않도록 해야 합니다."(*곽회는 역시 장수 다루는 법을 잘 알고 있다.)

조홍은 그 말을 좇아서 즉시 하후돈의 조카 하후상夏侯尙과 항복해온 장수 한현韓玄의 아우 한호韓浩 두 사람을 보내면서 군사 5천 명을 이끌고 가서 싸움을 도와주도록 했다. 두 장수는 즉시 출발해서 장합의 영채에 당도하여 군의 사정을 물었다.

장합曰: "노장 황충은 대단한 영웅인데다 또 엄안까지 돕고 있으므로 우습게 보고 대적해서는 안 되오."

한호曰: "나는 장사長沙에 있었기에 이 늙은 도적이 얼마나 무서운 놈인 줄 잘 알고 있소. 그자는 위연魏延과 함께 성을 바치고 내 친형까지 해쳤소. 지금 이왕 만났으니 반드시 원수를 갚아주고야 말겠소." (*제53회의 일.)

그리고는 하후상과 함께 새로 데리고 온 군사들을 이끌고 영채를 떠나 앞으로 나아갔다.

이에 앞서 황충은 연일 정탐병을 내보내서 이미 그곳의 길과 지리를 파악해 놓고 있었다.

엄안曰: "여기서 나가면 천탕산天蕩山이 나오는데, 그 산속에는 조조가 쌓아놓은 군량과 마초(糧草)가 있습니다. 만약 그곳을 손에 넣어 군량과 마초의 공급을 끊어버린다면 한중漢中을 얻을 수 있습니다." (*역시 노숙하고 심원한 계책이다.)

황충曰: "장군의 말은 바로 내 생각과 같소. 나와 함께 여차여차하게 합시다."

엄안은 그 계책에 따라 스스로 일군一軍을 거느리고 떠나갔다.

〖 9 〗 한편 황충은 하후상과 한호가 왔다는 말을 듣고 곧바로 군사들을 이끌고 영채를 나섰다. 한호가 진 앞에서 황충에게 욕설을 마구 퍼부었다: "의리라곤 없는 이 늙은 도적놈아!"

그리고는 말에 채찍을 가하여 창을 꼬나들고 황충에게 덤벼들었다. 하후상도 곧바로 나와서 협공했다. 황충은 두 장수를 상대로 힘껏 싸웠으나 10여 합을 싸우고는 패하여 달아났다. 두 장수는 20여 리를 쫓아와서 황충의 영채를 빼앗았다. 황충은 또 영채 하나를 새로 세웠다.

다음날, 하후상과 한호가 쫓아왔다. 황충은 또 진을 나가서 여러 합 싸우다가 또 패하여 달아났다. 두 장수는 또 20여 리를 쫓아와서 황충의 영채를 빼앗고는 장합을 불러서 뒤의 영채를 지키도록 했다.

장합이 앞의 영채로 와서 간했다: "황충은 이틀 동안 연달아 물러났는데, 그렇게 하는 데는 틀림없이 속임수가 있을 것이오."

하후상은 장합을 꾸짖으며 말했다: "당신이 이렇게 겁이 많으니, 여러 차례 싸움에서 패한 이유를 알 수 있겠소! 지금은 다시 여러 말 하지 말고 우리 두 사람이 공을 세우는 것이나 구경하시오." (*전에는 조홍은 신중하고 장합이 거칠고 경솔했는데, 이번에는 장합은 신중하고 하후상이 거칠고 경솔하다. 이런 인물들이 명장을 비웃다니, 군사감독관(監軍)이란 무서운 자리구나.)

장합은 창피해서 얼굴을 붉히고 물러갔다.

다음날, 두 장수가 또 나가서 싸우자 황충은 또 패하여 20리를 물러갔다. 두 장수는 점점 더 가까이 쫓아갔다. 그 다음날, 두 장수가 군사를 이끌고 나오자, 황충은 멀리서 보기만 하고서도 달아났다. 이처럼 연달아 여러 번 패하여 곧장 가맹관으로 물러갔다. 두 장수는 관문을 치다가 영채를 세웠고, 황충은 굳게 지키기만 하고 싸우러 나가지 않았다.

맹달은 몰래 글을 보내서 현덕에게 보고했다: "황충은 연달아 여러 번 패했는데, 지금은 물러나서 관 위에 와 있습니다."

현덕이 황망히 공명에게 대책을 물었다.

공명曰: "이것은 노장이 적의 마음을 교만하게 만들어 놓으려는 교병지계驕兵之計입니다."(*장비가 거짓으로 술 취해도 그것을 알아차리고, 황충이 거짓 패해도 그것을 알아차렸으니, 공명이야말로 사람을 안다(知人)고 할 수 있다.)

그러나 조운 등은 공명의 말을 믿지 않았다.

현덕은 유봉을 관 위로 보내서 황충을 지원하도록 했다. 황충은 유봉과 만나서 그에게 물어보았다: "소장군小將軍이 싸움을 도우러 왔는데, 이는 무슨 뜻인가?"

유봉曰: "부친께서는 장군께서 여러 번 패하셨음을 알고 저를 보내신 것입니다."

황충이 웃으면서 말했다: "이는 늙은이가 적의 마음을 교만하게 만들어 놓으려는 교병지계驕兵之計이네. 오늘 밤 한 번의 싸움으로 잃었던 여러 영채들을 전부 되찾고 저들의 군량과 말들까지 다 빼앗는 것을 구경하게나. 이는 저들에게 영채를 빌려주어서 저들로 하여금 그곳에 군량과 물자(輜重)들을 쌓아두도록 하려는 것이라네. (*빈 영채를 물자로 채워진 영채와 바꾼다면, 이 얼마나 큰 이익인가.) 오늘 밤에 곽준은 남아서 관을 지키도록 하고, 맹 장군은 나와 같이 군량과 마초를 운반하고 말들을 빼앗을 테니, 소장군은 내가 적을 쳐부수는 것을 구경이나 하게!"

〖 10 〗 이날 밤 이경(二更: 밤 9시~11시)에 황충은 5천 명의 군사들을 이끌고 관문을 열고 곧장 쳐내려갔다. 원래 하후상과 한호 두 장수는 관 위의 군사들이 연일 나오지 않는 것을 보고 모두들 해이해져서 아무런 대비도 하지 않고 있었다.

그때 황충이 영채를 깨부수고 곧장 쳐들어가자 미처 사람들은 갑옷을 입지도 못하고 말에는 안장을 얹지도 못한 채 두 장수는 각자 살기 위해 도망쳤다. 군사와 말들은 서로 짓밟혀서 죽는 자가 수없이 많았다.

날이 훤히 밝을 무렵까지 연달아 영채 셋을 빼앗았다. 영채 안에는 버리고 간 병장기와 말안장과 말들이 무수히 많았다. 황충은 맹달에게 그것들을 전부 관 안으로 운반해 가라고 지시하고 다시 군사들을 재촉해서 적병의 뒤를 쫓아갔다.

유봉曰: "군사들이 지쳐 있는데 잠시 쉬도록 하시지요."

황충曰: "범의 굴에 들어가지 않고 어찌 범의 새끼를 얻을 수 있겠는가(不入虎穴, 焉得虎子)?"

그리고는 말에 채찍질을 하여 앞장서 갔다. (*보도寶刀는 늙지 않았고, 황충 역시 늙지 않았다.) 병졸들도 모두 힘을 다해 앞으로 나아갔다.

장합의 군사들은 반대로 자기편의 패한 병사들을 보고는 충격을 받아 모두들 그 자리에 머물러 있지 않고 뒤쪽을 향해 달아났는데, 허다한 영채들을 몽땅 내버리고 곧장 한수漢水 가까지 달아났다.

장합은 하후상과 한호를 찾아서 만나 상의했다: "이 천탕산天蕩山은 군량과 마초를 쌓아둔 곳이며, 게다가 역시 군량을 쌓아둔 미창산米倉山과도 이어져 있는데, 이는 한중漢中 군사들의 목숨을 유지해 주는 근원이오. 만약 이곳을 잃어버리면 한중도 없는 것이니, 마땅히 지켜낼 방법을 생각해야 하오."

하후상曰: "미창산은 나의 숙부 하후연이 군사를 나누어 지키고 계시는데, 그곳은 바로 정군산定軍山과 접해 있으므로 염려할 필요 없소. (*염려해야 할 곳은 바로 이곳인 줄 누가 알았나.) 천탕산은 나의 형님 하후덕夏侯德이 지키고 있으니 우리 그리로 찾아가서 그 산을 지키도록 합시다."

이리하여 장합과 두 장수는 밤낮을 가리지 않고 천탕산으로 찾아가서 하후덕을 만나보고 앞서 있었던 일들을 자세히 이야기했다.

하후덕曰: "나는 이곳에 10만 명의 군사들을 주둔시켜 놓고 있는

데, 너희는 이 군사들을 이끌고 가서 다시 원래의 영채들을 취하도록
하라."

장합曰: "굳게 지키고만 있어야지 함부로 움직여선 안 됩니다."

그때 갑자기 산 앞에서 징소리, 북소리가 크게 진동하더니 황충의
군사가 당도했다고 보고해 왔다.

하후덕이 큰소리로 웃으며 말했다: "늙은 도적놈이 병법도 모르면
서 단지 제 용맹만 믿고 있구나!"

장합曰: "황충은 지모가 있는 사람입니다. 그저 용맹만 있는 게 아
닙니다."

하후덕曰: "서천의 군사들은 멀리서 오느라 연일 지쳐 있는데다가
또 겸해서 적진 깊숙이 들어왔으니, 이는 무모無謀한 짓이다."

장합曰: "그래도 적을 우습게보아서는 안 됩니다. 당분간 굳게 지키
고 있어야 합니다."

한호曰: "정예병 3천 명만 빌려 주시면 저들을 치겠습니다. 이기지
못할 리가 없습니다."

하후덕은 곧바로 군사를 나누어 한호에게 주면서 산에서 내려가 싸
우도록 했다. 황충이 군사들을 정돈하여 맞아 싸우러 갔다.

〖 11 〗 유봉이 간했다: "해는 이미 서녘으로 졌고, 군사들은 모두
먼 길을 와서 지쳐 있으니, 우선은 잠시 쉬도록 해야 합니다."(*젊은
사람이 도리어 노인 같다.)

황충이 웃으며 말했다: "그렇지 않소. 이는 하늘이 기이한 공로를
세울 기회를 주신 것인데, 이를 취하지 않는다면 곧 하늘을 거역하는
것이 되오(天賜奇功, 不取是逆天也)."

말을 마치자 황충은 북을 치고 고함을 지르며 기세 좋게 나아갔다.
한호가 군사를 이끌고 싸우러 왔다. 황충이 칼을 휘두르며 곧장 한호

에게 달려들어 단 한 합에 그를 베어 말 아래로 떨어뜨렸다. (*호랑이 굴에 들어가서 호랑이 새끼를 얻었다.) 서촉의 군사들은 크게 고함을 지르며 산 위로 쳐 올라갔다. 장합과 하후상이 급히 군사들을 이끌고 그들을 맞이하러 나왔는데, 그때 문득 산 뒤에서 함성이 크게 울리고 불빛이 하늘까지 뻗치더니 하늘과 땅이 온통 새빨개졌다.

하후덕이 불을 끄러 군사를 데리고 오다가 마침 노장 엄안과 마주쳤다. 엄안이 칼을 든 손을 한 번 번쩍 들었다가 내려치자 하후덕의 머리가 말 아래로 떨어졌다.

이 어찌된 일인고 하면, 황충은 미리 엄안에게 군사를 이끌고 가서 산속에 매복해 있다가 황충의 군사가 당도하기를 기다린 후에 나와서 나무를 쌓아놓은 위에다 일제히 불을 지르도록 했던 것인데, 맹렬한 불길이 하늘로 날아올라서 산골짜기 안을 환하게 비추었던 것이다.

엄안은 하후덕을 베어 죽이고 나서 산 뒤로부터 쳐들어갔다. 장합과 하후상은 앞뒤로 적을 맞아서 서로 돌볼 수 없게 되자 부득이 천탕산을 포기하고 달아나서 하후연이 있는 정군산으로 찾아갔다.

〖 12 〗 황충과 엄안은 천탕산을 지키고 있으면서 승전 소식을 성도로 급히 보고했다. 현덕은 그 소식을 듣고 여러 장수들을 모아놓고 축하했다.

법정曰: "전에 조조는 장로를 항복시키고 한중을 평정한 다음 그 기세를 타고 파巴와 촉蜀까지 도모하지 않고 하후연과 장합 두 장수만 남겨두어 지키도록 하고는 자신은 대군을 이끌고 북으로 돌아갔는데, 이것이 잘못된 계책이었습니다.

지금 장합이 갓 패하여 천탕산을 잃었는데, 주공께서 만약 이 기회를 이용해서 대병을 일으켜 몸소 저들을 치신다면 한중을 평정할 수 있습니다. 한중을 평정하신 후에 군사를 훈련시키고 군량을 쌓으면서 저들의 허점과 틈을 노린다면, 앞으로 나아가서는 역적을 칠 수 있을 것이고, 뒤로 물러나서는 스스로를 지킬 수 있을 것입니다. 이는 하늘이 주시는 기회이니 놓쳐서는 안 됩니다(此天與之時, 不可失也)."(*인화人和를 얻으면 천시天時도 얻을 수 있다. 이 기회를 이용하여 지리地利도 얻을 수 있다.)

현덕과 공명은 다 그의 말을 깊이 수긍하고 곧바로 명령을 전하여 조운과 장비를 선봉으로 삼고 현덕과 공명은 친히 군사 10만 명을 이끌고 날을 택하여 한중을 치기로 했다. 그리고 각처로 격문을 전하고 방비를 더욱 엄히 하도록 지시했다.

때는 건안 23년(서기 218년. 신라 나해 이사금 23년) 가을 7월 길일吉日이었다. 현덕이 이끄는 대군은 가맹관을 나가서 영채를 세운 다음 황충과 엄안을 영채로 불러서 후한 상을 내렸다.

현덕曰: "남들이 모두 말하기를 장군께선 늙었다고 했으나 군사軍師께서만 홀로 장군의 능력을 알아주시어 이번에 과연 기이한 공을 세우게 되었소. 그런데 지금 한중의 정군산은 곧 남정南鄭을 지키는 보루(保障)이자 적이 군량과 마초를 쌓아두는 곳이오. 만약 우리가 정군산만 얻게 되면 양평陽平 일대는 걱정할 게 없을 것이오. 장군께선 이번에 또 한 번 가서 정군산을 취해 보지 않겠소?"

황충이 흔쾌히 응낙하고 곧바로 군사를 거느리고 떠나려고 했다.

공명이 급히 말리며 말했다: "노장군께서는 비록 영용하시지만, 그러나 하후연은 장합과는 비교도 할 수 없는 사람이오. (*여기서 또 반격법反激法을 쓰고 있다.) 하후연은 군사 책략(韜略)에 깊이 통달하고 전술전략(兵機)에 훤한 사람이므로 조조는 그를 믿고 서량西凉을 지키도록 하면서 먼저는 군사들을 장안에 주둔시켜 놓아 마맹기(馬孟起: 마초)를 막도록 했고,(*제58회의 일.) 지금은 또 한중에 군사를 주둔시켜 놓도록 한 것이오. 조조가 이 일을 다른 사람에게 맡기지 않고 유독 하후연에게만 맡긴 것은 하후연에겐 대장으로서의 자질(將才)이 있기 때문이오.

지금 장군은 비록 장합을 이겼다고는 하나 하후연까지 이길 수 있을지는 예견할 수 없는 일이오. 나는 적당한 사람 하나를 뽑아서 형주로 보내고 대신에 관關 장군을 돌아오도록 하려고 하오. 그래야만 비로소 하후연을 대적할 수 있을 것이오."(*전에는 장비를 빌려서 그를 자극하더니, 이번에는 관공을 빌려서 그를 자극하고 있다.)

그 말에 황충이 분연히 대답했다: "옛날에 염파(廉頗: 전국시대 조趙 나라 대장) 장군은 나이 여든에도 여전히 한 말의 쌀로 지은 밥과 열 근의 고기를 먹었는데 제후들은 그의 용맹이 두려워서 감히 조趙 나라 지경을 침범하지 못했다고 하였소. 그런데 이 황충은 아직 나이가 일흔도 안 되었는데 더 말할 게 무엇 있소?(*이런 식으로 말한다면, 황충은 아직 소년이라 할 수 있다.) 군사軍師께서는 내가 늙었다고 하시는데, 내 이번에는 부장副將도 쓰지 않고 휘하 군사 3천 명만 데리고 가서 즉각 하후연의 수급을 베어다가 휘하에 바치겠소."

공명이 재삼 들어주지 않았으나 그래도 황충은 기어이 가겠다고 우겼다.

공명曰: "기왕에 장군께서 꼭 가겠다고 하니, 내가 한 사람을 군사 감독관(監軍)으로 삼아서 함께 가게 하려는데, 어떠시오?" 이야말로:

| 장수 보내려면 반드시 격장법激將法 써야지 | 請將須行激將法 |
| 나이 젊은 사람은 늙은이만 못하다네. | 少年不若老年人 |

그 사람이 누구인지 모르겠거든 다음 회를 읽어보기 바란다.

제70회 모종강 서시평序始評

(1). 몇 회 앞에서는 관공이 술 마시는 것을 묘사했는데, 이곳에서는 이어서 장비가 술 마시는 것을 묘사하고 있다. 관공이 혼자

칼을 들고 동오의 연회에 참석하여 마신 것(單刀赴會之飮)은 남의 술이었지만, 장비가 와구채瓦口寨 앞에서 마신 술은 자기 술이었다. 관공의 음주는 담력(膽)과 관계된 것이지만, 장비의 음주는 슬기로움(智)과 관계된 것이며, 관공의 음주는 호기(豪)와 관계된 것이지만 장비의 음주는 영리함(巧)과 관계된 것이다.

대개 담력으로 술을 마시면 술이 또 담력을 키워주고, 호기로 술을 마시면 술이 다시 그 호기를 도와준다. 그러나 술을 마심으로써 그 영리함과 슬기로움을 행사하기는 어려운 일이다. 담력과 호기는 술과 서로 가까운 것이지만 영리함과 슬기로움은 술과는 서로 가까운 것이 아니기 때문이다. 술과 서로 가까운 것이 아닌데도 불구하고 술을 마시고서도 그것을 발휘할 수 있으려면, 장비와 같은 사람이 아니고는 불가능한 일이다.

(2). 지금 술에 취해서 와구관瓦口關을 취한 장비는 옛날 술에 취해 서주徐州를 잃어버렸던 그 장비가 결코 아니다. 이는 전후로 결국 서로 다른 두 사람의 장비가 있는 것이다. 그러나 오늘 장합을 속인 장비는 전날에 엄안嚴顏을 속였던 장비로서, 이는 전후로 원래 두 사람의 장비가 있지 않았다. 그리고 그가 엄안을 속인 것은 숲의 나무들이 앞뒤로 있고 장비가 둘 있었기 때문이고, 장합을 속인 것은 영채 안에 풀로 만든 또 다른 장비가 있었기 때문이다. 귀신으로 의심하게 한 것은 좌자左慈가 자기 몸 외에 또 다른 몸을 가지고 있었던 것과 거의 같은데, 이렇게 생각하면 장비야말로 취중의 신선이 아닐까?

(3). 병법에는 적을 유인하는 것보다 더 귀한 것이 있다. 적이 나를 거칠다고 생각한다면 나는 적을 꼼꼼하지 않은 것으로 유인하

고, 적이 나를 늙었다고 생각한다면 나는 겁약怯弱함을 보임으로써 적을 유인해야 한다. 그러나 적을 유인하기 위해서는 전제 조건이 있으니, 적의 뒤쪽을 돌아가면서 기습병을 두어야만 이길 수 있다. 장비와 황충은 모두 소로小路로 가서 관의 뒤쪽을 공격했는데, 이는 그들이 기습병을 쓴 것이다. 그러므로 적을 유인하지 않고서는 기습병을 쓸 수 없고, 기습병을 쓰지 않고서는 적을 유인해도 안 된다.

(*참고: 이지李贄의 평)

O. 황충黃忠과 엄안嚴顔 같은 두 늙은이도 기이한 공을 세웠는바, 이로써 우리는 스스로를 늙었다고 생각해서는 안 된다는 것을 알 수 있다. 일단 스스로를 늙었다고 생각하면 진짜 늙은이가 되고 만다. 6~70세 가까운 나이에도 연달아 과거에 급제하는 사람이 있는데, 그런 사람은 결코 스스로를 늙었다고 여기지 않는다. 또한 나이 2~30세밖에 안 되면서도 스스로를 늙었다고 생각하는 사람은 과연 늙을 때까지 결국 아무것도 이루지 못하는 것을 본다.

늙었거나 젊다는 것에 어찌 정해진 나이가 있겠는가? 다만 사람들이 자기 자신을 늙었다고 생각하거나 젊다고 생각하기에 달려 있을 뿐이다(老少何有定哉? 只在當人自家老少耳).

제71회

황충, 맞은편 산에 앉아 적이 지치기를 기다리고
조운, 한수에 의지하여 소수 군사로 대병을 이기다

〖1〗한편 공명은 황충에게 분부했다: "장군께서 기왕에 꼭 가겠다고 하니, 내가 법정法正으로 하여금 장군을 도와드리도록 하겠소. 모든 일을 그와 의논해서 하시오. 내가 뒤따라 군사들을 보내서 지원해 드리겠소."

황충은 그렇게 하겠다고 승낙하고 법정과 같이 휘하 군사들을 거느리고 떠났다.

공명은 현덕에게 고했다: "이 노장은 말로써 자극해 주지 않으면 가더라도 성공할 수 없습니다. 그가 지금 이미 갔으니 반드시 군사들을 보내서 지원해줘야 합니다."

그리고는 조운을 불러서 지시했다: "일부 군사들을 데리고 소로로 가서 기습하여 황충을 지원하되, 황충이 이기면 싸우러 나갈 필요 없지만, 혹시 황충이 패하는 경우에는 즉시 가서 구원해 주시오."

그리고 또 유봉劉封과 맹달孟達을 보내면서 지시했다: "3천 명의 군사들을 거느리고 가서 산속 험한 곳에다 깃발들을 많이 꽂아놓아 우리 군사들의 위세가 대단한 것처럼 보여줌으로써 적들이 놀라고 의아해 하도록 하라."

세 사람은 각자 군사들을 거느리고 떠났다. (*후문에서 정군산을 습격하게 되는 복필이다.)

그리고 또 사람을 하변下辨으로 보내서 마초에게 계책을 전해 주고 그로 하여금 여차여차하게 하도록 했다. 그리고 또 엄안을 파서巴西 낭중閬中으로 보내서 장비와 위연 대신 요충지를 지키도록 하고, 장비와 위연은 불러와서 같이 한중을 취하도록 했다.

〖 2 〗한편 장합은 하후상과 같이 가서 하후연을 보고 말했다: "천탕산은 이미 빼앗겨버렸고 하후덕과 한호도 싸우다가 죽었습니다. 지금 듣기로는, 유비가 직접 군사들을 거느리고 한중을 취하러 온다고 하니, 속히 위왕께 아뢰어 빨리 정예병과 맹장을 보내와서 같이 싸우도록 해달라고 청해야 합니다."

하후연은 곧바로 사람을 조홍에게 보내서 이 일을 알렸다. 조홍은 밤낮을 가리지 않고 허창으로 가서 조조에게 보고했다. 조조는 크게 놀라서 급히 문무관원들을 모아놓고 군사들을 보내서 한중을 구하는 문제를 상의했다.

장사長史 유엽劉曄이 건의했다: "한중을 잃으면 중원이 흔들릴 것입니다. 대왕께서는 수고를 마다하지 마시고 반드시 친히 가셔서 적을 치셔야 합니다."

조조가 스스로 뉘우치고 말했다: "그때 경의 말을 듣지 않아서 이렇게 되도록 한 것이 후회되는군!" (*제67회 중의 말.)

그리고는 급히 명을 내려 군사 40만을 일으켜 친히 정벌하러 갔다. 때는 건안 23년(서기 218년) 가을 7월이었다.

조조는 군사를 세 방면으로 나누어 나아갔다. 선두부대의 선봉은 하후돈이 맡았고, 조조 자신은 중군을 거느렸고, 조휴曹休에게는 후위後衛를 맡도록 해서 전군이 연달아 출발했다.

조조는 비단전포 위에 옥대玉帶를 띠고 금 안장을 한 백마를 탔다. 무사武士들이 붉은 비단에 금박을 입힌 커다란 일산(大紅羅鎖金傘蓋)을 손으로 잡고 받쳐주었다. 그의 좌우에는 철봉 끝에 참외 모양의 둥근 쇠를 달아놓은 금과金瓜와 은도끼(銀鉞), 등자(鐙)와 목봉(棒), 창(戈矛) 등을 든 자들이 벌려 서서 해와 달, 용과 봉황이 수놓아진 깃발(日月龍鳳旌旗)을 흔들면서 나아갔다.

그리고 조조를 호위하는 용호관군龍虎官軍 2만5천 명을 매 부대마다 5천 명씩 다섯 부대(隊)로 나누었는데, 각 부대마다 청·황·적·백·흑 다섯 가지 색깔 중 한 가지로 그 부대의 깃발과 갑옷과 말의 색상을 정하고 있었으므로 그 광경이 참으로 휘황찬란하고 지극히 웅장했다. (*왕호王號를 참칭한 후에도 똑같은 기색이다.)

〖 3 〗 군사들이 동관潼關을 나갔을 때 조조가 말 위에 앉아서 바라보니 한 무더기의 나무들이 매우 우거진 곳이 있어서 근시近侍에게 물어보았다: "저곳이 어디냐?"

근시가 대답했다: "이곳은 남전(藍田: 섬서성 남전현 서쪽)이라고 합니다. 저 숲속에 채옹蔡邕의 집이 있습니다. 지금은 채옹의 여식 채염蔡琰이 남편 동기董紀와 함께 저곳에 살고 있습니다."

원래 조조와 채옹은 서로 사이가 좋았다. (*제4회와 9회 중의 일.) 일찍이 그의 딸 채염은 위도개衛道玠란 남자의 처가 되었는데, 후에 북방의 흉노족에게 납치당해 북방으로 끌려가서 그곳에서 아들 둘을 낳았

다. 그녀는 자신이 흉노왕에 납치되어 온 과정을 노래로 만든 〈호가십
팔박(胡笳十八拍)〉을 지었는데, 그 노래가 흘러흘러 중원으로 들어왔
다.

조조는 그녀를 매우 가엾게 생각하여 사람을 시켜서 천금千金을 가
지고 북방으로 들어가서 그녀를 속신(贖身: 속량贖良. 몸값을 받고 노예의
신분을 풀어주어 양민이 되게 하는 것)해 오도록 했다. 흉노족의 좌현왕左賢
王은 조조의 위세가 겁나서 채염을 한漢으로 돌려보내 주었다. 조조는
이에 채염과 동기를 결혼시켜 주어서 그의 처가 되도록 했던 것이다.
이날 집 앞에 이르자 옛날 채옹의 일이 생각나서 군사들을 먼저 가도
록 한 후 조조는 근시 1백여 기만 이끌고 문 앞에 당도하여 말에서 내
렸다.

〖 4 〗 이때 동기董紀는 벼슬을 하느라 외지에 나가서 없었고 집에는
채염밖에 없었다. 채염은 조조가 왔다는 말을 듣고 급히 영접하러 나
갔다. 조조가 집안으로 들어가자 채염은 문안인사를 드리고 난 다음
옆에서 모시고 서있었다. 조조가 우연히 벽을 보니 비문碑文을 쓴 두루
마리 그림(圖軸) 하나가 걸려 있어서 몸을 일으켜 살펴보고는 무슨 비
문인지 채염에게 물었다.

채염이 대답했다: "이것은 조아曹娥의 비문입니다. 옛날 화제和帝
때 상우(上虞: 절강성 안에 있는 지명) 땅에 조우曹盱라고 하는 한 박수(巫
者)가 있었는데, 그는 굿판(婆娑)을 벌여 춤을 잘 춰서 귀신을 즐겁게
해줄 수 있었습니다.

그런데 어느 해 5월 5일 그가 배 안에서 술에 취해 춤을 추다가 그만
강에 떨어져 죽었습니다. 당시 열네 살 된 그의 딸아이가 강변을 오르
내리며 7일 동안 밤낮으로 울다가 물속으로 뛰어들었는데, 닷새 후에
자기 아비의 시신을 등에 업고 강 위로 떠올랐습니다. 마을 사람들이

그들을 강변에다 장사지내 주고, 상우上虞의 현령 도상度尚은 조정에 표문을 올려 그녀를 효녀로 표창해 주었습니다. (*옛날에는 성이 조씨曹氏인 효녀가 있었고, 지금은 성이 조씨인 간신이 있다. 조조는 조씨를 크게 욕보이고 있다.)

도상은 한단순邯鄲淳에게 글을 짓고 비석을 새기도록 하여 그 일을 기념하려고 했습니다. 그때 한단순은 겨우 13살 된 아이였는데도 불구하고 붓을 들면 단번에 문장을 써내려갔는데 한 글자도 덧붙이거나 뺄 것이 없었다고 합니다. 그가 쓴 글을 새겨서 무덤 옆에 비석을 세웠는데, 당시 사람들은 그를 기이하게 여겼습니다.

제 부친 채옹蔡邕이 그 소문을 듣고 비문을 보러 갔었는데, 그때 마침 날이 이미 저물어서 캄캄한 가운데 손으로 비문을 더듬어서 읽어보고는 붓을 찾아서 비석 뒤에다 크게 여덟 글자를 써놓았습니다. 후에 사람들이 다시 비석을 새기면서 아울러 이 여덟 글자까지 새겼던 것입니다."

조조가 그 여덟 글자를 읽어보니 이러했다: "黃絹幼婦, 外孫齏臼(황견유부, 외손제구)."

조조가 채염에게 물었다: "너는 이 뜻을 아느냐?"

채염曰: "비록 돌아가신 부친이 남기신 글이기는 하나 저는 사실 그 뜻을 모릅니다."(*채염은 총명해서 그 뜻을 스스로 깨쳤을 것이다. 그런데도 말하지 않은 것은 조조로 하여금 스스로 풀어보도록 하려고 한 것이다.)

조조는 여러 모사들을 돌아보고 물었다: "그대들은 알겠는가?"

여러 사람들은 모두 대답을 못 하는데, 그 중의 한 사람이 나서며 말했다: "저는 이미 그 뜻을 알았습니다."

조조가 보니 주부主簿 양수楊修였다.

조조曰: "자네는 잠시 말하지 말고 있게. 나도 좀 생각해 보겠네."

마침내 채염과 헤어진 다음 여러 사람들을 이끌고 장원을 나왔다.

말에 올라 3마장(里) 갔을 때 조조는 문득 그 뜻을 알아내고 웃으면서 양수에게 말했다: "자네가 한 번 말해 보게."

양수曰: "이것은 은어隱語입니다. '黃絹(황견)'이란 곧 '색이 있는 비단'입니다. 그러므로 '色(색)'자字 옆에 '糸(사)'자를 더하면 곧 '絶(절)'자가 됩니다. '幼婦(유부)'는 '어린 여자'이므로 '女(여)'자 옆에 '少(소)'자를 더하면 곧 '妙(묘)'자가 됩니다. 그리고 '外孫(외손)'은 '딸이 낳은 자식'이므로 '女(여)'자 옆에 '子(자: 자식. 아들)'자를 더하면 곧 '好(호)'자가 됩니다. '齏臼(제구)'는 '양념을 빻는 절구', 곧 파(蔥), 부추(韭), 마늘(蒜), 생강(薑), 염교(薤) 등 다섯 가지 매운 물건(五辛. 五葷)을 받아서 잘게 부수는 그릇이므로 '受(수)'자 옆에 매울 '辛(신)'자를 더하면 곧 '受(=辭: 사)'자가 됩니다. 이들을 전부 모아서 보면 곧 '絶妙好受(절묘호사: 절묘하게 좋은 말)' 넉 자가 되는 것입니다."

조조가 크게 놀라며 말했다: "바로 내 생각과 똑같군!"(*이는 늙은 도적이 입만 놀린 것이다. 만약 그가 기왕에 그 뜻을 알았다면 왜 공명과 주유가 손바닥에 '火'자를 썼던 것처럼 손바닥에 써서 동시에 내보이지 않고 빈 말로 "내 생각과 똑같다"라고 했겠는가? 독자는 그에게 속아 넘어가서는 안 된다.)

여러 사람들은 다들 양수의 재주와 식견이 민첩하고 예민한 것을 찬탄하고 부러워했다. (*한창 바쁜 중에 갑자기 이 같은 한가한 문장(閒文) 하나를 끼워 넣고 있다. 서사敍事의 묘품妙品이다.)

〖 5 〗 하루도 안 걸려서 조조의 군사들은 남정南鄭에 당도했다. 조홍이 맞이하여 장합의 일을 자세히 보고했다:

조조가 말했다: "그것은 장합의 죄가 아니다. 이기고 지는 것은 싸움에서는 언제나 있는 일이다(勝負乃兵家之常事)."

조홍日: "지금 현재 유비는 황충을 시켜서 정군산定軍山을 치고 있는데, 하후연은 대왕의 군사가 오는 것을 알고 굳게 지키기만 하고 한 번도 싸우러 나간 적이 없습니다."

조조日: "만약 싸우러 나가지 않는다면 이는 내 편이 나약하다는 것을 보여주는 것이 된다."

그리고는 곧바로 사람을 시켜서 부절(節)을 가지고 정군산으로 가서 하후연에게 군사를 진격시키라고 명했다.

유엽이 간했다: "하후연은 성격이 너무 강해서 적의 간계에 빠질까 염려됩니다."

조조는 이에 글월을 써서 그에게 주었다. 사자가 부절을 가지고 하후연의 진영에 이르자 하후연이 그를 맞아들였다. 사자가 조조의 글월을 내어 주자 하후연이 봉투를 열어 보니, 그 내용은 대략 이러했다:

무릇 장수가 된 자는 마땅히 강함(剛)과 부드러움(柔)을 겸비해야 하고, 다만 자신의 용맹만 믿어서는 안 된다. 만약 자신의 용맹만 믿고 행동한다면 이는 한 사람만 대적하는 것이 된다. 내 지금 대군을 남정에 주둔시켜 놓고 자네의 "뛰어난 재주妙才"를 구경하려고 하니, 자네의 호號인 "묘재妙才" 두 글자를 욕되게 해서는 안 될 것이다. (*만약 하후연의 호號가 묘재妙才라고 해서 그가 마땅히 재주(才)가 있어야 한다면, 조조의 호는 맹덕孟德인데 어찌하여 그는 덕德이 없는가?)

하후연은 다 읽고 나서 크게 기뻐하며 사자를 돌려보낸 다음 장합과 상의했다: "지금 위왕께서는 대병을 거느리고 오셔서 남정에 주둔시켜 놓고 유비를 치려고 하시네. 내가 자네와 함께 이곳을 오랫동안 지키고만 있어서야 어찌 공로를 세울 수 있겠나? 내일은 내가 싸우러 나가서 반드시 황충을 사로잡아야겠네."

장합曰: "황충은 지모와 용맹을 겸비한 장수인데다 또 법정까지 돕고 있으므로 가볍게 대적해서는 안 됩니다. 이곳은 산길이 험준하니 그저 굳게 지키고 있어야 할 것입니다." (*화살에 맞은 적이 있는 새가 활시위 소리만 듣고도 놀라는 격(驚弓之鳥)이다.)

하후연曰: "그러다가 만약 다른 사람이 공을 세워 버린다면 나와 자네는 무슨 면목으로 위왕을 뵙는단 말인가? 자네는 산을 지키고 있게. 나는 가서 싸우겠네."

그리고는 곧바로 명령을 내렸다: "누가 감히 나가서 적을 유인하겠는가?"

하후상曰: "제가 가겠습니다."

하후연曰: "너는 나가서 황충과 싸우되 다만 지기만 하고 이겨서는 안 된다. 나에게 묘한 계책이 있으니 여차여차하게 하라."

하후상은 명을 받고 3천 명의 군사들을 이끌고 정군산 대채를 떠나 앞으로 나아갔다.

〖 6 〗 한편 황충과 법정은 군사를 이끌고 가서 정군산 어귀에다 주둔시켜 놓고 여러 차례 싸움을 걸었으나, 하후연은 굳게 지키고만 있고 싸우러 나오지 않았다. 그렇다고 나아가 공격하려고 해도 산길이 험해서 적의 동태를 헤아리기 어려울까봐 다만 그곳에서 지키고 있을 수밖에 없었다.

이날 갑자기 산 위에 있던 조조의 군사들이 내려와서 싸움을 걸고 있다고 보고해 왔다.

황충이 막 군사를 이끌고 나가서 맞이해 싸우려고 할 때 아장牙將 진식陳式이 말했다: "장군께선 가만히 계십시오. 제가 가서 상대하겠습니다."

황충은 크게 기뻐하며 곧바로 진식에게 군사 1천 명을 이끌고 산 어귀로 나가서 진을 펼치도록 했다. 하후상의 군사들이 당도하여 마침내 싸움이 붙었다. 그러나 몇 합 싸우지도 않아서 하후상은 패한 척하고 달아났다. 진식은 그 뒤를 쫓아갔는데, 중간쯤 갔을 때 양쪽 산 위에서 큰 나무토막과 포석들을 굴러 내려서 앞으로 나아갈 수가 없었다. 진식이 막 군사를 돌리려고 할 때 등 뒤에서 하후연이 군사들을 이끌고 뛰쳐나왔다. 진식은 당해 내지 못하고 하후연에게 사로잡혀서 하후연의 영채로 돌아갔다. 진식의 부하 군졸들도 많이 항복했다. (*장차 크게 패하려면 반드시 먼저 작은 승리가 있다.)

패배한 군사들 가운데 도망쳐서 살아 돌아온 자가 황충에게 진식이 적에게 사로잡혔다고 보고했다. 황충은 급히 법정과 상의했다.

법정曰: "하후연은 사람됨이 경솔하고 조급하며, 자기 용맹만 믿고 꾀는 적으니 군사들을 격려해서 영채를 걷어가지고 앞으로 나아가되, 가는 곳마다 영채를 세우고 하후연을 싸우러 나오도록 유인해서는 사로잡아 버립시다. 이것이 바로 쫓기던 자가 쫓게 된다는 '반객위주법(反客爲主法)' 입니다."

황충은 법정의 계책을 쓰기로 하고 가지고 있던 물건들을 전부 삼군에게 상으로 나누어주니 기뻐서 외치는 환성歡聲이 골짜기에 꽉 차서 모두들 필사적으로 싸우겠다고 했다.

황충은 그날 바로 영채를 걷어가지고 나아가면서 가는 곳마다 영채를 세우고, 매 영채에서 수일씩 머물고는 또 나아갔다.

〖 7 〗 하후연은 이 소식을 듣고 싸우러 나가려고 했다.

장합曰: "이것은 곧 '반객위주(反客爲主)' 계책이므로 싸우러 나가서는 안 됩니다. 싸우면 실패합니다."

그러나 하후연은 듣지 않고 하후상에게 군사 수천 명을 이끌고 나가서 싸우라고 명했다. 하후상은 곧장 황충의 영채 앞으로 갔다. 황충이 말에 올라 칼을 들고 나가서 하후상을 맞아 싸웠는데, 단 한 합에 그를 사로잡아 가지고 영채로 돌아왔다. 남은 무리들은 모두 패주하여 하후연에게 돌아가서 보고했다.

하후연이 듣고 급히 사람을 황충의 영채로 보내서 장수 진식과 하후상을 서로 바꾸고 싶다고 했다. 황충은 내일 진 앞에서 서로 바꾸기로 약속했다.

다음날 양쪽 군사들이 전부 산골짜기의 넓은 곳에 이르러 진을 쳤다. 황충과 하후연은 각자 자기 진영의 문기 아래에 말을 세웠다. 황충은 하후상을 데리고 나오고 하후연은 진식을 데리고 나왔는데, 둘 다 전포도 갑옷도 주지 않고 단지 몸을 가릴 홑옷만 입혔다.

북소리가 한번 울리자 진식과 하후상은 각각 자기 진영을 향해 달려갔다. 하후상이 자기 진영 문에 거의 당도했을 때 황충이 쏜 화살에 등을 맞아 하후상은 몸에 화살이 꽂힌 채 돌아갔다. 하후연은 크게 화가 나서 말을 몰아 곧장 황충에게 덤벼들었다. 황충은 하후연을 자극하여 싸우려고 했던 것이다.

두 장수가 말머리를 엇갈려가면서 20여 합 싸웠을 때, 조조 군의 진영에서 갑자기 군사를 거두기 위해 징을 쳤다. 하후연이 급히 말머리를 돌려서 돌아가는데 황충이 기세를 타고 달려가서 한바탕 싸웠다.

하후연은 진으로 돌아가자 감시군관(押陣官)에게 물었다: "왜 징을 쳤소?"

그가 대답했다: "제가 보니 산속 우묵한 곳에 촉병의 기치가 여러 곳 있기에 혹시 복병이 있을까봐 염려되어 급히 장군을 돌아오시라고 불렀습니다."

하후연은 그 말을 믿고 마침내 굳게 지키며 나가지 않았다.

〖 8 〗 황충은 정군산 바로 아래까지 가서 법정과 상의했다. 법정이

손으로 가리키며 말했다: "정군산 서쪽에 높은 산이 하나 우뚝 솟아 있는데 사면이 모두 험한 길입니다. 이 산 위에서는 정군산의 내막(虛 實)을 훤히 내려다볼 수 있습니다. 장군께서 만약 이 산만 취하신다면 정군산은 손안에 든 것과 마찬가지입니다."

황충이 올려다보니 산꼭대기는 좀 평평하고 산 위에는 약간의 군사들이 있었다.

이날 밤 이경(二更: 밤 9시~11시), 황충은 군사를 이끌고 징을 울리고 북을 치면서 곧장 산꼭대기를 향해 쳐들어갔다. 이 산은 하후연의 부장部將 두습杜襲이 지키고 있었는데, 군사들이래야 수백 명밖에 없었다. 당시 그들은 황충의 대 부대 군사들이 몰려 올라오는 것을 보고는 산을 버리고 달아나는 수밖에 없었다. 황충이 산 정상을 차지하고 나서 보니 정군산이 바로 마주 보였다.

법정曰: "장군께서는 산중턱을 지키고 계시고 저는 산꼭대기에 있도록 합시다. 하후연의 군사가 오기를 기다렸다가 제가 신호로 백기白旗를 들거든 장군께서는 군사들을 눌러놓고 움직이지 못하게 하십시오. 적들이 지쳐서 방비하지 않을 때를 기다렸다가 제가 홍기紅旗를 들거든 장군께서는 곧바로 산에서 내려가서 적을 치십시오. 편히 쉬고 있다가 지친 적을 친다면(以逸待勞) 반드시 이길 수 있습니다."

황충은 크게 기뻐하며 그 계책대로 하기로 했다.

〖 9 〗 한편 두습은 군사를 이끌고 도망쳐 돌아가서 하후연을 보고 황충에게 맞은편 산을 빼앗겼다고 말했다.

하후연은 크게 화를 내며 말했다: "황충이 맞은편 산을 점거했으니 내가 싸우러 나가지 않을 수 없다."

장합이 간했다: "이는 법정의 계략입니다. 장군께서는 싸우러 나가서는 안 됩니다. 굳게 지키고 있어야만 합니다."(*장합은 이때 심하게

소심해져 있다.)

하후연曰: "적이 우리 맞은편 산을 차지하고 우리의 허실을 다 내려다보고 있는데 어떻게 싸우러 나가지 않을 수 있소?"

장합이 아무리 말려도 듣지 않고, 하후연은 군사들을 나누어서 맞은편 산을 에워싼 후 마구 욕설을 퍼부으며 도전했다. 법정이 산 위에서 백기를 들었으므로, 황충은 하후연이 온갖 욕설을 퍼붓도록 내버려 두고 싸우러 나가지 않았다.

정오(午時)가 지난 후부터 법정은 조조의 군사들이 지쳐 있고, 사기(銳氣)도 이미 떨어졌으며, 군사들 대부분이 말에서 내려 땅바닥에 앉아 쉬고 있는 것을 보고는 홍기를 들어 흔들고, 북과 뿔피리를 일제히 불고, 천지가 진동하도록 함성을 질렀다.

황충이 말을 타고 앞장서서 산 아래로 달려 내려가니, 그 형세가 마치 하늘이 무너지고 땅이 꺼지는 듯했다. 하후연이 미처 손을 써볼 틈도 주지 않고 황충이 대장의 일산 아래로 쫓아가서 한번 크게 호통을 치니, 그 소리가 마치 천둥소리와도 같았다. 하후연이 미처 맞이해 싸울 새도 없이 황충의 보도寶刀가 벌써 하후연에게 떨어져서 그의 몸은 어깨 높이에서 두 동강 나고 말았다. (*하후묘재夏侯妙才는 여기에서 절명絶命했는데, 그는 황색 비단(黃絹), 즉 '절絶'이었지, 어린 여인(幼婦), 즉 '묘妙'가 아니었다.) 후세 사람이 황충을 칭찬해서 지은 시가 있으니:

백발의 나이에 대적을 맞아	蒼頭臨大敵
흰 머리카락 날리며 신위를 떨쳤지.	皓首逞神威
힘센 팔로는 강궁을 쏠 수 있었고	力趁雕弓發
서릿발 같은 칼날에 바람이 일었지.	風迎雪刃揮
그의 호통 소리 범의 울음소리 같았고	雄聲如虎吼
그가 탄 준마는 날아가는 용 같았지.	駿馬似龍飛
적장의 머리 베어 큰 공 세움으로써	獻馘功勳重

나라 세울 강토를 마련했다네.   開疆展帝畿

〖 10 〗 황충이 하후연을 베어 죽이자 조조의 군사들은 크게 무너져 각자 살기 위해 도망쳤다. 황충은 승리한 기세를 타고 정군산을 빼앗으러 갔다. 장합이 군사를 거느리고 맞이해 싸우러 나왔다. 황충과 진식이 양쪽에서 협공하여 한바탕 혼전을 벌인 끝에 장합은 패해서 달아났다.

그때 갑자기 산 옆에서 한 떼의 군사들이 뛰쳐나와 도망갈 길을 막고 그 우두머리 대장이 큰 소리로 외쳤다: "상산常山 조자룡이 예 있다!"

장합은 크게 놀라서 패한 군사들을 이끌고 달아날 길을 열어 정군산을 향해 달아났다. 그때 문득 앞에서 한 떼의 군사들이 나와서 그를 맞이했는데, 바로 두습杜襲이었다.

두습曰: "정군산은 이미 유봉과 맹달에게 빼앗기고 말았습니다."

장합은 크게 놀라서 곧바로 두습과 함께 패잔병들을 이끌고 한수漢水 가로 가서 영채를 세우고, 한편으로는 사람을 시켜서 조조에게 급히 보고하도록 했다.

조조는 하후연이 죽었다는 말을 듣자 방성대곡을 했다. 그리고 비로소 관로가 말해 주었던 '삼팔종횡(三八縱橫: 3과 8이 가로세로로 누빈다)'이란 말의 뜻을 깨달았는데, 그것은 곧 건안 24년(서기 219년)을 말한 것이고; '황저우호(黃猪遇虎: 누런 돼지가 범을 만난다)'란 곧 기해己亥년 정월正月을 말한 것이며; '정군지남(定軍之南)'이란 곧 정군산의 남쪽을 말한 것이며; '상절일고(傷折一股: 다리 하나가 부러진다)'란 곧 하후연이 조조와 친형제처럼 친한 사이였는데 그를 잃게 되는 것을 말한 것임을 깨달았다. (*관로의 점사占辭를 이때 와서 비로소 깨우쳤으니, 채옹의 비문碑文 8자를 알게 된 것도 바로 그 당시가 아니었을 것이다. 점사는 비록 사전에 미리 정해져 있는 묘수, 즉 천수天數지만 그러나 역시 위왕이 직접 써 보낸 한 통의 글이 하후연의 목숨을 재촉하는 글이 되고 말았다.)

조조는 사람을 시켜서 관로를 찾아보도록 했으나 그가 어디로 가버렸는지 알 수가 없었다. (*천하의 일들은 참으로 많은데, 어찌 일일이 다 알 수 있겠는가? 그리고 기왕에 알았다 하더라도 구제할 수가 없으니 공연히 사람들의 생각만 혼란스럽게 할 뿐이다. 이런 까닭에 군자는 운수 같은 것은 알려고 하지 않는 것이다.)

조조는 황충에 대해 깊은 원한을 품고 (*하후연의 죽음은 기왕에 정해진 운수인데 원한을 품을 게 어디 있는가?) 마침내 하후연의 원수를 갚기 위해 직접 대군을 거느리고 정군산으로 갔다. 서황을 선봉으로 삼아 행군해 가서 한수에 이르니 장합과 두습이 조조를 맞이했다.

두 장수들이 말했다: "지금은 정군산을 이미 잃었으니 먼저 미창산 米倉山에 있는 군량과 마초들을 북산北山의 영채 안으로 옮겨다 쌓아놓은 후에 진군하셔야 합니다."

조조는 그렇게 하라고 했다.

〖 11 〗 한편 황충은 하후연의 수급을 베어 가지고 가맹관으로 가서 현덕에게 전공을 보고했다. 현덕은 크게 기뻐하며 황충을 정서대장군 征西大將軍으로 승진시키고 연석을 베풀어 축하해 주었다.

그때 문득 아장牙將 장저張著가 와서 보고했다: "조조가 하후연의 원수를 갚겠다고 하면서 직접 20만 명의 대군을 거느리고 오고 있습니다. 현재 장합은 미창산에 있는 군량과 마초를 운반하여 한수의 북산北山 아래로 옮겨다 쌓고 있습니다."

공명曰: "지금 조조는 대군을 이끌고 이곳에 당도했으나 군량과 마초가 부족할까봐 염려되어 군사를 머물러 두고 진격하지 못하는 것입니다. 만약 누구 한 사람이 그곳으로 깊이 들어가서 저들의 군량과 마초를 불사르고 또 군수물자를 실어 옮기는 수레(輜重)들을 빼앗는다면 조조의 사기는 꺾이고 말 것입니다."

황충曰: "이 늙은이가 그 일을 맡겠습니다."

공명曰: "조조는 하후연과 비교할 사람이 아니므로 적을 얕잡아 봐서는 안 되오."(*또 반격법反激法을 쓰고 있다.)

현덕曰: "하후연이 비록 총수總帥라고는 하지만 그는 결국 한낱 용맹한 사내(勇夫)에 불과했는데 그가 어찌 장합만 하겠소? 만약 장합을 벨 수 있다면 하후연을 벤 것보다 그 공로가 열 배는 될 것이오."

황충은 분연히 말했다: "내가 가서 그를 베어 버리겠소."

공명曰: "장군께선 조자룡과 함께 일군을 거느리고 가시되 모든 일들을 서로 의논해서 하시오. 누가 공을 세우는지 보겠소."(*또 자극하고 있다.)

황충이 그러겠다고 대답하고 곧바로 떠났다. 공명은 장저張著를 부장으로 삼아 같이 가도록 했다.

조운이 황충에게 말했다: "지금 조조가 20만 명의 무리를 이끌고 와서 10개의 영채로 나누어 주둔시켜 놓았는데, 장군께선 주공 앞에서 적의 군량과 마초를 빼앗으러 가겠다고 하셨으나, 이는 결코 작은 일이 아닙니다. 장군께선 무슨 계책을 쓰려고 하십니까?"

황충曰: "내가 먼저 가는 게 어떻겠는가?"

조운曰: "제가 먼저 가겠습니다."

황충曰: "나는 주장主將이고 자네는 부장副將인데, 어찌 나하고 앞을 다투려 든단 말인가?"

조운曰: "저나 장군이나 모두 주공을 위해서 애쓰기는 마찬가지인데 그런 것을 따질 필요가 어디 있습니까? 우리 두 사람이 제비를 뽑아서 뽑은 사람이 먼저 가기로 합시다."

황충은 그렇게 하자고 했다. 그래서 제비를 뽑았는데 황충이 먼저 가게 되었다.

조운曰: "기왕에 장군께서 먼저 가시게 되었으니 제가 마땅히 도와 드리겠습니다. 우리 시각을 미리 약정해 둡시다. 만약 장군께서 정한 시각에 돌아오면 저는 군사를 눌러두고 움직이지 않을 것이지만, 만약 장군께서 시각이 지나도록 돌아오지 않으면 제가 즉시 군사를 이끌고 지원하러 가겠습니다."

황충曰: "공의 말이 옳소."

이리하여 두 사람은 약정 시각을 오시(午時: 낮 11시~오후 1시)로 정했다.

조운은 본채로 돌아오자 부장部將 장익張翼에게 말했다: "나는 황 장군과 약속했다. 황장군이 내일 군량과 마초를 빼앗으러 가는데 만약 오시午時까지 돌아오지 않으면 내가 도우러 가기로. 우리 영채는 앞에 한수漢水가 있고 지세가 험하다. 내가 만일 도우러 가게 되면 네가 영채를 신중히 잘 지키고 경솔하게 움직여서는 안 된다."

장익은 그렇게 하겠다고 대답했다.

〚 12 〛 한편 황충은 영채로 돌아와서 부장部將 장저張著에게 말했다: "내가 하후연을 베어 죽였으므로 장합은 간담이 서늘해졌을 것이다. 나는 내일 명을 받들어 적의 군량과 마초를 빼앗으러 가는데, 군사 5백 명만 남겨두어 영채를 지키도록 할 것이다. 너는 나와 같이 가서 나를 돕도록 하라. 오늘 밤 삼경(三更: 밤11시~새벽 1시)에 모두들 배불리 먹이고, 사경(四更: 새벽 1시~3시)에 영채를 떠나 북산 기슭 아래로 쳐들어가서 먼저 장합부터 붙잡고 그 다음에 군량과 마초를 빼앗을 것이다."

장저는 명령대로 하겠다고 했다.

이날 밤 황충은 앞에서 군사를 거느리고 장저는 뒤에서 따라갔다.

그들은 몰래 한수를 건너가서 곧장 북산 아래에 당도했다. 동쪽에서 해가 솟아오를 때 보니 군량이 산처럼 쌓여 있고 약간의 군사들이 지키고 있었다. 그들은 촉병이 온 것을 보고는 전부 다 내버리고 달아났다. 황충은 기마병들에게 일제히 말에서 내려 땔나무 섶을 가져다가 쌀가마니 위에 쌓으라고 지시했다. 거기에다 막 불을 지르려고 할 때 장합의 군사들이 당도하여 황충과 한판 혼전을 벌였다.

조조가 이 소식을 듣고 급히 서황에게 지원하러 가도록 했다. 서황이 군사들을 거느리고 앞으로 나아가 황충을 가운데 두고 에워쌌다. 장저가 3백 명의 군사들을 이끌고 포위를 빠져나와 막 영채로 돌아가려고 하는데, 그때 갑자기 한 떼의 군사들이 뛰쳐나오더니 가는 길을 막았다. 그 우두머리 대장은 곧 문빙文聘이었다. 이때 뒤에서는 조조의 군사들이 또 당도하여 장저를 에워쌌다. (*전에 주유가 취철산聚鐵山을 취하고자 했을 때 공명은 쉽지 않은 일이라고 생각했었는데, 지금 미창산 역시 취하기가 쉽지 않다.)

〖 13 〗 한편 조운이 영채 안에 있는데 시간이 오시午時가 다 되어 가는데도 황충이 돌아오지 않아 급히 갑옷과 투구를 걸치고 말에 올라 군사 3천 명을 이끌고 지원하러 가려고 했다.

떠나기에 앞서 장익에게 말했다: "너는 영채를 굳게 지키고 있어야 한다. 영채 양쪽으로 활과 쇠뇌를 많이 설치해서 적의 침공에 대비하고 있도록 해라."

장익은 연거푸 네, 네 하고 대답했다.

조운은 창을 꼬나들고 말을 달려 곧장 앞으로 쳐나갔다. 그때 정면에서 한 장수가 길을 가로막고 서 있었는데, 그는 곧 문빙의 부하 장수 모용열慕容烈이었다. 그는 말에 박차를 가하여 칼을 휘두르며 달려와서 조운을 맞이해 싸웠으나, 조운은 손을 들어 단창에 그를 찔러 죽였다.

조조의 군사들은 패하여 달아났다. 조운은 곧장 겹겹이 둘러쳐진 포위 속으로 쳐들어갔는데 또 한 떼의 군사들이 길을 막았다. 그 우두머리는 위魏의 장수 초병焦炳이었다.

조운이 호통을 치면서 물었다: "촉의 군사들은 어디 있느냐?"

초병曰: "이미 다 죽여 버렸다!"

조운이 크게 화를 내며 말을 달려 또 한 창에 초병을 찔러 죽였다. 나머지 군사들을 다 쳐서 흩어버리고 곧장 북산 아래에 당도해서 보니 장합과 서황 두 장수가 황충을 에워싸고 있었는데, 촉군이 곤경에 빠져 있은 지 이미 오래 되었다.

조운은 크게 한 번 호통을 치고 창을 꼬나잡고 말을 달려서 겹겹이 쳐진 포위 속으로 쳐들어가서 좌충우돌했는데 마치 무인지경에 들어가 있는 듯했다. 그가 창을 쓰는 솜씨는, 혼신의 힘을 다해 창을 상하로 움직일 때는 마치 너풀너풀 춤을 추며 떨어지는 배꽃 같았고(渾身上下, 若舞梨花), 창이 그의 몸 주위로 분분히 날아다닐 때는 마치 함박눈이 바람에 흩날리는 듯했다(遍體紛紛, 如飄瑞雪). (*이상 네 구절은 절묘하게 창 솜씨를 칭찬하고 있다.)

장합과 서황은 심장이 놀라 뛰고 간담이 떨려서 감히 맞받아 싸울 엄두도 내지 못했다. 조운은 황충을 구해 내서 잠시 싸우다가 달아나기를 거듭했는데, 그가 이르는 곳에서는 어느 누구도 감히 막지를 못했다.

조조가 높은 데서 이 광경을 바라보고는 놀라서 여러 장수들에게 물었다: "저 장수는 누구냐?"

조운을 아는 자가 있어서 아뢰었다: "그는 상산 조자룡입니다."

조조曰: "옛날 당양當陽 장판파長坂坡의 영웅이 아직도 살아 있었구나!"

그는 급히 명을 내렸다: "그가 이르는 곳에선 어느 누구도 가벼이 대적하려고 해서는 안 된다."

조운은 황충을 구해내서 포위망을 뚫고 나왔는데, 이때 한 군사가 손으로 가리키며 말했다: "저기 동남쪽에 포위되어 있는 사람은 틀림없이 부장 장저일 것입니다."

조운은 본채로 돌아가지 않고 곧바로 동남쪽으로 쳐들어갔다. 그가 이르는 곳에서는 군사들은 다 도망가고 다만 '常山 趙雲(상산 조운)'이란 네 글자가 수놓인 깃발만 눈에 띄었는데, 일찍이 당양의 장판파에서 발휘했던 그의 용맹을 아는 자들이 서로 말을 전해서 모두 도망쳐 숨어버렸기 때문이다. (*이전의 명성이 사람들의 넋을 빼앗아 버렸고, 또 옛날 일이 널리 선전되었기 때문이다. 여기서는 다른 사람의 눈에 보인 조운의 모습을 그리고 있다.) 조운은 또 장저를 구해냈다.

〖 14 〗조조는 조운이 좌충우돌左衝右突, 동충서돌東衝西突 하는데도 그가 향하는 곳에선 아무도 감히 대적하는 자가 없어서 황충을 구하고 또 장저까지 구해내는 것을 보고 버럭 화를 내면서 자기가 직접 좌우의 장사將士들을 거느리고 조운의 뒤를 쫓아갔다.

이때 조운은 이미 본채까지 돌아갔는데, 부장 장익이 그를 맞이하면서 바라보니 조운의 뒤쪽에서 먼지가 자욱하게 일어나고 있었다. 그는 그것이 조조의 군사들이 조운을 추격해 오고 있는 것임을 알고 즉시 조운에게 말했다: "추격병이 점점 가까워오고 있으니 군사들에게 영채 문을 닫고 망루로 올라가서 방어하도록 해야 합니다."

조운이 호통을 쳤다: "영채 문을 닫지 마라! 너는 어찌 내가 지난날 당양 장판파에서 창 한 자루 달랑 들고 혼자 말 위에서(單槍匹馬) 조조의 83만 대군을 마치 지푸라기(草芥)처럼 보았던 일을 모른단 말이냐! 하물며 지금은 우리 군사들도 있고 장수들도 있는데 또 무엇을 겁낸단 말이냐!"(*앞의 문장은 다른 사람들이 전한 말이다. 그러나 여기서는 자기

스스로 말한 것이다. 영웅은 일생에서의 통쾌한 일을 스스로 자랑하기를 꺼려 하지 않는다. 오늘날의 사람들 역시 스스로 자랑하고 싶어 하나, 자랑할 게 없으니 어찌하랴.)

조운은 궁노수들을 영채 바깥의 해자 속에다 매복시켜 놓고, 영채 안의 기치와 창검을 전부 다 뉘어놓고 징소리도 북소리도 다 나지 않도록 한 다음, 자기는 필마단창匹馬單槍으로 영문 밖에 나가서 서 있었다. (*장비는 장판교 옆에서 나뭇가지를 말 꼬리에 묶어서 군사가 있는 것처럼 가장했는데, 지금 조운은 반대로 군사가 없는 것처럼 가장한다. 묘한 점은 서로 극히 유사하면서도 극히 상반된다는 것이다.)

〖 15 〗한편 장합과 서황이 군사를 거느리고 촉의 영채 앞에 도착했을 때는 이미 날이 저물었는데, 영채 안에는 기치도 꽂혀 있지 않았고 북소리도 나지 않았으며, 또 조운이 필마단창匹馬單槍으로 영채 밖에 서 있는데 영채의 문도 활짝 열려 있었다. 두 장수가 감히 앞으로 더 나아가지 못하고 주저하고 있을 때 조조가 친히 군사들을 거느리고 당도해서 군사들에게 급히 앞으로 나아가라고 독촉했다.

군사들은 명령을 듣고 일제히 고함을 지르며 영채 앞으로 쳐들어갔으나 조운이 전연 움직이지 않는 것을 보고는 (*장비의 풀 인형도 단정히 앉아서 움직이지 않았는데, 지금 살아있는 조운 역시 전연 움직이지 않는다.) 조조의 군사들은 그만 돌아서서 돌아가려고 했다.

바로 그때 조운이 창을 번쩍 들어 신호를 보내자 해자 안에 설치해 놓았던 활과 쇠뇌들이 일제히 화살을 쏘아댔다. 이때 날은 이미 캄캄해져서 촉병들이 많은지 적은지 알 수가 없었다.

조조가 먼저 말머리를 돌려서 달아나는데 뒤에서는 땅을 뒤흔드는 고함소리와 북소리 뿔피리 소리가 일제히 울리면서 촉병들이 쫓아 왔다.

조조의 군사들은 서로 짓밟아 가며 내몰려서 한수 강가까지 갔는데, 떠밀려서 물에 떨어져 죽은 자도 부지기수不知其數였다. (*자룡 혼자만 간담이 있고 조조의 수십만 군사들은 전부 간담이 없어졌다.) 조운과 황충, 장저가 각기 일군一軍을 이끌고 추격해 가며 급히 들이쳤다.

조조가 한창 달아나고 있을 때 갑자기 유봉과 맹달이 각기 일군을 거느리고 미창산의 길로 해서 쳐들어와서 군량과 마초 더미에 불을 질러 태워버렸다. 조조는 북산에 쌓아놓았던 군량과 마초를 포기하고 급히 남정南鄭으로 돌아갔다. 서황과 장합도 그곳에 계속 주둔해 있을 수가 없어서 역시 본채를 버리고 달아났다.

조운은 조조의 영채를 점거했고, 황충은 조조의 군량과 마초를 빼앗았으며, 한수 가에서 주운 병장기도 수없이 많았다. 그들은 싸움에 크게 이긴 후 사람을 보내서 현덕에게 승전 소식을 전했다.

현덕은 곧바로 공명과 같이 한수로 와서 조운의 부하 군사에게 물었다: "자룡이 어떻게 싸우더냐?"

그 군사는 자룡이 황충을 구해 내고 한수에서 적을 막아낸 일을 자세히 다 이야기했다. 현덕은 크게 기뻐했다. 그는 산 앞뒤의 험준한 길들을 살펴보고는 기뻐서 공명에게 말했다: "자룡의 온몸은 전부 담膽으로 되어 있습니다!"(*강유姜維의 담膽은 계란 만했으나 그래도 여전히 몸이 담을 싸고 있었다. 그러나 자룡의 경우에는 담이 몸을 싸고 있었으니 그 크기가 당연히 계란만한 것에 그치지 않았다.)

후세 사람이 그를 칭찬하는 시를 지었으니:

옛날 장판파에서 싸울 때	昔日戰長坂
그 위풍 아직도 줄어들지 않았네.	威風猶未減
적진에 뛰어들어 영웅 기개 드러내어	突陣顯英雄
포위망 뚫으며 용맹을 떨쳤네.	破圍施勇敢
귀신들도 곡을 하며 울부짖으니	鬼哭與神號

하늘과 땅이 온통 처참하구나.　　　　　　　　　天驚并地慘
원래 상산 사람 조자룡은　　　　　　　　　　　常山趙子龍
온 몸이 온통 담膽으로 이루어졌지.　　　　　　一身都是膽

이에 현덕은 자룡을 "호위장군虎威將軍"이라 부르고, 모든 장수와
군사들을 크게 위로하고 연석을 베풀어 밤늦도록 즐겼다.

〖 16 〗 그때 갑자기 보고해 오기를, 조조가 다시 대군을 보내서 야곡
(斜谷: 골짜기 이름. 섬서성 미현眉縣 서남. 고대 사천四川과 섬서 간의 교통의 요
충지)의 소로로 해서 한수漢水를 취하러 오고 있다고 했다.

현덕은 웃으며 말했다: "조조는 이번에 오더라도 할 수 있는 게 없
을 것이다. 내 생각엔 우리가 틀림없이 한수를 얻을 것이다."

그리고는 적을 맞아 싸우려고 군사들을 거느리고 한수 서편으로 갔
다. (*자룡의 담이 큰 것을 보고 이때 현덕도 덩달아 담이 커졌다.) 조조는
서황을 선봉으로 삼고 앞으로 나아가 싸우도록 했다. 휘하에 있던 한
사람이 나서며 말했다: "제가 이곳 지리를 잘 압니다. 서 장군을 도와
함께 가서 촉병을 깨뜨리고 싶습니다."

조조가 보니 파서巴西 탕거(宕渠: 사천성 거현渠縣 동쪽) 사람으로 성은
왕王, 이름은 평平, 자를 자균子均이라 하는데, 현재는 아문장군牙門將軍
으로 있는 자였다. 조조는 크게 기뻐하며 왕평을 부副 선봉으로 삼아서
서황을 돕도록 했다. 그리고 자신은 정군산 북쪽에다 군사들을 주둔시
켜 놓았다.

서황과 왕평이 군사를 이끌고 한수에 이르자, 서황은 선두부대로 하
여금 물을 건너가서 진을 치도록 했다.

왕평曰: "군사들이 만약 물을 건너갔다가 혹시라도 급히 물러나야
할 일이 생기면 어찌합니까?"

서황曰: "옛날 한신韓信도 배수진背水陣을 쳤는데, 이것이 이른바

'죽을 땅에 놓아둔 후에야 살아난다(致之死地而後生)'는 것이다.”

왕평曰: “그렇지 않습니다. 옛날 한신은 적들이 꾀가 없음을 헤아리고 그런 계책을 썼던 것이지만, 지금 장군께선 조운과 황충의 생각을 헤아릴 수 있습니까?”(*조운과 황충은 정말이지 한신과 싸웠던 진여陳餘와 비교할 인물들이 아니었다. 이는 흡사 후문에서 마속馬謖에게 간했을 때의 말과 서로 비슷하다.)

서황曰: “자네는 보군步軍을 이끌고 적을 막고 있으면서 내가 기병을 이끌고 나가서 적을 깨뜨리는 것을 구경이나 하게.”

그리고는 부교浮橋를 설치하도록 한 다음 이어서 촉병과 싸우러 한수를 건너갔다. 이야말로:

위장魏將은 제멋대로 한신을 따라 하지만　　　魏人妄意宗韓信
촉상蜀相이 장자방張子房인 줄 어찌 알겠는가.　蜀相那知是子房

승부가 어찌될지 모르겠거든 다음 회를 읽어보기 바란다.

제 71 회 모종강 서시평序始評

(1). 두 노장이 같이 기이한 공을 세운 것은 천탕산天蕩山에서의 싸움이고, 한 노장이 두 번 기이한 전공을 세운 것은 정군산定軍山에서의 싸움이다. 대개 한 번 승리하더라도 두 번 승리할 수 없다면, 앞서 세운 공로는 요행수라 할 것이다. 다만 한 번 승리하고 또다시 승리할 수 있는 경우에만 앞의 공로가 요행이 아니었음을 더욱 믿을 수 있게 되는 것이다. 그리고 늙은이는 주공主公의 은혜에 보답할 기간이 많지 않기 때문에 주공에게 보답하려는 마음이 더욱 은근했던 것이다. 황충黃忠이야말로 참으로 충신忠臣의 이름에 부끄럽지 않은 장수라 할 것이다!

(2). 공명이 황충을 두 번이나 쓴 것은 그가 나이가 많다는 이유로 쓴 것이 아니고 나이가 많으면서도 힘이 장사였기 때문에 쓴 것이다. 또한 단지 그가 장사이기 때문에 쓴 것이 아니라 그는 힘이 장사이면서도 나이가 많았기 때문이다. 대개 나이가 많으면서 지모가 있어야만 장한 일을 할 수 있는 것이다. 나이가 많으면서 힘이 장사라면 그 나이 많다는 것은 약점이 되지 않고, 힘이 장사이면서 나이가 많다면 그 힘이 장사라는 것은 결코 가벼이 여길 수가 없는 것이다.

(3). 조운이 겹겹의 포위망 속에서 황충을 구해낸 일은 이전에 겹겹의 포위망 속에서 아두阿斗를 구해낸 일과 다름이 없다. 조운이 한수漢水를 의지하여 조조의 군사들을 격퇴한 것은 장비가 장판교長坂橋를 의지하여 조조의 군사들을 격퇴한 것과 다름이 없다. 그러나 아두를 구한 것과 장판교에서 적을 물리친 것은 두 사람이 임무를 나누어 맡았던 것이므로 기이할 게 없다. 그러나 황충을 구한 것과 한수에서 적을 물리친 것은 한 사람이 두 가지 일을 다 한 것이므로 기이한 것이며: 장판파에서 적을 격퇴한 것은 다만 조조의 군사들을 더 이상 추격해 오지 못하도록 하려고 했던 것이지만, 한수에서는 다시 적을 추격하기까지 했으므로 더욱 기이한 것이다. 그 일은 서로 같지만 이전의 일보다 더욱 뛰어난 것이다.

(4). 자룡은 혼자 몸으로 갑자기 쫓아온 수십만 명의 조조의 군사들을 상대해야 했는데, 만약 영채 문을 닫아놓고 지키려고 했다면 틀림없이 죽었을 것이며, 영채를 버리고 달아났더라도 틀림없이 죽었을 것이다. 그래서 영채를 버리지도 않고 문을 닫지도 않고 깃발들을 눕혀 놓고 북도 치지 않고 영채 밖에서 말을 세우고 의병

계疑兵計를 써서 이겼던 것이다.

이로써 보건대, 조운은 큰 담이 몸을 감싸고 있었을 뿐만 아니라 그 지모가 온몸을 감싸고 있었던 것이다. 단지 담이 커서 이겼다고 말한다면, 그렇다면 강유姜維처럼 담이 큰 사람은 어찌하여 등애鄧 艾에게 여러 차례 패했는가?

제72회

제갈량, 지모로 한중을 취하고
조조, 야곡으로 군사를 물리다

〖 1 〗 한편 서황徐晃이 군사를 이끌고 한수를 건너려고 하자 왕평王平
이 극력 말렸으나 듣지 않고 한수를 건너가서 영채를 세웠다.

황충과 조운이 현덕에게 고했다: "저희들이 각기 휘하 군사들을 이
끌고 가서 조조 군사를 맞이해 싸우겠습니다."

현덕은 허락했다. 두 사람은 군사를 이끌고 갔다.

황충이 조운에게 말했다: "지금 서황이 자기 용맹만 믿고 왔는데,
우선은 맞붙어 싸우지 말고 내버려 두었다가, 날이 저물어 적의 군사
들이 지치기를 기다려 우리가 군사들을 두 방면으로 나누어 치도록 하
세."(*이는 법정法正이 황충에게 가르쳐 준 계책이다.)

조운도 그렇게 하는 것이 좋겠다고 해서 각자 군사들을 데리고 영채
를 지키고 있었다. 서황이 군사를 이끌고 와서 진시(辰時: 아침 7시~9시)

부터 시작해서 신시(申時: 오후 3시~5시)까지 싸움을 걸었으나 촉병들은 움직이지 않았다. 서황은 궁노수들에게 모조리 앞으로 나가서 촉병의 영채에다 대고 활을 쏘라고 지시했다.

황충이 조운에게 말했다: "서황이 궁노수들에게 활을 쏘도록 한 것은 틀림없이 저희 군사들을 물리려는 것이네. 이때를 틈타 저들을 치도록 하세."

황충의 말이 미처 끝나기도 전에 갑자기 보고해 오기를, 조조 군사의 후미 부대가 과연 물러가고 있다고 하였다. 이리하여 촉의 진영에서 북소리를 크게 울리면서 황충은 군사를 거느리고 왼편에서 나가고 조운은 군사를 거느리고 오른편에서 나가서 양쪽에서 협공했다.

서황은 대패했고, 그의 군사들은 한수 가로 내몰려서 물에 빠져 죽은 자가 무수히 많았다. (*서황은 "죽을 땅에 놓아둔 후에야 살아난다(置之死地而後生)"고 말했는데, 지금은 사지에 놓아두었더니 결국 죽고 말았다.) 서황은 필사적으로 싸워서 겨우 빠져나가 영채로 돌아가서는 왕평을 보고 야단쳤다: "너는 우리 군사의 형세가 위험에 빠진 것을 보고도 어찌하여 구하러 오지 않았느냐?"

왕평曰: "제가 만약 구하러 갔더라면 이 영채 역시 보전할 수 없었을 것입니다. 제가 일찍이 가지 마시라고 공을 말렸으나, 공께서 들으려고 하지 않아서 이렇게 패한 것 아닙니까?"

서황은 크게 화가 나서 왕평을 죽이려고 했다.

왕평은 이날 밤 휘하 군사들을 이끌고 영채 안으로 가서 불을 질렀다. 조조의 군사들이 대혼란에 빠지자 서황은 영채를 버리고 달아났다. 왕평은 한수를 건너 조운의 영채로 찾아갔다. 조운은 왕평을 이끌고 가서 현덕을 만나보았다. 왕평은 한수의 지리地理를 전부 다 이야기해 주었다.

현덕은 크게 기뻐하며 말했다: "내가 왕자균(王子均: 왕평)을 얻었으니 한중을 취하게 될 것은 의심의 여지가 없네."

그리고는 왕평을 편장군偏將軍으로 삼아 군사들의 길을 안내하는 향도사向導使의 직책을 맡도록 했다. (*조조가 길 안내할 향도사 하나를 보내준 셈이다.)

〖 2 〗 한편 서황은 도망쳐 돌아가서 조조를 보고 말했다: "왕평이 배반하고 떠나가서 유비에게 항복했습니다!"

조조는 크게 화를 내고 자기가 직접 대군을 통솔하여 한수의 영채들을 빼앗으러 갔다.

조운은 고립된 군대로는 버텨내기 어려울까 두려워서 마침내 한수 서편으로 물러났다. 이리하여 양군은 한수를 사이에 두고 대치했다.

현덕과 공명이 같이 와서 형세를 살펴보았다. 공명은 한수 상류에 군사 1천여 명을 매복해둘 만한 일대一帶의 토산土山이 있는 것을 보고 영채로 돌아와서 조운을 불러 분부했다: "장군은 군사 5백 명을 이끌고 가되 모두들 북과 나팔(鼓角)을 가지고 가서 토산 아래에 매복해 있다가 밤중이나 황혼녘에 우리 영채 안에서 포가 울리는 소리를 듣거든 거기서도 포 소리와 북 소리를 한 번씩만 울리고 나가서 싸우지는 마시오."

자룡이 계책을 받아 떠나갔다. 공명은 높은 산 위에서 적의 동정을 몰래 살펴보았다.

다음날 조조 군사들이 와서 싸움을 걸었다. 그러나 촉의 진영에서는 한 사람도 나가지 않았고 화살 한 개도 쏘지 않았다. 조조의 군사들은 스스로 돌아가 버렸다.

그날 밤, 밤이 깊었을 때 공명은 조조 영채에서 등불이 막 꺼지고 군사들이 잠자리에 든 것을 보고 곧바로 신호 포를 쐈다. 자룡은 그 소리를 듣고 군사들에게 일제히 북을 치고 나팔을 불도록 했다.

조조의 군사들은 적이 영채를 습격하러 온 줄 알고 놀라고 당황했다. 그래서 영채에서 뛰어나가 보니 군사라고는 하나도 보이지 않았다. 막 영채로 돌아와서 다시 잠을 자려고 할 때 또 호포 소리가 울리고 북소리와 나팔소리가 울리고 고함 소리가 땅을 흔들고 산골짜기는 그 소리들로 메아리쳐 울렸다. (*북을 치는 것만으로도 공격할 수 있는데 싸울 필요가 어디 있는가?)

조조 군사는 밤새도록 불안했다. 연달아 사흘 밤을 이처럼 놀라고 불안한 중에 보냈다. 조조는 속으로 겁이 나서 영채를 거두어 30리 뒤로 물러나서 사방이 확 트인 넓은 땅에다 영채를 세웠다.

공명이 웃으며 말했다: "조조는 비록 병법은 알아도 이러한 속임수 계책은 알지 못하는군."

그리고는 현덕에게 친히 한수를 건너가서 물을 등지고 영채를 세우라고 청했다. (*서황은 배수진을 쳤다가 패했는데, 공명은 또 배수진을 써서 승리한다.)

현덕이 계책을 묻자 공명이 말했다: "여차여차하게 하시면 됩니다."

〖 3 〗 조조는 현덕이 물을 등지고 영채를 세우는 것을 보고 속으로 의아하게 생각하면서 사람을 시켜서 도전장(戰書)을 보냈다. 공명은 내일 싸우자는 대답을 보냈다.

다음날 양쪽 군사들은 중간에 있는 오계산五界山 앞에서 만나 서로 진형을 벌여 세웠다.

조조가 말을 타고 나와서 문기門旗 아래에 섰는데, 두 줄로 용과 봉황을 수놓은 정기(龍鳳旌旗)를 벌여 세우고 북을 세 번 치고는 현덕을 부르면서 대답을 하라고 외쳤다. 현덕이 유봉과 맹달과 서천의 여러 장수들을 이끌고 나갔다.

조조가 채찍을 높이 쳐들면서 큰소리로 욕했다: "유비 이 배은망덕하고 조정을 배반한 도적놈아!"

현덕曰: "나는 대한大漢의 황실 종친으로 천자의 조서를 받들고 도적을 치려는 것이다. 네놈은 위로는 모후母后를 시해했고, 스스로는 왕이 되어 참람하게도 천자만이 타실 수 있는 수레(鑾輿)를 타고 다니는데, 그런 행위가 반역이 아니고 무엇이냐?"

조조는 화가 나서 서황에게 말을 타고 나가서 싸우라고 명했다. 이편에서는 유봉이 맞아 싸우러 나갔다. 두 사람이 어우러져 싸우고 있을 때 현덕은 먼저 진중으로 달아났다. 유봉은 서황을 당해 내지 못하고 말머리를 돌려 곧바로 달아났다.

조조가 명을 내렸다: "유비를 붙잡는 자는 곧 서천의 주인이 될 것이다."

조조의 대군이 일제히 함성을 지르며 촉의 진영으로 쳐들어갔다. 촉병들은 영채를 모조리 버리고 한수로 도망쳤다. 그들이 버린 말과 병장기가 길 위에 가득했다. 조조의 군사들은 모두 그것을 먼저 줍기 위해 서로 다투었다. 이것을 보고 조조가 급히 징을 쳐서 군사를 거두었다.

여러 장수들이 말했다: "저희들이 마침 유비를 잡으려고 하는데 대왕께서는 어찌하여 군사를 거두셨습니까?"

조조曰: "내가 볼 때, 촉병은 한수를 등지고 영채를 세웠는데, 이것이 아무래도 의심스러운 첫째 이유고, 말들과 병장기들을 많이 버렸는데, 이것이 의심스러운 둘째 이유다. 옷가지나 물건들을 주우려고 하지 말고 빨리 퇴군하라."

그리고는 명령을 내렸다: "한 가지 물건이라도 제멋대로 줍는 자는 그 자리에서 목을 벨 것이다. 냉큼 퇴군하라!"

조조의 군사들이 막 머리를 돌렸을 때, 공명의 군호軍號 깃발이 번쩍 들리더니 현덕이 중군 군사들을 거느리고 쳐들어 왔고, 황충은 왼편에서 쳐들어 왔으며, 조운은 오른편에서 쳐들어 왔다.

조조의 군사들은 크게 무너져서 도망쳤다. 공명은 밤낮을 가리지 않고 추격했다.

〖 4 〗 조조는 군사들에게 남정南鄭으로 돌아가라는 명을 내렸다. 그때 문득 보니 다섯 방면에서 불길이 솟았다. ──이 어찌된 일인고 하니, 위연과 장비가 엄안에게 낭중閬中을 대신 지키도록 하고는 군사들을 나누어 쳐들어 와서 먼저 남정을 차지해 버린 것이다. (*제71회 중의 복필伏筆이 이때 이르러 비로소 드러난다.)

조조는 속으로 크게 놀라서 양평관(陽平關: 섬서성 면현勉縣 서쪽 백마하白馬河가 한수로 들어가는 곳)으로 달아났다. 현덕의 대병은 그 뒤를 추격해 가서 남정과 포주(褒州: 포중褒中. 섬서성 면현 동북의 포성褒城)에 당도했다.

현덕은 백성들을 안심시키고 나서 공명에게 물었다: "조조가 이번에 와서 이렇게 빨리 패한 이유가 무엇입니까?"

공명曰: "조조는 본래 의심이 많은 사람입니다. 비록 용병用兵을 잘한다 하더라도 의심이 많으면 패배가 많은 법입니다. 이번에 우리가 승리한 것은 의병疑兵을 썼기 때문입니다."(*조조는 본래 의심이 많았다. 그래서 죽고 나서도 가짜 무덤을 72개나 만들도록 했던 것이다.)

현덕曰: "지금 조조는 물러가서 양평관을 지키고 있는데 그 형세가 이미 고립되어 있습니다. 선생은 앞으로 무슨 계책을 써서 저들을 물리치려 하십니까?"

공명曰: "제가 이미 계책을 생각해 놓았습니다."

공명은 곧바로 장비와 위연에게 군사들을 두 방면으로 나누어 가서 조조의 군량 운반 도로를 끊어버리도록 하고, 또 황충과 조운에게는 역시 군사들을 두 방면으로 나누어 가서 불을 질러 산을 불태우도록 했다. 네 장수들은 각기 향도관을 데리고 떠나갔다.

〖 5 〗 한편 조조는 물러가서 양평관을 지키면서 군사를 시켜서 적의 정세를 알아보도록 했다.

그가 돌아와서 보고했다: "지금 촉병들은 멀리 있든 가까이 있든 길이란 길들은 모조리 막아 끊어놓았고, 땔나무가 있는 곳에는 전부 불을 질러 태워버렸습니다. 그러나 군사들이 어디에 있는지는 알 수 없습니다."

조조가 한창 의혹에 차 있을 때 또 보고해 오기를, 장비와 위연이 군사를 나누어서 군량을 빼앗으러 온다고 했다.

조조가 물었다: "누가 감히 가서 장비를 대적하겠는가?"

허저曰: "제가 가겠습니다."

조조는 허저에게 정예병 1천 명을 이끌고 양평관으로 오는 길로 가서 군량과 마초를 호송해 오라고 했다.

군량을 호송해 오던 관원이 그를 만나자 기뻐하며 말했다: "만약 장군께서 이리로 오시지 않았으면 군량을 양평관까지 운반해 갈 수 없었을 것입니다."

그리고는 수레 위에 실려 있던 술과 고기를 가져다가 허저에게 바쳤다. 허저는 연거푸 벌컥벌컥 들어 마시고는 그만 자기도 몰래 크게 취하여 (*전에 장비가 취한 것은 가짜로 취한 것이지만 지금 허저가 취한 것은 진짜 취한 것이다.) 곧바로 술기운이 올라서 빨리 군량 실은 수레를 끌고 가자고 재촉했다.

군량 운송관이 말했다: "날도 이미 저물었고, 그리고 저 앞의 포주褒州 땅은 산세가 험악하여 지나갈 수가 없습니다."

허저曰: "나는 한꺼번에 1만 명의 사내도 대적할 수 있는 용맹함(萬

夫之勇)이 있는데, 그런 내가 누구를 무서워하겠나! 오늘 밤에는 마침 달빛도 밝아서 군량운반 수레를 끌고 가기가 참으로 좋구나."(*술 취한 사람이 달 아래에서 주흥酒興에 발동이 걸렸다.)

허저는 앞장 서서 칼을 비껴들고 말에 올라 군사들을 이끌고 앞으로 나아갔다.

이경(二更: 밤 9시~11시)이 지난 후 포주襃州로 가는 길로 나가서 반쯤 갔을 때, 갑자기 산 우묵한 곳에서 북소리와 나팔소리가 천지를 진동하며 한 떼의 군사들이 가는 길을 막았는데, 그 우두머리 대장은 장비였다. 그는 장팔사모를 꼬나들고 말을 달려서 곧장 허저에게 덤벼들었다. 허저도 칼을 휘두르며 나가서 그를 맞아 싸웠으나, 술에 취해 있었으므로 장비를 당해 내지 못하고 몇 합 싸우지도 못하여 그만 장비의 창에 어깻죽지를 맞고 몸이 뒤로 벌렁 뒤집히며 말에서 떨어졌다. 군사들이 급히 그를 구원해 일으켜 뒤로 물러나서 곧바로 달아났다. (*스스로 만부지용萬夫之勇이라고 큰소리치던 자가 알고 보니 이러했다.) 장비는 군량과 마초, 수레들을 전부 빼앗아 가지고 돌아갔다. (*술과 고기 때문에 양식을 잃어버리고 말았다.)

〖 6 〗 한편 여러 장수들이 허저를 보호해 돌아가서 조조를 보자, 조조는 의사에게 창에 맞은 그의 상처(金瘡)를 치료해 주도록 하고, 한편으로는 친히 군사들을 데리고 촉병과 결전하러 갔다.

현덕도 군사를 이끌고 나가서 그를 맞이했다. 양편이 서로 마주보고 진을 치고 나자 현덕은 유봉劉封에게 말을 타고 나가도록 했다.

조조가 욕을 했다: "신이나 팔러 다니던 자식이 매번 싸울 때마다 어디서 주어다 기른 자식만 내보내는구나! 내 만약 수염이 노란 내 둘째 애를 불러온다면 네놈의 가짜 자식은 다진 고기처럼 되고 말 것이다!"(*동오에는 자주색 수염을 가진 자(孫權)가 있고 위魏에는 노란색 수염을

가진 자(曹彰)가 있어서 서로 대비되고 있다.)

유봉은 크게 화가 나서 창을 꼬나들고 말을 달려 곧장 조조에게 덤벼들었다. 조조는 서황에게 나가 맞이해 싸우라고 했다. 유봉은 짐짓 패한 척하고 달아났다. 조조는 군사를 이끌고 추격해 왔다. 바로 그때 촉병의 영채 안에서 포 소리가 사방에서 울리고 북소리와 나팔소리가 일제히 울렸다. (*이 역시 의병疑兵이다.)

조조는 복병이 있을까봐 두려워서 급히 군사들을 물리라고 명했다. 조조의 군사들은 물러나면서 서로 짓밟아 죽는 자가 극히 많았으나 그대로 달아나서 양평관까지 돌아가서야 겨우 한숨을 돌렸다.

그때 촉병들이 성 아래까지 쫓아와서는 동문에는 불을 지르고, 서문에서는 고함을 지르고, 남문에는 불을 지르고, 북문에는 북을 쳤다. 조조는 크게 겁이 나서 관關을 버리고 달아났다. 촉병이 그 뒤에서 추격해 갔다. 조조가 한창 달아나고 있을 때 앞에서는 장비가 한 떼의 군사들을 이끌고 와서 길을 차단하고, 뒤에서는 조운이 한 떼의 군사들을 이끌고 쳐들어왔고, 황충은 또 군사를 이끌고 포주褒州 쪽에서 쳐들어왔다. 조조는 대패했다. 여러 장수들이 조조를 보호하여 길을 열어 달아났다. 도망쳐서 막 야곡(斜谷: 섬서성 미현眉縣 서남) 어귀에 이르렀을 때 전면에서 먼지가 갑자기 일어나며 한 떼의 군사들이 당도했다.

조조曰: "이 군사들이 만약 복병이라면, 나는 끝장났구나!"

군사들이 가까이 다가왔을 때 보니 그는 바로 조조의 둘째 아들 조창曹彰이었다.

〖 7 〗 조창은 자字를 자문子文이라 하는데, 어릴 때부터 말 타기와 활쏘기를 잘 했으며, 힘이 보통 사람들보다 세어서 맨주먹으로 맹수를 때려죽일 수 있었다.

조조가 일찍이 그를 훈계하여 말했다: "너는 글은 읽지 않고 활 쏘고 말 타기만 좋아하는데, 이는 필부匹夫의 용맹에 불과할 뿐 어찌 귀한 재능이라 하겠느냐?"

조창曰: "대장부라면 마땅히 옛날의 명장 위청衛青과 곽거병霍去病을 배워서 사막에서 공을 세우고, 수십만의 군사들을 휘몰아 천하를 종횡으로 누벼야지, 어찌 문관인 박사博士 따위가 될 수 있습니까?"

조조가 한번은 여러 아들들의 포부를 물어본 적이 있었다.

조창曰: "저는 장수가 되고 싶습니다."

조조曰: "장수가 되면 어떻게 하려 하느냐?"

조창曰: "갑옷을 입고 창칼을 들고 어려운 일을 당해서는 몸을 돌보지 않고, 스스로 군사들의 앞장을 서고, 상 받을 행동에는 반드시 상을 주고 벌 받을 행동에는 반드시 벌을 주어서(賞必信, 罰必信) 상벌에 대한 군사들의 믿음이 확립되도록 하겠습니다."

조조는 크게 웃었다.

건안 23년(서기 218년. 신라 나해 이사금 23년), 대군(代郡: 산서성 양고陽高)의 오환족烏桓族이 배반하자 조조는 조창에게 군사 5만 명을 이끌고 가서 토벌하라고 명했다.

떠나기에 앞서 조조는 그를 타일렀다: "너와 나는 집에 있을 때는 부자父子 사이지만 나라의 일을 할 때에는 임금과 신하 사이이다. 법은 사사로운 정을 고려하지 않으니, 너는 깊이 삼가야 할 것이다."

조창은 대군 북쪽에 이르러 스스로 앞장서서 싸움으로써 곧장 상건(桑乾: 유주 대군에 속한 현명. 하북성 양원陽原 서북)까지 쳐들어가서 북방을 전부 평정했다. 그때 조조가 양평관에 있다는 소식을 들었기에 싸움을 도우러 온 것이다. (*한창 바쁜 중에도 조창의 일생에 대해 서술함으로써 전문에서 언급하지 않았던 것을 보충하고 있다.)

〖 8 〗 조조는 조창이 온 것을 보고 크게 기뻐서 말했다: "나의 노란 수염 아들이 왔으니 반드시 유비를 깨뜨릴 것이다!"

이리하여 다시 군사들을 돌려서 야곡 어귀로 가서 그곳에다 영채를 세웠다. 누군가가 현덕에게 조창이 당도했다고 보고했다.

현덕이 물었다: "누가 감히 가서 조창과 싸우겠느냐?"

유봉曰: "제가 가겠습니다."

맹달도 가겠다고 말했다.

현덕曰: "너희 둘이 같이 가거라. 누가 공을 세우는지 어디 보자."

두 사람은 각기 5천 명의 군사들을 이끌고 적을 맞이해 싸우러 갔다. 유봉은 앞에 서고 맹달은 뒤따라갔다.

조창이 말을 달려 나와 유봉과 싸웠는데, 겨우 3합 싸우고 유봉은 대패해서 돌아왔다. (*결국 가짜 아들이 진짜 아들보다 못했다.) 이번에는 맹달이 군사를 이끌고 앞으로 나아가서 막 조창과 싸우려고 하다가 보니 조조의 군사들이 크게 어지러워졌다. 알고 보니 마초馬超와 오란吳蘭의 두 부대 군사들이 쳐들어 왔기 때문이었다. (*제71회에서의 복필伏筆이 이때 와서 비로소 드러났다.)

조조의 군사들이 놀라서 소란해지자 맹달은 군사들을 이끌고 가서 협공했다. 마초의 수하 군사들은 오랫동안 사기를 축적해 왔는데, 이때에 이르러 무위武威를 크게 떨치니 조조의 군사들은 그 세력을 당해낼 수가 없었다. 결국 조조의 군사들은 패하여 달아났다. 이때 조창은 마침 오란을 만나서 둘이 싸웠는데, 몇 합 싸우지 않아서 조창이 오란을 창으로 찔러 말 아래로 떨어뜨렸다. 모든 군사들은 서로 뒤엉켜서 싸웠다. 조조는 군사를 거두어서 야곡 어귀에다 주둔시켰다.

〖 9 〗 조조가 군사를 주둔시켜 놓고 있은 지 오래되어 군사를 진격시키고자 해도 마초가 막고 있어서 진격하지 못하고, 그렇다고 군사를

거두어 돌아가려고 해도 또한 촉병들의 비웃음을 사게 될까봐 두려워서 이러지도 저러지도 못하고 주저하고 있었다. 그때 마침 주방장이 닭고기 탕(鷄湯)을 올렸다. 조조는 사발 속에 있는 닭갈비, 즉 계륵鷄肋을 보고 속으로 느끼는 바가 있어서 생각에 깊이 잠겨 있었다. 바로 그때 하후돈이 막사 안으로 들어오더니 야간 암구호暗口號를 정해 달라고 청했다.

조조는 입에서 나오는 대로 말했다: "계륵, 계륵!"

하후돈은 모든 관원들에게 오늘밤 암구호는 "계륵"으로 정해졌다고 했다. 행군주부行軍主簿 양수楊修는 당일 밤 암구호가 "계륵"으로 정해졌다는 것을 알고는 곧바로 수행하는 군사들에게 각기 행장을 꾸려서 돌아갈 준비를 하도록 했다. 누군가가 이를 하후돈에게 알렸다. 하후돈은 크게 놀라서 곧바로 양수를 막사로 오라고 청해서 물어보았다: "공은 어찌하여 군사들에게 행장을 꾸리도록 하였소?"

양수曰: "오늘 밤의 암구호를 듣고 저는 곧바로 위왕께서 머지않아 군사를 물려 돌아가실 것으로 알았습니다. 계륵이란 것은 먹으려니 붙어있는 고기가 없고, 그렇다고 버리자니 맛이 있는 물건이지요. 지금 우리 처지는 앞으로 진격하려니 이길 수 없고 물러가려니 남의 비웃음을 살까봐 두려운 것이 바로 계륵과 같습니다. 그렇다고 여기 있어봐야 유익할 게 없으니 차라리 빨리 돌아가는 것이 낫습니다.

내일 위왕께서는 틀림없이 회군 명령을 내리실 것입니다. (*남이 말하지 않은 것을 아는 것은 그 죄가 크다.) 그래서 먼저 행장을 꾸려 놓아서 출발 직전의 당황함과 혼란함을 피하려고 했던 것입니다."(*만약 버리자니 맛이 있어서 아깝다고 말한다면, 오히려 갑자기 버리지는 않을 것이다. 지금 행장을 꾸리는 것은 결국 내버리는 것이다.)

하후돈曰: "공은 정말로 위왕의 속내(肺腑)까지 알고 계시오."

그리고는 그 역시 곧바로 행장을 꾸렸다. 이리하여 영채 안의 모든 장수들은 하나도 예외 없이 돌아갈 준비를 했다.

　이날 밤 조조는 마음이 산란해서 잠을 잘 수 없어서 마침내 손에 쇠도끼(鋼斧)를 들고 혼자서 영채를 몰래 돌았다. 그러다가 문득 보니 하후돈의 영채 안의 군사들이 각자 행장을 꾸리고 있었다. 조조는 크게 놀라서 급히 막사로 돌아와서 하후돈을 불러 그 까닭을 물었다.

　하후돈曰: "주부 양덕조(楊德祖: 양수)는 대왕께서 돌아가고 싶어 하시는 뜻을 먼저 알고 있었습니다."

　조조가 양수를 불러서 물어보자, 양수는 계륵의 의미를 유추해서 조조의 뜻을 알아냈다고 대답했다.

　조조는 크게 화를 내면서 말했다: "네 어찌 감히 없는 말을 지어내서 우리 군사들의 마음을 어지럽힌단 말이냐!" (*비문의 여덟 글자는 잘못 해독하지 않았으나 뜻밖에도 구호口號 두 글자는 결국 잘못 해독했던 것이다.)

　조조는 도부수에게 그를 끌어내서 목을 베라고 호령하고 그 수급을 원문轅門 밖에다 매달아 놓도록 했다.

　〖 10 〗 원래 양수란 인간은 자기 재주를 믿고 제멋대로 굴어서 여러 차례 조조의 비위를 거슬렀다.

　조조가 일찍이 한 곳에 화원花園을 만들도록 한 적이 있었는데, 화원이 조성되자 조조가 가서 보고 잘됐다거나 잘못됐다는 말은 일체 하지 않고 다만 붓을 잡더니 문 위에다 '活(활)' 자 한 자를 써놓고 가버렸다. 사람들은 전부 그 뜻을 이해하지 못했다.

　그때 양수가 말했다: "門(문) 안에다 活(활) 자를 덧붙이면 곧 '闊(활)' 자가 된다. 승상께서는 이 화원의 문이 너무 넓은 것(闊: 넓다)을 싫어하시는 것이다."

　이에 새로 담을 쌓고 문을 알맞게 고친 다음 또 조조를 청해 와서 보도록 했다.

조조가 크게 기뻐하며 물었다: "누가 내 뜻을 알았느냐?"

좌우 사람들이 말했다: "양수입니다."

조조는 입으로는 비록 잘했다고 칭찬했으나 속으로는 그를 몹시 싫어했다. (*그의 재주를 싫어했던 것이 아니라 그가 자기 뜻을 아는 것을 싫어했던 것이다. 조조는 자신의 의중에 두고 말하지 않은 것을 남이 알아차리는 것을 가장 두려워했다.)

또 하루는 새북(塞北: 만리장성 이북 지구)에서 양젖으로 만든 연유(酥) 한 합盒을 보내왔다. 조조는 친히 합 위에다 "一合酥(일합수)"라고 세 글자를 쓴 후 상 위에 놓아두었다. 그러자 양수가 들어와서 그것을 보고는 마침내 수저를 가져와서 여럿이서 함께 그것을 다 나누어 먹어버렸다.

조조가 왜 그랬느냐고 묻자, 양수가 대답했다: "합 위에는 분명히 '一人一口酥(일인일구수: 한 사람당 酥(수) 한 입씩)'이라고 쓰여 있었습니다. 저희가 어찌 감히 승상의 명을 거역할 수 있겠습니까?"("合"자를 파자破字하면 "人一口"가 된다. 이를 통해 양수는 파자 놀이를 즐겼음을 알 수 있다.—역자.)

조조는 비록 즐거운 듯 웃어보였으나 속으로는 그를 미워했다. (*조조는 전에 순욱荀彧에게 자살을 하라는 뜻으로 빈 음식 합盒을 보내준 적이 있는데, 이번에는 양수가 조조에게 빈 음식 합을 돌려주었으니, 조조가 어찌화를 내지 않을 수 있겠는가.)

조조는 남이 자기를 몰래 해칠까봐 두려워서 늘 좌우 사람들에게 분부했다: "나는 꿈을 꾸는 중에 사람을 잘 죽인다. 내가 잠이 들었을 때에는 너희들은 절대로 내 가까이 오지 마라."

하루는 막사에서 낮잠을 자고 있을 때 이불이 땅에 떨어졌다. 그것을 보고 한 근시가 급히 이불을 집어서 덮어주었다. 조조가 벌떡 일어나더니 칼을 뽑아 그의 목을 베어 버리고는 다시 침상 위로 올라가서 잠이 들었다. 한참 지나서 일어나더니 거짓으로 놀란 체하며 물었다: "어떤 놈이 내 근시를 죽였느냐?"

여러 사람들이 사실대로 대답하자 조조는 통곡을 하더니 그를 후히 장사지내 주라고 명했다. (*꿈도 거짓, 잠도 거짓, 질문도 거짓, 곡哭도 거짓. 전부 거짓이다.) 사람들은 모두 조조는 과연 꿈을 꾸는 중에 사람을 죽이는 버릇이 있는 줄 알았으나, 유독 양수만은 조조의 뜻을 알았다. 죽은 근시를 장사지낼 때, 양수는 손으로 그를 가리키며 탄식했다: "승상께서 꿈을 꾸고 계셨던 것이 아니라 자네가 바로 꿈을 꾸고 있었다네."

조조는 그 말을 듣고 그를 더욱 미워했다. (*주유가 공명을 속여 넘기지 못하고, 조조가 양수를 속여 넘기지 못하자 그들은 똑같이 상대를 죽이려고 했다.)

〔 11 〕 조조의 셋째 아들 조식曹植은 양수의 재능을 좋아하여 늘 양수를 불러다 담론을 했는데, 밤새도록 하면서 쉬지 않았다.

조조가 여러 사람들과 상의하여 조식을 세자로 책봉하려고 하자 첫째 아들 조비가 그것을 알고는 몰래 조가현(朝歌縣: 하남성 기현淇縣) 현령 오질吳質을 동궁 안(內府)으로 불러와서 상의하려고 했다. 그러나 혹시 남이 알까봐 겁이 나서 커다란 대나무 상자(大簏) 속에다 오질을 넣고서는 안에 비단이 들어 있다고 말하여 부중府中으로 데리고 왔다.

양수가 이 일을 알고 곧장 조조에게 가서 고해 바쳤다. (*조조가 양수를 죽이지 않았더라도 양수는 후에 조비에게 죽었을 것이다.) 조조는 사람을 시켜서 조비의 부문府門에서 엿보도록 했다. 조비가 당황하여 오질에게 이런 사정을 말했다.

오질曰: "걱정할 것 없습니다. 내일 커다란 대나무 상자 속에다 비단을 넣어서 다시 들여오도록 하여 속이면 됩니다."

조비는 그의 말처럼 큰 대나무 상자에다 비단을 넣어서 실어왔다. 조조의 사자가 상자 속을 뒤져보니 그 속에 들어 있는 것은 과연 비단이어서 돌아가서 조조에게 보고했다. 조조는 그 일로 양수가 조비를 참소하는 줄로 의심하고 그를 더욱 미워했다.

하루는 조조가 조비와 조식의 재간을 시험해 보려고 둘에게 각각 업성문鄴城門 밖으로 나가라고 명해 놓고는, 다른 한편으로는 은밀히 사람을 시켜서 성문지기에게 그들을 내보내지 말라고 분부해 놓았다. 조비가 먼저 성문에 이르렀는데 문리가 막자 조비는 어쩔 수 없이 그대로 돌아갈 수밖에 없었다.

조식이 이 말을 듣고 양수에게 어찌해야 좋을지를 물었다.

양수曰: "군君께서 왕명을 받들고 나가려 하시는데 만일 나가지 못하도록 막는 자가 있다면, 그 자의 목을 베어 버려도 됩니다."

조식은 그 말을 옳은 답으로 여겼다. 그가 성문에 이르자 과연 문리가 나가지 못하도록 막았다.

조식은 호통을 쳤다: "내가 왕명을 받들고 나가는데 누가 감히 못 나가게 막는단 말이냐!"

그러면서 그 자리에서 그의 목을 베어 버렸다. 이리하여 조조는 조식을 유능하다고 생각했다. (*양수는 남에게 사람을 죽이라고 가르쳤고, 조조는 또 사람 죽인 것을 유능하다고 생각했으니, 둘 다 나쁜 사람들이다.)

그런데 후에 어떤 사람이 조조에게 고해 바쳤다: "그것은 양수가 가르쳐준 것입니다."

조조는 크게 화를 냈고 그 때문에 조식까지 좋아하지 않게 되었다.

〖 12 〗 양수는 또 조식을 위해 예상 질문에 대한 모범답안(答敎) 10여 개를 만들어서 조조가 무엇이든 물으면 즉시 그 모범 답안대로 대답하

도록 해준 적이 있었다. (*조식의 문집 〈자건집子建集〉역시 남에게 대필시
킨 것인가?) 조조가 매번 군사와 국가의 일들에 대해 물을 때마다 조식
의 대답은 마치 흐르는 물처럼 막히는 데가 없었다. 조조는 속으로 몹
시 의아하게 생각했는데, 후에 조비가 몰래 조식의 좌우에 있는 자들
을 매수해서 양수가 만들어 준 예상 질문과 모범답안을 훔쳐서 조조에
게 바쳤다.

　조조는 그것을 보고 나서 크게 화가 나서 말했다: "필부 놈이 어찌
감히 나를 속인단 말이냐?"

　그때 이미 양수를 죽이려는 마음이 있었는데, 이제 군사들의 마음을
혼란스럽게 했다는 죄명을 빌려서 그를 죽인 것이다. (*양수의 생애와
죽게 된 이유를 보충하여 설명하고 있다. 또 백망百忙 중에 한가한 문장(閑文)
을 끼워 넣어 서술하는데, 필법이 특히 교묘하다.)

　양수가 죽을 때 나이는 34살이었다. 후세 사람이 그를 한탄하는 시
를 지었으니:

총명했던 양수는	聰明楊德祖
대대로 이어져온 명문가 자손.	世代繼簪纓
그의 필체는 용과 뱀이 꿈틀거리는 듯했고	筆下龍蛇走
가슴속에는 출세의 야망으로 가득했다.	胸中錦繡成
그가 말을 하면 주위 사람들 깜짝 놀랐고	開談驚四座
질문에 대한 재빠른 대답 여럿 중에 으뜸이었다.	捷對冠群英
그가 죽은 것은 재주를 잘못 썼기 때문이지	身死因才誤
군사를 물리려 했던 것과는 관계가 없었다.	非關欲退兵

〖 13 〗 조조는 양수를 죽이고 나서 짐짓 하후돈에게 화를 내며 그의
목도 자르려고 하는 척했다. 여러 관원들이 용서해 달라고 빌자 조조
는 하후돈에게 물러가라고 꾸짖은 다음 내일 진격하라고 명했다.

다음날, 조조의 군사들이 야곡 어귀로 나가자 전면에 한 떼의 군사들이 나와서 그들을 맞았는데, 그 우두머리 대장은 바로 위연魏延이었다. 조조는 위연을 불러서 항복해 오라고 했으나 위연이 큰소리로 욕을 했다. 조조는 방덕에게 나가서 싸우라고 명했다. 두 장수가 한창 싸우고 있을 때 조조의 영채 안에서 불길이 솟았는데, 누군가가 보고해 오기를 마초가 중간에 있는 영채와 뒤에 있는 영채를 습격해 왔다는 것이었다.

조조는 칼을 빼서 손에 잡고 말했다: "장수들 중 후퇴하는 자는 목을 벨 것이다!"

모든 장수들이 힘을 다해 앞으로 나아가자 위연은 패한 척하고 달아났다. 조조는 그제야 군사들을 뒤로 돌려서 마초와 싸우도록 하고 자기는 높은 언덕 위에 말을 세우고 양편의 군사들이 싸우는 것을 구경했다. 그때 갑자기 한 떼의 군사들이 앞에서 쳐들어오더니 큰 소리로 외쳤다: "위연이 예 있다!"

그리고는 활을 잡고 화살을 얹어서 조조를 쏘아 맞혔다. 조조의 몸이 뒤로 벌렁 자빠지면서 말에서 떨어졌다. 위연이 활을 버리고 칼을 잡고 말을 달려서 조조를 죽이려고 산비탈을 올라갔다. 이때 측면으로부터 갑자기 장수 하나가 뛰쳐나오며 큰소리로 외쳤다: "우리 주공을 해치지 말라!"

보니 방덕龐德이었다. 방덕은 힘을 떨쳐 앞으로 나아가 위연과 싸워서 물리친 후 조조를 보호하며 앞으로 갔다. 마초의 군사들은 이미 물러간 뒤였다.

조조는 부상을 당한 채 영채로 돌아와서 보니, 위연이 쏜 화살이 코와 윗입술 사이의 인중人中에 맞아 앞니 두 개가 부러져서 급히 의사를 불러 치료하도록 했다. 그때서야 비로소 조조는 양수가 한 말이 생각나서 곧바로 양수의 시체를 거두어 가지고 돌아가서 후히 장사지내 주라고 지시하고는 곧바로 회군 명령을 내리고 방덕에게는 뒤에서 적의 추격을 끊도록 했다.

조조는 담요(毛氈)를 깐 수레 안에 누워 있고 좌우로는 호위 군사(虎賁軍)들이 호위해서 갔다. 그때 갑자기 야곡 산 위 양편에서 불길이 솟으면서 복병이 쫓아오고 있다고 보고해 왔다. 조조의 군사들은 모두 놀라고 겁이 났다. 이야말로:

전에 동관에서 겪었던 재앙과 비슷하고　　　　依稀昔日潼關厄
옛날 적벽에서 겪었던 위험과 흡사하구나.　　仿佛當年赤壁危

조조의 목숨이 어찌될지 모르겠거든 다음 회를 읽어보기 바란다.

제72회 모종강 서시평序始評

(1). 조조는 의심이 많았는데도 공명은 가짜 군사, 즉 의병疑兵을 써서 그를 이겼다. 이는 공명이 조조로 하여금 의심하도록 한 것이 아니라 조조 스스로 의심했던 것이다. 비록 그렇기는 하나, 조조가 스스로 의심하도록 한 것은 공명이 아니었으면 불가능했다. 박망博望에서 불에 타고, 신야新野에서 꺾이고, 오림烏林에서 곤경에 처하고, 화용華容에서 궁지에 몰렸던 일들 때문에 조조가 공명을 두려워하게 된 지 오래 되었다. 조조는 다른 사람의 의병疑兵을 보고도 반드시 의심했던 것은 아니지만, 공명의 의병을 보고는 감히 의심하지 않을 수 없었다.

그러므로 의병疑兵을 잘 쓰는 사람은 반드시 상대로 하여금 의심하도록 할 수 있음을 헤아린 후에 의심하게 만들고, 또한 반드시 내가 의병을 쓸 수 있음을 헤아린 후에 의병을 쓰는 것이다. 마치 한신韓信은 배수진을 써서 승리했지만 서황徐晃은 배수진을 써서 패배했듯이, 동일한 병법兵法이라도 옛날과 지금의 형세가 다른 것이다. 그리고 서황은 배수진으로 패배했지만 공명은 배수진으로 승리했듯이, 동일한 시기時期라도 피차간에 형세가 또 다른 것이다. 군사를 잘 쓰려면 어찌 그 사람을 보지 않을 수 있겠는가?

(2). 공융孔融과 순욱荀彧과 양수楊修는 모두 조조의 뜻을 거스르다가 죽었다. 그러나 양수는 공융과 같지 않았고 순욱과도 달랐다. 그 이유는 무엇인가?

공융은 애초부터 조조를 섬기지 않았고 정직한 말로 조조의 뜻을 거슬렀던 사람이다. 그러나 순욱은 처음에는 부정직하게 조조를 섬겼으나 후에 가서 정직하게 조조의 뜻을 거스른 사람이다. 그런데 양수는 처음부터 부정직하게 조조를 섬기고 또 부정직하게 조조의 뜻을 거슬렀던 사람이다.

양수는 양표楊彪의 아들로서 몸을 굽혀 조조를 섬김으로써 이미 가문에 부끄러운 짓을 해놓고 다시 조식曹植을 위해 한 일로 조조의 의심을 받았고(제20회 참고), 또 남의 형제간의 일에 잘못 끼어들어 행동했던 것이다. 대개 정직하게 조조를 거스른 경우 그 죄는 조조에게 있지만, 부정직하게 조조를 거스른 경우 그 죄는 양수에게 있다. 그래서 양수의 죽음에 대하여 군자는 조조에게 그 책임을 묻지 않는 것이다.

(3). 혹자는 조조가 양수의 재능 때문에 기피忌避한 것으로 생각하는데, 그렇지 않다. 인사(士)의 재능으로는 두 가지 종류가 있으니 하나는 모사謀士의 재능이고 또 하나는 문사文士의 재능이다. 모사의 재능으로 조조에게 쓰인 자로는 곽가郭嘉·정욱程昱·순욱荀彧·순유荀攸·가후賈詡·유엽劉曄 등이 있다. 그리고 문사의 재능으로 조조에게 쓰인 자로는 양수·진림陳琳·왕찬王粲 등이 있다. 문사의

재능은 모사의 재능만큼 기피당할 이유가 없다.

조조가 순욱을 기피하게 된 것은, 조조가 구석九錫을 받는 것을 순욱이 막으려고 했기 때문이지 그 전에는 기피되지 않았으며, 그 나머지 모사들 역시 조조에게 기피당한 적이 없다. 그가 모사들 보기를 이와 같이 했는데 왜 문사들을 기피하겠는가? 그래서 자신을 욕한 진림에게도 조조는 죄를 주지 않았던 것이다.

대개 재능을 가지고 있으면서 자기에게 쓰이지 않을 때는 기피했지만 자기에게 쓰일 때에는 기피하지 않았다. 만약 양수가 조식과 작당하여 조조를 속이지만 않았더라면 조조는 그에게 화를 내지 않았을 것이고, 양수도 죽지 않아도 되었을 것이다. 양수가 재능 때문에 기피되었다고 하는 자들의 말은 옳은 의론이 아니다.

제73회

현덕, 한중왕의 자리에 오르고
운장, 양양군을 공격해서 빼앗다

〖 1 〗한편 조조는 군사들을 뒤로 물려서 야곡斜谷에 이르렀는데, 공
명은 그가 틀림없이 한중漢中을 버리고 달아날 것으로 예상했었기에,
마초 등 여러 장수들에게 군사들을 십 수 방면으로 나누어 불시에 공
격하도록 했던 것이다. 그리하여 조조는 오래 머물러 있을 수가 없었
던 데다가 또 위연에게 화살까지 맞고 나니 서둘러 회군할 수밖에 없
었다. 전체 군사들의 사기는 땅에 떨어지고 말았다.

선두부대가 떠나자마자 양쪽에서 불길이 솟았는데, 바로 마초의 복
병이 추격해 왔던 것이다. 조조의 군사들은 전부 다 간담이 떨어졌다.
조조는 군사들에게 급히 가도록 명하여 밤낮으로 쉬지 않고 달려서 곧
장 경조(京兆)에 이르러서야 비로소 마음을 놓았다.

〖2〗 한편 현덕은 유봉과 맹달, 왕평王平 등에게 상용(上庸: 호북성 죽산竹山 서남) 등 여러 군郡들을 공략하라고 명했다. 상용 태수 신탐申耽 등은 조조가 이미 한중을 버리고 달아났다는 말을 듣고 마침내 다들 투항해 왔다. 현덕이 백성들을 안심시키고 나서 전군에게 크게 상을 내리자 사람들은 크게 기뻐했다.

이리하여 여러 장수들은 모두 현덕을 높여서 황제로 받들 생각이 있었으나 감히 직접 아뢰지 못하고 반대로 제갈 군사軍師에게 건의했다.

공명曰: "내 이미 생각해 놓은 바가 있네."

공명은 곧바로 법정法正 등을 데리고 들어가서 현덕을 보고 말했다: "지금은 조조가 권력을 독차지하고 있고 백성들에겐 주군主君이 없습니다. 주공께서는 인자하고 의로우시기로 천하에 이름이 나 있으신데, 이제는 벌써 양천(兩川: 서천과 동천)의 땅까지 갖고 계시니 하늘의 뜻에 따르고 사람들의 기대에 부응하시어(應天順人) 황제의 자리에 오르십시오. (*공명의 뜻은 헌제獻帝를 멸시하려는 것이 아니라, 아마도 당唐 숙종肅宗 영무靈武의 일처럼 황제를 높여 상황上皇으로 하려는 것이었던 것 같다.) 그래야만 명분도 바로 서고 말도 순리로워(名正言順) (출처: 〈논어·자로편〉) 나라의 역적을 치실 수 있습니다. 이 일은 시일을 지체해서는 안 되니 곧바로 길일을 택하도록 하십시오."

현덕은 크게 놀라며 말했다: "군사의 말씀은 틀렸소. 이 유비는 비록 한漢 황실의 종친이기는 하나 그러나 역시 신하에 지나지 않소. 만약 이 일을 한다면, 이는 한漢을 배반하는 것이 되오."(*현덕은 위에 있는 천자를 핑계대고 사양한다.)

공명曰: "그렇지 않습니다. 지금은 바야흐로 천하가 갈라지고 무너져서 영웅들이 나란히 일어나 각기 한 지방씩 차지하고 있습니다. 천하의 재능과 덕이 있는 인사들이 생사를 돌보지 않고 자기 윗사람을 섬기는 것은 모두 명철한 군주를 따라(攀龍附鳳) 공명을 세우고 싶어서

입니다.

지금 주공께서 혐의 받는 것을 피하고 의義를 지키려고만 하신다면 많은 사람들의 기대를 잃어버리게 될까봐 두렵습니다. 주공께서는 부디 이를 깊이 헤아려 주시기 바랍니다."(*공명은 아래 사람들의 마음을 핑계 댄다.)

현덕曰: "나에게 참람하게도 지존至尊의 자리에 앉으라고 하나 나는 결코 감히 그럴 수 없소. 다시 좋은 계책을 상의해 보도록 합시다."

여러 장수들이 일제히 말했다: "주공께서 만약 한사코 거절하신다면 여러 사람들의 마음은 흩어지고 말 것입니다."

공명曰: "주공께서는 평소 의로움을 근본으로 삼아 오셨으므로 곧바로 황제 칭호(尊號)를 받아들이려 하지 않으십니다. 그렇다면 이제 형주와 양주, 서천과 동천의 땅들을 가지셨으니 잠시 한중왕漢中王이 되시는 것은 괜찮을 것 같습니다."

현덕曰: "그대들은 비록 나를 높여서 왕으로 삼고 싶어 하지만, 천자의 문서로 된 칙서(明詔)가 없는 한 이는 참칭僭稱인 것이오."(*왕이 되는 것 자체를 사양한 것이 아니라 천자의 조서를 요구한 것이다.)

공명曰: "지금은 임기응변, 즉 권도權道를 따르셔야 합니다. 평상시의 도리, 즉 상리常理에 구애받으셔서는 안 됩니다."

장비가 큰 소리로 외쳤다: "황실과 성姓이 다른 사람들도 모두 왕이 되려고 하는데, 하물며 형님께선 한漢 황실의 종친이잖습니까? 한중왕은 말할 것도 없고 곧바로 황제를 칭하더라도 안 될 게 뭡니까?"(*매번 현덕이 겸양할 때마다 곧바로 장비가 입바른 소리를 하고 나온다.)

현덕이 꾸짖었다: "너는 여러 말 하지 말라!"

공명曰: "주공께서는 마땅히 임기응변의 권도를 따르셔야 합니다. 우선 한중왕의 자리에 오르시고, 그런 후에 천자께 표문을 올려 주청하더라도 늦지 않습니다."(*조조가 천자를 끼고 제후들을 호령하고 있으므로 천자의 조서 역시 조조가 주관하는 것이다. 그래서 먼저 칭왕稱王부터 하고 그 다음에 상주하는 것은 바로 권도를 실천하는 방법이다.)

현덕은 재삼 사양했으나 받아들여지지 않자 할 수 없이 승낙했다.

〖 3 〗 때는 건안 24년(서기 219년) 가을 7월, 면양(沔陽: 섬서성 면현勉縣 동쪽)에다 한중왕 즉위식을 거행할 단壇을 쌓았다. 단의 크기는 둘레가 9마장(里: 한 마장은 약 400미터)으로, 다섯 방위(동·서·남·북·중앙)로 나누어 각각 정기旌旗와 의장儀仗을 벌여 세우고, 신하들은 모두 서열에 따라서 늘어섰다. 허정許靖과 법정法正이 현덕을 단에 오르도록 청하여 면류관冕旒冠과 옥새와 인수를 바치고 나자 현덕은 남쪽을 향해 자리에 앉아 문무 관원들의 축하 인사를 받고 한중왕이 되었다.

아들 유선劉禪은 왕세자가 되었고, 허정은 왕세자의 스승인 태부太傅로 봉해졌으며, 법정은 상서령尙書令이 되었고, 제갈량은 군사軍師가 되어 군사 및 국가의 중대사(軍國重事)들을 총리總理하도록 했고, 관우와 장비, 조운·마초·황충 등은 오호대장五虎大將으로 봉하고, 위연은 한중태수漢中太守로 삼았다. 그 밖의 사람들도 각기 그 공훈에 따라 벼슬이 주어졌다.

〖 4 〗 현덕은 한중왕이 된 후 곧바로 한 통의 표문表文을 작성하여 사람을 시켜서 허도로 가져가도록 했다. 그 표문의 내용은 이러했다:

"저 비備는 단지 자리만 채우고 있는 무능한 신하이면서 상장군 上將軍의 중임을 맡아 삼군을 총독總督하면서 밖에서 폐하의 명을 받들고 있사옵니다.

그러나 도적의 난을 소탕하여 왕실을 바로세우지 못함으로써 오랫동안 폐하의 가르침이 널리 시행되도록 하지 못하여 천하는 어지럽고 태평하지 못하옵니다. 이를 생각하면 근심과 걱정으로

잠을 이루지 못하고 뒤척이느라 머리가 아프옵니다. (*먼저 자기
자신을 책하는 말로 시작한다.)

전에 동탁이 법을 짓밟고 난亂의 단초를 열어 놓았는데, 그 후
로 여러 흉적凶賊들이 천하를 종횡으로 누비며 백성들을 잔혹하게
죽이고 착취하였나이다. 다행히 폐하의 성덕과 위엄 덕분에 백성
들과 신하들이 같이 힘을 합치고, 혹은 충의忠義의 인사들이 역적
을 치기 위해 힘을 떨쳐 일어나고, 혹은 하늘이 천벌을 내리신 결
과 포악한 반역의 무리들은 동시에 쓰러지고 얼음 녹듯이 점차 사
라졌나이다. (*다음으로 동탁과 이각李催과 곽사郭汜의 난을 말하고 난
다음에 비로소 조조에 대해 말한다.)

그러나 유독 조조만은 오랫동안 그 머리를 잘라서 높이 매달지
못하였나이다. 그리하여 그는 현재 나라의 권세를 독차지하여 제
멋대로 휘두르고 마음 내키는 대로 날뛰면서 천하를 어지럽히고
있나이다.

신은 전에 거기장군車騎將軍 동승董承과 같이 조조를 쳐서 없애
려고 하였으나 그만 비밀이 새나가는 바람에 동승은 죽임을 당하
고 말았나이다. (*즉, 천자의 의대조衣帶詔를 받들어 조조를 치려고 했
던 일 한 가지로도 한중왕이 될 자격이 있다.)

그 후 신은 몸 부칠 곳이 없어서 이곳저곳으로 떠돌아다니느라
충의의 뜻을 이루지 못했사옵니다. (*스스로 서주에서 기병한 이후
의 일들을 말하고 있다.)

그리하여 조조가 극악무도極惡無道한 짓을 제멋대로 하고 모후母
后를 시해하고 황자를 독살하도록 하고 말았나이다. (*이 두 가지
일은 조조의 죄상을 말한 것이다.)

비록 뜻을 같이 할 사람들을 규합하여 함께 맹세하고 있는 힘을
다하려고 생각하였으나 세력은 약하고 거느린 군사도 없어서 여

러 해가 지나도록 뜻을 이루지 못하였나이다. 그러면서도 항상 혹시 이 몸이 죽게 되면 나라의 은혜를 저버리게 될까봐 두려웠으며, 자나 깨나 길게 탄식을 하고 밤마다 두려워하며 삼가고 조심하였나이다."(*이 또한 자책의 말이다.)

〖 5 〗 지금 신臣의 모든 막료(群僚)들은 이렇게 생각하고 있습니다:

(옛날 요堯 · 순舜 · 우禹임금의 사적을 기록해 놓은) 〈상서尙書〉의 〈우서虞書〉 편에서는 이르기를: "구족(九族)을 친하게 대해 주고, 현자를 보좌해 줄 신하로 삼는다"고 하였는바, 그렇게 한다면 제왕의 자리는 길이 서로 전해지고 중도에 폐해지지 않을 것입니다.

그리고 주周 왕조는 앞의 하夏 · 은殷 두 왕조의 실패를 거울삼아서 같은 희씨姬氏 성들로 제후를 삼았는바, 사실 주 왕조가 오랫동안 지속될 수 있었던 것은 같은 희씨 성의 제후들인 진후晉侯와 정공鄭公의 보좌에 힘입은 바가 크옵니다.

그리고 한漢 고조高祖께서 제업帝業을 이루신 후 자제분들을 왕으로 높여서 아홉 제후국(九國)의 왕으로 봉하셨는바, 마침내 그들이 한 왕조를 찬탈하려는 여씨呂氏 문중의 사람들을 죽이고 유씨劉氏 대종가大宗家의 계통을 안정시킬 수 있었던 것이옵니다.

지금 조조는 정직한 인사들을 미워하고 싫어하면서 자신을 따르는 많은 무리들을 거느리고 속으로는 황실에 화를 불러올 마음(禍心)을 품고서 제위를 찬탈하려는 뜻을 이미 밖으로 드러내고 있사옵니다. 그는 종실宗室이 미약하고 황족皇族들이 관직에 없음을 틈타 옛 방식과 제도를 참작하여 시행한다는 핑계로 제멋대로 임기응변을 하고 있습니다. 그리하여 저의 막료들은 신臣을 높여서 대사마大司馬 한중왕漢中王으로 삼기를 바라고 있사옵니다. (*이상은 여러 신하들이 현덕을 한중왕으로 추대하려는 뜻을 말한 것이다.)

〖 6 〗 신은 엎드려 스스로 여러 번 생각해 보았나이다: 나라의 두터운 은혜를 받고 한 지방을 다스릴 책임을 지고서 비록 힘껏 노력은 하였으나 이루어놓은 것이 아무것도 없으므로, 이미 받은 바 은혜도 너무 과분한데 다시 황송하게도 높은 자리에 오름으로써 죄책과 비방을 더 무겁게 해서는 안 된다고 생각하였나이다. (*이상은 자기 스스로 겸양하는 뜻을 말한 것이다.)

그러나 신의 많은 막료들은 자신들의 처지 때문에 대의大義를 내세워 신을 몰아붙였나이다. 그래서 신이 물러나서 가만히 생각해 보니, 역적의 머리를 잘라서 높이 매달지 못하여 국난國難이 아직 끝나지 않았으며, 종묘는 기울어져 위태하고, 사직은 장차 무너지려고 하니, 진실로 신이 노심초사하고 분골쇄신粉骨碎身해야 할 때라는 생각이 들었나이다. 만약 임기응변의 권도權道를 써서라도 폐하의 조정을 편안하고 조용하게 할 수만 있다면 비록 물과 불속으로 뛰어드는 한이 있더라도 사양해서는 안 된다는 생각이었나이다. 그래서 문득 중론衆論을 좇아서 절을 하고 옥새와 인수(印璽)를 받고 나라의 위엄을 높이려고 하였나이다. (*이상에서는 또 여러 신하들의 청을 설명하고, 더 이상 사양할 수만은 없었던 뜻을 설명하고 있다.)

우러러 작위爵位의 호칭(즉, 한중왕)을 생각하면, 지위는 높고 은총은 두텁지만, 머리 숙여 보답할 일을 생각하면, 근심은 깊고 책임은 막중하여 놀랍고 두려워서 가슴이 뛰고 숨이 막혀오는 것이 마치 깊은 산골짜기 아래를 내려다보는 것과 같사옵니다.

그러니 어찌 감히 있는 힘을 다하고 성의를 다하여 군사를 장려하고 충의忠義의 인사들을 일제히 거느리고 하늘의 뜻에 응하고 천시天時에 따라서 사직을 편안케 하지 않을 수 있겠나이까. 삼가 표문을 올려 폐하의 윤허하심을 기다리나이다.

〖 7 〗 표문이 허도에 이르렀을 때 조조는 업군鄴郡에 있었다. 그는 현덕이 자립해서 한중왕漢中王이 되었다는 말을 듣고 크게 화를 내며 말했다: "돗자리나 짜던 새끼가 어찌 감히 이렇게 나온단 말이냐! 내 맹세코 이놈을 죽여 버리고 말겠다!"

즉시 명령을 내려 나라 안의 모든 군사들을 일으켜 양천兩川으로 달려가서 한중왕과 자웅雌雄을 가리려고 했다. (*조조는 유비를 영웅으로 생각했다. 푸른 매실을 안주로 덥힌 술(靑梅煮酒)을 같이 마실 때부터 이미 오늘과 같은 일이 있을 줄 알았다. 그래 놓고 어찌하여 화를 낸단 말인가?)

이때 한 사람이 반열班列에서 나와 간했다: "대왕께서는 한때의 노여움 때문에 친히 수레를 몰고 원정遠征을 나가서는 안 됩니다. 신에게 한 가지 계책이 있는데, 이 계책대로 하신다면 화살 한 개 쏠 필요 없이 유비로 하여금 촉 땅에서 스스로 화禍를 당하게 할 수 있습니다. 그 군사들의 힘이 쇠잔해지기를 기다렸다가 장수 한 명만 보내서 친다면 곧바로 성공할 수 있습니다."

조조가 그 사람을 보니 사마의司馬懿였다. (*사마중달司馬仲達은 이때부터 점점 두각을 나타내기 시작한다.)

조조는 기뻐서 물었다: "중달(司馬仲達)에게 어떤 고견이 있는가?"

사마의가 말했다: "강동의 손권은 자기 누이동생을 유비에게 시집보냈다가 그가 없는 틈을 타서 몰래 데려가 버렸습니다. (*제61회 중의 일.) 유비는 또 형주를 점거하고 있으면서 돌려주지 않고 있습니다. 이 때문에 피차 이를 갈면서 미워하고(切齒之恨) 있습니다.

지금 언변 좋은 사람 하나를 뽑아서 서신을 가지고 가서 손권을 설득하여 그로 하여금 군사를 일으켜 형주를 치도록 한다면, 유비는 틀림없이 서천과 동천에 있는 군사들을 보내서 형주를 구원하려 할 것입니다. 그때 대왕께서 군사를 일으켜 가서 한중과 양천(兩川: 서천과 동천) 지방을 치신다면, 유비는 머리와 꼬리가 서로 구원할 수 없어서 그 형세는 반드시 위태로워질 것입니다."(*스스로 힘을 쓸 필요 없이 다른 사람을 시켜서 도발하도록 한다.)

조조는 크게 기뻐하며 즉시 글을 작성하여 만총滿寵을 사자로 삼아 밤낮 없이 강동으로 달려가서 손권을 만나보도록 했다.

손권은 만총이 찾아온 것을 알고 곧바로 모사들과 상의했다.

장소가 건의했다: "위魏와 우리 동오는 본래 원수 사이가 아니었는데 전에 제갈량의 말을 들었기 때문에 두 집안이 해마다 쉬지 않고 싸우게 되어 백성들의 삶이 도탄塗炭에 빠져 있습니다. 지금 만백녕(滿伯寧: 만총)이 찾아온 것은 틀림없이 우리와 강화할 뜻이 있어서이니, 그를 예를 갖춰 맞이해야 합니다."(*어찌 이교二喬와 동작대의 일만은 기억하지 못하는가? 이 조조와는 원수사이지만 유비와는 인척사이가 아닌가.)

손권은 그 말을 좇아서 여러 모사들로 하여금 만총을 성 안으로 맞아들이도록 했다. 서로 만나 인사를 하고 나서 손권은 귀한 손님을 맞이하는 예로써 만총을 대우했다.

만총은 조조의 서신을 올리며 말했다: "동오와 위魏는 본래 서로 원수진 일이 없었는데, 전부 유비 때문에 서로 사이가 벌어지고 말았습니다. 위왕께서는 저를 이리로 보내시면서 장군과 약속하도록 하셨습니다. 그것은 곧, 장군께서는 형주를 공격하여 취하시고 위왕께서는 군사를 한천漢川으로 보내시어 앞뒤로 협공을 하여 유비를 깨뜨린 후에는 강토를 같이 나누어 갖고 서로 침범하지 말도록 맹세하자는 것입니다."(*현덕은 형주를 돌려줄 생각이 없는데 조조 혼자 강토를 나눠 가지려고 한다.)

손권은 서신을 다 읽고 나서 연석을 베풀어 만총을 대접한 후 그를 관사館舍로 돌려보내 편히 쉬도록 했다.

〖 8 〗 손권은 여러 모사들과 상의했다.

고옹曰: "그것이 비록 변설辯說이기는 해도 그 말 속엔 일리一理가 있습니다. 이제 한편으로는 만총을 돌려보내서 조조와 앞뒤로 서로 공격하자고 약속하도록 하고, 한편으로는 사람을 시켜서 강을 건너가서 운장의 동정을 살펴보도록 한 다음에 일을 벌이면 될 것입니다."

제갈근曰: "제가 듣기로는, 운장이 형주에 온 뒤 유비가 그를 장가 보내 주어서 처음에 아들 하나를 낳았고 다음으로 딸 하나를 낳았는데, 그 딸은 아직 어려서 정혼定婚한 신랑감이 없다고 합니다. (*운장의 집안일을 제갈근의 입을 통해 보충 설명하고 있다. 이는 생필법이다.) 제가 가서 주공의 세자世子를 위해 청혼해 보겠습니다. 만약 운장이 청혼을 받아들인다면 즉시 운장과 함께 조조를 칠 일을 상의하도록 하고, 만약 운장이 받아들이지 않으면 그때 가서 조조를 도와서 형주를 취하기로 합시다."(*제갈근에게는 노숙魯肅의 풍모가 있다.)

손권은 그 계책을 쓰기로 하고 먼저 만총을 허도로 돌려보냈다. 그리고 나서 제갈근을 사자로 삼아 형주로 보냈다.

제갈근이 성 안에 들어가서 운장을 만나 인사를 했다.

운장曰: "자유(子瑜: 제갈근)께선 이번에 무슨 일로 오셨습니까?"

제갈근曰: "양가 사이에 좋은 인연을 맺어주려고 일부러 왔습니다. 저의 주공이신 오후吳侯께 자제 한 분이 있는데 매우 총명합니다. 듣기로는 장군께 따님 한 분이 있다고 하기에 제가 중매를 서보려고 일부러 찾아왔습니다. 양가 간에 인척관계를 맺으시고 힘을 합쳐서 조조를 친다면 이야말로 참으로 좋은 일이니, 군후君侯께서는 부디 잘 생각해 주십시오."

운장은 발끈 화를 내며 말했다: "내 호랑이 딸을 어찌 개자식에게

시집보내려 하겠는가?(* "호랑이 딸(虎女)"과 "개자식(犬子)"이라니, 말이
너무 심하다. 현덕은 일찍이 손 부인에게 장가를 들었으니 그렇다면 운장에게
이는 호랑이 형이 개 누이에게 장가든 셈이 된다. 손 부인은 운장의 형수였으
니, 이는 호랑이 시동생에게 개 형수가 있는 셈이다.) 당신의 아우(*제갈량)
의 낯을 봐주지 않는다면 당장 당신의 머리를 베었을 것이오! 여러 말
다시 하지 마시오!"

　운장은 곧바로 좌우 사람들을 불러서 그를 밖으로 쫓아냈다. 제갈근
은 무안해서 얼굴을 싸매고 도망가듯이 돌아가서 오후를 만나보고, 감
히 사실을 감출 수가 없어서 마침내 이실직고以實直告했다.

　손권이 크게 화를 내며 말했다: "어찌 그리도 무례하단 말이냐!"

　곧바로 장소 등 문무관원들을 불러와서 형주를 칠 계책을 상의했다.

　보즐步騭이 말했다: "조조는 오래 전부터 한漢 나라를 찬탈하려는 마
음을 먹고 있었으나, 유비가 겁이 나서 결행을 못하고 있었습니다. 이
번에 사자를 보내와서 우리 동오로 하여금 군사를 일으켜 촉을 삼키도
록 하라는 것은 바로 자신의 화禍를 우리 동오에 전가轉嫁시키려는 것
입니다."(*운장이 딸을 시집보내려 하지 않아도 동오에겐 손해 될 것이 없
다. 조조가 화를 전가할 생각을 한다면 그것은 동오에 불리하다.)

　손권曰: "나 역시 형주를 취하려고 한 지 오래 되었네."

　보즐曰: "지금 조인曹仁은 양양襄陽과 번성樊城에다 군사를 주둔시켜
놓고 있으므로 우리와는 달리 험한 장강을 건너갈 필요도 없이 육로로
형주를 취할 수 있는데도 왜 취하지 않고 도리어 주공께 군사를 움직
이라고 하겠습니까? 이것만 보더라도 그의 속셈을 알 수 있습니다.
(*보즐은 어느 정도 식견이 있으나 장소는 보즐만 못하다.)

　주공께서는 사자를 허도로 보내서 조조를 보고 먼저 조인으로 하여
금 육로로 군사를 일으켜서 형주를 취하도록 하라고 하십시오. 그러면
운장은 틀림없이 형주의 군사를 빼내 가서 번성을 취할 것입니다. 운

장이 일단 움직이거든 그때 가서 주공께서는 장수 한 사람을 보내서 몰래 형주를 취하도록 하십시오. 그리하면 일거에 형주를 얻을 수 있습니다." (*이리하여 후문에서 여몽呂蒙이 형주를 습격하게 된다.)

손권은 그의 의견을 좇아 즉시 사자를 보내면서 강을 건너가 조조에게 글을 올리고 이 일을 자세히 설명하도록 했다. 조조는 크게 기뻐하며 사자를 먼저 돌려보낸 다음 곧바로 만총을 번성으로 보내서 조인을 도와 그의 참모관參謀官이 되어 군사 움직이는 일을 상의하도록 했다. (*동오가 위에게 먼저 출발하도록 양보한 것은 약은 수를 둔 것이다.) 그리고 한편으로 동오로 격문을 띄워 군사를 거느리고 수로로 와서 형주 취하는 것을 지원하라고 명했다.

〖 9 〗 한편 한중왕은 위연에게 군사들을 총독하여 동천東川을 지키도록 했다. 그리고는 모든 관원들을 이끌고 성도成都로 돌아와서 관원들을 시켜서 궁정을 짓도록 하고 또 관사館舍들을 설치했다.

성도에서 백수(白水: 사천성 청천靑川 동쪽에 있는 관關 이름)에 이르기까지 전부 4백여 개의 관사 및 도로변의 우정(郵亭: 일종의 관사)을 세웠다. 그리고 군량과 마초를 대대적으로 쌓고 병장기를 많이 만들어서 장차 중원을 공략할 준비를 했다. 첩자가 조조가 동오와 손을 잡고 형주를 취하려 한다는 정보를 알아내서 촉에 급보해 왔다. 한중왕은 급히 공명을 청해 와서 상의했다.

공명曰: "저는 이미 조조가 틀림없이 이런 꾀를 낼 것으로 예상하고 있었습니다. 그러나 동오에도 모사들이 극히 많으므로 틀림없이 조조로 하여금 조인에게 지시하여 먼저 군사를 일으키도록 할 것입니다." (*만리 밖의 일까지 훤히 보고 있는데, 이래서 공명이라고 하는 것이다.)

한중왕曰: "그렇다면 우리는 어떻게 해야 하지요?"

공명曰: "사자를 보내서 운장에게 관작官爵을 봉하는 교지(官誥)를 전해 주면서 그로 하여금 먼저 군사를 일으켜서 번성을 취하도록 함으로써 적군의 간담을 서늘하게 한다면, 저들의 계획은 자연히 와해瓦解되고 말 것입니다."(*동오는 위魏가 선공先攻하도록 하려고 하고, 공명은 또 운장으로 하여금 선공하도록 하려고 한다. 하나는 선공을 양보하고 하나는 자신이 선공한다.)

한중왕은 크게 기뻐하며 즉시 전부사마前部司馬 비시費詩를 사자로 삼아 교지(官誥)를 받들고 형주로 가도록 했다. 운장은 성 밖으로 나가서 그를 영접하여 성 안으로 들어갔다.

관가의 공청公廳에 이르러 인사를 하고 나서 운장이 물었다: "한중왕께서 나에게 무슨 관작을 내리셨소?"

비시曰: "오호대장五虎大將의 첫째이십니다."

운장이 물었다: "오호장五虎將이란 누구누구를 말하는 것이오?"

비시曰: "관 장군·장 장군·조趙 장군·마馬 장군·황黃 장군이십니다."

운장이 화를 내며 말했다: "익덕은 내 아우이고, 맹기(孟起: 마초)는 대대로 명문의 자손이고, 자룡은 오랫동안 우리 형님을 따라다녔으니 곧 내 아우와 마찬가지다. 이들은 벼슬이 나와 동급이어도 괜찮다. 하지만 황충이 어떤 자라고 감히 나와 같은 반열에 선단 말인가? 대장부가 어찌 늙어빠진 졸병(老卒)과 동료(伍)가 될 수 있단 말인가!"

그러면서 끝내 인수印綬를 받으려고 하지 않았다. (*엄안嚴顔은 늙었지만 익덕은 그를 장壯하다고 생각했다. 황충은 스스로 늙었음을 인정하지 않는데도 운장은 그를 늙었다고 생각한다. 두 사람의 성격이 서로 다른 것이다.)

비시가 웃으며 말했다: "장군의 말은 틀렸습니다. 옛날 소하蕭何와 조삼曹參이 한 고조高祖와 같이 거사하여 서로 가장 친했지만 한신韓信은 초楚에서 도망쳐온 장수였을 뿐입니다. 그런데도 한신을 왕으로 세워서 소하와 조삼보다 높은 지위에 두었는데, 그 때문에 소하와 조삼

이 원망했다는 말은 들어보지 못했습니다.

지금 한중왕께서는 비록 오호장이란 벼슬을 두어 다섯 분을 봉하셨지만 원래 장군과는 형제의 의가 있으므로 같은 한 몸이라 생각하십니다. (*형제의 의로써 그를 움직인다.) 장군이 곧 한중왕이고 한중왕이 곧 장군이십니다. 어찌 다른 사람들과 같을 수 있습니까?

장군께서는 한중왕의 두터운 은혜를 받고 계시므로 마땅히 동고동락同苦同樂하시고 화복禍福을 함께 하셔야 하며 관직이나 벼슬의 높고 낮은 것을 따져서는 안 됩니다. 장군께서는 부디 깊이 생각해 보십시오." (*비시의 뛰어난 설득력은 장료와 대등하다.)

운장은 크게 깨닫고, 이에 두 번 절을 하고 말했다: "내가 소견이 밝지 못하여, 당신이 가르쳐주지 않았으면 자칫 대사를 그르칠 뻔하였소."

그리고는 곧 인수를 받았다.

〖 10 〗 비시는 그제야 왕명을 전하며 운장에게 군사를 거느리고 가서 번성을 취하도록 하라고 명했다. 운장은 명을 받고는 즉시 부사인傅士仁과 미방糜芳 두 사람을 선봉으로 삼아 먼저 일군一軍을 이끌고 형주성 밖으로 나가서 주둔해 있도록 하고, 다른 한편으로 성 안에 연석을 베풀어 비시를 대접했다.

함께 술을 마시느라 이경(二更: 밤 9시~11시)이 되었을 때 갑자기 성 밖 영채에서 불이 났다고 보고해 왔다. 운장이 급히 갑옷과 투구를 갖춰 입고 말에 올라 성을 나가서 보니, 그 불은 부사인과 미방이 술을 마시고 있을 때 막사 뒤에서 실수로 불을 낸(失火) 것으로, 그만 화포에 불이 옮겨 붙어 화포가 터지면서 영채 안이 온통 흔들렸으며 병기와 군량, 마초가 전부 불타버리고 만 것이었다. (*불길한 조짐이다.)

운장이 군사를 이끌고 가서 불을 끄기 시작하여 사경四更이나 되어서 겨우 불을 다 껐다.

운장은 성으로 들어와서 부사인과 미방을 불러와서 꾸짖었다: "내가 너희 두 사람을 선봉으로 삼았는데, 출병하기도 전에 수많은 무기와 군량과 마초를 태워버리고 또 화포가 터지게 해서 휘하 군사들을 죽게 했다. 이처럼 일을 그르쳐놓은 너희들을 무엇에 쓰겠느냐!"

그리고는 둘의 목을 베라고 호령했다. (*뒤에 가서 두 사람이 관공을 배반하게 되는 원인이다. 제갈근의 경우 군사軍師의 낯을 봐줘야 했고, 미방의 경우 돌아가신 형수의 낯을 봐줘야 한다.)

비시가 아뢰었다: "아직 출병도 하기 전에 먼저 대장의 목부터 베는 것은 사기에 이롭지 못하니, 잠시 그 죄를 용서해 주시지요."

운장은 노기가 풀리지 않아서 두 사람을 질책했다: "내가 비 사마(費司馬: 비시)의 낯을 보지 않는다면 반드시 너희 두 사람의 목을 베었을 것이다."

그리고는 무사武士를 불러서 각각 곤장 40대를 치도록 하고 선봉의 인수를 도로 거두고, 그 벌로 미방은 나가서 남군南郡을 지키도록 하고 부사인은 공안公安을 지키도록 했다. (*이미 두 사람을 가벼이 대하고 나서 다시 그들에게 중책을 맡긴 것은 관공의 실책이다.)

그리고 또 말했다: "내 만일 싸움에 이기고 돌아오는 날에 조금이라도 잘못이 있으면 두 가지 죄를 함께 벌할 것이다."

두 사람은 얼굴 가득히 부끄러운 빛을 띠고 네, 네 하며 물러갔다. 운장은 곧바로 요화를 선봉으로 삼고 관평을 부장副將으로 삼고 자신은 직접 중군을 지휘하고, 마량馬良과 이적伊籍을 참모로 삼아 함께 번성을 치러 갔다.

이보다 앞서 호화胡華의 아들 호반胡班이 형주로 와서 관공에게 투항했다. 관공은 전에 그가 자기를 구해준 정을 생각하고 그를 매우 아끼면서, (*호반이 관공을 구한 일은 제27회에 나온다.) 그에게 비시를 따라

서천으로 들어가서 한중왕을 뵙고 관작을 받도록 했다. 비시는 관공에게 하직인사를 한 다음 호반을 데리고 따로 촉으로 돌아갔다.

〖 11 〗한편 관공은 이날 "帥(수)"자를 수놓은 장수깃발에 제사를 지내고 나서 막사 안에서 깜빡 잠이 들었다.

갑자기 온몸이 검고 소만큼 큰 돼지 한 마리가 막사 안으로 뛰어들어 와서는 대뜸 운장의 발을 깨물었다. (* '豕(시: 돼지)'는 간지干支로 '亥(해)'에 속하는데 '亥'는 곧 '水(물)'이다. 이것은 곧 강동에서 그를 모해할 징조인가?) 운장이 크게 화가 나서 급히 칼을 빼서 죽이자 마치 천이 찢어지는 듯한 소리를 질렀다. 그 순간 깜짝 놀라서 깨어보니 꿈이었다. 그러나 꿈에 돼지한테 물렸던 왼쪽 발이 뻐근하게 아팠다. (*이 또한 불길한 조짐이다. 현덕은 꿈에 팔이 아팠는데 그것이 방통의 죽음으로 나타났다. 관공은 꿈에 발이 아팠는데 이것은 그 자신에게 나타날 징조이다.)

그는 속으로 의아해 하면서 관평을 불러와서 꿈 이야기를 해주었다.

관평이 대답했다: "돼지에게도 또한 용의 기상이 있는데, 용이 발에 붙었다는 것은 곧 높이 오르실 징조입니다. 의심하고 염려하실 필요 없습니다."

운장은 여러 관원들을 막사 안에 불러 모아놓고 꿈 이야기를 해주고 길흉을 물었다. 혹자는 길하고 상서로운 조짐이라고 하고, 혹자는 불길한 조짐이라고 하여 중론衆論이 일치하지 않았다.

운장曰: "대장부의 나이 육십이 다 되어 가는데, 당장 죽는다 한들 무슨 유감이 있겠느냐!" (*관공이 '死(죽을 사)'자를 입에 올리는 것 역시 불길한 징조이다.)

한창 이야기를 하고 있을 때 촉의 사자가 와서, 운장을 전장군前將軍으로 삼고 부절符節과 황월黃鉞을 내려 형주와 양양의 지역 아홉 개 군郡의 일들을 총괄하여 감독하도록 하라는 한중왕의 명을 전했다. 운장이 한중왕의 명을 받고 나자 여러 관원들이 모두 절을 하며 축하했다: "이는 틀림없이 돼지와 용꿈의 상서로움이 드러난 것입니다."(*오늘날 해몽解夢한다는 자들도 대부분 이와 비슷한 부류이다.)

이리하여 운장은 편안한 마음으로 더 이상 꿈에서의 일을 의심하지 않고 마침내 군사를 일으켜 양양으로 가는 대로로 달려 나갔다.

〖 12 〗 조인曹仁이 마침 성 안에 있는데 갑자기 운장이 직접 군사를 거느리고 온다는 보고가 들어와서 조인은 크게 놀라 성을 굳게 지키고 싸우러 나가지 않으려고 했다.

부장副將 적원翟元이 말했다: "이번에 위왕께서 장군에게 동오와 약속을 정하여 형주를 취하라고 하셨습니다. 지금 저들이 스스로 왔는데 이는 곧 스스로 죽으러 온 것(送死)입니다. 그런데 무슨 이유로 저들을 피하십니까?"

참모 만총이 간했다: "저는 전부터 운장을 알고 있는데, 그는 용맹하면서도 지모가 있는 장수이므로 가벼이 대적해서는 안 됩니다. 그저 굳게 지키고 있는 것이 상책입니다."

효장驍將 하후존夏侯存이 말했다: "이는 서생書生의 말입니다. '물이 흘러오면 흙으로 막고,(*7군을 몰살시킬 수 있는 큰물은 끝내 흙으로 막을 수 없음을 어찌 알겠는가?) 장수가 이르면 병사들로 맞으라(水來土掩, 將至兵迎)'라고 한 말도 못 들어보셨습니까? 우리 군사들은 편안히 앉아 있다가 멀리 오느라 지쳐 있는 저들을 상대하는 것이므로 쉽게 이길 수 있습니다."

조인은 그 말을 좇아서 만총에게는 번성을 지키도록 하고 자기는 군사들을 거느리고 운장을 맞아 싸우러 나갔다.

운장은 조인의 군사가 오는 것을 알고 관평과 요화 두 장수를 불렀다. 두 장수는 계책을 받고 가서 조인의 군사와 마주보고 진을 쳤다.

요화가 말을 타고 나가서 싸움을 걸자 적원翟元이 맞이하러 나갔다. 두 장수들이 맞붙어 싸웠는데 오래지 않아 요화가 패한 척하고 말머리를 돌려 곧바로 달아났다. 적원이 그 뒤를 추격해 와서 형주 군사들은 20 리를 물러났다. (*먼저 후퇴하고 나중에 나아간다. 공은 역시 용병을 잘한다.)

다음날 또 나가서 싸움을 걸었다. 하후존과 적원이 일제히 나와서 맞이해 싸웠는데 형주 군사들은 또 패해 달아났고, 또 조인의 군사들은 20여 리를 추격해 갔다. (*한 번 후퇴하고 다시 또 후퇴한다. 적을 매우 교묘하게 유인한다.) 그때 갑자기 뒤에서 함성이 크게 나면서 북과 뿔피리가 일제히 울렸다. 조인은 급히 선두에서 쫓아가던 군사들에게 속히 되돌아오라고 명을 내렸는데, 뒤에서는 관평과 요화가 군사를 되돌려 쳐들어와서 조인의 군사들은 큰 혼란에 빠졌다.

조인은 적의 계략에 걸려든 것을 알고 먼저 일군一軍을 데리고 급히 양양으로 달아났다. 그러나 성에서 몇 마장(里) 떨어진 곳까지 갔을 때 보니 전면에는 수를 놓은 깃발(繡旗)이 펄럭이는 가운데 운장이 말을 멈추고 칼을 비껴들고 앞길을 막고 서 있었다. 조인은 간담이 덜덜 떨리고 심장이 쿵쾅 거려서 감히 칼을 빼어 덤벼들어 싸우지 못하고 양양襄陽을 향해 옆길로 달아났다. 운장은 그 뒤를 쫓아가지 않았다.

잠시 후 하후존의 군사들이 이르렀는데, 그는 운장을 보자 크게 화를 내면서 곧바로 운장에게 달려들어 싸웠다. 그러나 단 한 합에 그는 운장의 칼에 베여 죽고 말았다. 이를 본 적원은 곧바로 달아났으나 관평이 쫓아가서 한 칼에 그를 베어 버리고 이긴 기세를 타고 추격해 갔다. 조인의 군사들은 태반이 양강襄江에 빠져 죽고 말았다. 조인은 물러나서 번성을 지켰다.

〖 13 〗 운장은 양양을 얻고 나서 군사들에게 상을 주고 백성들을 안

심시키고 위무慰撫해 주었다. (*이때 양양을 취하기는 손바닥 뒤집듯이 쉬웠다. 참으로 후사後事가 있음을 헤아리지 못한 행동이다.)

수군사마隨軍司馬 왕보王甫가 말했다: "장군께서는 한 번 공격으로 양양을 취하셨습니다. 조조의 군사들은, 비록 간담이 떨어지기는 했지만, 제 소견을 말씀드리자면, 지금 동오의 여몽呂蒙은 육구陸口에 군사들을 주둔시켜 놓고 늘 형주를 삼키려는 뜻을 가지고 있는데, 만약 그가 군사들을 거느리고 곧장 형주를 취하러 온다면 어떻게 하시렵니까?"

운장曰: "나 역시 그 일을 생각하고 있었네. 자네가 이 문제를 총지휘하여 대처하도록 해보게. 장강을 따라 위아래로 혹은 20리, 혹은 30리마다 높은 언덕을 골라서 봉화대烽火臺를 하나씩 세우되, 각 봉화대마다 군사 50명씩 두어서 지키도록 하게. 만약 동오의 군사가 강을 건너거든, 밤에는 불을 밝히고 낮에는 연기를 피워 올려서 신호를 하면 내가 직접 가서 그들을 치겠네."

왕보曰: "미방糜芳과 부사인傅士仁이 지금 두 요새를 지키고는 있습니다만 힘을 다해 지키는 것 같지 않아서 걱정입니다. 반드시 다시 한 사람을 보내서 형주를 총감독하도록 해야만 할 것 같습니다."(*후에 미방과 부사인 두 사람이 촉을 배반하게 되는 복필伏筆이다.)

운장曰: "내 이미 치중治中 반준潘濬을 보내서 그곳을 지키도록 하였는데, 근심할 게 뭐 있겠는가?"

왕보曰: "반준은 평소 미워하는 사람들이 많고 이利를 좋아하므로 그를 임용해서는 안 됩니다. (*뒤의 글에서 반준이 일을 그르치게 되는 것의 복필伏筆이다.) 군전도독軍前都督이자 군량과 마초 담당관(糧料官)인 조루趙累를 보내서 그를 대신하도록 하십시오. 조루의 사람됨은 맡은 일에 충성스럽고 청렴하고 정직합니다(忠誠廉直). 만약 이 사람을 쓴다면 전혀 실수가 없을 것입니다."(*왕보의 말대로 하지 않은 것이 애석하다.)

운장日: "나도 평소 반준의 사람됨을 잘 알고 있네. 그러나 지금은 이미 그를 보내는 것으로 결정해 놓았으므로 다시 바꿀 필요는 없네. 그리고 조루는 현재 군량과 마초를 담당하고 있는데, 이 역시 중대한 일일세. 자네는 너무 의심하지 말고 나 대신에 가서 봉화대나 쌓아 주게."

왕보는 불만에 가득 찬 채 관공에게 하직인사를 하고 떠나갔다. (*형주를 잃게 되는 것은 실은 그 원인이 여기에 있다.) 운장은 관평에게 배를 준비해서 양강襄江을 건너가 번성을 치라고 명했다.

〖 14 〗 한편 조인은 두 장수를 잃어버리고 물러가서 번성을 지키면서 만총滿寵에게 말했다: "내가 공의 말을 듣지 않아 싸움에 패하여 군사들과 장수를 잃어버리고 양양襄陽까지 빼앗겼으니, 이를 어찌하면 좋겠는가?"

만총日: "운장은 범 같은 장수로서 지모도 뛰어난 사람이므로 가벼이 대적해서는 안 되고 다만 굳게 지키고 있어야만 합니다."

한창 말을 하고 있을 때, 운장이 번성을 치기 위해 강을 건너오고 있다는 보고가 들어왔다.

조인은 크게 놀랐다.

만총日: "다만 굳게 지키고 있어야만 합니다."

부장副將 여상呂尙이 분연히 떨쳐나서며 말했다: "제게 군사 몇 천 명만 빌려 주십시오. 쳐들어오고 있는 적들을 양강 안에서 막아 내겠습니다."

만총이 말렸다: "그것은 안 되오."

여상이 화를 내며 말했다: "당신들 문관들의 말은 단지 굳게 지키고 있어야 한다는 것인데, 그래서야 어떻게 적을 물리칠 수 있단 말이오? 병법에서 '군사들이 반쯤 물을 건넜을 때 치면 된다(軍半渡可擊)'고

한 말도 들어보지 못했소이까? (*병법에서의 성어成語에 구애되어서는 안 된다.) 지금 운장의 군사들이 양강을 반쯤 건넜는데, 왜 나가서 치지 않는 것이오? 만약 적병들이 성 아래에 당도하고 곧 해자 가까지 이르고 보면 급히 막아내기가 어려울 것이오."

조인은 즉시 군사 2천 명을 주면서 여상에게 번성을 나가서 적을 맞아 싸우라고 명했다. 여상이 강어귀로 와서 보니 전면에 수를 놓은 깃발들이 양 옆으로 벌어진 곳에서 운장이 칼을 비껴들고 말을 타고 나왔다.

여상이 나가서 맞이해 싸우려고 하는데 뒤에 있는 군사들이 늠름한 운장의 신위神威를 보고는 싸우기도 전에 먼저 달아났다. 여상이 그들에게 도망가지 말라고 호통을 쳤으나 소용없었다. 운장이 마구 쳐 죽이면서 쳐들어갔다. 조인의 군사들은 대패하여 기병과 보병의 태반이나 잃었다. 패잔병들은 달아나 번성으로 들어갔다. 조인은 구원병을 청하러 급히 사람을 보냈다.

사자는 밤낮 가리지 않고 달려가서 장안에 도착하여 조조에게 글을 올리고 말했다: "운장이 양양 성을 함락시키고 나서 지금은 번성을 포위하고 있는데 형세가 매우 위급합니다. 대장을 보내어 구원해 주시기 바랍니다."

조조가 반열班列 가운데 있는 한 사람을 손으로 가리키며 말했다: "자네가 가서 번성의 포위를 풀도록 하라."

말이 떨어지자마자 그 사람이 앞으로 나오는데, 모두들 보니 우금于禁이었다. (*이때 조조는 사람 알아보는 눈이 없었다.)

우금曰: "선봉으로 삼을 만한 장수 한 사람을 얻어 그와 함께 군사를 거느리고 가겠습니다."

조조가 또 여러 사람에게 물었다: "누가 감히 선봉이 되겠느냐?"

한 사람이 분연히 앞으로 나오며 말했다: "제가 견마지로犬馬之勞를 다해 관 모某를 사로잡아다 휘하에 바치겠습니다."

조조는 그를 보고 크게 기뻐했다. 이야말로:

동오에서는 아직 정탐꾼도 안 보내는데　　未見東吳來伺隙

북위에서는 또 군사를 증파하네.　　　　先看北魏又添兵

이 사람이 누구인지 모르겠거든 다음 회를 읽어보기 바란다.

제73회 모종강 서시평序始評

(1). 유비가 서주목徐州牧이 되고 예주목豫州牧이 된 것은 조조가 천자의 명을 빌려서 관작을 부여한 것이다. 그가 형주목荊州牧이 된 것은 손권이 속임수로 표문을 올렸으나 조조가 주지 않았던 것이다. 그러나 그가 익주목益州牧이 된 것은 유비 스스로 자신에게 부여한 것이다. 그러나 스스로 부여한 것이 조조가 부여한 것보다 나았으니, 이는 조조는 나라의 역적이었으므로 조조가 부여하였다는 것이 귀중할 수 없었기 때문이다.

유비가 좌장군이 되고 의성정후宜城亭侯가 된 것은 천자가 그에게 작위를 내려준 것이다. 그러나 그가 한중왕이 된 것은 천자가 그에게 작위를 내려준 것이 아니라 스스로 작위를 내린 것이다. 그러나 스스로 작위를 준 것과 천자가 그에게 작위를 내려준 것에는 다를 것이 없었는데, 그로써 유비는 나라의 역적을 토벌할 수 있게 되었은즉, 그것은 천자가 그에게 작위를 내려주고 싶어 했던 것이기 때문이다.

헌제에게 한중왕을 칭할 수 있도록 청하는 표문은 유비가 동승과 함께 받았던 비밀조서와 같은 것으로서, 이미 왕의 작위를 받고 나서는 곧바로 관공으로 하여금 북으로 번성을 취하도록 함으로써 대의大義를 마치 해와 달처럼 훤히 밝혔던 것이다. 그래서 〈강목綱

目〉에서는 유비가 익주목이 되고 한중왕을 칭한 것에 대해 폄훼貶毁의 말이 없는 것이다.

(2). 조조는 스스로 공公이라, 왕王이라 칭했으며, 그 자손들은 또 그를 추존하여 황제라 칭했는데, 조정에서 그를 그렇게 칭한 것은 바로 천하로부터 빼앗은 것이며, 한때 그렇게 칭한 것은 후세로부터 빼앗은 것이다. 그러나 천하 후세 사람들은 조조를 공公이라고 부르지 않고, 왕王이라고도 부르지 않고, 황제라고도 부르지 않고, 다만 역적이라고만 불렀다. 그러나 관공이 한수정후漢壽亭侯가 되고 전장군前將軍이 된 것은 비록 한 나라(一國)가 그에게 준 벼슬이지만 천하도 그에 대해 왈가왈부할 수 없고, 비록 한때(一時)에 준 벼슬이지만 후세 사람들도 그에 대해 왈가왈부할 수 없다. 그 당시에만 후侯라 부르고 장군이라 불렀던 것이 아니라 그 후에도 그를 왕으로, 황제로 불렀는데, 이로부터 알 수 있는 것은, 벼슬은 그 사람으로 인해 귀해지는 것이지, 사람이 어찌 벼슬 때문에 귀해지겠는가(爵以人重耳, 人豈以爵重哉)!

(3). 손권이 관공에게 혼인을 청했을 때 공은 이렇게 대답해야 했다: "양가의 화목과 불화 여부는 혼인을 하느냐 하지 않느냐에 있지 않다. 한중왕漢中王은 일찍이 동오에서 아내를 얻었으므로 오후吳侯가 이전의 우호관계를 되찾으려 한다면 손 부인이 현재 살아 있는데 하필 다시 나와 혼인관계를 맺을 필요가 어디 있는가? 만약 손 부인부터 먼저 돌려보내주지 않는다면 비록 혼인을 하더라도 아무런 유익함이 없을 것이다." 이렇게 대답했더라면 비록 언사는 완곡해도 뜻이 깊으므로 동오의 마음을 크게 상하게 하지 않았을 것이다.

그러나 만약 형주를 잃은 것이 관공이 혼인을 거부했기 때문이라고 말한다면, 그 또한 그렇지 않다. 조인曹仁의 딸이 전에 손권의 동생과 결혼을 했으나 끝내 적벽에서의 싸움을 해소시키지 못했고, 조조의 딸이 헌제獻帝의 황후가 되었으나 끝내 황위를 찬탈하려는 조조의 뜻을 바꾸지 못했다는 것이 그 분명한 증거 아니겠는가? 그리고 현덕이 동오에서 도망쳐 돌아올 때 손권은 그를 쫓아가서 죽이려고 했고, 또 그 누이동생까지 같이 죽이려고 했다. 누이동생 때문에 현덕을 죽이지 않았던 것이 아니라면 어찌 관공의 딸 때문에 형주를 빼앗지 않으려 하겠는가? 그러므로 관공이 혼인을 거절한 것은 참으로 잘못이 아니다. 다만 "개 자식(犬子)"이라고 말한 것은 동오가 참기 어려울 정도로 너무 심한 말이었다.

　(4). 공명이 만약 관공에게 번성樊城을 취하라고 명하지 않았더라면 형주를 잃지 않았을 수도 있다. 만약 관공에게 번성을 취하라고 명하면서도 한편으로 대장 한 사람을 보내서 관공 대신에 형주를 지키도록 했더라면 역시 형주를 잃지 않았을 수도 있다. 그러나 공명이 이런 계책을 내지 않았다고 해서 이것이 공명의 허물이 될 수는 없다. 이는 하늘의 뜻이다.
　관공이 만약 왕보王甫의 말을 듣고 반준潘濬을 쓰지 않았더라면 관공은 죽지 않을 수 있었으며, 만약 미방과 부사인傳士仁을 쓰지 않았더라면 관공은 역시 죽지 않을 수 있었다. 그러나 관공은 이러한 계책을 쓰지 못했는데, 그렇다고 이것이 관공의 허물이 될 수는 없다. 하늘의 뜻인 것이다. 사람들은 한漢이 흥하게 하고 싶었으나 하늘이 한에 복을 내려주지 않았으니, 이는 사실 하늘이 한 일인데 사람들이 무엇이라고 말하겠는가!

제 74 회

방덕, 관을 지고 가서 결사전 감행하고
관운장, 강물을 터뜨려 칠군을 몰살시키다

〖 1 〗 한편 조조는 우금于禁에게 번성으로 달려가서 구원하도록 하라고 명하면서 여러 장수들에게 누가 감히 선봉이 되겠는지 물었다.

한 사람이 그 소리를 듣자마자 나서며 자신이 가겠다고 대답했다. 조조가 보니 방덕龐德이었다.

조조는 크게 기뻐하며 말했다: "관우는 그 위엄이 온 나라에 떨치고 있고 아직까지 그의 상대가 될 만한 사람을 못 만났는데, 이제 영명(令明: 방덕)을 만났으니 참으로 그에게는 강적强敵이 되겠군."

그리고는 우금을 정남장군征南將軍으로 승진시키고, 방덕을 정서도선봉征西都先鋒으로 승진시켜 칠군七軍을 대대적으로 일으켜서 번성으로 가도록 했다. 이 칠군은 모두 북방의 강하고 건장한 군사들로 이루어져 있었다. 그들을 통솔하는 장교將校가 둘 있었는데, 하나는 동형董

衡이고, 하나는 동초董超였다. 이날 이들은 각기 두목頭目들을 데리고 우금에게 인사를 했다.

동형曰: "지금 장군께서는 일곱 부대의 중무장한 군사들을 데리고 번성樊城의 포위를 풀기 위하여 가시는데, 반드시 이길 것을 기약하셨습니다. 그러면서도 방덕을 선봉을 삼으셨는데, 이 어찌 일을 그르치는 것이 아니겠습니까?"

우금이 놀라서 그 까닭을 물었다.

동형曰: "방덕은 원래 마초 수하의 부장副將으로 부득이하여 위魏에 항복해온 사람입니다. 지금 그의 옛 주인(즉, 마초)이 촉蜀에 있는데 그 지위가 '오호상장五虎上將'입니다. 뿐만 아니라 그의 친형 방유龐柔 역시 서천에서 관직생활을 하고 있습니다. 이제 저 사람을 선봉으로 삼는 것은 곧 불을 끈다면서 기름을 뿌리는 것(潑油救火)과 같습니다. 장군께서는 어찌하여 위왕魏王께 아뢰어 다른 사람으로 바꾸지 않으십니까?"

〖 2 〗 우금은 그 말을 듣고 곧바로 그날 밤 부중에 들어가서 조조에게 아뢰었다. 조조는 깨닫고 즉시 방덕을 계단 아래로 불러와서 선봉장수의 인수印綬를 반납하라고 명했다.

방덕은 크게 놀라서 말했다: "저는 한창 대왕을 위해 제 힘을 다 바치려 하는데 무슨 이유로 써주시려 하지 않으십니까?"

조조曰: "나는 본래 시기하거나 의심하지 않는다. 그러나 지금 마초는 서천西川에서 활동하고 있고 자네 형 방유龐柔 역시 서천에 있으면서 모두 유비를 돕고 있다. 나는 설령 의심을 하지 않는다 하더라도 여러 사람들의 말이 그러하니 어찌하겠느냐?" (*조조는 다른 사람들을 핑계대고 있는데, 역시 그를 자극하려는 뜻이 있다.)

방덕은 그 말을 듣고 나서 머리에 썼던 관을 벗고 머리를 땅에 부딪

쳐서 온 얼굴에 피를 철철 흘리면서 아뢰었다: "제가 한중에서 대왕께 투항해 온 이후로(*제67회의 일.) 매번 베풀어 주시는 두터운 은혜에 감격하여 비록 간뇌도지肝腦塗地 하더라도 다 보답할 수 없다고 생각하고 있었는데 대왕께서는 어찌하여 이 방덕을 의심하십니까?

제가 옛날 고향에 있을 때 형과 한 집에서 살았는데, 형수의 성질이 어질지 못하여 제가 술 취한 김에 죽여 버렸습니다. 그 때문에 저에 대한 형의 원한이 아주 골수骨髓에 사무쳐서 다시는 서로 보지 않기로 맹세한 터이므로 형제간의 우의는 이미 끊어져 버렸습니다. (*형수를 죽이고 형과 의절하였은즉, 이는 친척이 없는 것이다.) 또 옛 주인 마초는 비록 용맹하기는 하나 꾀가 없어서 싸움에서 패하여 땅을 다 잃어버린 후 고단한 신세가 되어 서천으로 들어갔습니다. 이리하여 지금 저와는 각기 다른 주인을 섬기고 있으므로 옛 의리도 이미 끊어졌습니다. (*주인을 배신하고 조조를 따르고 있은즉, 이런 자에게는 임금도 없다.) 저는 대왕께서 은혜로 대우해주신(恩遇) 데 대하여 감사하고 있는데 어찌 감히 다른 뜻을 품을 수 있겠습니까? 대왕께서는 부디 이를 살펴주십시오!"

조조는 이에 방덕을 붙들어 일으키고 위로했다: "나는 평소 경의 충성과 의리를 잘 알고 있다. 방금 내가 한 말은 여러 사람들을 안심시키기 위해서 일부러 한 것이다. 경은 공을 세우도록 힘쓰라! 경이 나를 배반하지 않는다면 나 역시 결코 경을 저버리지 않을 것이다."

〖 3 〗 방덕은 하직인사를 하고 집으로 돌아가 장인匠人을 시켜서 나무 관을 하나 짜도록 했다. (*이 역시 죽을 조짐이다.)

다음날, 여러 친구들을 청하여 연석을 벌이고 그 관을 당상에 갖다 놓았다. 여러 친구들이 그것을 보고 다들 놀라서 물었다: "장군은 출정을 하면서 이런 불길한 물건은 어디에 쓰려고 그러는가?"

방덕은 술잔을 들고 친구들에게 말했다: "나는 위왕의 두터운 은혜를 받았으므로 죽음으로 보답하겠다고 맹세를 하였네. 이제 번성으로 가서 관 모某와 싸우려고 하는데, 내가 만약 그를 죽이지 못한다면 틀림없이 그의 손에 내가 죽을 것이다. 만약 싸움에 진다면, 비록 그의 손에 죽지 않는다 하더라도 나는 자살을 하고 말 것이다. 그래서 미리 이 관을 준비해서 빈손으로 돌아오지 않을 결심을 보이는 것이다."
(*만약 전장에서 죽는다면 마땅히 말가죽으로 시신을 싸면 그만이지, 관은 무엇에 필요한가?)

　그 말을 듣고 모두들 감탄했다. 방덕은 자기 아내 이씨李氏와 아들 방회龐會를 불러내서 그 아내에게 말했다: "내 이제 선봉이 되었으니 의리상 마땅히 싸움터에서 죽어야 할 것이다. 내가 만약 죽거든 당신은 내 아들을 잘 길러주시오. 이 아이는 관상(相)이 범상치 않으니 크면 꼭 나의 원수를 갚아줄 것이오."(*죽음으로써 스스로 맹세하니 본래는 좋은 사람이다. 애석한 것은 옳지 못한 주인을 위해 죽으려는 것이다.)

　처자는 통곡을 하면서 그를 배웅했다.

　방덕은 관을 지고 떠나가도록 했다. 떠나기에 앞서 부하 장수들에게 말했다: "내 이제 가서 관모關某와 죽기를 각오하고 싸울 것이다. 내가 만약 그의 손에 죽거든 너희들은 급히 나의 시신을 이 관 속에 넣어라. (*후에 주창周倉에게 산 채로 붙잡힌다. 결국 이 관은 쓸모가 없게 된다.) 내가 만약 그를 죽이게 되면 나 역시 그의 머리를 취하여 이 관 속에 넣어가지고 와서 위왕께 바칠 것이다."

　부하 장수 5백 명은 모두 말했다: "장군께서 이처럼 충성스럽고 용맹하신데, 저희들이 어찌 온힘을 다해 돕지 않을 수 있겠습니까?"

　이리하여 방덕은 군사를 이끌고 앞으로 나아갔다. 누군가가 이 말을 조조에게 알렸다.

　조조는 기뻐하며 말했다: "방덕의 충성과 용맹이 이와 같은데, 내가 무엇을 근심하겠는가!"

가후曰: "방덕은 혈기의 용맹만 믿고 관모關某와 필사적으로 싸우려고 하는데, 신은 그 점이 걱정됩니다."(*가후는 미리 그가 패할 것을 예상했다.)

조조는 그 말을 옳게 여기고 급히 사람을 시켜서 방덕에게 주의하도록 하라는 명을 전했다: "관모關某는 지모와 용기를 둘 다 갖춘 장수이니 절대로 가벼이 대적해서는 안 된다. 싸워보고 이길 만하거든 계속 싸우고, 이길 수 없겠거든 삼가 몸을 지키도록 하라."

방덕은 명을 전해 듣고 여러 장수들에게 말했다: "대왕께서는 어찌하여 관모를 대단하게 생각하시는가? 내 이번에 가면 관모가 30년 간 누려온 명성을 꺾어놓고 말 것이다!"

우금曰: "위왕의 말씀을 따르지 않아서는 안 된다."

방덕은 분연히 군사들을 다그쳐서 번성으로 가서 징과 북을 울리며 무위를 뽐냈다.

〖 4 〗 한편 관공이 마침 막사 안에 앉아 있는데, 갑자기 정탐꾼이 급보를 전했다: "조조가 우금을 대장으로 삼아서 칠군七軍의 정예 병사들을 거느리고 왔는데, 선두부대의 선봉은 방덕龐德으로, 맨 앞의 군사들은 나무 관을 메고서 맹세코 장군과 결사전을 치를 것이라는 불손한 말을 하고 있습니다. 군사들은 성에서 겨우 삼십 리 떨어진 곳에까지 와 있습니다."

관공은 그 말을 듣고 안색이 변하면서 아름다운 수염까지 흔들릴 정도로 발끈 화를 내어 말했다: "천하의 영웅으로서 내 이름을 듣고 두려워서 굴복하지 않은 자가 없었다. 그런데 방덕 이 새끼가 어찌 감히 나를 우습게 여긴단 말이냐!"(*관공은 승부욕이 강한데 또 죽음을 겁내지 않는 자를 만났다.)

그리고는 관평을 불렀다: "너는 한편으로 번성을 공격해라. 내 직접 가서 이 필부 놈의 목을 베어 내 분을 풀어야겠다."

관평曰: "부친께서는 태산처럼 중하신 몸으로 저런 잡석雜石과 같은 자와 높고 낮음을 다투려고 하셔서는 안 됩니다. 제가 아버님을 대신하여 방덕과 싸우러 가겠습니다."

관공曰: "그러면 네가 시험 삼아 한 번 가 보거라. 내 뒤따라 곧바로 가서 지원할 테니."

관평은 막사를 나가자 칼을 들고 말에 올라 군사들을 거느리고 방덕을 맞아 싸우러 갔다. 양군은 서로 마주 보고 진을 쳤다.

위魏의 진영에서 내세운 검은 깃발 하나에는 흰 글씨로 "南安龐德 (남안방덕)"이란 네 글자가 크게 씌어 있었다. (*검은 바탕에 흰 글자라, 이는 장례를 치를 징조이다. 오늘날의 명정銘旌과 상당히 비슷하다.) 방덕은 검푸른 전포에 은색 갑옷을 걸치고 강도鋼刀를 들고 백마를 타고 진 앞에 서 있었다. 그의 뒤로 5백 명의 군사들이 바짝 따랐는데, 보졸 여러 명은 어깨에 나무 관을 메고 나왔다.

관평이 방덕을 향해 큰 소리로 욕을 했다: "자기 주인을 배반한 이 도적놈아!"

방덕이 부하 군사에게 물었다: "저자는 누구냐?"

어떤 군사가 대답했다: "저자는 관공의 양아들 관평입니다."

방덕이 큰 소리로 외쳤다: "나는 위왕의 명을 받들어 네 아비의 머리를 가지러 왔다. 네놈은 아직 머리에 버짐도 안 벗겨진 어린애라서 내 너는 죽이지 않을 테니, 빨리 네 아비를 불러오너라!"

관평은 크게 화를 내고 칼을 휘두르며 말을 달려가서 방덕에게 덤벼들었다. 방덕은 칼을 비껴들고 나가서 맞이했다. 두 사람은 서로 30합을 싸웠으나 승부가 나지 않아 양편은 각기 쉬었다. (*이는 방덕을 묘사한 것이 아니라 관공을 묘사하고 있는 것이다.)

〖 5 〗 일찌감치 어떤 사람이 이 소식을 관공에게 알렸다. 관공은 크게 화를 내며 요화廖化에게 가서 번성을 치라고 명하고, 자신이 직접 방덕을 맞이해 싸우러 갔다. 관평이 관공을 맞이하여 자기가 방덕과 싸웠으나 승부를 가리지 못했다고 말했다.

관공은 곧바로 칼을 비껴들고 말을 달려 나가 큰소리로 외쳤다: "관운장이 여기 있다! 방덕은 왜 빨리 나와서 죽음을 받지 않는가!"(*방덕이 죽여 달라고 왔으므로 이에 관공은 그에게 죽음을 주려고 하는 것이다.)

북소리가 울리더니 방덕이 말을 타고 나와서 말했다: "나는 위왕의 명을 받들고 특별히 네 머리를 가지러 왔다! 혹시 네가 믿지 않을까봐 여기 관까지 준비해 왔다. 너는 죽는 것이 두렵거든 빨리 말에서 내려 항복하라!"

관공이 큰 소리로 욕을 했다: "네까짓 필부 놈이 무얼 할 수 있다고! 아깝구나, 내 청룡도가 너 같은 쥐새끼를 베어야 하다니!"

그는 방덕을 치려고 칼을 휘두르며 말을 달려갔다. 방덕도 칼을 휘두르며 맞이하러 나왔다. 두 장수는 1백여 합을 싸웠으나 둘 다 지친 기색 없이 도리어 힘이 두 배로 솟는 것 같았다. 양편의 군사들은 그것을 구경하면서 멍하니 얼이 빠져 있었다. 그때 위군에서 혹시 방덕에게 무슨 잘못된 일이라도 생길까봐 염려해서 급히 징을 쳐서 군사를 거두었다. 관평도 부친의 연로함을 염려해서 급히 징을 쳤다. 두 장수는 각각 물러갔다.

방덕은 영채로 돌아와서 여러 사람들을 보고 말했다: "사람들이 관공을 영웅이라고 말하던데, 오늘에야 그 말을 믿게 되었다."

한창 말을 하고 있을 때 마침 우금이 왔다. 서로 인사를 하고 나서 우금이 말했다: "내 들으니 장군이 관공과 1백 합 이상을 싸웠다고 하던데, 이기기 어렵겠으면 일단 군사를 물리는 것이 어떻겠는가?"

방덕이 분연히 말했다: "위왕께서 장군을 대장으로 명하셨는데 어찌 이처럼 약하십니까? 나는 내일 관 모와 죽기 살기로 싸워보겠습니다. 절대로 군사를 물리지 않겠습니다!"(*끝까지 죽으려고 한다.)

우금은 감히 그를 막지 못하고 돌아갔다.

〖 6 〗 한편 관공은 영채로 돌아와서 관평에게 말했다: "방덕의 칼 쓰는 법이 매우 익숙하니 정말로 나의 적수敵手이다."

관평曰: "속담에서 말하기를: '갓 태어난 송아지 범 무서운 줄 모른다(初生之犢不懼虎)'고 했습니다. 부친께서 설령 그자를 베어 죽이신다고 하더라도 그는 결국 서강西羌 땅의 일개 소졸小卒에 불과합니다. 만일 사소한 실수라도 있게 되면, 이는 백부님의 부탁을 무겁게 여기시는 게 아닐 것입니다."(*관평의 말은 일의 대체大體를 깊이 안 것이다.)

관공曰: "내가 이 사람을 죽이지 않고 어떻게 한을 풀 수 있겠느냐? 내 뜻은 이미 결정되었으니, 다시 여러 말 말거라!"

다음날 관공은 말에 올라 군사들을 이끌고 앞으로 나아갔다. 방덕 역시 군사들을 이끌고 맞이해 싸우러 나왔다.

양편이 서로 마주보고 진을 치고 나서 두 장수는 일제히 말을 달려 나가서 서로 아무 말도 나누지 않고 싸웠다. 50여 합 싸웠을 때, 방덕이 말머리를 돌려서 칼을 끌며 달아났다. 관공은 그 뒤를 추격해 갔다. 관평은 혹시 관공이 실수라도 할까봐 염려되어 역시 그 뒤를 쫓아갔다. 관공은 입으로 크게 꾸짖었다: "방덕 이 역적놈아! 네놈이 타도계 拖刀計를 쓰려고 하는데, 내 어찌 네 놈을 겁내겠느냐!"

어찌된 일인가 하니, 방덕은 거짓으로 타도계를 쓰는 척하고 칼을 말안장에다 걸어놓고 몰래 활을 끌어당겨 화살을 메겨서 시위를 당겼다. 눈썰미가 예리한 관평이 방덕이 활을 끌어당기는 것을 보고 큰소리로 외쳤다: "역적 놈의 장수는 몰래 화살을 쏘려 하지 말라!"

관공이 급히 눈을 번쩍 뜨고 보는 순간 시위 소리가 울리며 화살이 날아왔는데, 미처 몸을 피할 새도 없이 바로 왼편 팔에 맞았다. 관평이 말을 타고 당도하여 부친을 구해서 영채로 돌아갔다. 방덕은 곧바로 말머리를 돌려서 칼을 휘두르며 쫓아왔다. 그때 갑자기 본영에서 징 소리가 크게 울렸다. 방덕은 후군에 무슨 일이 생겼을까봐 염려되어 급히 말머리를 돌려서 돌아갔다. 그런데 알고 보니, 그것은 방덕이 활을 쏘아 관공을 맞힌 것을 본 우금이 그가 큰 공을 세워 자기 위풍을 떨어뜨리게 될까봐 겁이 나서 징을 쳐서 군사를 거두었던 것이다.

방덕은 영채로 돌아가서 물었다: "왜 징을 치셨습니까?"

우금曰: "위왕께선 경계하셨소, 관공은 지모와 용맹이 겸비된 장수이니 조심하라고. 그가 비록 화살에 맞기는 했지만 무슨 속임수를 쓸까봐 염려되어 그래서 징을 쳐서 군사를 거둔 것이오."

방덕曰: "만약 군사를 거두지 않았더라면 나는 벌써 그자를 베었을 것입니다."

우금曰: " '남의 뒤를 바짝 따라가는 경우 보기 좋은 걸음 없다(緊行無好步)'고 하였소. 천천히 도모하도록 하시오."

방덕은 우금의 뜻을 알지 못하고 그저 관공을 죽이지 못한 것만 후회했다.

〖 7 〗 한편 관공은 영채로 돌아와서 팔에 박힌 화살촉을 빼냈다. 다행히 화살이 깊이 박히지 않아서 상처에 금속으로 인해 생긴 상처에 바르는 금창약金瘡藥을 붙였다. 관공은 방덕에 대해 통한痛恨을 품고 여러 장수들에게 말했다: "내 맹세코 이 화살 맞은 원수를 갚고 말 것이다."

여러 장수들이 대답했다: "장군께서는 우선 잠시 며칠 간 편히 쉬도록 하십시오. 그런 후에 싸우더라도 늦지 않습니다."

다음날, 방덕이 군사들을 이끌고 싸움을 걸어왔다고 보고해 왔다. 관공은 곧바로 출전하려고 했으나 여러 장수들이 권해서 나가지 않았다. 방덕은 졸병들을 시켜서 욕설을 퍼붓도록 했다. 관평은 요충지를 막고서 여러 장수들에게 관공에게 알리지 말라고 분부했다.

방덕은 10여 일 동안 싸움을 걸었으나 싸우러 나오는 사람이 없자 우금과 상의했다: "보아하니, 관공은 화살 맞은 상처가 도져서 움직이지 못하는 것 같소. 이 기회를 틈타 전군(七軍)을 거느리고 일시에 영채 안으로 쳐들어간다면 번성의 포위를 풀 수 있을 것 같소."

그러나 우금은 방덕이 공을 세우는 것이 두려워서 그저 위왕이 조심하라고 한 말을 핑계 대고 군사를 움직이려고 하지 않았다. (*우금이 방덕을 미워한 것은 바로 방덕이 마초를 배반한 것에 대한 보복이다.) 방덕은 몇 번이나 군사를 움직이자고 했으나 우금은 한사코 들어주지 않고 칠군을 이동시켜 산 어귀를 지나가서 번성에서 북쪽으로 10리 떨어진 곳에다 산을 의지하여 영채를 세웠다.

우금은 친히 군사들을 거느리고 큰길을 차단하고서는 방덕에게는 골짜기 안에다 군사를 주둔시켜 놓도록 명하여 방덕이 진격하여 공을 세울 수 없도록 했다. (*방덕은 전에는 양송楊松이 그를 기피하는 바람에 마침내 조조에게 투항했던 것인데, 지금은 우금이 그를 기피하고 있는데 어찌하여 관공에게 투항하지 않는가?)

〖 8 〗 한편 관평은 관공의 화살 맞은 상처가 이미 다 아문 것을 보고 몹시 기뻤다. 그때 문득 우금이 칠군을 번성의 북쪽으로 옮겨서 영채를 세웠다는 보고를 들었으나 그는 적이 무슨 꾀를 쓰려는 것인지 알 수 없어서 즉시 이 일을 관공에게 알렸다.

관공이 곧바로 말에 올라 기병 몇 명을 데리고 높은 언덕 위로 올라가서 멀리 바라보니 번성 성 위의 기치들이 정돈되지 않았고 군사들은 허둥대며 혼란스러웠고, 성 북쪽으로 10리 떨어진 산골짜기 안에는 군사들이 주둔하고 있었다. 그리고 또 양강襄江 쪽을 보니 물살이 매우 급했다. 관공은 한참 동안 보다가 향도관鄕導官을 불러서 물어보았다: "번성에서 북쪽으로 십리쯤에 있는 산골짜기 이름이 뭐냐?"

그가 대답했다: "증구천罾口川입니다."(물고기를 잡는 그물의 일종으로, 양쪽 끝에 손잡이 대(竹竿)가 있는 어구漁具를 '반두(罾)'라고 하는데, 그 반두의 입구, 즉 '아가리(口)'처럼 생긴 '내(川)'라는 뜻이다. ─역자.)

관공이 크게 기뻐하며 말했다: "우금于禁은 반드시 나에게 사로잡힐 것이다."

여러 군사들이 물었다: "장군께선 어떻게 그걸 아십니까?"

관공曰: "고기(于: 魚와 중국식 발음이 같다.─역자)가 반두 아가리(罾口)로 들어왔으니 어찌 오래 버틸 수 있겠느냐?"(*언덕 이름이 낙봉落鳳인 곳에서 봉추鳳雛 방통이 화살을 맞았고, 개천 이름이 증구罾口인 곳에서 우금于禁이 사로잡히는 점이 서로 닮았다. 그런데 방통은 그것을 스스로 알았으나 우금은 스스로 알지 못했는데, 관공은 그걸 알았던 것이다.)

그러나 여러 장수들은 믿지 않았다. 관공은 본채로 돌아왔다.

때는 마침 8월 가을철인데, 소낙비가 여러 날 동안 연이어 퍼부었다. 관공은 사람들을 시켜서 배와 뗏목을 준비하도록 하고 수전용水戰用 기구들을 수습하도록 했다.

관평이 물었다: "육지에서 서로 대치하고 있는데 수전에서 쓰는 기구들은 어디에 쓰려고 하십니까?"

관공曰: "너는 모르는구나. 우금의 전군(七軍)은 넓은 땅에 주둔해 있지 않고 증구천의 험하고 좁은 곳에 모두 모여 있는데, 지금 가을비가 연일 내리고 있으니 양강의 물은 반드시 불어서 넘칠 것이다. 내 이미 사람들을 보내서 각처의 물 어귀에 둑을 쌓아 놓도록 했다. 물이 한창 불어날 때까지 기다렸다가 높은 데로 올라가서 배를 타고 제방

둑을 터트린다면 번성과 증구천에 있는 군사들은 모두 물고기 신세가 되고 말 것이다."(*우금만 물고기 신세가 되는 것이 아니라 7군이 모조리 물고기 신세가 된다.)

관평은 탄복했다.

〖 9 〗한편 위군魏軍은 증구천에 주둔하고 있었는데 연일 큰 비가 멎지 않았다. 독장督將 성하成何가 와서 우금을 보고 말했다: "대군이 증구천 어귀에 주둔하고 있는데 지세가 몹시 낮고, 비록 토산土山이 있다고는 하나 영채에서 좀 멀리 떨어져 있습니다. 지금 가을비가 연일 그치지 않고 와서 군사들의 고생이 심합니다. 근자에 사람들이 말하기를, 형주의 군사들은 높은 언덕으로 옮겼고, 또 한수漢水 어귀에다 배와 뗏목들을 준비해 놓았다고 합니다. 만일 강물이 범람하게 되면 우리 군사가 위험해질 것이니 빨리 계책을 세워야 할 것입니다."

우금이 꾸짖었다: "네놈이 우리 군사들의 마음을 미혹시키려느냐! 다시 여러 말 하는 자 있으면 목을 벨 것이다."(*우금은 평소에는 병법을 알았는데, 지금은 어찌하여 이처럼 우매한가? 결국 사람은 사사로운 감정을 가져서는 안 된다. 사사로운 감정을 가지면 밝음이 가려지는바, 어찌 경계하지 않을 수 있겠는가!)

성하는 창피하여 얼굴을 붉히며 물러났다. 그리고는 방덕에게 찾아가서 그에게 이 일을 말했다.

방덕曰: "자네 소견이 매우 옳다. 우 장군은 군사들을 옮기려 하지 않더라도, 나는 내일 따로 군사를 다른 곳으로 옮겨서 주둔시킬 것이다."(*다만 유감스러운 것은 내일까지 기다려서는 안 된다는 것이다.)

그렇게 하기로 의논이 정해졌다.

이날 밤 비바람이 크게 불었다. 방덕이 막사 안에 앉아 있는데 갑자기 수만 마리의 말들이 서로 앞을 다투어 달리고 북소리가 천지를 진동하는 것과 같은 소리가 들렸다.

방덕이 크게 놀라서 급히 막사를 나가 말에 올라서 바라보니 사면팔방으로 큰물이 쏟아져 들어오고 있었다. 모든 군사들이 마치 쥐새끼들처럼 어지럽게 달아나다가 뒤에서 덮치는 물결에 휩쓸려서 떠내려가서 물에 빠져죽는 자들이 수도 없이 많았다.

평지의 수심도 한 길이 넘었다. 우금과 방덕은 여러 장수들과 함께 각자 작은 산으로 올라가서 물을 피했다.

해가 뜰 무렵 관공과 여러 장수들이 모두 깃발을 흔들고 북을 치고 고함을 지르면서 큰 배를 타고 왔다. 우금은 사방을 둘러보았으나 달아날 길은 보이지 않았고, 곁에 있는 사람이라곤 겨우 5~60명뿐이어서 도망갈 수도 없음을 알고 입으로 "항복하겠습니다"고 말했다. 관공은 그들이 입고 있는 옷과 갑옷을 다 벗으라고 명하고는 붙잡아서 배 안에 묶어놓은 다음, 방덕을 사로잡으러 갔다.

〖 10 〗 이때 방덕은 동형董衡, 동초董超 및 성하成何 그리고 보졸 5백 명과 함께 있었는데, 모두들 옷도 갑옷도 없이 뚝 위에 서 있었다. 관공이 오는 것을 보고도 방덕은 전혀 겁을 내지 않고 분연히 싸우러 앞으로 나갔다. 관공은 배들을 가지고 사면을 에워쌌고, 군사들은 일제히 활을 쏘아 위魏의 군사들을 태반이나 쏘아 죽였다.

동형과 동초는 형세가 위급한 것을 보고 방덕에게 말했다: "군사의 태반이 죽거나 다쳤고 사방 어디로도 도망갈 길이 없으니 차라리 투항하는 편이 낫겠습니다."

방덕이 크게 화를 내며 말했다: "나는 위왕의 두터운 은혜를 받았는데 어찌 남에게 절개를 굽힌단 말이냐!"

그리고는 그 앞에서 직접 동형과 동초의 목을 베어버리고, (*처음에는 본래 이들 두 동씨가 방덕이 배반할까봐 의심했는데, 지금은 반대로 방덕이 이들 두 동씨를 죽인다. 뜻밖이다.) 언성을 높여 말했다: "다시 항복하자고 말하는 자가 있으면 이 두 놈처럼 될 것이다!"

이리하여 모두가 힘을 떨쳐서 적을 맞아 싸웠다. 해 뜰 무렵부터 한낮이 되기까지 싸웠는데, 용기와 힘은 오히려 두 배로 늘었다. 관공이 군사들을 재촉해서 사면에서 급히 치도록 하니 화살과 돌이 비 쏟아지듯 했다. 방덕은 군사들에게 짧은 무기를 들고 마주 붙어 싸우라고 명했다.

방덕은 성하를 돌아보고 말했다: "내 듣기로, '용맹한 장수는 죽음이 겁나서 구차스럽게 살려고 하지 않고, 장사는 절개를 굽혀가며 살려고 하지 않는다(勇將不怯死以苟免, 壯士不毁節而求生)'고 하였다. 오늘은 바로 내가 죽는 날이다. (*죽으려면 죽으라지. 다만 나무 관이 어디로 갔는지 모르겠구나!) 자네도 죽기 살기로 힘껏 싸우도록 하게."

성하는 명을 받고 앞으로 나갔으나 관공이 쏜 화살에 맞아서 물속으로 떨어졌다. 나머지 군사들은 모두 항복했는데, 방덕 혼자만 힘껏 싸웠다. 그때 마침 형주 군사 수십 명이 작은 배를 저어 언덕 가까이 오자 방덕은 칼을 들고 몸을 펄쩍 뛰어서 작은 배 위로 올라가 그 자리에서 10여 명을 죽였다. 그러자 나머지 무리들은 전부 배를 버리고 물속으로 뛰어들어 도망쳤다.

방덕은 한 손에는 칼을 들고 또 한 손으로는 짧은 노를 저어 번성을 향해 달아나려고 했다. (*허저가 위교渭橋에서 배를 저어가던 모습과 흡사하다.) 바로 그때 상류 쪽에서 한 장수가 큰 뗏목을 저어 내려오더니 방덕이 타고 있는 작은 배를 그대로 들이받아 배가 뒤집혀지자 방덕은 물속으로 떨어졌다. 뗏목 위의 그 장수는 물속으로 뛰어 들어가더니 방덕을 사로잡아서 배 위로 올라왔다. 모두들 보니 방덕을 사로잡은 장수는 바로 주창周倉이었다.

주창은 평소 헤엄을 칠 줄 알았는데, 그간 형주에서 여러 해 지내는 동안 헤엄 실력이 더욱 늘었으며, 게다가 힘까지 세어서 방덕을 사로 잡을 수 있었던 것이다. (*또 주창의 무예를 보충 설명하고 있다.) 우금이 거느렸던 칠군은 전부 다 물에 빠져 죽었으며, 그 중 헤엄을 칠 줄 아는 자들도 갈 데가 없음을 헤아리고 역시 모두 투항했다. 이에 대해 후세 사람이 지은 시가 있으니:

지난 밤 전고戰鼓 소리 천지를 울리더니	夜半征鼙響震天
양양과 번성의 평지 깊은 못으로 변했네.	襄樊平地作深淵
관공의 신산神算에 그 누가 미치랴	關公神算誰能及
중국에선 그 위명威名 만고에 전해오네.	華夏威名萬古傳

〖 11 〗 관공이 높은 언덕으로 돌아가서 막사 안에 들어가 자리에 앉았다. 여러 도부수들이 우금을 압송해 가지고 왔다. 우금이 땅에 엎드려서 목숨을 살려달라고 애걸했다. (*체면을 완전히 구겼다.)

관공曰: "네가 어찌 감히 나한테 맞서느냐?"

우금曰: "위에서 가라고 시키니 할 수 없어서 온 것입니다. 군후君侯께서 불쌍히 여기시어 살려만 주신다면 맹세코 죽음으로 보답하겠습니다."

관공은 수염을 쓰다듬으며 웃으면서 말했다: "내가 너를 죽이는 것은 개나 돼지를 죽이는 것처럼 공연히 내 칼만 더럽힐 뿐이다."

사람을 시켜서 그를 결박하여 형주로 압송해 가서 감옥에 가두어 놓도록 하면서 말했다: "내가 돌아가서 따로 처리하겠다."

우금에 대한 처리를 마친 후 관공은 또 방덕을 끌어내 오라고 했다. 방덕은 눈을 부릅떠서 화가 난 눈을 하고 서서 무릎을 꿇지 않았다. (*관공에게는 무릎을 꿇려 하지 않고 조조에게만 무릎을 꿇으려 하니, 특별히 취할 점이 없는 자이다.)

관공曰: "네 형이 현재 한중에 있고, 네 옛 주인 마초 역시 촉에서 대장으로 있는데 너는 왜 진작 항복하지 않았느냐?"

방덕이 크게 화를 내며 말했다: "내 차라리 칼 아래 죽을지언정 어찌 네게 항복하겠느냐?"(*방덕이 항복하지 않은 이유는 생각건대 그의 처자가 허창許昌에 있기 때문이 아니었을까? 형수를 죽일 수 있고 형과도 의리를 끊을 수 있지만 처자만은 버릴 수 없었기 때문이 아닐까?)

그러면서 입으로 계속해서 욕을 해댔다. 관공은 크게 화가 나서 도부수에게 그를 밖으로 끌어내서 목을 베라고 호통 쳤다. 방덕은 목을 길게 늘어뜨려서 처형을 받았다. 관공은 그를 불쌍히 여겨 장사를 지내주었다. (*이때 관공은 틀림없이 다른 관을 써서 그를 장사지내 주었을 것이다. 방덕이 원래 가지고 왔던 관은 어디로 떠내려가 버렸는지 알 수 없다.) 이리하여 관공은 물이 아직 빠져나가지 않은 틈을 타서 다시 전선戰船 위에 올라 대소 장교들을 이끌고 번성을 치러 갔다.

〖 12 〗 한편 번성 주위는 온통 흰 파도가 넘실대는 물바다였는데, 수세水勢는 더욱 심해져 갔고 성벽은 점점 물에 잠겨 허물어졌다. 성안의 사람들은 남녀노소 가릴 것 없이 모두 나와서 흙을 지고 벽돌을 날라다가 성벽 무너진 곳을 막았으나 끝내 막아내지 못했다. 조군曹軍의 여러 장수들은 모두들 낙담하여 정신없이 달려와서 조인에게 사정했다: "오늘의 이 위기는 사람의 힘으로는 구할 수 없습니다. 적군이 오기 전에 배를 타고 밤에 달아나십시오. 그러면 비록 성은 잃더라도 목숨만은 건질 수 있을 것입니다."

한창 상의하여 배를 준비해 달아나려고 하는데, 만총이 간했다: "안됩니다. 산의 물이 갑자기 쏟아져 내려온 것인데 어찌 오래 가겠습니까? 열흘이 못 되어 물은 저절로 빠질 것입니다. 관공이 비록 지금까지 성을 공격하지 않았지만 이미 다른 장수들을 겹하(郟下: 하남성 겹현郟縣)로 보냈습니다. 그가 가벼이 쳐들어오지 못하는 이유는 바로 우리 군사들이 저들의 뒤를 습격할까봐 염려되기 때문입니다. 그런데 지금 만약 우리가 성을 버리고 간다면 황하 이남은 더 이상 위국魏國의 소유가 아니게 될 것입니다.

바라건대 장군께서는 이 성을 고수하시어 나라를 보위할 담장(保障)으로 삼도록 하십시오.”

조인은 두 손을 마주잡아 고맙다는 인사를 하면서 말했다: “백녕(伯寧: 만총)이 가르쳐주지 않았으면 자칫 대사를 그르칠 뻔했소.”(*만약 만총이 없었으면 번성은 반드시 관공의 소유가 되었을 것이다. 관공은 번성을 얻은 후에는 황하 이남 전체를 근거지로 차지할 수 있었을 것이며, 이렇게 되면 비록 여몽이 형주를 습격하더라도 관공이 스스로 설 땅까지 상실하는 일은 없었을 것이다. 그런데 만총이 이를 말하고 조인이 그 말을 들어준 것이 어찌 하늘의 뜻이 아니라 하겠는가!)

그리하여 백마를 타고 성 위로 올라가서 여러 장수들을 모아놓고 맹세하며 말했다: “나는 위왕의 명을 받고 이 성을 지키고 있다. 앞으로 성을 버리고 가자는 말을 하는 자가 있으면 그 목을 벨 것이다.”

여러 장수들이 모두 말했다: “저희들은 죽음을 각오하고 이 성을 지키겠습니다.”

조인은 크게 기뻐하며 곧바로 성 위에다 궁노수 수백 명을 늘여 세워 놓고 군사들로 하여금 밤낮으로 방어하며 감히 해이해지지 못하도록 했다. 성 안의 백성들은 늙은이와 어린아이들까지 다 나서서 흙과 돌을 날라서 허물어진 성벽을 막았다. 열흘이 못 되어 물은 점점 줄어들었다.

〖 13 〗 관공은 위魏의 장수 우금 등을 사로잡은 뒤로 그 위명이 천하에 크게 떨쳐서 놀라지 않는 자가 없었다. 그때 갑자기 둘째 아들 관흥이 부친을 찾아뵈러 영채로 왔다. 관공은 관흥에게 여러 관원들이 세

운 공로를 기록한 문서를 가지고 성도로 가서 한중왕을 뵙고 각각 승진을 시켜주시도록 부탁하라고 했다. (*부하들의 승진만 부탁하고 군사들을 더 보내어 도와달라고 청하지 않은 것은 실수였다.)

관흥은 부친에게 하직인사를 하고 곧장 성도로 갔다. (*그가 이때 떠나갔기 때문에 관공은 그 덕에 아들 하나를 남겨둘 수 있었다.)

한편 관공은 군사들을 반으로 나누어 곧장 겹하郟下로 가도록 하고, 관공 자신은 나머지 반을 거느리고 번성을 사면으로 공격했다.

이날 관공은 북문에 이르러 말을 세우고 채찍을 들어 성 위를 가리키며 말했다: "너희 쥐새끼들아! 빨리 나와서 항복하지 않고 다시 어느 때를 기다리고 있느냐?"

한창 말하고 있을 때, 조인은 성 위 망루에서 관공의 몸에 단지 엄심갑掩心甲만 걸쳐져 있고 녹색 전포(綠袍)가 한쪽으로 비스듬히 벗겨져 있는 것을 보고는 급히 5백 명의 궁노수에게 일제히 활을 쏘라고 지시했다. 관공이 급히 말을 멈추고 돌아가려고 하다가 오른쪽 팔에 쇠뇌화살(弩箭)을 맞고는 뒤로 벌렁 나자빠지며 말에서 떨어졌다. 이야말로:

물에 빠진 전군 간담이 떨어졌는데　　　　水裏七軍方喪膽
성 안에서 쏜 화살에 관공이 다쳤구나.　　城中一箭忽傷身

관공의 목숨이 어찌될지 모르겠거든 다음 회를 읽어보기 바란다.

제74회 모종강 서시평序始評

(1). 관공은 처음에는 마초와 무예 실력을 겨뤄보려고 했었는데, 지금은 마초의 부장인 방덕과 칼날을 겨루고 있으니, 이는 마초와 싸우는 것과 다를 바 없다. 마초는 이미 관공과 한 패가 되어 있으므로, 방덕이 관공과 죽기 살기로 싸우는 것은 이 역시 마초와 싸

우는 것과 다를 바 없다. 관공이 마초를 상대로 시합을 하는 것은 오히려 흠이 될 게 없지만, 방덕이 마초와 싸우는 것은 자기 주인을 배반하는 행위가 아닌가? 그러고도 후에 조조를 배반하고 관공에게 항복하려고 하지 않는데, 그렇다면 처음에는 어찌하여 마초를 배반하고 조조에게 투항하였던가? 이런 이유로 방덕의 죽음에 대해 군자는 전혀 긍정적인 평가를 하지 않는 것이다.

(2). 양강의 둑을 터트려서 우금의 전군(七軍)을 물에 빠트려 죽일 수는 있었으나 번성樊城을 취하기에는 부족하였는데, 그 이유가 무엇인가?

나는 말한다: 적병을 물에 빠져 죽게 하기는 쉽지만 물을 끌어들여 성을 잠기게 하기는 어렵다. 군사들을 빠져죽게 할 물은 빠르게, 한꺼번에 쏟아 붓는 물이지만, 성을 잠기게 할 물은 점차, 천천히 끌어들이는 물이다. 빨리 쏟아지는 물에서는 적이 방비할 수 없지만, 천천히 끌어들여 불어나는 물에서는 적이 스스로를 지킬 수 있다.

그렇다면 사수泗水를 터트려서 하비성下邳城을 취하고(*제19회의 일), 장수漳水를 터트려서 기주성冀州城을 취한(*제32회의 일) 조조의 수공水攻 실력이 관공보다 뛰어났던 게 아닐까?

나는 말한다: 이 또한 그렇지 않다. 만약 하비성 공격 때 후성侯成이 내통하지 않았고, 기주성 공격 때 심영審榮이 성문을 열어주지 않았더라면 조조가 두 성에 반드시 들어갔으리라는 보장이 없다. 조조가 이긴 것은 요행수였지 어찌 전부 물의 힘이겠는가?

(3). 관공이 양강襄江의 둑을 터트리려고 한 것과 냉포冷苞가 부강涪江을 터뜨리려고 했던 것은 그 계책에서는 다른 점이 없으므로

그 성패를 가지고 논해서는 안 된다. 냉포가 패한 것은 팽양彭蓁이 그것을 알려주어 방통이 미리 막았기 때문이고, 관공이 승리한 까닭은 성하成何가 그 계책을 미리 말해 주었는데도 우금이 그것을 이해하지 못했기 때문이다. 법정法正은 미리 알았기에 영채를 옮기지 않고도 패하지 않았으나, 방덕은 늦게 알았기에 영채를 옮기려고 해도 할 수 없었던 것이다. 동일한 계책이라도 그것이 성공하느냐 못하느냐는 역시 적이 어리석은가 어리석지 않은가를 봐야만 한다.

(4). 번성이 함락되지 않은 것을 보면 하늘이 한漢 황실을 부흥시키려 하지 않았음을 알 수 있다. 당시 선복單福이 번성을 취할 때에는 그 병력이 부족하여 번성을 지켜낼 수가 없어서 그 후 결국 번성을 포기하고 말았지만, 관공이 번성을 포위하였을 때는 그 병력이 번성을 취할 수 있는 정도였을 뿐만 아니라 때(時) 역시 번성을 얻는 데 매우 유리했다. 그런데도 애석하게도 중도에 좌절당하고 말았으니, 독자들은 이에 이르러 세 번 탄식하게 된다.

제75회

관운장, 뼈를 긁어 독을 치료하고
여몽, 군사들에게 흰 옷 입혀 강을 건너다

〖 1 〗한편 조인은 관공이 말에서 떨어지는 것을 보고 즉시 군사들을 이끌고 성에서 뒤쳐나갔으나, 관평이 그를 맞이해 한바탕 싸워서 물리치고, 관공을 구해 영채로 돌아와서 팔에 박힌 화살을 뽑아냈다.

원래 그 화살촉에는 독약이 발려져 있어서 그 독은 이미 뼛속까지 들어가서 오른팔이 시퍼렇게 퉁퉁 부어올라 움직일 수가 없었다. (*방덕은 마음에는 독을 품었으나 화살에는 독을 바르지 않았는데, 조인은 화살에도 독을 발랐고 그 마음에도 역시 독을 품었다.)

관평은 당황하여 여러 장수들과 상의했다: "부친께서 만약 이 팔을 못 쓰시게 되면 어떻게 싸우러 나가실 수 있겠습니까. 아무래도 잠시 형주로 돌아가서 몸조리를 하시도록 해야겠습니다."

이리하여 다 같이 막사 안으로 들어가서 관공을 뵈었다.

관공曰: "너희들은 무슨 일로 왔느냐?"

여럿이 대답했다: "저희들은 장군께서 오른팔을 다치신 것을 보고, 적들을 맞이하여 화를 내시면서 싸우시면 곤란할까봐 염려됩니다. 그래서 여럿이 의논했는데, 잠시 군사를 돌려서 형주로 돌아가 몸조리를 하도록 하십시오."

관공이 화를 내며 말했다: "내가 번성을 취하는 것이 바로 눈앞에 와있고, 번성을 취한 다음에는 당장 허도로 밀고 들어가서 조조 역적 놈을 무찔러 없애버려 한 황실을 편안하게 할 생각이다. 그런데 어찌 조그만 상처 때문에 큰일을 그르칠 수 있겠느냐? 너희들은 감히 우리 군사들의 마음을 해이解弛하게 할 셈이냐?"

관평 등은 아무 말도 못하고 물러나왔다.

〖 2 〗 여러 장수들은 관공이 군사를 물리려 하지 않는데다 상처 또한 낫지 않는 것을 보고는 사방으로 이름난 의원(名醫)을 찾아보는 수밖에 없었다.

그러던 어느 날 어떤 사람이 강동으로부터 작은 배를 타고 와서 곧바로 영채 앞으로 이르렀다. 하급 군관이 그를 인도해서 관평을 만나게 했다. 관평이 그 사람을 보니 머리에는 네모난 두건(方巾)을 쓰고 몸에는 헐렁한 옷(闊服)을 입고 팔에는 푸른 자루를 메고 있었다.

그는 스스로 자신을 소개했다: "저는 패국沛國의 초군譙郡 사람으로 성은 화華, 이름은 타佗이며, 자를 원화元化라고 합니다. 관 장군께서는 천하의 영웅이신데 이번에 독화살을 맞으셨다는 말을 들었기에 치료해 드리려고 일부러 찾아왔습니다."(*청하지도 않았는데 스스로 찾아왔다. 근래의 명의名醫라는 자들과는 그 행동하는 방식이 완전히 다르다.)

관평曰: "혹시 예전에 동오의 장수 주태周泰를 치료해 주신 분이 아니십니까?"(*관평의 입을 빌려 제15회의 일을 상기시킨다.)

화타曰: "그렇소."

관평은 크게 기뻐하며 즉시 여러 장수들과 함께 화타를 인도해서 막사 안으로 들어가서 관공을 뵈었다. 그때 관공은 사실은 팔이 몹시 아팠으나 군사들의 사기가 떨어질까 염려하여 아프다는 말도 못하고 달리 소일消日 거리도 없어서 마침 마량馬良과 바둑을 두고 있었다. 그때 의원이 왔다는 말을 듣고는 즉시 불러들였다.

인사가 끝나자 자리를 주어 앉도록 했다. 차를 마시고 나서 화타는 팔을 보여 달라고 했다. 관공은 윗옷을 벗고 팔을 뻗어 화타에게 상처를 보여주었다.

화타가 말했다: "이는 쇠뇌 화살에 다치신 것인데 화살에 오두(烏頭: 식물 부자(附子)의 줄기 뿌리에서 뽑아낸 극독)의 독이 묻어 있어서 그것이 곧장 뼈 속까지 뚫고 들어갔습니다. 빨리 치료하지 않으면 이 팔을 쓸수 없게 됩니다."(*먼저 병의 원인부터 설명한다.)

관공曰: "어떤 방법으로 치료하려는가?"

화타曰: "제게 따로 치료법이 있습니다만, 군후君侯께서 겁내실까봐 두렵습니다."

관공은 웃으며 말했다: "나는 죽는 것도 마치 집에 돌아가는 것쯤으로 여기는데 뭐를 겁내겠나?"(*적도 겁 안 내는데 어찌 의사를 겁내겠는가?)

화타曰: "조용한 곳에다 기둥 하나를 세우고 기둥 위에다 큰 쇠고리 하나를 박아 놓고 군후께서 팔을 그 고리 속으로 넣으시도록 해서 끈으로 붙들어 맨 다음 보지 못하게 이불로 머리를 덮어야 합니다. 제가 끝이 뾰족한 칼(尖刀)로 살을 째서 뼈가 드러나도록 한 후 뼈에 묻어 있는 화살촉의 독을 긁어내고 그 위에 약을 바른 다음 짼 곳을 실로 꿰매고 나면 비로소 무사할 것입니다. 다만 군후께서 무서워하실까 염려됩니다."(*치료법을 설명한 다음 또 사람을 놀라게 하는 말을 한다.)

관공이 웃으면서 말했다: "그처럼 쉬운 일이라니! 기둥이나 쇠고리를 쓸 필요가 어디 있나?"(*화살 맞는 것도 겁 안 내는데 어찌 칼을 겁내겠는가?)

관공은 술상을 차려서 화타를 대접하도록 했다.

〖 3 〗 관공은 술을 몇 잔 마신 다음, 한편으로는 계속 마량과 바둑을 두면서 팔을 뻗어 화타에게 상처를 째라고 했다. (*이러한 신의神醫는 만나기 어렵고, 이러한 환자는 더욱 만나기 어렵다.) 화타는 손에 끝이 뾰족한 칼을 잡고 하급 장교 한 사람에게 큰 대야 하나를 받쳐 들고 팔 아래에서 떨어지는 피를 받도록 했다.

화타曰: "제가 곧 칼을 댑니다. 군후께선 놀라지 마십시오."

관공曰: "자네 마음대로 치료해 보게. 내 어찌 세상의 속인俗人들처럼 아픈 것을 무서워하겠는가!"(*화타의 말도 사람을 놀라게 하지만, 관공의 말은 더욱 사람을 놀라게 한다.)

화타가 칼을 대서 살을 쭉 째자 곧바로 뼈가 드러났는데, 뼈 위는 이미 검푸른 색이었다.

화타가 칼로 뼈를 긁는데 사각사각 하는 소리가 났다. 막사 안팎에서 그것을 보던 자들은 모두 손으로 낯을 가렸고 안색은 창백해졌다. 그런데도 관공은 술을 마시고 안주를 먹어가면서 담소談笑하고 바둑을 두었는데, 전혀 아파하는 기색이 없었다.

잠깐 사이에 피가 흘러 대야에 가득 찼다. 화타는 독을 전부 다 긁어낸 다음 그 위에 약을 바른 다음 칼로 쨀 곳을 실로 봉합했다.

관공이 크게 웃으면서 일어나더니 여러 장수들에게 말했다: "이 팔을 뻗기가 이전처럼 편해졌고 통증도 전혀 없소. 선생이야말로 참으로 신의神醫이시오!"(*이런 의사가 신의神醫고, 이런 환자 역시 신인神人이다.)

화타曰: "제가 의원 노릇을 한평생 했어도 이런 분은 여태 보지 못했습니다. 군후께서는 참으로 천신天神이십니다!"

이 일을 두고 후세 사람이 지은 시가 있으니:

병을 고치는 데는 내과와 외과로 나뉘지만 治病須分內外科
세상에 묘한 의술 참으로 흔치 않다. 世間妙藝苦無多
신위의 명장으론 관운장을 따를 자 드물고 神威罕及惟關將
화타의 성수聖手는 온갖 병 고칠 수 있었네. 聖手能醫說華佗

관공은 화살에 맞은 상처가 다 낫자 연석을 베풀어 화타를 대접하고 그에게 고맙다고 인사했다.

화타曰: "군후의 화살 맞은 상처를 비록 치료하기는 했으나 반드시 그 팔을 아끼고 보호해야 합니다. 절대 노기怒氣가 상처를 건드리도록 해서는 안 됩니다. 백 일이 지난 후에야 옛날처럼 회복될 것입니다."

관공은 사례로 금 1백 냥을 주었다.

화타曰: "저는 군후의 높으신 의기義氣에 대해 듣고 특별히 치료해 드리려고 왔던 것인데 어찌 보수를 바라겠습니까!"

화타는 사양하고 받지 않았다. 그리고 상처에 붙일 약 한 첩을 남겨 두고 하직인사를 하고 떠나갔다.

〖 4 〗 한편 관공이 우금을 사로잡고 방덕을 죽이고 나자 그 위명威名이 크게 떨쳐서 나라 전체가 모두 놀랐다.

정탐꾼이 이 소식을 허도에 알리자 조조는 크게 놀라서 문무관원들을 모아놓고 상의했다: "나는 일찍부터 운장의 지모와 용맹이 세상에서 제일인 줄 알고 있었다. 그가 이제 형주荊州와 양양襄陽을 점거하였으니 이는 범에게 날개가 돋은 것과 같다. 우금이 사로잡히고 방덕이 죽어 우리 군사들의 사기가 꺾여버렸다. 만약 그가 군사들을 거느리고 곧바로 허도로 쳐들어오면 그때는 어찌해야 하는가? 나는 차라리 도읍을 옮겨서 그를 피하고자 한다."(*이때는 늙은 역적 조조 역시 간담이 떨어졌을 것이다. 조조가 허도를 떠나가려고 하는 것은 조인이 번성을 버리려고 하는 것과 마찬가지로 겁을 먹어서이다.)

사마의司馬懿가 간했다: "안 됩니다. 우금 등은 물에 빠졌던 것이지 싸움에서 진 것은 아닙니다. 이번 일은 국가대계에는 아무런 손실이 없습니다. 지금 손권과 유비는 서로 사이가 나쁜데, 이번에 운장의 뜻대로 되었으므로 손권은 틀림없이 기뻐하지 않을 것입니다. 대왕께서는 사자를 동오로 보내 이해관계를 가지고 잘 설득하시어, 손권으로 하여금 몰래 군사를 일으켜서 운장의 뒤를 밟아 가다가 기습하도록 하시고, 일이 성사되는 날에는 강남땅을 떼어서 손권에게 주겠다고 허락하신다면 번성의 위급함은 저절로 해소될 것입니다."(*사마의가 조조를 멈추도록 한 것과 만총이 조인을 멈추도록 한 것은 거의 비슷하다.)

주부主簿 장제蔣濟도 말했다: "중달(仲達: 사마의)의 말이 맞습니다. 지금 즉시 사자를 동오로 보내도록 하십시오. 도읍을 옮기느라 인심을 동요시킬 필요는 없습니다."

조조는 그들의 말을 좇아서 마침내 천도를 하지 않기로 하면서도 탄식을 하면서 여러 장수들에게 말했다: "우금이 나를 따라다닌 지 30년이나 되었는데, 위기에 처해서는 도리어 방덕만도 못할 줄 어찌 예상이나 했겠느냐! (*사람은 본래 알기가 쉽지 않다. 다른 사람을 아는 것 역시 쉽지 않다.) 이제 한편으로는 사자를 파견하여 동오에 서신을 보내고, 또 한편으로는 대장 한 사람을 구하여 운장의 예기를 막도록 해야겠다."

조조의 말이 채 끝나기도 전에 계단 아래에서 한 장수가 그 말에 응하여 앞으로 나오며 말했다: "제가 가겠습니다."

조조가 보니 서황徐晃이었다. 조조는 크게 기뻐하며 마침내 서황을 대장으로 삼고 정예병 5만 명을 내어주면서 이렇게 명했다: 여건呂建을 부장으로 삼고, 날짜를 정해 군사를 일으켜서, (*조인에게는 구원병이 있는데 관공에게는 지원병이 없다. 중과부적衆寡不敵의 형세이다.) 양릉파 (楊陵坡: 호북성 양번시襄樊市 북쪽)로 가서 군사를 주둔시켜 놓고 있다가, 동오에서 호응해 오는 것을 보고 나서 진격하도록 했다.

〖 5 〗 한편 손권은 조조의 서신을 받아 다 읽어본 후 흔쾌히 응낙하고 즉시 답장을 써서 사자에게 주어 먼저 돌려보낸 다음, 문무관원들을 모아놓고 상의했다.

장소曰: "근래에 들으니, 운장이 우금을 사로잡고 방덕을 죽여서 그 위명이 온 나라를 뒤흔들자 겁을 먹은 조조가 도읍을 옮겨서 그 칼끝을 피하려 한다고 했습니다. 지금 번성이 위급해지자 사자를 보내서 구원을 청하고 있지만, 일이 끝난 후에 말을 뒤집을까봐 두렵습니다."

손권이 미처 말을 꺼내기 전에 갑자기 보고해 오기를, 여몽이 품의드릴 일이 있어서 작은 배를 타고 육구陸口에서 와 있다고 했다. 손권이 불러들여서 무슨 일인지 물었다.

여몽曰: "지금 운장이 군사들을 데리고 가서 번성을 포위하고 있는데, 그가 멀리 나간 틈을 타서 형주를 기습하여 빼앗는 것이 좋겠습니다."

손권曰: "나는 북으로 가서 서주徐州를 취하고 싶은데, 어떻겠소?"

여몽曰: "지금 조조는 멀리 하북에 가 있어서 동쪽을 돌아볼 겨를이 없으며, 서주에는 지키는 군사들도 많지 않으므로 가기만 하면 자연히 이길 수 있습니다. 그러나 그 지세가 육전陸戰에 유리하고 수전水戰에는 불리하므로, 설사 그곳을 얻는다 하더라도 역시 지켜내기 어렵습니다. 그러므로 먼저 형주부터 취하여 장강 일대를 다 점거한 다음에 별도로 좋은 방도를 찾아보는 편이 나을 것입니다."

손권曰: "나도 본래는 형주를 취하려고 했소. 앞서 한 말은 경을 시험해 보려는 것이었소. 경은 속히 나를 위해 형주를 치도록 하시오. 나도 경을 뒤따라 곧바로 군사를 일으키겠소."(*만약 노숙이 있었다면 틀림없이 서주를 취하여 중원을 같이 나눠 갖자고 주장했을 것이고, 틀림없이 손권으로 하여금 관공을 쳐서 조조를 도와주도록 하지는 않았을 것이다.)

〖 6 〗 여몽이 손권에게 하직인사를 하고 육구로 돌아오니 일찌감치 와 있던 정탐꾼이 보고했다: "강을 따라 위아래로 혹은 20리 혹은 30리마다 높은 언덕에 봉화대를 세워 놓았습니다."

또 들으니, 형주에서는 군사들을 잘 정돈해서 사전에 준비가 다 되어 있다고도 했다.

여몽은 매우 놀라서 말했다: "그렇다면 급히 도모하기는 어렵겠구나. 그것도 모르고 나는 한때 오후吳侯 앞에서 형주를 공격하도록 권했으니, 이제 와서 이를 어찌 해야 좋단 말인가?"

아무리 생각해 봐도 좋은 계책이 생각나지 않아서 이에 여몽은 병을 핑계대고 밖으로 나가지 않고, (*주유는 서풍이 부는 것을 보고 병이 났는데 여몽은 봉화 소식을 듣고 병이 났다. 하나는 바람으로 인해 얻은 풍증風症이고 하나는 불로 인해 얻은 화증火症이다.) 사람을 시켜서 손권에게 보고했다.

손권은 여몽이 병이 났다는 소식을 듣고 속으로 몹시 서운해 했다.

이때 육손이 건의했다: "여자명(呂子明: 여몽)의 병은 꾀병입니다. 정말로 병이 난 것이 아닙니다."(*공명만이 주유의 병을 알았고, 육손만이 여몽의 병을 알았다.)

손권曰: "백언(伯言: 육손)은 기왕에 그것이 꾀병인 줄 알고 있다니, 어디 한 번 가서 살펴보도록 하라."

육손은 명을 받고 그날 밤으로 육구의 영채 안으로 가서 여몽을 만나 보았다. 과연 여몽의 얼굴에 병색이라곤 없었다.

육손曰: "저는 오후吳侯의 명을 받들어 장군 병문안을 왔습니다."

여몽曰: "천한 몸에 우연히 병이 났기로서니 수고스럽게 병문안까지 오실 게 뭐요!"

육손曰: "오후께서는 공에게 무거운 책임을 맡기셨는데, 공께서는 기회를 틈타 움직이려 하지 않고 공연히 속으로 번민만 하고 계시는데, 그 이유가 뭡니까?"

여몽은 육손을 빤히 쳐다보기만 하고 한참 동안 말이 없었다.

육손曰: "제게 장군의 병환을 고칠 수 있는 작은 처방전이 하나 있는데, 혹시 써보실 생각이 있으신지요?"(*공명은 처방으로 주유의 병을 고칠 수 있었는데, 육손 역시 처방으로 여몽의 병을 고치고 있다.)

여몽은 이에 좌우 사람들을 물리치고 물었다: "백언의 좋은 처방을 부디 속히 가르쳐 주시오."

육손은 웃으며 말했다: "장군의 병환은 형주의 군사들이 잘 정돈되어 있고, 장강을 따라서 봉화대가 세워져 있어서 생긴 것입니다. 제게 한 가지 계책이 있는데, 이 계책은 장강 연안의 수비 군사들이 봉화를 올릴 수 없도록 하고, 형주의 군사들이 스스로 두 손을 묶고 항복해 오도록 하는 것입니다. 어디 한 번 써보시겠습니까?"

여몽은 놀라면서 고마워하며 말했다: "백언의 말은 마치 나의 폐부肺腑를 꿰뚫어 보는 것 같소. 어디 그 좋은 계책을 한번 들어봅시다."

육손曰: "운장은 자신이 영웅임을 믿고 스스로 자신의 적수는 없다고 생각하는데, 그러한 그가 염려하는 사람은 오직 장군뿐입니다. 장군은 이 기회를 이용해서 병을 핑계대고 사직을 하시고,(*그의 진짜 병을 고치려고 하면서 여전히 그에게 병을 사칭詐稱하라고 하는데, 병을 치료하는 방법 치고는 기묘하고 절묘하다. 이는 화타조차 미칠 수 없는 치료 방법이다.) 육구를 지키는 임무를 다른 사람에게 양보하시고,(*다른 사람이란 바로 자기를 말한다. 육손은 자기에게 양보하라고 말하기가 거북해서 다만 다른 사람이라고 말한 것이다. 남(人)이 나를 볼 때 나(我)는 곧 다른 사람(他)인 것이다.) 그 다른 사람이 온갖 아첨의 말로 관공을 찬미하도록 해서 그의 마음을 교만하게 만들어 놓는다면, 그는 틀림없이 형주의 군사들을 전부 철수하여 번성樊城으로 향할 것입니다. 만약 형주에 방비가 없다면 한 부대의 군사들로 기이한 계책을 써서 습격하여 형주를 수중에 넣을 수 있습니다."

여몽은 크게 기뻐하며 말했다: "참으로 좋은 계책이오!"

〖 7 〗 이리하여 여몽은 병을 핑계대고 일어나지 않고 사직 상소를 올렸다. 육손은 돌아가서 손권을 보고 그 계책을 자세히 이야기해 주었다. 손권은 건업建業으로 가서 병을 치료하도록 여몽을 불러올렸다. 여몽이 당도하여 들어가서 손권을 보자 손권이 물었다: "육구를 지키는 임무는 예전에는 주공근(周公瑾: 주유)이 노자경(魯子敬: 노숙)을 천거하여 자신을 대신하도록 했고, 후에 자경은 또 경을 천거하여 자기를 대신하도록 했소. (*노숙이 여몽을 천거한 일은 손권의 입을 통해 처음으로 이야기된다. 이는 생필법省筆法이다.) 이제 경卿 역시 재주와 명망(才望)이 높은 사람을 천거해서 경을 대신하도록 해야만 할 것이오."

여몽曰: "만약 명망이 높은 사람을 쓴다면 운장은 반드시 대비를 할 것입니다. 육손은 생각이 매우 깊고 멀리 내다보지만 아직 그 이름이 널리 알려지지 않았으므로 운장이 꺼리는 사람이 아닐 것입니다. 만약 즉시 그를 등용하시어 신의 직책을 대신하도록 하신다면 반드시 일을 성공시킬 수 있을 것입니다."(*천하에 유명무실有名無實한 사람은 극히 많지만 유실무명有實無名한 사람은 참으로 많이 얻기 어렵다.)

손권은 크게 기뻐하며 그날로 육손을 편장군偏將軍·우도독右都督으로 삼아서 여몽 대신에 육구를 지키도록 했다.

육손은 사양하면서 말했다: "저는 나이도 어리고 배운 것도 없어서 그런 큰 임무를 감당하지 못할까봐 두렵습니다." (*바로 그의 나이가 어려서 관공이 무시할 것이란 점을 취한 것이다.)

손권曰: "자명(子明: 여몽)이 경을 보증하여 천거한 데에는 틀림없이 착오가 없을 것이니 경은 사양하지 말라."

육손은 이에 절을 하여 인수印綬를 받은 후 그날 밤으로 육구로 갔다. 육손은 마군馬軍과 보군步軍, 수군水軍 등 삼군의 인수인계를 마친 후 즉시 한 통의 서신을 작성하여 사자에게 명마名馬와 진귀한 비단, 술과 고기, 예물 등을 갖추어 가지고 번성으로 가서 관공을 뵙도록 했다. (*여몽에게 사용한 약은 양약良藥이었지만 관공에게 사용한 약은 독약이었다. 명마, 진기한 비단 등의 물건들은 화살촉에 묻은 오두(烏頭: 즉, 독약)에 필적하는 것이다.)

〖 8 〗 이때 관공은 마침 화살에 맞은 상처를 치유하기 위해 군사를 움직이지 않고 있었다. 그때 갑자기 보고가 들어왔다: "강동의 육구를 지키던 장수 여몽이 병이 위중하여 손권은 그를 불러올려 병을 조리하도록 하고, 근자에 육손陸遜을 장수로 임명하여 여몽 대신에 육구를 지키도록 하였습니다. 지금 육손이 사람을 보내 서신과 예물을 가지고 와서 특별히 장군을 뵙고자 합니다."

관공은 불러들이도록 하여 찾아온 사자에게 손가락질하며 말했다: "중모(仲謀: 손권)가 식견이 얕고 짧아서 이런 어린애를 장수로 삼았구나!" (*황충黃忠을 늙은 졸병으로 생각하고 육손을 어린애로 생각하는데, 늙은이와 어린애는 모두 관공의 눈에 들어오지 않았다.)

찾아온 사자는 땅에 엎드려 아뢰었다: "육 장군이 서신과 예물을 올리는 이유는, 첫째로는 군후께 승전을 축하드리고, 둘째로는 양가가 사이좋게 지내고자 함이오니, 아무쪼록 소납(笑納: 웃으면서 기꺼이 받음)해 주시기를 간청 드립니다." (*많은 예물과 달콤한 말은 모두 이편을 유인하려는 것이다.)

관공이 서신을 뜯어서 읽어보니, 서신의 언사言辭가 극히 겸손하고 정중했다. 관공은 다 읽고 나서 얼굴을 쳐들고 크게 웃고는 좌우 사람들에게 예물을 받아두라고 지시하고 사자를 돌려보냈다.

〖 9 〗 사자는 돌아가서 육손을 보고 말했다: "관공은 매우 흡족해 하면서 다시는 강동을 걱정할 일이 없어졌다고 생각하는 듯했습니다."

육손은 크게 기뻐하고 은밀히 사람을 보내서 알아보도록 했는데, 과연 관공은 형주에 있는 군사의 태반을 철수하여 번성으로 옮기고, (*쓴 말은 약이고 달콤한 말은 병이다. 여몽의 병이 낫자 관공에게 병이 생긴다.) 상처가 나으면 곧바로 출병하려 한다고 했다. 육손은 자세히 알아보고 나서 곧바로 사람을 보내서 그날 밤으로 손권에게 이 사실을 알리도록 했다. 손권은 여몽을 불러서 상의했다:

"지금 운장이 과연 형주의 군사를 철수하여 번성을 공격하려고 하니 우리도 곧바로 형주를 습격할 계책을 세워야겠소. 경은 내 아우 손교孫皎와 같이 대군을 이끌고 가는 것이 어떻겠소?"

손교의 자는 숙명叔明으로, 손권의 숙부 손정孫靜의 둘째 아들이다.

여몽曰: "주공께서는 만약 저를 쓸 만하다고 생각하신다면 저만을 쓰시고, 만약 숙명을 쓸 만하다고 생각하신다면 숙명만을 쓰십시오. (*두 사람을 같이 쓰면 패하고 한 사람만 쓰면 이긴다(兼用則敗, 專用則勝). 옛날부터 그러했다.) 주공께서는 전에 주유周瑜와 정보程普가 각각 좌도독左都督과 우도독右都督으로 있을 때의 이야기를 들어보지 못하셨습니까? 당시 비록 주유가 매사를 결단하기는 했으나 정보는 자신이 동오의 오래된 신하인데도 주유 아래에 있다는 것에 불만을 품고 서로 매우 화목하지 못하다가, 후에 주유의 재주를 보고 나서야 비로소 그를

존경하고 복종했다고 합니다. (*제44회에 나온 일이다.) 지금 저의 재주
는 주유에 미치지 못하고, 주공께서는 정보보다도 숙명과 더욱 친하시
니, 제가 숙명과 함께 일을 해서는 서로의 소임을 다하지 못할까봐 두
렵습니다."(*노숙(老成)한 견해이다.)

〖 10 〗 손권은 크게 깨닫고 마침내 여몽을 대도독大都督으로 삼아서
강동의 모든 군사들을 총독하도록 하고, 손교에게는 뒤에서 군량과 마
초를 공급하도록 했다.

　여몽은 인사를 하고 나와서 군사 3만 명을 점고하여 쾌선 80여 척에
나누어 태우고, 헤엄을 칠 줄 아는 자들을 뽑아서 장사꾼으로 분장시
키되 전부 흰옷(白衣)을 입도록 하여 배 위에서 노를 젓게 하고 정예병
들은 선창 안에 매복시켜 놓았다. 그런 다음 한당韓當·장흠蔣欽·주연朱
然·반장潘璋·주태周泰·서성徐盛·정봉丁奉 등 일곱 명의 대장들로 하여
금 서로 잇달아 나가도록 했다. 그 나머지 장수들은 모두 오후吳侯를
따라가면서 후군으로서 지원하도록 했다. 그리고 한편으로 조조에게
사자를 보내서 글을 전하면서 출병하여 운장의 뒤를 습격하라고 부탁
하고, 또 한편으로는 먼저 육손에게 이 소식을 전했다.

　그런 후에 흰옷을 입은 사람들에게 쾌선을 저어 심양강(潯陽江: 강서
성 구강시九江市 북쪽을 흐르는 장강의 일단)으로 가도록 했다. 주야로 배를
급히 저어 곧장 장강 북쪽 언덕에 이르렀다.

　강변의 봉화대 위에서 봉화대를 지키던 군사가 이것저것 까다롭게
캐어묻자 동오 군사들이 대답했다: "우리는 모두 행상(客商)들인데 강
에서 큰 바람을 만나 잠시 바람을 피하기 위해 이리로 왔소."

　그리고는 봉화대를 지키는 군사들에게 재물을 보내주었다. 군사들
은 그 말을 믿고 마음대로 강변에 배를 정박시키도록 허락했다. (*봉화
대가 있어도 지키는 사람이 없으면 봉화대가 없는 것과 같고, 사람이 있어도

봉화 불을 피워 올리지 않으면 사람이 없는 것과 같다.)

그날 밤 이경(二更: 밤 9시~11시) 쯤에 배에 매복해 있던 정예병들이 일제히 뛰어나가서 봉화대 위의 관군官軍들을 결박하여 끌어내린 다음 암호暗號를 소리높여 말하자 80여 척의 쾌선에 타고 있던 정예병들이 일제히 일어나서 중요한 곳의 망루(墩臺)들을 지키는 군사들을 모조리 붙잡아 배 안에다 가두었는데, 달아난 자는 하나도 없었다. 그리고는 기세 좋게 내달려서 곧장 형주를 취하러 갔으나 이를 알아차린 자는 아무도 없었다. (*조운·관우·장비가 삼군三郡을 습격한 일은 허사虛寫하였으나 지금 여몽이 형주를 습격한 일은 실사實寫하고 있다.)

형주에 거의 다 갔을 때 여몽은 강변 망루(墩臺)에서 사로잡은 관군들을 좋은 말로 위로하고 각기 큰 상을 준 다음, 성문을 속여서 열도록 한 후 성 안에 들어가서는 불을 질러 신호를 보내라고 설득했다. 많은 군사들이 시키는 대로 하겠다고 하자 여몽은 곧바로 그들을 앞세워 길을 안내하도록 했다.

한밤중이 되었을 무렵 성 아래에 이르러 문을 열라고 외쳤다. 성문 지기 군사는 그들이 형주 군사들임을 알아보고 성문을 열어주었다. 많은 군사들이 일제히 고함을 치면서 성문 안으로 들어가 신호로 불을 질렀다. 그 뒤를 따라 동오의 군사들이 일제히 밀고 들어가서 형주를 기습했다.

여몽은 곧바로 군중에 명을 내렸다: "만약 사람을 한 명이라도 함부로 죽이거나 민간의 물건을 단 하나라도 함부로 취하는 자가 있으면 군법으로 다스릴 것이다."

그리고 원래부터 그곳에 있던 관리들에게는 예전 직책을 그대로 맡도록 했다. 그리고 관공關公의 가솔들에게는 따로 집을 마련해 주고 잡인들이 함부로 방해하지 못하도록 했다. (*여포가 현덕의 가솔들을 해치지 않은 것과 비슷하다.) 그리고 한편으로 사람을 보내서 손권에게 보고

했다.

〖 11 〗 하루는 큰비가 오는데 여몽이 말에 올라 기병 몇 기騎를 이끌고 네 개의 성문들을 점검하고 있었다. 그때 갑자기 한 사람이 민간의 대나무 삿갓을 가져와서 갑옷을 덮고 있는 것이 보였다. 여몽은 좌우 사람들에게 그자를 잡아오라고 호령하여 물어보니 바로 여몽과 동향 사람이었다.

여몽曰: "네가 비록 나와 동향이라고는 하나, 내 이미 명령을 내렸거늘 너는 알고서도 범했으니 마땅히 군법대로 처리해야 할 것이다."(*형주 사람들의 인심을 얻기 위해 마침내 동향인조차 돌보지 않는다.)

그 사람이 울면서 사정했다: "저는 관의 물건인 갑옷이 비에 젖을까봐 염려해서 가져다 덮은 것이지 사사로이 사용한 것이 아닙니다. 장군께서는 부디 동향인으로서의 정을 생각해 주십시오."

여몽曰: "나도 네가 관의 물건인 갑옷을 덮기 위해서 한 일인 줄 안다. 그러나 결국 취해서는 안 되는 민간의 물건 아니냐."

좌우에 명하여 그를 끌어내서 목을 베도록 했다. 잘린 목을 높이 걸어 많은 사람들에게 보이도록 한 후에 그 시신을 거두어 울면서 장사를 지내 주었다. (*조조가 자기 머리카락을 잘라 여러 사람들에게 보인 것과 같은 간교한 속임수다.) 이로부터 전군은 두려워 떨면서 군령을 엄숙히 지켰다.

하루가 못 되어 손권이 군사들을 거느리고 당도했다. 여몽은 성 밖으로 나가서 그를 맞이하여 관아로 들어갔다. 손권은 그를 위로하고 나서 그대로 반준潘濬을 치중(治中: 주州 자사刺史를 보조하는 자로 주로 문서에 관한 일을 담당했다)으로 임명하여 형주의 일을 관장하도록 했다. (*반준은 쓸모없는 자로서 과연 왕보王甫의 말대로다.) 그리고 감옥에서 우금을 풀어주어 조조에게 돌려보냈다. (*후문에서 영묘靈廟의 일에 대한 복필이다.) 백성들을 안심시키고 군사들에게 상을 내리고 연석을 베풀어 형주 탈환을 축하했다.

손권이 여몽에게 말했다: "이제 형주는 이미 얻었지만, 공안公安의 부사인傅士仁과 남군南郡의 미방麋芳, 이 두 곳은 어떻게 되찾지요?"

말이 미처 끝나기도 전에 갑자기 한 사람이 나서며 말했다: "구태여 활을 당겨 화살을 쏠 필요 없습니다. 제가 이 말랑말랑한 세 치 혀로 공안의 부사인을 설득해서 항복해 오도록 하겠습니다. 그래도 되겠습니까?"

여러 사람들이 그를 보니 우번虞翻이었다.

손권曰: "중상(仲翔: 우번)은 부사인이 항복해 오도록 할 어떤 좋은 계책이 있는가?"

우번曰: "저는 어릴 때부터 부사인과 매우 친했습니다. 지금 이해득실을 따져서 그를 설득한다면, 그는 틀림없이 항복해올 것입니다."
(*이회李恢가 마초를 설득한 일(제65회의 일)과 서로 흡사하다.)

손권은 크게 기뻐하며 우번에게 군사 5백 명을 거느리고 곧장 공안으로 달려가라고 했다.

〖 12 〗 한편 부사인은 형주가 함락되었다는 말을 듣고 급히 성문을 닫고 굳게 지키라고 명했다. 우번이 당도해 보니 성문이 굳게 닫혀 있어서 곧바로 글을 써서 화살에다 매달아 성 안으로 쏘아 보냈다. 군사가 그것을 주워서 부사인에게 바쳤다.

부사인이 펴서 보니 항복하라는 뜻이었다. 글을 다 읽고 나서 그는 생각했다: '관공이 떠나던 날 나를 원망하던 일을 생각하면 차라리 빨리 항복하는 게 낫겠다.' (*제73회의 일.)

그는 즉시 성문을 크게 열라고 명하고 우번에게 성 안으로 들어오라고 청했다. 두 사람은 인사를 한 후 각기 옛날 일을 이야기했다. 우번이 오후吳侯는 성품이 너그럽고 도량이 넓으며 어진 이를 예의와 겸손으로 대한다고 말하자, 부사인은 크게 기뻐하며 즉시 우번과 함께 인수印綬를 가지고 형주로 가서 투항했다. 손권은 크게 기뻐하며 그 자리에서 공안으로 다시 돌아가서 지키라고 명했다. (*이때 유장劉璋은 공안에서 어떻게 행동했는지 알 수 없다. 현덕은 유장으로부터 익주를 취했는데, 이제 또 형주를 남에게 빼앗겼다.)

여몽이 은밀히 손권에게 말했다: "아직 운장을 사로잡지 못했는데 부사인을 그대로 공안에 머물러 있게 하시면, 시간이 지나면 반드시 사변이 생길 것입니다. 차라리 그를 남군으로 보내서 미방을 항복시켜 오도록 하시지요." (*미방에게 항복을 권하는데 부사인을 쓴다면 전혀 힘을 쓰지 않아도 된다.)

손권은 이에 부사인을 불러서 말했다: "경은 미방과 교분이 두텁다고 하니, 경이 그를 항복해 오도록 한다면 내 마땅히 따로 큰 상을 내릴 것이다."

부사인은 흔쾌히 그러겠다고 대답하고 곧바로 10여 기병들을 이끌고 미방에게 투항을 권하기 위해 곧장 남군으로 갔다. 이야말로:

오늘 공안을 지킬 뜻 없는 걸 보니　　　　　今日公安無守志
전에 왕보가 한 말이 옳았네.　　　　　　　從前王甫是良言

이번에 가는 일이 어찌 될지 모르겠거든 다음 회를 읽어보기 바란다.

제 75 회 모종강 서시평序始評

(1). 화타가 주태周泰를 치료할 때에는 한 번 청하자 곧바로 왔고, 관공을 치료할 때에는 청하지 않았는데도 스스로 찾아왔다. 옛날의 명의名醫들은 그 뜻이 사람을 구하고 사물을 이롭게 하는 데

있었다. 이와는 전혀 달리 오늘날의 명의들은 잘난 체 뽐내고 돈을 밝히면서 몇 번 청해서야 겨우 대문 안에 들어와서는 사례비부터 말한 후에야 손을 댄다. 충신忠臣을 사모할 줄 아는 사람은 그 역시 곧 충신이며, 의사義士를 구할 줄 아는 사람은 그 역시 의사義士이다. 길평吉平과 화타는 한 사람이고 두 사람이 아니다.

(2). 화타華佗는 약으로 화살의 독을 치료할 줄 알았는바, 이는 약으로 약을 치료한 것이다. 육손은 여몽의 병이 가짜임을 알고서도 그에게 계속 병을 핑계대고 있도록 하였으니, 이는 병으로 병을 고친 것이다. 또한 더욱 기이한 것은, 관공은 팔에 병이 있으면서 또 마음까지 병들어 있었는바, 자신을 높이고 남들에게 오만한 것(尊己而傲物), 이것은 마음이 병든 것이다. 반면에 육손은 병을 없애는 방법을 알았고 또 병을 일으키는 방법도 알고 있었는바, 귀중한 뇌물과 달콤한 말(幣重而言甘), 이것이 바로 병을 일으키는 방법이다. 여몽이 사직하자 관공은 한 가지 병이 사라졌다고 생각했고, 팔의 병이 사라져서 쾌차했다고 생각했다. 그리하여 형주에 대한 대비를 거두었으니 이는 관공이 또다시 독毒에 중독된 것으로, 이는 화살촉에 바른 독이 더욱 깊이 박히게 된 것과 마찬가지다. 공명孔明이 바람을 빌려서 주유를 치료하자 주유의 병이 나았으며, 방통龐統이 연환계로 북군을 치료하자 북군은 패망하고 말았다. 이 두 사람은 약을 한 가지씩 나누어 썼지만, 육손은 혼자서 두 가지 약을 함께 썼던 것이다. 앞의 경우와 비교하면 더욱 뛰어난 것이다.

(3). 주유가 살아있을 때에는 손권과 유비의 관계가 벌어졌고, 주유가 죽은 후에는 손권과 유비의 관계는 가까워졌다. 노숙을 등

용하자 손권과 유비의 관계가 가까워졌으나, 노숙이 죽자 손권과 유비의 관계는 또 벌어졌다. 대개 주유의 의견은 노숙의 의견과 달랐으며, 노숙의 의견은 또 여몽과도 달랐다. 노숙은 유비와 손을 잡고 조조에 대항하려고 했는데, 이 점에서는 공명의 견해와 거의 같았다. 그래서 노숙이 살아있을 동안에는 오와 촉은 서로 공격한 적이 없었지만, 여몽이 군권을 잡자 맹세를 어기고 이처럼 의리를 잃어버리게 되었으니, 아 슬픈 일이다!

(4). 선주先主 유현덕은 육손을 가벼이 여기다가 패하는데, 그에 앞서 이미 관공이 육손을 가벼이 여기다가 실패한 것이 그 일의 견본이다. 여몽은 군사들에게 흰옷을 입히고 노를 저어가서 형주를 취했는데, 이보다 먼저 주선周善이 군사들에게 흰옷을 입혀 노를 저어가서 손 부인을 데려온 것이 이 일의 견본이다.

무릇 뒤에 일어나는 어떤 일에는 반드시 그에 앞서 그 단서가 되는 어떤 일이 있다. 그래서 말하기를 "앞의 일을 잊어버리지 않는 것이 나중 일의 스승이다(前事不忘, 後事之師)"고 한 것이다.